David Lodge

THINKS
......

David Lodge
想…… THINKS

[英] 戴维·洛奇 著

刘 斌 译

新星出版社　NEW STAR PRESS

THINKS...
Copyright© 2001 BY DAVID LODGE
Simplifed Chinese translation rights arranged through BIG APPLE AGENCY, INC.
All rights reserved.
Simplified Chinese translation rights 2021 by New Star Press Co.,Ltd.

图书在版编目（CIP）数据

想……／（英）戴维·洛奇著；刘斌译．—— 北京：新星出版社，2021.12
（戴维·洛奇作品）
ISBN 978-7-5133-4461-6

Ⅰ.①想… Ⅱ.①戴… ②刘… Ⅲ.①长篇小说－英国－现代 Ⅳ.① I561.45
中国版本图书馆 CIP 数据核字（2021）第 228528 号

想……

[英] 戴维·洛奇 著；刘斌 译

责任编辑：李文彧
责任校对：刘　义
责任印制：李珊珊
装帧设计：冷暖儿

出版发行：新星出版社
出 版 人：马汝军
社　　址：北京市西城区车公庄大街丙3号楼　　100044
网　　址：www.newstarpress.com
电　　话：010-88310888
传　　真：010-65270449
法律顾问：北京市岳成律师事务所

读者服务：010-88310811　　service@newstarpress.com
邮购地址：北京市西城区车公庄大街丙3号楼　　100044

印　　刷：北京天恒嘉业印刷有限公司
开　　本：889mm×1194mm　　1/32
印　　张：13.75
字　　数：290千字
版　　次：2021年12月第一版　　2021年12月第一次印刷
书　　号：ISBN 978-7-5133-4461-6
定　　价：75.00元

版权专有，侵权必究；如有质量问题，请与印刷厂联系调换。

带着爱献给朱莉娅和斯蒂芬

1

一，二，三，测试，测试……录音机工作正常……奥林巴斯 Pearlcorder 微型录音机，在希思罗机场免税店买的……我当时是去哪？记不起来了，没关系……做这件事的目的是记录此时此刻经过我脑子里的想法，尽可能准确，那么现在是，我们来看一下……周日上午十点十三分，2 月 23 号[1]——圣地亚哥！在开会路上买的，那个会是关于……伊莎贝尔·霍奇基斯。对对对，就是圣地亚哥，"视觉和大脑"。八十年代末。伊莎贝尔·霍奇基斯。我当时测试了电容式麦克风的有效范围……对……我说到哪了？但这就是目的所在，不是有一个什么话题，我并没有决定考虑任何具体的事情，做这件事的目的只是记录随机的想法，如果任何事情都可以是随机的，经过一个人的脑子里的随机的想法，好吧是我的脑子，在一个随机选择的时间和地点……好吧不是真的随机，我特意在今天早上来到这里，因为我知道这儿周日就跟荒郊野地似的，没人来打扰，没人来分散我的注意力或者偷听，什么人都没有，电话和传真机也

---

[1] 本书的故事发生在 1997 年。本书除最后的作者声明外无原注，所有注释均为译者注。

静悄悄的，办公室和工作间里的电脑和打印机都在睡眠模式。唯一一台自己在那儿嗡嗡嗡地哼哼的机器，除了"大脑"里的那些，就是公共休息室里的我们那个最先进的咖啡机，我拿它给自己调了这杯卡布奇诺，加了肉桂，没加糖，那是在开始这个实验之前，这个词是不是太大了……做这件事的目的是尝试描述一种结构，或者应该说是生成一个样本，也就是原始数据，在此基础上，也许可以开始尝试描述，或者推测出……思想的结构。它是像威廉·詹姆斯[1]所说的一种流，还是像也是他很优美地说的那样，好比一只鸟在空气中飞过，然后在树上待一会儿，然后又扇动翅膀起飞，飞行中间会有一段一段的停顿……顺带说一下，录音打字员怎么才能把这份东西里的标点打出来呢？我必须给出指示，比如说短暂的停顿是个逗号，长一点的停顿是个句号，确实很长的停顿是另起一段……这个东西是声控的，如果大概三秒不说话就会停止录音，但是在词语流中会出现短于这个阈值的可以察觉到的停顿……这小东西真好用……伊莎贝尔·霍奇基斯……为了测试电容式麦克风的有效范围，我们上床的时候我让录音机开着，放在我搁在椅子上的衣服里，上床的动静都给录下来了，她不知道……她高潮的时候叫得很猛，我喜欢女人这样……卡丽不会，除非房子里只有我们俩，而这种机会不是经常……天啊我可不能把这玩意儿转成文字……不可能的……就算我用个假名字发给录入公司，地址写切尔滕纳姆邮局的一个信箱号码，那也太冒险了……就算我假装这是一段先锋派小

---

[1] 威廉·詹姆斯（William James, 1842—1910），美国哲学家和心理学家。他最先在美国讲授心理学课程，被称为"美国心理学之父"。

说，可里面的名字……总有可能有人能认出名字来，把它捅给《私人侦探》[1]，或者甚至想敲诈我，妈的，而且我要是接着录的话也改不了名字，太难了，太分散注意力，我得自己把这倒霉玩意儿转成文字，真他妈麻烦。不过这样或许也挺好，要不然我可能会在潜意识里审查自己的想法，为了给打字员听……实际上也许我已经在自我审查了，当伊莎贝尔·霍奇基斯第一次进入我的脑海时……毕竟思想最本质的特征是私人、秘密，所以如果知道其他人会听到，甚至是个我不知道名字的打字员，那么这个实验就会完全扭曲，我应该想到这一点的……但我是今天早上在床上的时候刚想到的这个主意，在黑暗里醒着躺着，起床还太早，没睡好，有点消化不良，我真不怎么喜欢玛丽安娜端上来的那盘开胃菜，螃蟹肉慕斯还是什么，管他呢……我需要的是那种能够识别语音的软件，于是就能向电脑口述……不过我觉得必须得说得非常慢还得清晰，而那可能会有抑制作用，破坏自发性，如果必须得在每个……词……之后……停顿……就像……这样……不过如果我要做很多回这种事，可能值得去研究一下，软件肯定一直在改进……我说到哪了？不用有什么主题，记住。但这很有意思……伊莎贝尔·霍奇基斯，不，不是她……并不是说她没有意思……她的阴毛真是非常茂盛，乌黑有弹性，长得很密，像鸟窝，要是在她阴唇里发现一个蛋，白白的小小的，还有温度，那都不意外……詹姆斯，对，威廉·詹姆斯以及是意识之流还是意识之鸟，说到这里了……那盘磁带放哪了，我是不

---

[1] 《私人侦探》(*Private Eye*) 是英国一家讽刺和时事双周刊杂志，始创于1961年，在英国同类刊物中销量第一。

是给抹掉了？我可不想让卡丽发现……她昨天晚上还生了我的气，因为昨天的晚宴上我对利蒂希娅的霸凌——她用的词就是霸凌，我觉得那只是争论、抗议，天啊想想别人叫你利蒂希娅是什么感觉，莱蒂就好多了，利蒂希娅·格洛弗扯的那些关于印第安人和地球和西雅图酋长[1]的胡话……上周三的牛排真不错……当然在餐馆吃牛排完全不合逻辑，虽然那是萨沃伊烤肉[2]，他们用的肉一定来自最好的牛……就算如此，我必须说，在家里不再吃牛肉却又在外面吃，也是有点毛病……但是家里没有菜单，所以没有诱惑……我的确很喜欢多汁的牛排，三分熟，表面烙着烤架条的印子，里面是粉红色的，略带血水……［叹气］……疯牛病剥夺了我的乐趣，人生最快活的两种享受就是顶级的牛肉和野性的骚货，而疯牛病和艾滋病让它们成了可怕的杀手，都能让人死得很惨……太可惜了。甚至连家里那个货都不一样了，因为我们……我不知道，她是真的因为健康原因不再吃药了，还是就是为了让我戴套？麻烦的是，我不能跟她说我已经不再上别的女人了，而不承认……当然她一定已经猜到我这些年对她不是百分之百的忠诚，不过我们有个默契，她只要不知道，就不会跟我闹……她问我中午跟出版商吃的什么，我说鸡，她说"什么样的鸡"，我没过脑子就说基辅炸鸡[3]，对萨沃伊烤肉来说有点掉价了，卡丽显然也这么想，而且我的呼吸没有大

---

[1] 西雅图酋长（Chief Seattle，约1786—1866），美国华盛顿州境内的印第安人部落的领袖，信奉天主教，乐于与白人移民共处。西雅图即得名于西雅图酋长。
[2] 萨沃伊烤肉（Savoy Grill）是伦敦市中心的萨沃伊酒店下设的烧烤餐厅。萨沃伊酒店始创于1889年，是英国第一家豪华酒店。
[3] 基辅炸鸡（Chicken Kiev）是西方很流行的俄式主菜，是将黄油、蒜、欧芹搅碎后填入鸡胸肉中，再炸制而成。

蒜味，她很可能觉得我去伦敦跟什么人上床了，出版商就是瞎编出来的借口，这可真讽刺……也许在素食的未来世界，人们会拿通奸作为没有去吃肉的证据……在大庭广众之下打完炮之后，偷偷溜进破破烂烂的有牛肉吃的饭店，私人餐室按小时收费……我是怎么想到牛肉的？我在想……关于威廉·詹姆斯和意识是一种流还是一只鸟，飞一会儿，在树上待一会儿……这里面有意思的问题是，鸟在树上的停留是标志着一次思考的完成还是思考中间的停顿，空虚，叫空白或白噪声更好，因为大脑活动一直在持续，否则你就死了……我思故我在从这个意义上讲非常正确……一定是哲学史上最著名的句子了。第二著名的是什么？我很好奇。不过思想是连续的、无法逃避的，还是像反驳笛卡儿的人说的那样，有时候我思，有时候我只是在……我可以在而不思吗？需要一个表示"在"的动词……我在你在他在她在他们在，意思是只是在而没有思……但是思考跟有意识是一回事吗，不是……被动意识，就是接收、识别、组织来自感官的信号，以及意识到活着、醒着，这跟对刺激发生反应是有区别的……所以并不完全是被动的……但也没有产生连贯的想法……所以应该说不是有区别，而是一个连续体，从一种几乎是植物的状态，不对，这段不算，植物没有意识，就算查尔斯王子喜欢跟他的天竺葵偶尔聊聊天……重说，有一个连续体，从仅仅处理感官数据，我热我冷我痒，这是一头，到另一头的抽象哲学思维，中间有一系列无限渐变的阶段……是，但是可以同时兼顾这两头，比如说开车，可以做在没有意识到自己的动作的情况下开车，换挡、刹车、加速等，很高效很安全，同时在想着完全不同的什么东西,比如说想着意识。那么这能让我们得到什么结论呢?

啊,一段空白,在一瞬间有一段明确的空白,不超过一两秒钟,在这段时间里我没有可以报告出来的想法或者感官印象,我的思绪就跟常说的那样"陷入空白",我什么也没想,我只是"在"……因此,当一连串的想法突然坍塌时,你只是"在",你会进入一种类似待机模式的状态,为思考做好了准备,但并没有在思考……就像没有人用但是开着的电脑里旋转的硬盘,就像嗡嗡作响准备做咖啡但并没有在做的咖啡机……当然,这个实验还是有人为因素的,这也没有办法,因为把自己的想法录下来的决定不可避免地决定了或者至少影响了这个人能出现的想法……比如我此刻感觉脖子有点僵硬,我活动活动脑袋,我伸展一下……我坐在椅子上转圈……我站起来……我从办公桌走到窗前……所有这些事我通常在做的时候都不会去想,我会像我们说的那样"无意识地"做这些事情,但现在这个上午我意识到了,因为我手里拿着一个录音机,奥林巴斯Pearlcorder,专门用来干这个……伊莎贝尔在圣地亚哥讲的论文真不错……是关于对三维物体建模的,会后她给我发了一份,她可真是个科学家,你在她的酒店房间里跟她干得天昏地暗,过后她给你寄来一份她的会议论文单行本作为纪念品……可怜的伊莎贝尔·霍奇基斯现在已经死了,有人告诉我是乳腺癌,真他妈可惜,谁乐意当女人啊,你的乳房有十二分之一的可能会杀死你,或者试图杀死你……她的也很漂亮,我记得我解开她的胸罩,把它们捧在手里时,我对她说,真是漂亮的三维物体……真得找到那盘带子,如果我没有给抹了的话,我想再听一遍,一边听一边打手枪,来纪念伊莎贝尔·霍奇基斯。

又是个句号……好吧死亡是一个句号……够了够了……校园现在空无一人,这并不奇怪……现在有点意思,我盯着窗外已经看了有段时间了,但却没有在想我看到了什么,而是在想伊莎贝尔·霍奇基斯,意识好像电影摄影机一样,特写和景深不能兼顾……我不再想她时,校园就进入了焦点,至少是尽可能地进入,今天早晨雨水在落满灰尘的窗户上冲出一道一道的印子,这就是全玻璃楼房的麻烦总是得清洁,我得给学校管物业的部门写个便笺提醒他们不过这纯属浪费时间他们的维护经费被砍得非常狠……话题又换了……问题在于注意力,人不能同时关注多于一件事,就像鸭兔错觉那张图你不能同时看到鸭子和兔子虽然可以在它们之间来回转换……外面没多少人,这没什么奇怪的,湿漉漉的周日上午,教职工都在家里很晚才起来吃早餐同时仔细看周日版报纸,学生们昨天晚上喝酒嗑药跳舞滚床单都还在睡着不过那儿有个人在跑步,踏过水坑溅出水来……我应该多锻炼锻炼再把壁球拾起来,不喜欢慢跑为了跑步而跑步太没劲了……哎对了,据说性是很好的锻炼,干一炮相当于跑一英里而且看到的景色可他妈美多了……有个人,是谁啊,一个女人穿着雨衣打着伞,不是学生他们不穿雨衣而是穿派克大衣或者带帽子的防风外套要不就干脆淋着……那雨衣款式也挺干练时尚的后面那部分像是斗篷搭配收腰长裙这是谁啊和靴子……卡丽有一双类似的有高跟,她以前为了迁就我,除了靴子什么都不穿,在卧室里大模大样地走来走去……现在不再有了,昨天晚上甚至连快速来一发都不乐意……跟玛丽安娜的亲热撩起了我的欲望,到那时还没下去，但是不行……生我的气，因为我在晚宴上说话太冲但谁让他们非得扯那么多废话呢……在校园里瞎溜达的那个人是谁啊，这是周日早上还下着雨，她看上去不是要去什么地方就是随便走走，但是谁会挑这种天气散步啊好她把伞收起来了雨一定是停了她……是那个女人，作家，昨天晚宴上那个，顶替拉塞尔·马斯登的海伦姓什么来着……海伦·里德对没错，她住在学校西边边上那片小二楼里，在塞弗恩楼和壁球场中间，她在晚宴前跟我说她这个学期把她自己的房子租出去了。所以你不会像我们这儿大多数访问作家那样周四晚上跑回伦敦周二早上再回来。我说："不会的。"她说："我已经把船烧了，还是应该说把桥烧了？"她说话的时候面带微笑，不过眼里有种惊恐的神情，像是陷入了某种困境，她眼睛很漂亮瞳孔是非常深的棕色，脸也长得美，嘴唇是完美的弧形，上唇有微微的非常细微的下垂长长的精致的脖子，很难说她身材或者腿怎么样，她穿着长裙和宽松的上衣，不过大概是不瘦不胖……大概多大岁数，肯定至少有四十了。她有一个孩子在上大学另一个中学刚毕业，但看上去不像……你先生怎么样，我说，我注意到她戴着戒指，但很愚蠢地忘记了她说的是我的房子不是我们的房子。"他死了，"她说，"大概一年前。"这时候玛丽安娜拍手让我们过去坐下，我再也没机会和她说话，因为我们坐在桌子两头……是玛丽安娜安排的座位，不想让我跟这个新来的很有吸引力的女人离得太近，还是个寡妇，他死于脑溢血玛丽安娜后来低声跟我讲，"非常突然非常悲惨只有四十四岁他是BBC的广播节目制片人……"她现在走到了冶金楼拐角，我在想她往哪儿走下雨的周日早上十点半她在干什么呢，自己一个人住肯定孤独得要命，"找个周日你一定得过来吃午饭"，昨天晚上我们走的时候卡丽跟她说，她说那真是太好了，玛丽安娜评论说她们俩似乎挺合得来……在主菜和甜点之间我们在厨房好好地亲热了一会儿，我舌头伸到她嘴里，她手指捏我的屁股我想着这事现在硬了……在派对上我们这种不用说话的亲热让人很兴奋，第一次是圣诞节前在格洛弗家的派对，我们当时都喝醉了，现在我们每次见面都亲热，不过从来不讨论这事，要找机会亲热是我们之间的默契，就像一种游戏……危险的游戏但这正是令人兴奋的地方……玛丽安娜昨晚处理得非常巧妙，让我帮她端脏盘子，好像是为了把我和利蒂希娅·格洛弗拉开，不过卡丽看见我如此顺从有点惊讶，我注意到了她的表情，然后有个人，安娜贝尔·里弗代尔，跟她开玩笑说，"看来你把他训练得不错啊……"我在想玛丽安娜是不是来真格的？不，我想她不是，我觉得她只是喜欢幻想我们是恋人，贾斯珀是个很无聊的人，他办她的时候她很可能需要一个幻想对象，而如果我们亲热的时候我说过什么，哪怕只是"亲爱的"，她就会提起警惕，退缩停止，因为那就认真了，不只是个游戏……离家太近也是个因素。

又一个停顿又一段空白……奥林巴斯 Pearlcorder——我在想为什么它叫这个名字？当然不是因为它会记录你的妙语良言[1]，那太老套了应该不是这个原因，可还有什么别的可能吗？我回到办公桌前坐在转椅里看着窗外全都是灰蒙蒙的空空荡荡的天空我他妈讨厌

---

1 "妙语良言"原文是 pearls of wisdom，正与 Pearlcorder 对应。

死英国的天气了,想想波士顿现在应该是什么样的冷冽清新的空气碧蓝的天空地上的积雪映着耀眼的阳光,或者更好一些的帕萨迪纳,树枝上挂着橙子和柠檬在后花园里或者按他们的叫法叫院子,即使那有好几亩地也还叫院子,像瑟洛岳父在棕榈泉[1]的那一大片地……我是不是该查查邮件?不要,本来的计划就是不做任何跟工作有关的事,不做任何任务,因为那会把任务自身的结构强加在意识流上,如果意识确实是一种流的话,那你的意识更像是条下水沟,卡丽有一次说……因为当人的思维是任务导向的、指向一个目标时很容易模拟,比如说赢一盘棋或者解一道数学题,但如何建构普通非特定思维、胡思乱想的不可预测性随机性,如何把这个做进架构里,对人工智能来说是个严峻的问题,而现在我做的这件事可以想象大概能有助于解决这个问题……

我可以现在去追赶她,假装偶遇,或者说我碰巧从办公室的窗户看到你,我觉得你看起来很孤单……不,不要这么说,人都不喜欢别人告诉他……只是看到你路过,然后,我想也许你乐意一起喝杯咖啡吧,我们昨晚真的没多少机会说话……为什么不呢?[录音停止]

现在是十一点零三。我走出楼去,打算追上她,但是她消失得无影无踪。我在校园里转了差不多有半个小时,哪里都没有她的踪影,商店里没有,湖边没有,图书馆下午才开,她可能进了某一幢楼我猜去跟她的一个学生喝咖啡,但似乎不太可能,她很可能回家

---

[1] 棕榈泉(Palm Springs)是美国加利福尼亚州沙漠内的一片绿洲,距离洛杉矶开车不到两小时,为奢华度假胜地。

了,但我不想去敲她的门,就算我能找出来是哪座房子,请她回到这里喝咖啡,这应该是自发或偶然的,而且我现在开始觉得自己很傻特别是因为又开始下雨了所以我回到这里来正好接到卡丽的电话叫我在去蹄铁的路上找个加油站买点牛奶。她说午饭不要迟到我说吃什么,她说烤猪肉配苹果圈,我说有炸猪皮吗,她说当然有,我说那我肯定不会迟到……卡丽做的炸猪皮是我尝过的最好的,又脆又鲜,我这么想想都能感觉到嘴里淌出了唾液。吃完饭后,她说,波罗和袜子想让你带他们出去骑山地车。我说我希望孩子们今天下午可以自己玩,我跟你也许能小睡一会儿。"没门"她说,挂了电话,不过她听上去被逗笑了而不是在生气。那么今晚应该可以了……因为昨晚我想要她的时候她说不……这是唯一真正能撩起我的场合,她说不的时候……否则我不怎么想上她,我是说事先起意,但如果这个念头进入我的头脑暗示想干而她又说不那么出于某种原因我必须得上了她才会打住……真是很悲哀,但这就是生活。或者说是男人。或者说是我。

2

2月17日　星期一

好吧，我来了，多多少少算是安顿下来了。分给我的住处是一栋小房子或者"小二楼"，学校里大家都这么叫（一个很装的假冒法语的词[1]，我一直不喜欢），一排五幢，我住的是最后一幢。这些房子是给长期来访者或新入职的教职工准备的。楼下是带"小厨房"的开放式起居室，楼上有个小卧室和小卫生间，中间以开放式楼梯连接。对我来说够大了，但我还是想念布卢姆菲尔德街那宽敞的房间和带顶角线的高高的天花板。这套房子的设计和家具选择隐约有些斯堪的纳维亚风格——裸露的砖，白石灰刷的墙，模块化松木家具，化纤地毯——让我想起诺富特酒店，功能齐全，却没有温度。为了迎接我，这个房子刚被重新装修过，这反而让人觉得更加阴冷。我得买几张海报挂在墙上，让屋里明快一点。真后悔没想起来从家里带一张最喜欢的画来，比如瓦妮莎·贝尔的石版画[2]。家。

---

[1] "小二楼"原文为 maisonette，是法语 maison（房子）加上表示"小"的后缀 -ette 而来。
[2] 瓦妮莎·贝尔（Vanessa Bell，娘家姓斯蒂芬，1879—1961），英国画家、室内装潢艺术家。弗吉尼亚·伍尔夫是她的妹妹。

我不能再想着"家"了。这里是接下来的十六个星期里我的家,整个春季学期。

"学期。""校园。"自从我的学生时代以来,大学居然变得这么美国化了[1]——不过也许只是在我看来是这样,因为我上的是一所传统的大学。毕竟,我去牛津的时候这所学校已经存在了。我想这就是所谓"绿地"大学——确实很绿,在塞文河谷与科茨沃尔德的交界。格洛斯特大学——虽然实际上离切尔滕纳姆更近。也许创始人认为用大教堂所在城市的名字[2]会让学校更有尊严。也不知为什么,叫"切尔滕纳姆大学"就不会有同样的效果。无论如何,它在这里,像一艘巨大的混凝土筏子,漂浮在格洛斯特郡的绿色田野上,或者说是松散地捆在一起的两艘筏子,因为校园中央是几块景观绿地和一个人工湖,建筑物大多建在两边。一辆免费巴士整天都在校园道路上突突地跑,人们上上下下,就像在机场的停车场里一样。英语学院院长兼人文系系主任贾斯珀·里士满向我解释说,最初的规划是在充满乌托邦情怀的六十年代制定的,设想是一座像美国的州立大学那样的庞大校园,可容纳三万名学生。建设从两端同时开始,文科各系在一头,理科的在另一头,他们很有信心过不了太长时间就能把中间的空地填满。但是成本上升,资金削减,而且到了八十年代时政府意识到,只要大笔一挥就能把所有的理工学院变成大学,这比扩建现有的学校要省钱得多。因此,格洛斯特大学

---

[1] "学期"和"校园"原文为美国惯用的 semester 和 campus。
[2] 格洛斯特有格洛斯特教堂(Gloucester Cathedral),为中世纪所建的罗曼式建筑,是英格兰名胜。

的学生规模可能永远不会超过现在的八千人了,文科和理科楼群之间的空地可能永远都不会填满。"恐怕我们的建筑正体现了《两种文化》[1]的寓意。"贾斯珀·里士满苦笑着说道。当时我们在他位于人文楼十一层的办公室里,望着远在校园另一头的理科楼群。我觉得这应该不是他第一次向访客讲述这个观察。其实,几乎所有他说的东西都似乎给人一种用过的感觉,就像纸张因为使用过于频繁而不再挺括。也许对于教师这是不可避免的,即使是大学教师也不得不一遍又一遍地重复讲同样的话。

想到这里,我感到一丝忧虑,后背仿佛掠过一阵寒意。在面对大学教师的时候我不配再拥有优越感了,因为现在我自己就是其中的一员。贾斯珀·里士满给我看学院课程手册里的条目:"创意写作硕士。散文叙事。周二、四下午二时至四时。任课教师:海伦·里德(R.P.·马斯登博士在休研究假期)。"拉塞尔·马斯登,评论家、文选编者,他在早熟的青年时期写过两本马温·皮克[2]式的小说,一本挺好,另一本不算太好。这门课从设立起就一直是他教,不过现在他躲进多尔多涅省[3]的一座乡下小屋,去完成或者可能开始写(贾斯珀·里士满相当阴险地如此揣测)他的第三部小

---

1 《两种文化》(*The Two Cultures*)是英国科学家和小说家查尔斯·珀西·斯诺(Charles Percy Snow, 1905—1980)于1959年在剑桥大学做的一场讲座的标题,意在批评英国的教育系统。其论点为"整个西方社会知识分子的生活"被名义上分成两种文化,即科学和人文,这对解决世界上的问题是一个重大的障碍。斯诺后将讲稿扩展成书,对后世影响深远。
2 马温·皮克(Mervyn Laurence Peake, 1911—1968),英国小说家、插画家,出生于中国江西省,父为传教士,在中国住到1922年方随家庭返回英国。其作品深受童年经历影响,富有异域风情。
3 多尔多涅省(Dordogne)位于法国西南部,为法国第二大省。

说,文学界对他的这本书已经迫不及待了。我到的时候发现拉塞尔·马斯登已经动身去南法了,感到很沮丧,因为我还希望他能就怎么带这门课指点我一二。我在这方面唯一的经历是在莫利学院[1]教夜校,来上课的人形形色色,主要是家庭主妇、失业者和退休人员,上课名额先到先得,有的人根本没受过任何正式写作训练。要接手这个国家最负盛名的创意写作课程之一,这可不是什么充足的准备。这里的学生是从大量热切的申请者中精心挑选出来的,他们头脑异常敏锐,对后现代主义和后结构主义之类的东西了如指掌,而我上牛津的时候这些还只是面目模糊的海外流言:嘎吱嘎吱声从远处传来——那是二轮车在巴黎碾过智慧的鹅卵石;耳畔响起轻微的嘈杂——那是从厚厚的美国季刊中升起的种种难以理解的术语。我对贾斯珀·里士满提出心中的疑虑,他说:"没事的,我总是认为好的学生能互相教育。"我觉得他是想安慰我。

我问他在格洛斯特待了多久了。他叹了口气说:"很久很久,我都不愿意去想了。我是第一批来的。当时所有这些(指向窗外)是一片巨大的建筑工地。我们那时候经常穿绿色雨靴去参加教师委员会会议。"他的语气中充满了怀旧的忧伤。

这里似乎天黑得比家那边早(又来了),不过这当然只是幻觉。伦敦从来不会真正一片漆黑。那万千盏街灯和耀眼的招牌和明亮的橱窗散发出的光芒向空中飘去,于是天空看起来从来不是黑色,而更像清淡柔和的黄灰色。这里的街灯在校园道路两旁排开,每过一

---

[1] 莫利学院(Morley College)是伦敦的一所成人教育学校。

段距离才有一盏,安全灯镶嵌在人行道上和楼梯间里,似乎只是为了驱散冬夜的沉沉黑暗。在标示着校园界线的铁丝网之外,只有黑暗的田野和更加黑暗的树丛,间或有几座零零散散的农舍亮着微弱的灯光,仿佛海上遥远的船。

这里也很安静,静得都有些让人害怕。大约五点钟会有一段交通小高峰,学校的教职员工从多层停车场(它在这个田园般的大环境中显得不协调,看起来分外丑陋)开车出来,回到科茨沃尔德的乡下小屋或切尔滕纳姆的联排别墅,低调一点的学校员工和不住在校园里的学生们坐公交车返回他们在本市的家和租住处。但六点刚过不久,乡村般的寂静就会笼罩校园。每一辆车在我门前的路上驶近、经过和离开的声音我都能听得清清楚楚,跟伦敦混成一片、永不停止的车水马龙声不一样。

天啊,我觉得很难熬。

来到这里是可怕的错误,我想逃走,我想赶快回到伦敦的家——家,对,我的家在那里,而不是这个简陋的小盒子。我敢吗?为什么不敢?我还没正式开始。我还没见过一个学生,也没拿过学校的一分钱。他们很容易找到别人来干这个活——有很多优秀作家会非常愿意的。要不就走吧,明天早上,一大早?我看到自己在天亮之前像小偷一般溜出房子,把我的东西装进车里,轻轻、轻轻地关上后备厢以免惊动别人,给贾斯珀·里士满写张字条,跟房门钥匙一起留在起居室的桌子上:"对不起,这是个可怕的错误,全都怪我,我一开始就不应该申请这个职位,请原谅我。"然后带上这个斯堪的纳维亚式兔子笼的门,沿着校园里空荡荡的道路开,穿过给街灯颈上系上围巾的层层薄雾,快到校园出口的栏杆时放慢速度,朝在灯火通明、外墙锃亮的岗亭里打哈欠的警卫挥手。他点点头,丝毫没有起疑,把栏杆抬起让我出去,就像冷战间谍片里的查理检查站[1]一样——我就自由了!沿着林荫道开到主干道上,上 M5,M42,M40[2],伦敦,布卢姆菲尔德街,家。

不过,接下来三个月,布卢姆菲尔德街 58 号已经租给了一位来休学术假的美国艺术史学者和他的妻子,他们下星期五到。没关系,给他们发个传真,"对不起,一切都取消了,计划有变,房子最后还是不能租。"他们能起诉我吗?没有法律上的合同,不过我们之间的通信也许能算……噢,这么瞎想有什么意义呢,我们("我们"的意思是一个神经质的我和一个理性地去观察、记录的我)都知道我们知道这些都只是幻想,难道不是吗?而且我明天早上不会逃跑的真正原因不是我的美国租户可能会告我(这么说其实格洛斯特大学也可以告我,他们肯定能起诉我违反合同,不过我觉得他们不太可能去费这个劲),而是我没有勇气。因为那样的话我认识的每个人都会知道我胆怯了、惊慌失措、临阵逃脱,我承受不了那种内疚、羞愧、耻辱。想象一下,不得不打电话给保罗和露西告诉他们情况,听到他们声音中的失望,虽然他们已经尽了全力来

---

[1] 查理检查站(Checkpoint Charlie)位于柏林市中心的腓特烈大街上,是冷战时期柏林墙的一个出入检查点,通常为盟军人员和外交官使用。柏林墙此检查站一度被拆除,而后又被复建,成为柏林重要景点。

[2] 皆为英国的高速公路名。

支持他们的疯妈妈。想象一下，文学派对上，人们端着白葡萄酒互相窃窃私语，掩饰不住脸上得意的微笑。"那就是海伦·里德，你知道吗？她去格洛斯特大学当驻校作家，但在开学第一天就溜了，因为她不敢面对。"他们可能会补上一句："我不是说她不行，因为换了我肯定也不敢。"但是他们还是会瞧不起我，我也会瞧不起我自己。

不过这么想想也还是挺美好的。我甚至挑选了开在 M5 上时在车里放的磁带：维瓦尔第的管乐协奏曲集，有着明快、开朗的快板。

2月18日　星期二

今天下午第一次见到了我的学生，在人文楼九层的一个颇为阴冷的会议室里。我们坐在能摞起来的那种塑料椅子上，围在一张大桌子旁，桌子上薄薄地落了一层粉笔灰。墙上钉了一些标识牌，形状像路牌，上面是风格化的图片，被斜杠穿过，意思是禁止吸烟、吃东西、喝水。现在还得明确跟学生讲出来课堂上禁止饮食？我的学生们整体上看起来令人放心。当然，这种场合实际上是在互相评价，气氛有点紧张。他们有优势：拉塞尔·马斯登已经教了一个学期，他们彼此之间已经很了解，而且形成了一个团体，每个人都在扮演或被分配了一个角色：外向者、怀疑者、小丑、成熟的人、反叛者、母亲、顽皮的孩子、谜团，等等。今天下午他们只需要衡量一个人；我需要记忆和区分十二个演员。他们大多二十多岁，但只有几个人是拿完第一学位后直接来的。大部分已经工作了几年，然后放弃了工作来上这门课，靠自己的积蓄或者贷款生活，这让这门课程似乎成了一种令人生畏的严肃事业，于是我的焦虑一点也没有减轻。我在想，怎么才能让他们的钱花得值呢？

　　为了在开课时活跃气氛，我打算给他们读一些我自己写的东西。在莫利学院的第一堂课上我这么干了，效果不错，不过我不敢肯定在这个场合还好用。我读了《风暴眼》，不是来自手头正在写的东西，因为我也没有。自马丁去世以来，除了这本日记，我别的什么都写不了。去年九月我尝试开始写一本新小说，但是不行。我强迫自己写下去，结果弄得病了一场，所以还是放弃了。一个活生生的、跟你非常亲近的、你爱的人突然被残酷地夺走，不复存在，这时再去发明虚构人物，给他们安排事情做，就显得非常无用且虚假，就像蜡烛的火焰被掐灭，用手指和……

　　[中断了。我哭了一会儿。这不是好迹象：我以为自己已经不再哭了。但是我总能不断发现他的去世其实在我生命中留下了巨大的空虚，就像拔了牙之后，用舌头去探索那块地方，才震惊地意识到那个窟窿有多么巨大。或者像幻肢——据说在被截肢后那段肢体好像仍然存在着，疼痛着。]

　　所以我读了《风暴眼》，放风筝那一章。学生们听得很认真，在该笑的地方笑了，在我读完后提出的问题也都很聪明。但我能感觉到一种克制，好像他们本来乐于更有批判性，但又不敢。也许只是我多想了。

2月19日　星期三

今天在人文楼十一层拉塞尔·马斯登的办公室里跟几个学生单独见面。我的名字被印在纸上,很粗糙地卡进门上的铭牌,盖住了他的名字。他给我腾空了几个书架,清空了钢制书桌的抽屉,不过把文件柜锁了起来,还在混凝土砌块墙上留下了几张艺术展的海报。没有海报的话这间屋子肯定会相当单调沉闷,但被这些强调着马斯登博士的艺术品位的东西(梅普尔索普[1]、弗朗西斯·培根[2]、卢西安·弗洛伊德[3])包围时,我不得不与一种从未远离的感觉斗争——从某种程度上来说我是个冒名顶替者。

西蒙·贝拉米是第一个来敲门的人。我借这个机会问他,为什么学生们在昨天的讨论课上似乎有点放不开。西蒙是个外向型的人——英俊、开朗、鬈发、口才好。他(通过几乎是无意识的默许)当选为学生们的发言人,我觉得向他提出这个问题非常安全。他解释说他们不太确定应该如何回应,因为拉塞尔·马斯登从来没有给他们读过自己的作品。"我想,"他带着令人放松的微笑说,"我们认为,如果称赞你的作品,那么看起来像是在拍老师的马屁;但如果批评,又显得很粗鲁。"他补充说:"其实我觉得它很不错。"这样他就提前泄露了自己称赞我的意图,我们都笑了。但我相信他。也许我们总是相信对自己的称赞。即使知道称赞者有所

---

[1] 罗伯特·梅普尔索普(Robert Mapplethorpe, 1946—1989),美国摄影师,擅长黑白摄影,以名人肖像、人体、花卉题材著称,其表现BDSM和同性恋的作品在发表时饱受争议。
[2] 弗朗西斯·培根(Francis Bacon, 1909—1992),出生于爱尔兰的英国画家,为同名英国哲学家的后代。其作品以粗犷、犀利,具强烈暴力与噩梦般的图像著称。
[3] 卢西安·迈克尔·弗洛伊德(Lucian Michael Freud, 1922—2011),英国艺术家,出生于德国,为西格蒙德·弗洛伊德之孙,作品题材多为人物及裸体。

企图,我们也认为是自己应得的。

贾斯珀的妻子玛丽安娜·里士满今晚给我打电话,邀请我星期六过去吃晚餐,"来几个朋友"。这算是件值得期待的事。我害怕周末,特别是星期天——我从来都不喜欢星期天。那种寂寞。那种空虚。

小二楼区域非常安静。隔壁的房子是空的。再过去的一座房子住的是一位非裔男士,一大早就出门,晚上很晚才回来。我在图书馆的社会科学阅览室见过他,所以我想他可能整天就在那里。再远处住着一位从加拿大来的经济学客座教授,他年纪很大了,虽然非常和善但耳朵很不好。离我最远的房子里住的是一对日本夫妇,脸上永远挂着微笑,但是说话时总是紧张得口齿不清,我现在还没弄清楚他们到这里来做什么,在哪个学院。跟他们这些人没有多少社交活动的空间。我仍然会满怀憧憬地想象从学校逃走,不过随着日子一天天过去,这变得越来越不可想象,可能导致的后果也越来越严重,所以我在努力坚持,希望最终能越过心理上的那道坎,不再回头,与命运和解。与此同时,我的大脑坚持要回到过去,重现整个经过:我申请并拿到了这份工作,可在校园里走了一圈并再三考虑之后,我礼貌而满怀谢意地拒绝了,开车回伦敦,随着汽车音响快乐地哼着歌,继续我习惯的生活。我把中断的小说拿出抽屉,发现灵感终于来了。我将布卢姆菲尔德街58号的地下室(毫不费力地)改造成一间独立公寓,一位跟我年龄相仿的女士——也丧偶或离异了——租下它,跟我成了亲密而忠诚的朋友。我发觉自己总是陷入这种白日梦中。有时租户是个男人,然后故事的走向过于俗套,我都不好意思写下来,在日记里都不行。我好像同时是两个人——别人眼里的海伦·里德,正在努力适应格洛斯特大学的新工作,冷静、高效、勤勤恳恳;还有一个疯狂的、精神恍惚的、脱离肉体的海伦·里德存在于第一个人的头脑中,在其他什么地方过着与现实平行的生活。

我几乎承受不了同时过这两种生活带来的压力。我渴盼夜晚能上床睡觉的时候,因为我能让这两个人都休息几个小时。睡眠是极致的幸福——不过,唉,根据定义,人不能清醒地享受这种幸福。当你感觉到自己渐渐入睡时,也许有那么一小会儿甜蜜的倦怠感,就像打了麻药一样;但是你意识到的下一件事就是美好的时光已经过去了,你醒了,很可能还是在凌晨,你的忧虑和遗憾比以往更沉重,而你找不回意识不到它们的感觉了。我很想去校医院开个安眠药的处方,但是在马丁去世后的那几个月里我非常依赖药物入睡,而吃药后第二天早上的感觉就像僵尸一样,所以我决心还是尽量不吃了。

2月20日　星期四

第二次与学生集体见面。今天的课是工作坊,就是一个人朗读自己手里正在写的东西(将来会提前发给学生们),其他人分析讨论,我当裁判。这门课就是这么组织的。星期四下午总是工作坊。星期二的课怎么上则取决于我:可以给他们安排写作练习,或者可以讨论我布置的文本或其他材料。

拉塞尔·马斯登鼓励他们在工作坊上直言不讳，而我在莫利教夜校时是那种"我们大家都要互相支持"的气氛，现在这么上课，我觉得氛围还挺令人生畏。雷切尔·麦克纳尔蒂读了她正在写的小说的一个片段，写的是在厄尔斯特[1]的农场上长大的一个小女孩。我认为她的作品感情细腻而令人信服，只是力道有点欠缺，但有两个人提出批评，因为文中没有提到二十世纪晚期的北爱尔兰冲突。这样他们就提出了一个问题：是否可能写北爱尔兰而不提到政治局势？我打圆场说，雷切尔在小说中描绘的家庭里的紧张关系或许可以被解读象征着社区整体层面上的分裂。但是雷切尔令人敬佩地驳回了我这给她留面子的客气话，她说有些事比政治更有普遍意义，而那才正是她想写的。我在心里默默赞同她的看法。

2月21日　星期五

据我所知，我的学生可能没人住在校园里。他们大多在切尔滕纳姆或格洛斯特跟别人合住一套公寓或自己住一套一室户，有几个人在伦敦或其他地方有房子，每周只来这里三天，星期二和星期三在民宿或者朋友家的沙发上过夜。所以我有一种古怪的感觉——我的生活状态比他们更像学生。昨天的工作坊结束以后，我们一起去艺术中心咖啡馆喝茶，后来又喝了酒，虽说时间还太早。他们都计划离开校园过周末，我听得都快嫉妒了。我对这个校园了解越多，

---

[1] 厄尔斯特（Ulster）是爱尔兰四个历史省份之一，位于爱尔兰岛东北部，其中六郡现为北爱尔兰，其余三郡属爱尔兰共和国。

越觉得这里不适合磨炼、教育年轻人。如果学生自己没有汽车,就很难去切尔滕纳姆或格洛斯特,而且他们也没有太大的动力去。校园里有一切生活必需设施:小超市、自助洗衣店、银行、男女理发店、书店兼文具店,另有几家酒吧、咖啡馆和食堂。艺术中心的节目安排表上有相当不错的音乐会、巡回戏剧演出、艺术展和电影。据几年前在这个学校读本科的西蒙·贝拉米说,许多学生一学期接着一学期一直待在校园里不离开。他们与正常生活接触的程度,就像住在四周环绕着电网的绝密空军基地里的已婚人士住宅区里,或者栖息在一个环绕地球运动的巨大空间站上。西蒙向我保证他们很满意。"你得知道,他们大多是人生第一次离家在外。他们可以试验性、酒精、药物而不会给自己造成太大的伤害。校医院免费提供避孕用具。没有酒后驾车的问题。没有条子来要求你翻出口袋里的东西。没有人告诉你什么时候该上床睡觉,什么时候该起床,什么时候该整理房间。青少年大都做梦都想过上这样的生活。猪的天堂。"他列举这种种诱人之处,咧嘴一笑。不过我觉得过一段时间这些都会变得乏味,那么然后呢?校园里最令人抑郁的地方是学生活动中心底层的一间单调乏味、烟雾缭绕、油毡地面的屋子,摆满了弹珠机和电子游戏机。它似乎一天二十四小时开放,里面总有几个家伙专注地盯着屏幕和显示器,除了在操作按钮和摇杆时偶尔抽搐几下之外基本上不动弹。他们在高中苦读,仔细研究大学申请表,掏空父母的口袋,就是为了来干这个?我是多么高兴保罗在曼彻斯特,露西进了牛津,那是真正的地方,有真正的人。

我可以觉察到，自从在这里生活以来，我养成了一些坏习惯。我的小房子配有一台电视，这个星期我看了很多。在家里，我很少在晚九点新闻之前打开电视，一般还会更晚，看的是艺术纪录片或电影。这个星期我都是一边孤独地吃晚饭一边看电视，之后也还把电视开着，因为关上之后的寂静似乎非常致命，而我也无法忍受从我的微型晶体管收音机听音乐。我已经看了各种各样我一般不会看的节目——肥皂剧、情景喜剧和刑侦剧，定时收看而不加区分，就像一个孩子不停地吃一袋混合糖果。就简单又漫无目的的消遣而言，没有比傍晚的电视节目更好的了。没有一个场景持续超过三十秒，故事从一个角色飞速跳到另一个，你几乎注意不到角色单薄得有如纸板。

2月22日　星期六

昨晚电视上在新闻后播了电影《人鬼情未了》，我决定看一遍，虽说我以前跟马丁一起看过——或者说我决定看正是因为我以前跟马丁一起看过。这部影片当年上映的时候意外地大受欢迎，是街头巷尾热议的话题。我记得我们虽然挺看不上片中肤浅的超自然情节，但还是看得津津有味。故事我只记得个大概：一个年轻人跟他的姑娘一起回家时被当街杀害，然后他试图保护她不被杀死自己的人再蓄意暗害，但他是个鬼魂，别人看不到他，他只能通过灵媒与她交流。这部片留在我记忆中的几个细节是人物死亡时的特殊效果：例如，男主角从地面站起身时看上去毫发无损，但他看到悲痛欲绝的女朋友把他没有生命的躯体抱在怀中，才意识到自己已经死了；坏人死去之后立即被嘴里絮絮叨叨个不停的黑影攻击，尖叫着被拖入地狱（出人意料地非常令人高兴，这个部分）。我记得乌比·戈德堡扮演的招摇撞骗的灵媒，她发现自己真的能通灵时惶恐不安，非常搞笑。这些东西在看第二遍的时候仍然很有效。我没有做好准备的是这个爱情故事击中我的方式。我一直觉得黛米·摩尔演技僵硬，可她扮演的失去亲人的女主角似乎难以置信地动人。她的眼里充满了泪水时，我的眼睛也湿润了。实际上在电影的大部分时间里我都在哭，泪眼蒙眬地笑着乌比·戈德堡。我心里知道这片子是贩卖廉价情感的垃圾，但这无关紧要。没人帮我抗拒，我不想抗拒，我只想被它释放的汹涌情感洪流淹没。看到男主角的鬼魂通过乌比·戈德堡的角色向心怀疑虑的女主角提起种种除了他们自己之外别人根本无从得知的私密和家常的细节，黛米·摩尔此时第一次意识到她死去的爱人确实正在跟自己沟通，我起了一层鸡皮疙瘩。男主角（我已经忘记了他的名字以及扮演他的演员的名字）跟一个总是恶作剧的鬼学到了移动物体的能力，用来吓唬威胁黛米·摩尔的暴徒，看到这里时我高兴地大叫、鼓掌。快到结尾时有一个无比愚蠢的场景，乌比·戈德堡允许他附在自己的身体上，于是他就可以与黛米·摩尔跳贴面舞，而舞曲跟影片刚开始时他们做爱的背景音乐一样，一支浪漫轻柔的曲子……哦，那种感同身受的快乐和渴望几乎令我昏厥。看完后我泡了很长时间的热水澡，一边啜饮葡萄酒一边在脑海中重播最喜欢的场景。在入睡前我自慰了，从青少年时期以来就再也没干过这事了，想象着马丁的鬼魂的手附在我的手上，想象着马丁在跟我做爱。

我在凌晨醒来,像往常一样情绪低落,但并不觉得羞耻。这是一种奇怪的宣泄方式。

2月23日　星期日

昨天晚上去里士满家的晚宴——我入职格洛斯特大学第一周的社交亮点。这个夜晚非常有意思。他们在离学校大概十英里的一个村子里有一所漂亮的房子——是新房子,但很有品位地用科茨沃尔德石头建成传统风格。我在黑黢黢的乡间小路上迷路了,最后一个到。很难同时记住这么多新面孔,但幸好星期五的早间咖啡时间里贾斯珀在教职工休息室快速给我过了一遍来宾名单。

打开前门的是贾斯珀自己,他重重地吻了一下我的脸颊,我有些惊讶。我们认识时间还不长,我想,这么问候是不是太早了——不过我还是有风度地接受了。他手里拿着一杯白葡萄酒,而且我觉得已经不是他那天晚上喝的第一杯了。一个十几岁的男孩在旁边一刻不停地走来走去,手脚不闲着。

"奥利弗,接着海伦的外套,"贾斯珀对他说,然后介绍我们认识,"这是我儿子,奥利弗。这是海伦·里德,奥利弗。她是个作家。她写小说。"

"蛋蛋正在写一本小说。"奥利弗说话的时候并没有看着我。

"是吗?"我礼貌地说,"蛋蛋是谁?"

"蛋蛋住在伦敦,跟米莉、安娜和迈尔斯一起。"

"是一部电视剧里的角色。"贾斯珀解释说。他用空着的手帮我脱掉外套。"演的是一块儿住在一幢房子里的年轻律师。"[1]

"我最近看了很多电视,"我说,"不过看来肯定是错过这个剧了。"

"我最喜欢迈尔斯。"奥利弗望着我身后说。

"过来,奥利弗,把海伦的外套挂好,好吗?"贾斯珀说,把衣服递给他,"然后你就可以去看电视了。不会再有人来了。去吧。"

奥利弗拿着我的外套走了。贾斯珀说:"奥利弗有自闭症。我应该早跟你说的,不过我给忘了。"

"没关系。"我说。

"他认为肥皂剧中的角色是真实的人。"

"噢,我相信不是光他这么想。"我说。

"对。"贾斯珀笑着说。

他把我带到客厅,把我介绍给玛丽安娜,她站在门口调节室内灯光,身着一条无可指摘的小黑裙,一枚看上去很贵重的金胸针让整体造型不那么单调。这个房间很大,开放式壁炉里烧着木头,但实际上是燃气的,视觉效果骗过了眼睛。屋里布置了很多高科技的射灯,顶灯和脚灯都有,玛丽安娜一直在调节各盏灯的亮度,于是就像在舞台上一样——或许像在斯蒂芬·桑德海姆[2]的一部音乐剧中:你正和别人在一个角落里轻声交谈,倏地发觉自己被一束光包围,众人纷纷转过头来看你,好像在期待你突然开口唱歌。玛丽

---

[1] 这部电视剧是1996年至1997年间在BBC播放的《我们这一生》(*This Life*),为人气爆棚之作。
[2] 斯蒂芬·桑德海姆(Stephen Sondheim, 1930—),美国著名音乐剧及电影音乐作曲家、剧作家,曾获奥斯卡奖、托尼奖、格莱美奖、普利策奖等各项殊荣。

安娜曾经在出版界工作,我们发现有一两个共同的熟人。现在她在家工作,做自由编辑。她比贾斯珀年轻,我推测她是他的第二任妻子。她浑身上下干净利落,看起来很漂亮(涂了金色指甲油与胸针相配),社交时举止活泼而冷漠。她和你说话的时候眼睛会不停扫视房间,监视着其他客人。

其他来客如下:雷金纳德·格洛弗,脸上毛发浓密的马克思主义者,历史教授,戴一副大大的全框眼镜;他的妻子利蒂希娅,音乐治疗师、素食者以及积极的地球之友[1]成员(后来表现得很明显)。科林·里弗代尔,双颊红扑扑的英语系年轻讲师;他的妻子叫安娜贝尔。科林似乎是贾斯珀的门生,非常希望给人留下好印象。他称赞了几句《风暴眼》,提到的地方非常具体,我很确定他是为了准备见我,在过去几天里突击看的这本书。他自己的研究领域是十八世纪,跟贾斯珀一样。安娜贝尔在大学图书馆工作,看上去精疲力竭,这很容易理解——她在尽力保住工作的同时还要照顾三个年幼的孩子,最小的正在里士满家楼上卧室里的床上,睡在婴儿提篮里。她整个晚上说话很少,有段时间甚至真的打起了瞌睡。一头银发的艺术教授尼古拉斯·贝克被指定跟我临时搭档,只是为了安排座位,因为贾斯珀告诉我他是一个禁欲的同性恋者,我不知道这话的根据是什么。他最近刚从剑桥搬到格洛斯特,拥有那种高级人士的技能,可以对任何话题侃侃而谈,而说出来的东西既不难忘也不深刻。贾斯珀惴惴不安地不停问他觉得酒怎么样,显然他过

---

[1] 地球之友(Friends of the Earth)是英国的一个环保组织。

去常常为他的学院采买酒水。贝克礼貌地说了好话,但话里话外还是在含蓄地批评贾斯珀提供的酒,比如"澳大利亚的红酒水准确实提高了很多,让人刮目相看"。

最显眼的客人,也是贾斯珀跟我讲得最详细的人,是拉尔夫·麦信哲和卡罗琳[1]·麦信哲夫妇。当然,我已经知道他了,因为他经常上电台和电视,特别是在《一周之始》节目上,他还在星期日的报纸上为热门的科学和心理学书籍写书评。他在这里如同明星一般,是闻名遐迩的霍尔特·贝林认知科学中心的教授和主任。贾斯珀在我来上班的第一天就在他的办公室里朝窗外给我指出那个中心:建筑的外观很奇特,有点像天文台。麦信哲看上去快五十岁了,脑袋很大,相貌英俊,厚厚的花白头发从宽阔的前额往后梳,鹰钩鼻,强壮的下巴。从侧面看去,我觉得他像古代硬币上的罗马皇帝。卡罗琳是美国人,大家都叫她卡丽。她年轻时一定是倾国倾城般的美人,现在仍然有一张可爱的脸,像牛一样的大眼睛,金发编成辫子。显然她已经发福了,不符合今天的审美标准。她穿着一件可爱的宽松丝绸连衣裙,让自己高大的身材也显得很有魅力。他们当然是一对分外引人注目的夫妻。她叫他"麦信哲"[2],造成一种诡异、矛盾的效果,半是恭敬,半是讽刺。从某种角度看来,这像是他们夫妇俩合谋抬升他的地位,超越那些凡人,在家里用名字来回归自我,在专业场合用姓氏来呈现另一种人格的家伙们;但与此同时,妻子用姓氏称呼丈夫,这种不和谐的繁文缛节似乎在嘲弄

---

[1] 卡丽(Carrie)是卡罗琳(Caroline)的昵称。
[2] "麦信哲"为 Messenger,而这个词本意是"信使"。

他的自命不凡，并让他们之间拉开了一段冷静的距离。我刚有机会跟他谈了几句话，大家就都被叫去餐桌吃饭了。他的谈话风格坦率而活泼，略显平民化的伦敦腔中偶尔会冒出美式语法。据贾斯珀说，这就是为什么媒体喜欢他：他说话听起来不像是个枯燥迂腐的学究。

用餐时我坐在卡丽对面，发现她也很容易交谈，性格开朗而友好，是典型的美国人的样子。她说她喜欢我的书，但她觉得没有必要像里弗代尔博士那样——用那些书给我考口试，好展示自己对它们的熟悉程度。她似乎经常去切尔滕纳姆购物，给了我一些关于这方面的很有用的建议。贾斯珀告诉我她有自己的钱，还补充说："我认为正是这一点能让拉尔夫一直忠于她，以他的方式。"那是什么方式，我问。"嗯，卡丽告诉玛丽安娜他们有个约定，就是麦信哲不会让卡丽在她自己的地盘上难堪。他有很多机会在外面玩。开会，做节目都是机会。《私人侦探》有一次管他叫'媒体鸡巴'。"贾斯珀回忆到这件事，情不自禁地笑了，然后又问我看没看过麦信哲做的关于心物问题的系列节目。"看过一些。"我说。

实际上，我只看过最近一集的最后十分钟，而且还是碰巧。这个节目在晚上的播出时间对我来说太早了，而且我一般也会偷懒，避开科学节目，但是现在我很希望自己真的看过。我记得那个罗马式的大脑袋看着一个装置（脑部扫描仪或类似的东西，一个仰卧的病人正在缓缓滑进里面，好像即将被从大炮里射出来），然后转向镜头，拉近，一个大特写，他几乎是幸灾乐祸地说："那么，快乐或者不快乐，会不会只是你大脑里的硬连线造成的呢？"

当你看到他全身时，那颗脑袋似乎不成比例地大，因为他的腿偏短。他脖子有如公牛般粗壮，肩膀往下溜但很宽，以一种挑衅般的、有些令人生畏的方式将头部向前推。毫无疑问，他的那种存在感——电影明星和国际政治家拥有的那种——参加晚宴的其他男人都没有。他坐在我斜对面，我时不时地偷偷瞅他一眼，试图分析永远处于聚光灯下而毫不回避会对人起到什么效果。有一次我们目光相遇，他友好地微笑。我们离得太远了，没法直接说话。桌子很长，客人很多，单独谈话基本不太可能。在我们这一头，贾斯珀是主持人，我们正在讨论当下把经典小说改编成影视作品的热潮，并比较两个打对台的《爱玛》版本（尼古拉斯·贝克迂腐地抱怨这两个版本都犯了年代错误：剧中的草坪显然是由机器修剪的）。此时桌子另一头的音量陡然升高：利蒂希娅·格洛弗和拉尔夫·麦信哲正在就环保主义展开争论。"地球不属于我们，我们属于地球。"她虔诚地宣称道，"印第安人明白这一点。""印第安人？"拉尔夫·麦信哲说，"你说的是那些会把一整群水牛赶下悬崖，就为了自己晚餐能吃上牛排的人？""我是在引用西雅图酋长十九世纪中期的一次演讲，当时美国政府想购买他的部落的土地。"利蒂希娅厉声说道。"我知道那个演讲，"拉尔夫说，"那是1971年的一部美国电视剧情纪录片的解说词撰稿人写的。"这段对话让安娜贝尔·里弗代尔从慵懒中醒来，噗嗤一声笑了，然后在随之而来的沉默中试图假装自己没笑过。"我不知道什么电视，"利蒂希娅涨红了脸说，"我是在一本书里看到的。撰稿人很可能也是。""全都是他编的，"拉尔夫说，"然后大家就开始在环保主义的宣传材料中引用，就跟历史上真有这件事似的。"利蒂希娅瞥了一眼丈夫,寻求支持,但他还是低着头,可能是不愿意让这种不确定的证据给自己的学术声誉带来风险。贾斯珀慷慨地对利蒂希娅施以援手。"即使不是历史事实,拉尔夫,这种情绪仍然可以是真实的。""恰恰相反,它是非常虚假的,"拉尔夫说,"我们不是属于地球的。地球是属于我们的,因为我们是地球上最聪明的动物。""太傲慢了,太欧洲中心了。"利蒂希娅叹了口气,闭上眼睛,尽可能地把自己跟这令人厌恶的观点撇清。"你是什么意思,欧洲中心?"拉尔夫叫道,挑衅地抻着脖子,那颗脑袋直往前冲。我们其他人一个接一个陷入沉默,停止吃东西。

"欧洲殖民主义者认为,地球是可以被买来卖去、剥削榨取的东西。"利蒂希娅说,"而土著居民则有一种天生的本能来保护他们的栖息地,谨慎地使用其资源。"

"恰恰相反,是技术上的局限让原始民族没有以令我们震惊的尺度摧毁他们的环境。"拉尔夫说。

"我不明白你怎么就能这么肯定。"她说。

"在库克船长到达夏威夷群岛之前很久,波利尼西亚人就消灭了那里一半的鸟类品种。"他说,"在新西兰,毛利人屠杀了整个恐鸟种群,而且大部分他们都没吃。直到今天,玻利维亚热带雨林中的尤基印第安人仍然砍倒树木以获取果实。保护是先进文明的概念。"

"麦信哲,别显摆了。"卡罗琳说。我们都笑了,松了一口气。"我只是想指出利蒂希娅的错误。"他温和地说。"不,你不是,你在训斥她。""对。"坐在桌子一头的玛丽安娜说。拉尔夫在她右手边,利蒂希娅在她左边第二个座位上。"别再缠着莱蒂了,拉尔夫,帮我把这些盘子端到厨房去。"他笑着跟着她走出餐厅,手里端着一摞脏盘子,看起来像一个顽皮而又不悔改的男孩,对自己很满意;而利蒂希娅则悲戚地坚称她能很好地捍卫自己的观点。

贾斯珀又开了两瓶桉树牌黑皮诺(要不就是什么别的名字),围着桌子走了一圈,把酒杯都倒满。我利用这个机会去厕所,但一定是误解了贾斯珀给我指的方向,因为我打开的第一扇门,门后是扫帚柜,而第二次打开的是通往后花园的门。我走到外面,呼吸一些寒冷、清新的空气,目光越过这个石头铺地的小院子,看向对面灯火明亮的厨房。拉尔夫·麦信哲激情澎湃地紧紧抱着我们的女主人,把她按在厨房门上,而她把自己金色的指甲深深嵌入他的臀部。她的眼睛闭上了,但无论如何,她不会看到站在黑暗中的我。看来关于麦信哲夫妇的"约定",贾斯珀·里士满得到的信息似乎不正确:要不就是没有约定,要不就是约定已经被破坏了。

我今天早上醒来时,宿醉的劲头还没过去,昨晚吃的东西、喝的酒还没消化干净,有点往上反(昨晚开车回家时体内酒精含量很可能超标了,不过我开得很慢而且非常小心),所以我早餐后去散步,接触一些新鲜空气。从天色看,天气不会太好——一团巨大的阴云低低地盖住了整个天空——而且我一走出家门就开始下雨了。湿漉漉的星期天早晨在校园里跋山涉水可不会令人精神振奋,不过我还是坚持在走,用这个机会熟悉这里的地理情况,了解各个部门和院系的方位。这些六七十年代盖的楼虽然古旧,却没有那种沧桑的美感。它们的混凝土立面一片一片地被雨水打湿,像吸墨纸;而立面边缘的颜色明快的嵌板和瓷砖本来是为了调和沉闷的灰色主色调而设计的,起装饰作用,可现在许多地方都有碎裂,或者干脆没了。拉尔夫·麦信哲的认知科学中心似乎比其他楼都新一些,并且是按更高的标准建造。这是一幢圆形的三层楼房,有一个拱顶,被中间的一条浅凹陷分成两半,非常像天文台,只是没有望远镜的开口。按贾斯珀·里士满的说法,盖这幢楼时进行了国际招标,最终霍尔特·贝林计算机公司胜出,得以赞助建设所需款项。分开的圆顶应该是代表大脑的两个半球。墙壁是玻璃幕墙,我挺好奇这应该代表什么,认知科学家的虚荣心?

不久之后,我遇到了另一个形状奇特的建筑——这次是八角形。原来它是一个普世教堂和各种信仰共用的聚会场所,使用者为基督教各教派和(通过门厅里张贴的通知来判断)佛教徒、巴哈伊教徒、超越冥想者、瑜伽爱好者、太极热衷者和一些彼此类似的新时代运动[1]群体。然而,吸引我走进去的是一首熟悉的赞美诗的旋律,我还是小孩的时候我们在教区的教堂唱过这首歌。"主啊,当我置身于奇迹之中……"我看到一个告示牌:是的,一场天主教弥撒刚刚开始。我一时兴起,悄悄溜进教堂,坐在后排。

也许是时候了,我应该直面自己在宗教信仰上的彻底混乱和

---

[1] 新时代运动(New Age Movement)是一种去中心化的宗教及灵性的社会现象,起源于二十世纪七十年代,其特征为吸收东西方各种宗教传统,并且许多观念同现代科学的观念融合在一起。

前后不一。对我接受的天主教教育我非常感恩，虽说正因如此，我在童年和青少年时期忍受了不必要的由内疚、挫折和单调带来的痛苦；不过回想起来，我对那些教过我的修女只有怀念之情，尽管她们由迷信和性压抑所致，大都或多或少地有点精神不正常，而她们也尽了最大努力把那些教条灌输给我。我从在牛津的第二个学期开始不再遵循天主教的清规戒律，跟我失贞是同一时间。这两件事情有关系，如果我发现一件事令人无比解脱，那么我便不能诚心地把它忏悔为罪，也不能承诺不再做这件事。随之而来的是用理智拒绝了其他天主教教义，至于这是那个道德决定带来的后果还是为了将其合理化，已经很难讲清了。几年后，通过一定程度的捏造和掩饰，我在一个天主教堂举行了婚礼，好不给父母带来不必要的痛苦——但也是因为归根结底我仍然觉得只去登个记不算正式结婚。我有了自己的孩子后，让他们受洗，原因仍然是如此：表面上是为了让父母高兴，但暗地里是因为如果不这么做我心里就不安。此外，这样他们到了上学的时候能进天主教小学。马丁虽然自己不信教，但也没有反对，因为他看到我们那里的天主教小学比公办的好，而我们那时也负担不起私立教育。他认为让孩子接触天主教温和一些的神话没有什么害处，比如说圣诞节、守护天使和人死后会上天堂，只要我们能随时止住任何病态或狂热的倾向就好；就算他们在这期间信上了点什么，等长大了也就慢慢不信了，而后来他们也确实如此。小孩的感觉非常敏锐：保罗和露西在五六岁时似乎就直觉地知道，在学校里必须假装相信在家里不信的东西，反过来可能也一样。他们在这种双重生活中游刃有余，展示出非凡的沉着。

上世俗中学后,他们很快就变得跟大部分同龄人一样,对宗教漠不关心,但我乐于认为他们从早期教育中获得了高于平均水平的道德责任感,更不用说对过去两千年的文学和艺术入了门——这种收获是无价的。(在上周四的工作坊上我很震惊地意识到,一些学生不理解雷切尔·麦克纳尔蒂对《新约》中马大和马利亚的故事[1]的影射。)

从保罗和露西领了第一次圣餐之后,我们就再也没有以一家人的身份去过教堂,除了偶尔的婚礼和葬礼,以及为了遵循传统跟我父母一起参加圣诞夜弥撒。但马丁去世后,我出于各种混乱的动机,又开始在周日独自去本地教区的教堂望弥撒。我非常渴望得到某种安慰和保证。也许我迷信地认为,天主教的那个上帝因为我叛教而惩罚了我,所以我最好还是和祂保持良好的关系,免得祂对我或者孩子再做什么可怕的事。但是安慰从未到来;而随着时间的推移,这种恐惧似乎越来越显得可耻。我很高兴看到女孩能担任辅祭了[2],但除此之外跟我上次进天主教堂相比也没太多变化。教区牧师是一个没什么魅力的爱尔兰人,他主持弥撒时就好像这是个重复性的工作,但必须得有人做,所以仪式进行得越快越好,而他的布道愚蠢得几乎是在侮辱听众的智商。不用说,我没有去忏悔,也没有领圣餐。过了几周我就再也不去教堂了。

---

[1] 《圣经·路加福音》记载,耶稣路过马大与马利亚姐妹俩的家乡,马大热情地把耶稣接进家里,去厨房准备招待,而马利亚却在耶稣脚前坐着听他的道。马大请求耶稣让马利亚来帮助她,耶稣回答说:"马大!马大!你为许多的事思虑烦扰,但是不可少的只有一件;马利亚已经选择那上好的福分,是不能夺去的。"
[2] 天主教在传统上禁止女性辅祭。1983年颁布的《天主教法典》开始允许女性辅祭,但须经教区主教许可。

我今天为什么要进教堂呢？我心情低落，我想自己可能觉得这里的气氛应该跟教区教堂不一样。的确是这样，但也并没有更让人动心。大堂里几乎没有任何装饰，平淡得令人压抑。任何宗教艺术和符号的痕迹，只要可能冒犯来到这里的任何一个人，就都被清除了。一张简朴的木桌权当祭坛，椅子在周围排成不规则的弧形。会众自然而然地主要是年轻人，零零散散地有几位教师和他们的家人。我看到里弗代尔夫妇和他们的两个婴儿在厅堂另一边。我感到很惊讶，也并没觉得特别高兴。我尽可能让自己不引人注意，但在《荣耀颂》中间，我瞧见科林在朝我微笑。

礼拜仪式是非正式的风格：辅祭穿着运动服和运动鞋，音乐由一个穿牛仔裤的女孩弹吉他领奏，倾向于民歌式的旋律和节奏。教师的婴儿们可以在堂里四处乱走乱爬，推拽他们的玩具，要不就是正在主持弥撒的年轻牧师没有勇气叫他们静下来。我发现当天是四旬斋期的第二个星期天。（四旬斋！这个词召唤起了多少失落的、错综交织的情感和记忆！圣灰星期三[1]禁食戒酒，学校里老师和女生额头上的黑色灰烬污迹，整天都虔诚地不擦掉……"放弃"糖果和茶里的糖……在复活节星期天大吃特吃巧克力的快乐……许多年轻人永远不会了解自我否定产生的快乐了。）读经——亚伯拉罕和以撒的故事——这个故事很好，但也非常可怕，正如克尔凯郭尔指

---

1 圣灰星期三是四旬斋的起始日，当天教会会举行涂灰礼，要把去年棕枝主日祝圣过的棕枝烧成灰，在礼仪中涂在教友的额头上，作为悔改的象征。

出的那样[1]。一场在大学里举行的弥撒,而讲经时又用的这段经文,或许可以期待会对《畏惧与颤栗》有一些涉及——但我没有这样的运气。年轻牧师把它阐释成一个简单的服从上帝旨意的故事,着重在亚伯拉罕因此行为随后被赐予的种种"福佑"。宣读福音念的是耶稣变容的故事,结尾是使徒们"彼此讨论从死者中复活是什么意思"[2]。可真是巧。

结束之后不可避免地得跟里弗代尔夫妇聊几句。"我还真不知道你信天主教啊。"科林笑着说,在最后几个字上加上讽刺的引号。如果他读过我除了《风暴眼》之外的其他任何一本书,就应该可以猜到我从小接受的是天主教教育。"我不再遵守那些戒律了,"我说,"我进来就是一时兴起——只是恰巧路过。""好吧,对迷途的羔羊我们总是欢迎的。"他说。我觉得这话有点放肆了,虽然他是在当个玩笑在讲。"我把你介绍给我们的兼职牧师史蒂夫神父吧。"他接着说。"不用了,谢谢,"我冷冷地说,"我必须得走了。"我离开时,安娜贝尔朝我忧伤地一笑,半带着歉意。

在回小二楼的路上,我在超市停了一下,买了三份臃肿的星期日版报纸,整个下午都在如饥似渴地读伦敦那些新上的戏、电影、展览等。赶在天黑之前我又出去散步。雨已经停了,一轮冬天的红日正在缓缓落下。环绕着校园的铁丝网反射着斜照下来的光线,闪

---

[1] 这个圣经故事是:上帝令亚伯拉罕杀死以撒来证明自己的信仰,亚伯拉罕毫不犹豫磨刀向子,关键之时,上帝用一头山羊替代了以撒。克尔凯郭尔在《畏惧与颤栗》等多部著作中分析这个故事,将亚伯拉罕视为信仰骑士(Knight of faith)的典范,这类人的标志性特征是他们对普世价值的舍弃或脱离及对自我信仰和神的绝对坚信。

[2] 这句话出自《圣经·马可福音》(华语天主教会最主要使用的思高本圣经称《马尔谷福音》)9:10。

着暗红色的光,好像烤面包机里的铁网。太阳落到一座遥远的小山后面,光线消失了。我越来越觉得自己好像在一座开放式的监狱里:我很容易走出去,我渴望走出去,但这样做的可预见的后果让我留在这里,来保全自己的名誉。我必须服满刑期。

3

在学期第二周周三的午餐时间，拉尔夫·麦信哲和海伦·里德在学校的教工俱乐部恰好碰上了。海伦正在看大厅里一位本地艺术家的画展。拉尔夫穿过旋转门进来时看到了她，然后走到她身后。

"你觉得这些画怎么样？"他在她身后说道，吓了她一跳。

"喔！你好啊……我在想，它们要是不那么贵就好了，我也许真会买一幅来给起居室加点颜色。"

"嗯，倒是足够鲜艳。"他说着，扬起头审视这些画，好像在给它们估价。这些都是丙烯颜料的风景画，大胆地使用亮色。自然界即使有这些颜色，也很少为人遇到。

"对，而且其实也够便宜。但不知道为什么……"

"不知道为什么难看极了。"

她笑了。"恐怕你说得对。"

"你吃过午饭了吗？"

"我正要去食堂。"

"我们一块儿吃怎么样？"

"行啊。挺好。"

"不过就别去食堂了。"

"我一般中午饭不会吃太多。"她说。

"我也是,不过我喜欢环境舒服一点。"他说。

二楼的餐厅有点餐服务,餐桌上铺着桌布,摆着插着塑料花的小花瓶。他们坐在窗边,可以看到湖景。海伦点了沙拉,拉尔夫要了当日推荐的意大利面,他们还要了一大瓶起泡矿泉水一起喝。

"其实我上周日早上本来想请你喝咖啡的,"拉尔夫说,"我看到你在雨里走着,看起来像是闲着没事——"

"你怎么看见我的?"她听到这句话好像有点吃惊,并不是特别高兴。

"从我办公室。你走过中心,我正好朝窗户外面看。"

"星期天早上你在办公室里做什么?"

"嗯……补做一些工作上的事情,"他含混地说,"我走出大楼想跟你说话,但你已经没影了,好像消失在空气里。"

"是吗?"她似乎有点尴尬。

"你去哪了?"

"我进了小教堂。"

"去干什么呢?"

"人们一般在星期天早上进教堂,是要去干什么呢?"

"那你信教?"他的声音透露着不以为然,或者也许是失望。

"我从小受的是天主教教育。我现在不再信了,但是——"

"哦,好。"

"你为什么这么说?"

"哦，跟信教的人可没法理性地交流，随便什么有点分量的事情都聊不了。我想这就是为什么我没想到要去小教堂里找你。我把你归进聪明理性的那类人里。那，你要是不信教，在那里做什么呢？"

"哦，我确实对那一套全都不信，"她说，"你知道的，童贞女生产、圣餐变体、教宗无谬误，等等等等。但有时我认为这些东西背后肯定有一种真相。或者说我希望有。"

"为什么？"

"因为，要不然生活就太没意义了。"

"我觉得不是这样。我觉得生活兴味盎然，令人深深满足。"

"嗯，你很幸运。你身体健康，钱很多，工作上很成功——"

"那你不是吗？"他说。

"好吧，我想我也是，在一定程度上。但还有亿亿万万的人都不是呢。"

"咱们暂且别想他们了。你呢？为什么这种生活还不够呢？你为什么需要宗教？"

"我不是真的需要它。我是说，我成年后的大部分时间里都没有它，但有的时候……我失去了丈夫，你知道吗，大概一年以前。"

"知道，我听说了。"

她等了一会儿，好像希望他再说点"真是太不幸了"之类的话，但他没有。

"非常突然，完全没有预兆。大脑里一个动脉瘤。发生的时候，我们的生活似乎一切都很顺利。马丁刚刚升职，我的上一部小说刚得了一个奖——我们计划从那笔钱里拿出一些来挥霍一下,去度个假。其实我们当时正在看旅游宣传材料,然后……"她停下来,显然回忆让她情绪低落。拉尔夫·麦信哲耐心等她恢复。"然后他倒在地上,昏迷了,第二天就死了,在医院里。"

"对你来说非常不幸,不过他这么走也挺好的。"

"你怎么能这么说?"她看起来很震惊,然后大为生气,气得站起身来,让他一个人坐在桌边,"他只有四十四岁。还有许多年的幸福生活值得期待。"

"谁知道呢?也许他明年就会得上一种可怕的退行性疾病。"

"也许他不会。"

"是,也许他不会。"拉尔夫让步。

"他也许能度过漫长而幸福的一生,制作许多精彩的广播纪录片,有孙子孙女,环游世界……完成各种事情。"

"但他现在不知道这些了。他死前也没有时间去想。他死的时候充满希望。这就是为什么我说这么走也挺好的。"

服务员端来他们点的菜,摆上桌,他们的谈话暂时中断了一会儿。这是海伦让自己平静下来的机会。

"所以你认为我们死去之后就不复存在了?"服务员走后,她说。

"在绝对意义上并不是这样。组成我身体的原子是不可摧毁的。"

"但你的自我,你的精神,你的灵魂……"

"在我看来,这些只是形容一些特定的大脑活动的方式。大脑停止运作时,它们也必然停止。"

"那,这不会让你感到绝望吗?"

"不会啊,"他兴致勃勃地说,在叉子上卷着饱蘸奶油的意大利宽面条,"为什么会绝望?"他把热气腾腾的面条塞入口中,大力咀嚼。

"嗯,花那么多年获取知识,积累经验,努力好好表现,就跟俗话说的那样,玩命混出个人样来,如果一点那样的自我在死后都留不下来,那似乎也太没意义了。就像在潮汐线下建造一个美丽的沙堡。"

"沙滩上,只有在那里才能堆起沙堡。"拉尔夫说,"无论如何,我希望离去之前能在认知科学史上留下永久的印记。就像你肯定希望自己能在文学上达到的那样。这是生命在死后的一种延续。唯一的一种。"

"嗯,是的,但只有极少数作者能做到去世后自己的作品还真的有人读。大多最终都化为纸浆,不论从字面上还是隐喻的意义上。"海伦把一些茎秆已经变成褐色的蒿苣叶推到盘子一边,把剩下的切碎,"认知科学究竟是什么呢?"

"对意识的有系统的研究,"他说,"科学探索的最后一个前沿。"

"真的?"

"物理学家已经基本把宇宙弄清楚了。他们提出一个统一理论只是时间问题。DNA 的发现一劳永逸地改变了生物学。意识是人类知识地图上最大的空白。你知道这个十年是脑研究的十年吗?"

"不知道。谁说的?"

"嗯,我想其实是布什总统。"[1]拉尔夫说,"但他是在为科学界发声。最近各种背景的人都开始对这个题目感兴趣——物理学家、生物学家、动物学家、神经学家、进化心理学家、数学家……"

"你是其中哪种?"海伦问道。

"我一开始是做哲学的。我在剑桥读过道德科学,博士研究的是心灵哲学。然后我获得奖学金,去了美国,进入计算机和AI——"

"AI?"

"人工智能。以前除了少数哲学家没人对意识问题感兴趣。现在它成了学界最热门的话题。"

"那么意识的问题是什么呢?"海伦问道。

拉尔夫轻轻笑了:"你是一个有意识的存在——对这个事实,你不觉得它很令人惊讶、迷惑吗?"

"也并没有。要说关于我的意识的内容,那倒是。情绪、记忆、感受。这些有不少问题。你是这个意思吗?"

"嗯,算是包括在内吧。这些在文献里叫感受质。"

"感受质?"

"我们对世界的主观体验的具体品质——比如咖啡的气味,或者菠萝的味道。它们明确无误,但很难描述。还没有人想明白怎么

---

[1] 老布什于1990年宣布1990—1999年为"脑研究的十年"(Decade of the Brain)。此倡议旨在整合美国的研究资源,致力于大脑相关领域的研究。随后各国也纷纷加大在神经科学等方面的科研投入。

去解释它们。也没有人能证明它们确实存在。"他意识到她即将提出抗议,又补充说,"当然,它们似乎足够真实,但也可能只是某种更基础、更机械的东西的具体实现。"

"'你大脑里的硬连线'?"她说,用语调表示这个短语是用引号括起来的。

拉尔夫满足地微笑:"你看过我的电视节目?"

"不好意思,就看过一点。"

"嗯,我不是完全同意神经科学家的那一套。说回来,意识是一台机器,但却是虚拟机器。系统的系统。"

"也许根本不是一个系统。"

"噢,不过确实是。宇宙中的万事万物都是。如果你是科学家,就必须从这个假设开始。"

"上学的时候一等到科学课不再是必修,我就马上把它放弃了。我想这就是原因。"

"不,我猜你放弃是因为课是一点一点给你讲的,而每一点经过提纯的无聊……那么,意识问题基本上还是笛卡儿遗留下来的心身问题[1]。我的研究生管我们的中心叫'心/身车间'。我们知道意识不是由什么非物质的鬼魂组成,不是所谓机器里的幽灵[2]。但它是由什么组成的呢?怎么解释意识现象?只是大脑中的电化学活动吗?

---

1 心身问题(mind-body problem),又译为心物问题、身心问题等,为古希腊时代即出现的一个传统的哲学问题,讨论心灵与物质之间的关系。笛卡儿的观点为二元论,认为人是由"心灵"和"肉体"两部分所组成,两者可以不依赖彼此而存在。
2 机器里的幽灵(ghost in the machine)是英国哲学家吉尔伯特·赖尔(Gilbert Ryle,1900—1976)在其于1949年出版的一本著作中对笛卡儿心身二元论的描述。

神经元放电,神经递质在突触之间跳来跳去?从某种意义上说,没错,我们能观察到的就是这些。现在能做正电子发射断层扫描和核磁共振扫描,于是当受试者不同的情绪和感觉被触发时,你可以看到大脑的不同部分就会亮起来,像弹珠机一样。但是这种活动是怎么被翻译成思想的呢?——如果这个过程用'翻译'来表述是恰当的话;但很可能不是。人类是否在获得语言能力前就拥有某种意识的媒介——'内心语言'——它在某个时刻,出于某种目的,被专门负责语言的那部分大脑以口语的形式表达出来?这些是我感兴趣的问题。"

"如果这些问题是无法回答的,怎么办?"

"我们的领域里有一些人持这种观点。他们被称为密斯特里安[1]。"

"密斯特里安。我喜欢这个发音,"她说,"我想我是个密斯特里安。"

"他们认为,意识是一个关于世界的不可简化、不言而喻的事实,无法用其他术语解释。"

"噢,我觉得这更像是济慈的'消极能力'。"海伦说。听起来她比较失望。

"那是什么?"

"一个人能够身处不确定性、神秘、怀疑之中,而并不急躁地

---

[1] 这里的原文是 mysterian,一般被译为"新神秘主义者"或"神秘主义者",但后者易与宗教上的神秘主义者(mystic)混淆,下文又强调发音,故采用音译。

寻求事实或理由。"[1]

"不,这些家伙是科学家、哲学家,不是诗人。但他们放弃寻求解释是错误的。"

"那你的解释是什么?"

"我认为人的头脑就像一台电脑——你用电脑吗?"

"我有一台笔记本,但只拿它当高级打字机用。我完全不知道它是怎么做到那些功能的。"

"好的。你的电脑是线性计算机。它以极快的速度执行许多任务,但一次只执行一个。大脑更像是一台并行计算机,换句话说,它同时运行着许多程序。我们所说的'注意力'是整个系统中各部分之间的一种特殊的相互作用。各子系统和它们之间可能的连接和组合数不胜数,复杂无比,非常难以模拟整个过程——以现在的发展水平其实是不可能的。但正如英国铁路公司曾经说的那样,我们在朝那里前进[2]。"

"你的意思是,你正在试图设计一台像人一样思考的电脑?"

"原则上,这是最终目标。"

"而且能像人一样去感受?一台会宿醉、陷入爱河、遭受丧亲之苦的电脑?"

"宿醉是一种痛苦,而痛苦总是难以破解,"拉尔夫谨慎地说,

---

[1] 消极能力(negative capacity)是济慈在1817年的一封私人信件(海伦说的这句话是对这封信的直接引用)中使用的一个短语,用来描述伟大文学家具备的品质,即在身处困惑和不确定性中之时仍能追求艺术之美。后世诗人和哲学家用这个词组来描述人类的思维想象能力不会囿于自身的处境。

[2] "我们在朝那里前进"(We're getting there)是二十世纪八十年代英国铁路公司的广告语。

"但是我看不出来设计和编程这样一种机器人有什么不可逾越的障碍：它可能会与另一个机器人形成共生关系，如果那另一个机器人被退役，那它就会出现抑郁症状。"

"你肯定是在开玩笑吧？"

"一点也不是。"

"但这也太荒谬了！"海伦惊呼道，"机器人怎么会有感情？它们只是一大堆零零碎碎的金属和线材、塑料。"

"现阶段是这样，"他说，"但是没有理由认为这些硬件在将来不会由某种有机体材料来实现。在美国，已经有人开发出用于机器人的合成机电肌肉组织。也许我们可以开发出碳基计算机。它们就像生物有机体一样，而不像硅基计算机。"

"你的心/身车间听起来像现代版的弗兰肯斯坦实验室。"

"要是是就好了，"他带着悲伤的微笑说道，"我们还没有足够的资源来建造自己的机器人，现在大部分工作是在做理论或模拟。这更便宜——但不那么令人兴奋。我们跟弗兰肯斯坦的实验室最接近的东西是马克斯·卡林西的壁画。"

"那是什么？"

"如果你有空，我现在就可以带你去看。还可以给你一杯机器煮的咖啡，保证是机煮咖啡里你喝过的最好的。"

"好吧，"海伦说，"谢谢。"

当服务员拿过来账单时拉尔夫要请客，但海伦一定要付她自己的部分，而他也没有坚持。

"你不介意走路吧?"他们下楼梯到大厅时他问。

"完全没问题。"

"有一班接驳巴士……"他瞥了一眼腕上厚重的不锈钢手表,"大约十分钟之后来。"

"不用,我喜欢走路,"她说,"这是我做的唯一一项运动了。"

"我也是。除非下雨,否则我在校园里总是走路。"

外面没下雨,但看起来快了。乌云低掠过天空,潮湿的风扫过整个校园。他们沿着环湖小径走,从并排时不时变成前后,因为总有铃声叮叮当当响起,提醒他们骑车人正在接近。这是周三下午,有体育活动的迹象。微弱的叫喊声从校园东边的运动场传来,橄榄球旋转着在空中起伏,画出弧线。湖上,一些穿着潜水服的学生正在练帆板。灰暗的水面配上帆上鲜艳的色块,形成了一幅令人愉悦的画面,但这个湖对于练习帆板来说太小了:刚刚起来一点速度就得快速转弯,以免撞到湖岸或彼此相撞,于是他们经常翻倒。

"我知道这个地方让我想起哪里了,"海伦突然说道,"林间世界。你去过吗?"

"没去过。那是什么?"

"类似高档度假村。去年夏天我跟姐姐一家一起去的。它在一片不小的乡下树林里,四周用铁丝网围起来。给客人住的小房子盖在几棵树之间。度假村正中间有一个巨大的塑料拱顶,底下有一个游泳池兼植物园,下面有很多水滑梯、漩涡池之类的。还有一个超市、几家餐厅和几处体育馆——还有一个人工湖可以玩帆船帆板,但不够大。是那个湖让我想起来的。那个湖和自行车。你从车上卸完自己的东西之后,就不能再在林间世界里开车了。人人都租自行车,要不就走路。度假需要的一切都在铁丝网里面。永远不需要出去。"

"听起来很可怕。"

"我得说我姐姐的孩子们很喜欢那里。但我有点觉得进了个圈套。为了不让未经许可的人进来,入口处设了栏杆和门卫,但我不禁去想,这也是为了尽量不让我们外出。"

他们沉默地走了一会儿。

"你给我的印象是你希望自己没来这里。"他说。

"大概只是想家了吧,"她说,"我猜我很快就会安顿下来,享受这里了。"

"你为什么要申请这份工作?"

"首要的原因是我需要钱。"

"但是他们给你开的工资也太寒酸了!"他感叹一声,又说,"我碰巧知道,因为我是评议会[1]学术任命委员会的成员。我看到了文件。"

"在你看来可能挺寒碜,可我很需要,"海伦说,"我写的那些书赚不到多少钱,唉。虽然马丁有人寿保险,但那只是一点点年金。不过你是对的,我不只是为了钱。我女儿在过上大学之前的间隔年,她现在在澳大利亚。这一切都是在马丁去世之前计划好的,我不想阻止她。他们现在都这么干。我儿子这一年也在国外,在爱

---

[1] 英国大学的评议会(Senate)主要由本校教师组成,是校级管理组织之一。其他一些国家也有类似制度,其职权与组成在不同国家、不同学校各有不同。

荷华——他在曼彻斯特念美国研究。没有他们在家里,房子感觉非常大,都能听得到回声,而且那里充满了回忆。我觉得换个环境对我有好处……"

她沉默了。拉尔夫咕哝了一声,表示同意。

"你呢?"她问,"你喜欢这里吗?"

"还好啦,"他说,"不过如果不能时不时出去一下,我会被憋疯的。"

"出去开会,做节目?"

他朝她瞥了一眼,表情古怪,好像为她选择的词语吃惊。"对,就是那些事。比这儿更差的地方当然还有,不过这儿的问题在于太乏味,又过时。这个大学在七十年代还挺出风头的,不过它从来没能拉到过足够的钱来扩大到自给自足的规模,至少对严肃的科学研究来说还不够大。说实话,现在这个学校在走下坡路,就像一家拼命避免从英超降级的足球俱乐部。他们给我中心主任的职位时我还没太意识到这一点。我在加州理工挺高兴的,但这似乎是一个我无法拒绝的职位:一切都能由我掌控,楼是专门为中心盖的,还获了奖。"他指向一个短粗的圆柱形结构。那幢楼现在已经进入了他们的视野,拱顶上有一道沟,外墙是不透明的玻璃。

"有人跟我讲,这个拱顶代表了大脑的两个半球。"海伦说。

"对。"

"为什么用镜子似的玻璃幕墙?"

"你猜不到吗?"

海伦笑了,仿佛这是一个只有他们两个人懂的笑话,然后又神色专注地皱起眉头。"因为从里面能看见外面,从外面却不能看见里面?就像思想一样?"

"猜得好。"拉尔夫点着头,像满意的老师,"这是一半答案。不过天黑以后灯亮起来,你可以从外面看到楼里发生的一切,这象征着科学研究的解释力。无论如何,这是建筑师的构思。"

"但如果把百叶窗拉上——"

"很对!"拉尔夫笑道,"建筑师在设计里明确地排除了百叶窗和窗帘,但是人们发现太阳很烈时办公室里实在无法忍受,所以他又不得不把它们加进去。天黑时有的人喜欢把它们拉上。"

"破坏了象征意义。"

"也并没有。你总能给意识拉上百叶窗。我们永远无法确切地知道另一个人真正在想什么。即使他们选择告诉我们,我们也永远无法知道他们讲的是不是真相,是不是完整的真相。同样,没有人能比我们自己更了解自己的想法。"

"也许这是好事呢。要不然社交生活将会很困难。"

"绝对是。想象一下,如果每个人的脑袋上面都有泡泡,就是儿童漫画里那种,里面写着'想……',里士满家的晚宴得成什么样。"他说这句话时直视着海伦的眼睛,好像在猜测当时她的想法。

她有点脸红。"我想这就是人们读小说的原因,"她说,"想知道别人头脑里发生的事。"

"但他们真正能知道的是作家头脑里发生的事。这不是真正的知识。"

"哦?那什么是真正的知识?"

"科学知识。问题在于,如果把意识研究只局限在可以实际观察和测量的东西,那就忽略了意识最大的特色。"

"感受质。"

"就是这个。几乎所有关于意识的书里都会出现同一个古老的笑话,讲两个行为主义[1]心理学家做爱,然后一个对另一个说:'对你来说挺不错的,对我来说怎么样?'"

海伦以前没有听过这个笑话,她笑了。

"这高度概括了意识问题,"拉尔夫说,"如何对一种主观的、第一人称的现象给出客观的、第三人称的描述。"

"噢,其实小说家在过去两百年里一直在做这件事。"海伦轻声说道。

"你是什么意思?"

她在步道上停下脚步,抬起一只手,闭上眼睛,皱起眉头,神情专注。然后她几乎毫不犹豫地背诵起来,基本一气呵成:"凯特·克洛伊在等着她父亲进来,可她父亲却迟迟地不肯出现;壁炉上的镜子不时照出她气得想不见而去的苍白的脸。但她没去;她换了个座位,从破旧的沙发移到安乐椅上;安乐椅上的布垫已磨出油光,摸起来——她已摸过——滑滑黏黏的。"

他盯着她。"这是什么?"

---

[1] 行为主义(behaviorism)是一种心理学流派,主张心理学应该研究可以被观察和直接判定的行为,反对研究没有科学根据的意识。

"亨利·詹姆斯的《鸽翼》开篇的几句。[1]"海伦继续往前走,拉尔夫跟在她身边。

"这是你经常在派对上玩的节目吗——纯凭记忆大段背诵经典小说?"

"我着手写过博士论文,研究亨利·詹姆斯作品中的叙事视点,"海伦说,"遗憾的是我从未把它完成,不过一些关键的引文还在脑子里。"

"再来一遍。"

海伦又背了一遍这段引文,说:"你看——里面有凯特的意识、她的想法、她的感受、她的不耐烦、她对离开还是留下的犹豫、她对镜子里自己的形象的看法、安乐椅布垫的低劣的质感,'摸起来滑滑黏黏的'——这些有没有感受质的意思?然而这一切都是以第三人称叙述,句子精确、优雅、结构巧妙。这是主观的,也是客观的。"

"嗯,写得很不错,我同意你的说法,"拉尔夫说,"但这是文学小说,不是科学。詹姆斯可以声称知道凯特——姓什么来着——的头脑里发生了什么,因为是他把那些东西放进去的,他发明了她。基于他自己的经验和民间心理学。"

"亨利·詹姆斯可一点儿也不民间。"

听到海伦的反驳,他挥了下手。"民间心理学是我们这一行里

---

[1] 亨利·詹姆斯(Henry James,1843—1916),美国小说家(1915年取得英国国籍),西方现代心理分析小说开创者。《鸽翼》(*The Wings of the Dove*)是他1902年创作的长篇小说,被多次改编为影视和戏剧作品。这段译文出自江苏凤凰文艺出版社2018年出版的萧绪津译本。

用的术语,"他说,"它是指关于人类行为和动机的那些为大众所接受的知识和常识性假设,也就是人们做出特定行为的原因。它在普通的社交生活里很有效——没有它我们就无法相处。它在小说里也很有效,从《鸽翼》一直到《东区人》[1]……但它不够客观,还不够格成为科学。如果这个凯特·克罗伊是一个真实存在的人,亨利·詹姆斯就永远不会擅自说出她对这把安乐椅的感受,除非她告诉他。"

"但如果凯特·克罗伊是一个真实存在的人,那我们想知道的关于她的事,你的认知科学也一点都不能告诉我们。"

"绝对不是'一点都不能'。不过,对,我同意,现阶段我们对意识的了解程度比小说家假装了解的要少,我们不得不接受这一点。到了。"

他们已到达霍尔特·贝林认知科学中心的入口。

滑动门由钢化玻璃制成,蚀刻有相互缠绕的"HB"两个大号大写字母,他们走近时自动打开,又静静切开他们身后的空气。门厅里充溢着穿过有色玻璃的阳光,是海底一般的蓝色。在楼里可以看出整个建筑主要由钢和玻璃建造。办公室、工作间和其他房间围着中庭展开排布。这些房间弯曲的内墙是玻璃的,因此参观者可以一目了然地看到每间屋里正在进行的各种活动,不过大多数人看起来似乎都在做同样的事情:坐在桌前盯着电脑屏幕,偶尔敲敲键

---

[1] 《东区人》(*Eastenders*)是一部英国长篇电视肥皂剧。1985年2月19日在BBC首播,一直持续至今,已逾五千集。

盘。这座建筑有三层楼，通过中庭里位于楼门入口对面的电梯井连接，同时还有由不锈钢和抛光木材搭建的开放式螺旋楼梯，从一楼中央开始向上盘绕，以水平走道和廊台连接至上方楼层。

"你发现楼梯有什么不寻常的地方了吗？"拉尔夫问。

"嗯，非常优雅，尤其是栏杆。"海伦说。

"不，不是那些。它是左手螺旋，就像DNA的双螺旋一样。螺旋楼梯一般是朝另一个方向转。"

"啊。这我不会知道的。"

他带她参观一楼的设施：一个通用办公室；一个小图书馆；一个演讲厅，座椅一排一排地焊在一起，坐垫可以翻起；研究生工作间，桌上摆着一排排一模一样的电脑终端；以及一个带空调的地下室，拉尔夫暗示那里是这幢楼的"大脑"，里面摆满了各种形状和大小的电脑，嗡嗡作响，不停闪烁，中心的大部分工作都存储在这些电脑的光盘和磁带上。一名穿白大褂的男子正在研究其中一台机器打印输出的东西，拉尔夫把他介绍给海伦，他是系统管理员斯图尔特·菲利普斯。海伦注意到这些机器都有名字，印在白卡片上，粘到机器外壳上："阿道克""汤普森一号""汤普森二号""白雪"，等等。

斯图尔特·菲利普斯说："如果用技术上的名称——字母和数字——来叫它们，那很容易出错，所以我们给它们起了绰号。"

"为什么全都是《丁丁历险记》漫画里面的？"海伦说。

"这是麦信哲教授的想法。"斯图尔特·菲利普斯说，转头看向拉尔夫。

"当时我的孩子们非常喜欢,"他说,"现在他们也挺喜欢的,而要就此来说的话,我也很喜欢。"

他带她到地下的公共休息室,配有低矮的现代风格沙发和已经用得颇为破旧、污渍斑斑的扶手椅,还有一台锃亮的瑞士自动饮料机。三个穿着牛仔裤、运动衫和运动鞋的年轻男子正在一个角落里聊天。拉尔夫把他们介绍给海伦,说他们都是博士生:吉姆、卡尔(来自德国)和健司(来自日本)。她问他们研究什么。吉姆说机器人学,卡尔说情感建模,健司含糊地说了些什么,拉尔夫为了让她听清楚重复说了一遍——"遗传算法"。

"我能猜到机器人学是什么,"海伦说,"可其他的到底是什么呢?"

卡尔解释说,情感建模是用计算机模拟情绪如何影响人类的行为。

"比如说悲伤?"海伦说着,瞥了一眼拉尔夫。

"就是这样,"他说,"不过卡尔实际上正在开发一个母爱的程序。"

"我想看看。"海伦说。

"恐怕还不能演示,"卡尔说,"我正在重写这个程序。"

"改日吧。"拉尔夫说。

"还有遗传——什么名字来着?"海伦转向健司,问道。这位年轻人的英语没有卡尔好,他解释时磕磕巴巴的,额头冒汗,不过拉尔夫巧妙地为海伦总结说:遗传算法是被设计成能像生命形式一样自我复制的各种计算机程序。"我们交给所有这些程序一个问题让它们去解决,做得最好的被允许为下一次测试而自我复制。换句话说,他们配成一对一对的,一起做爱"——拉尔夫这么形容,学生们被逗乐了,"我们将每个程序分成两半,将这两半在各个程序之间互换。如果这么做的次数足够频繁,有时能得到比人类程序员设计得更加强大的程序。"

"但它们可能会失控,"海伦说,"接管世界。"

"更有可能发生的是,它们最终会在公共休息室里,讨论人类是否有意识。"他说。

那几个年轻人礼貌地笑了。也许他们觉得自己应该展示出一些勤奋钻研、为事业献身的样子,就离开了,留下拉尔夫和海伦。他问她想要什么样的咖啡,然后按下机器上对应的按钮。她啜饮一杯撒着巧克力粉的卡布奇诺时,他满心期待地看着她。

"嗯,很棒,"她说,"就是聚苯乙烯的杯子差点意思。"

"啊,你是说这个,常来喝的人用自己的瓷杯子。"他说完,走到墙上挂着的一块木板旁边,木板上钉着许多钩子,挂着各种装饰的杯子,杯子上标有主人的名字。他拿起一个印着白色大写字母"BOSS"[1]的黑色马克杯,放在咖啡机的出水口下,做了一杯加糖的双份浓缩咖啡。

"那么你没给教职工单独设一个休息室?"海伦评论道,"够民主的。"

"嗯,是的,不过我们的学生都是研究生。我们不开设本科课

---

[1] 意为"老板"。

程,这让学校很不满。"

"为什么呢?"

"我不希望我的人浪费时间精力去教本科生基本的编程。"

"不,我是说,学校为什么不满?"

"学生人数就意味着钱。现在高等教育市场化了,你知道的。"他举着咖啡杯,眼睛从杯子上面看着她,"这真是现在让我们很头痛的一件事。关于这个问题我可以说到把你烦死。"

"给我讲讲看。"她说。

"好。简而言之,这个地方能建立是由于霍尔特·贝林公众有限公司的一笔捐赠——当时的副校长和他们的董事会主席关系不错。他们承担资本支出和一半营运费用,学校则承担另一半。这个协议每五年续一次。明年是第二个五年期的结束,而霍尔特·贝林不会续约了。他们非常赞赏我们在做的事,只是再也无力支持了。我不能怪他们。微软抢走了他们的很多业务,而且他们还遇到了现金流问题。不过其实我们一直假定最终他们会退出,所有的钱都要由学校来出。但是学校也缺钱。新的副校长和他的公共安全委员会——我管他的行政团队叫这个名字——告诉我,他们负担不起整个中心。"

"那,会发生什么呢?"海伦问。

"最坏的可能是我们关门大吉。"他冷笑几声,又说,"也许他们会把这个地方改成一个创意写作中心。贾斯珀·里士满告诉我英语学院的空间快安排不开了。而创意写作得到了公共安全委员会的高度认可。"

"真的吗？"海伦说。听上去她很惊讶。

"噢，那是当然的了。这些课程非常受欢迎，吸引了大量的申请者，本科生和研究生都有。美国人选择在这里度过大三海外年，因为他们上创意写作可以拿学分。很多学生，很多收入。英语学院雇用贫困的作家来教他们，开出临时的短期合同——"

"寒碜的工资。"海伦插话说。

"寒碜的工资，正是如此。固定的一笔钱，不用给你办养老金，没有学术休假，没有产假。课程的必需开销肯定是可以忽略不计的。从商业角度看，这是一笔高收益、低成本的买卖。世界是不是真的需要更多的小说家是一个见仁见智的问题。"

"世界需要更多的认知科学家吗？"

"我觉得需要，原因很明显。未来的世界将由计算机科学和基因工程主导，需要的人才必须了解这些领域的基本问题和发展可能，而不仅仅是在应用层面。但我们的那些领导似乎并不理解这一点。纯粹的基础研究总是很难拉到钱，在任何领域都是如此。"

"不过你不是真的认为学校会把你们中心关了吧？"

"那倒还不至于。不管怎么说只是最后的手段。我们是这个学校为数不多的世界级院系之一，在上一次研究评估中被评了五分。如果学校直接给我们断粮，那会是糟糕的管理策略，更不用说会造成糟糕的公关影响。学校更有可能要求我们勒紧裤腰带或者开设本科课程。"

"你找不到新的捐助者了吗？"

"这很棘手。你看，最初那笔捐款的一个条件是这幢楼永远叫霍尔特·贝林中心。跟它竞争的公司肯定没法对这一点满意。出于同样的原因，仅仅为特定的项目争取资金支持也很困难。我们目前最大的希望是国防部。"

"国防部？"

"他们对我们的一些工作表现出了兴趣，当然他们绝不想声张出去。无论发生什么，对我来说都是又一堆的表得填。不过对无聊的行政问题，已经说得够多了。"他说，然后拿起海伦的空杯子和自己的杯子，走到水槽边，扔掉前者，冲洗后者，"我带你去看卡林西壁画。"

他们往那里走，途中在走廊里遇到了研究生吉姆，他正在观察一个大约两英尺高的小机器人。它有三个轮子和一个能旋转的头部，眼睛是一对镜头，还有一对机械爪。

"这是亚瑟，"拉尔夫说，"为增强我们的实力最新添置的。买的现成货。"

那一刻，亚瑟一动不动，面朝一个角落，像个因为在课堂上调皮捣蛋而被赶到那里罚站的小男孩。

"它在干什么呢？"海伦问。

"扫描这个空间，"吉姆说，"把它存在记忆体里。"

突然，亚瑟用轮子把自己转了一百八十度，冲向走廊的另一侧，猛地一头撞在墙上。

"啊呀，"吉姆皱起眉头说，"程序一定哪里有问题。"亚瑟从墙边后退了一点，思考着什么，似乎有点迷惑。

"他好像还得再过一阵子才能开始和别的机器人约会。"海伦对拉尔夫说。

"对,"拉尔夫说,"如果能教会他从地板上捡垃圾,我们就很高兴了。咱们接着走吧。"

拉尔夫把海伦带到电梯旁。这个电梯不仅墙是玻璃的,地板也是。所以如果你打算要看的话,可以俯视自己脚底下电梯井里的线缆和机械,不过海伦显然不想。电梯平稳无声地启动,拉尔夫向海伦讲解道,马克斯·卡林西是一位匈牙利裔美籍哲学家兼业余画家,在普林斯顿大学工作,几年前休学术假时在中心当了一年研究员。他为了给自己找点乐子,在拉尔夫的允许——实际是鼓励下,画了一幅壁画装饰大楼的三层,题材是认知科学、进化心理学和心灵哲学里各种著名的理论和思想实验。

电梯停在三楼的廊台,玻璃门"唰"的一声打开。"哇!"海伦迈出电梯,惊叹一声。这层楼的内墙不像另外两层楼一样是玻璃的,而是用实心砖砌成,外面抹上灰泥,形成了一个可供绘画的弯曲表面,围绕中庭外周一圈。墙上以大胆的表现主义风格层层叠叠地画着一系列场景、人物和小插图,从电梯井的左右两侧开始,在对面的廊台会合,形成一种类似环幕的效果。这里是各种颜色和形状的狂欢,与楼里其他地方的高科技简朴风格形成了鲜明的对比。

"印象挺深刻,是吧,"拉尔夫说,看上去对她的反应很满意,"我带你转一圈,给你讲讲好不好?"

"那太好了。"

他向左转身,海伦跟着他。第一幅引人注目的图像是一只巨大的黑色蝙蝠,位置跟观看者的视线平齐,张开翅膀,像一架隐形轰炸机一样朝观看者飞来,而包围着蝙蝠的背景是一圈圈细细的同心环。

"七十年代初,一个叫托马斯·内格尔的哲学家写了一篇著名论文,题目是《做一只蝙蝠是什么感受?》"拉尔夫解释道,"他的论点是,我们完全没有办法知道做一只蝙蝠是什么感受,唯一的方法就是做一只蝙蝠。因此感受质是不可言状的,因此对意识进行科学的研究是不可能的。[1]在我看来这是一个过分简化的论点,但却令人意外地大获成功。不过拿蝙蝠当思想实验的主体确实很高明——这种生物奇异无比。你知道它们是通过回声来定位导航,像雷达一样吧?"他指着同心环,"当首先发现这一点的一个人在某次科学会议上第一次描述这个现象时,有个老教授等他讲完后冲到讲台上,真的打了他一顿。那老头觉得这个想法太荒唐了。"

"背景里的两只蝙蝠在做什么?"海伦问道,指着一对好像在接吻的生物,它们似乎在滑稽地模仿人类的求爱行为,像迪士尼动画里的镜头。

"那是吸血蝙蝠。其中一只正在把自己吸的血再吐出来,喂进另一只的喉咙里。"

"呃!我真不应该问。"

"人们发现吸血蝙蝠似乎有种习性,在出外觅食一夜回来后,走运的有时会跟不走运的同胞分享自己打包回来的晚餐。"

---

[1] 托马斯·内格尔(Thomas Nagel, 1937—),美国哲学家。这篇著名论文最初于1974年发表。

"这跟意识问题有什么关系?"海伦问。

"这跟动机有关。给人的第一印象是这是利他主义的行为,但是只有在跟对方达成了互助协议的情况下,那只幸运的蝙蝠才会跟另一只分享血液,这样即使相反的情况发生,它自己成了不幸的那只蝙蝠,也不会饿肚子。人类也是这样——正如囚徒困境展示的。"

拉尔夫指向一幅画,画的是一排空牢房,两头的两间里分别坐着一个穿着漫画书里那种条纹囚服的男人,他们闷闷不乐地从铁栏后盯着外面看。他们俩之间有一名看守在巡视。"情况是这样:他们都被指控犯罪,都被引诱提供对对方不利的证据。你可以看出来,他们已经被隔离了,无法互通信息。如果两个人互相背叛,那么他们都会被重判。如果只有一个人招供,揭发了另一个,那么招供的这个人将被无罪释放。如果两个人都保持沉默,那么因为缺乏证据,他们可能都会被轻判。这是在合作和背叛之间的选择,可以应用到各种情况:经济、政治、捕鱼权、学校里的明争暗斗,什么都行。整个人生可以看作一系列在合作和背叛之间的选择。"

"真的吗?"海伦说。

"就拿学校最近的经费削减来说。学校和各院系的负责人面临的选择:是投票把要砍掉的经费尽可能广泛地摊到整个学校——这样所有人都得承受同样的痛苦——还是抢在别人投票大幅削减自己院系的经费之前,投票去砍他们的钱。合作或背叛。数学家们花费了无数时间精力在这上面,想找出来怎么玩这个游戏最好。有很多会议专门就是为了讨论这个问题。曾经有过一次国际竞赛,旨在制定最佳策略。知道结果是什么吗?"

"什么?"

"以牙还牙。你和另外那个玩家合作,直到他们不跟你合作为止,然后下一次你就背叛。不过,一旦对方知道你会这么干,你就不需要这么干了。这就是为什么社会没有散架。这是对人类道德的高度概括。"

"嗯。"海伦轻轻地咕哝了一声,似乎要质疑拉尔夫的论断,但还是选择没有这么做。她走到另一幅壁画前。"这是什么?"她朝这幅画点点头。一个男人坐在桌前,桌上有一个输入托盘和一个输出托盘,还有一摞书。除此之外这个房间空无一物,也没有窗户。托盘上堆满了写着表意文字的纸卷,房门上还开了个小活动翻门,类似的纸卷正在从翻门落进屋里。

"那是塞尔的中文房间,一个非常著名的思想实验。他的想法是:这个人要回答的问题是用中文写的,而他既不会说也看不懂中文。他有一本规则手册一类的书,里面的逻辑过程使他能够用中文回答这些问题。他整天坐在那里接受问题,给出正确答案,但他一个中国字都不认识。他对自己在做什么有意识吗?"[1]

"他能意识到自己的工作无聊透顶。"

"说得好,"拉尔夫说,"但这不是塞尔的用意。他的论点是,这个人无法对自己正在处理的信息有意识,而因为他的行为就像一个计算机程序,所以计算机程序也不能对自己正在处理的信息有意识。因此,人工智能必定会失败。"

---

[1] 约翰·塞尔(John Searle, 1932—),美国哲学家。中文房间这个思想实验出自他在1980年发表的一篇论文。

"我想你不同意吧。"

"对,我不同意。因为,就算在思想实验里,也不可能构建出一个按他描述的原理工作的计算机程序。或者说,如果有程序像那样工作,那么拿任何普通标准来评估,它都应该是有意识的。"

"我猜这些就是提问题和接受答案的中国人吧。"海伦指着画中一大群长着亚洲面孔、穿着中山装的人说道。他们肩并肩并排站着,每个人的耳朵上都夹着个像手机一样的东西。

"不,那是另外一个人的思想实验。他设想给每一个中国人配备对讲机,以模拟人脑细胞之间的联系。"[1]

"为什么是中国呢?"

"因为那是拥有一种共同语言的数量最多的人口,我觉得。中国大约有十亿人口,我想。"

"但是中国人没有一种共同的口语。"海伦表示反对。

拉尔夫笑了。"真的啊?我想编出来这个实验的家伙不知道这一点。但是人脑中大约有一千亿个神经元,它们之间可能建立的联系的数目比宇宙里的原子还要多,所以不管怎么说,这个实验离实际情况都差得很远。"

"那这又有什么意义呢?"

拉尔夫耸了耸肩。"我忘了。我想这只是又一个反功能主义的主张。大多数这种思想实验都是。这个很有意思。"

---

[1] 这一思想实验名为"中国大脑"(China Brain),最初的版本由苏联作家阿纳托利·德涅普罗夫(Anatoly Dneprov)在小说中提出,随后由美国哲学家劳伦斯·戴维斯(Lawrence Davis)和内德·布洛克(Ned Block)加以完善。

这幅画又是一个没有窗户、牢房一般的房间，不过屋里摆满了家具和各种设施——一张书桌、文件柜、书架、电脑和一台电视。一切都是黑的或白的，要不就是不同深度的灰色，包括坐在书桌前的一名年轻女子。她戴着黑手套，穿着黑鞋、不透明的黑长筒袜和白大褂。电视屏幕上的图像是黑白的。但房间是建在地下的，用剖面图表现的地上图景是祥和的田园风光，充满了绚丽的色彩。

"这是弗兰克·杰克逊的色彩科学家玛丽。[1] 这个设想是她在一个完全黑白的环境里出生、成长、接受教育。科学意义上有关颜色的所有知识她全都掌握。例如，刺激眼睛视网膜，让我们识别出颜色的各种波长组合，但她一种颜色也没真正看到过。你注意看一下，她的房间里没有镜子，所以她看不到自己的脸、眼睛、头发的颜色，而她身体的其他部分都被衣服覆盖了。然后有一天她被允许走出房间，而她看到的第一件东西是，比如说，一朵红玫瑰。这时她会有一种全新的体验吗？"

"明显会啊。"

"杰克逊也这么说。这仍然是对感受质不可言状、不可简化的论证。"

"在我看来论证得很不错。"

"嗯，比大多数其他的都好。但是它的前提还是让人必须接受太多强制设定。如果玛丽真的掌握了有关颜色的所有知识——这可比我们现在知道的要多得多——那么也许她能够在大脑中模拟对红

---

[1] 弗兰克·杰克逊（Frank Jackson，1943— ），澳大利亚分析哲学家。"色彩科学家玛丽"这一思想实验又称为知识论证（knowledge argument），是他于1982年首次提出的。

色的体验。用服用一些特定药物的手段,比如说。"

"这些人是谁?"海伦指着一群人问道。他们或坐或站,还有在走来走去的。"他们有点古怪,虽然很难具体说出来在哪里。"

"你眼光真好,"拉尔夫说,"卡林西画得也很好。他们是僵尸。"

"僵尸!"

"是的,我们用僵尸做很多工作。僵尸对心灵哲学家的意义,就像大鼠对心理学家和豚鼠对医学生物学家一样。如果在哪儿有僵尸权利运动,我也不会感到惊讶。"

"可是僵尸是不存在的啊!"海伦大喊道。

"你是个小说家,还这么拘泥于字面意思。"拉尔夫说。

"我是现实主义小说家。"

"在哲学意义上,僵尸用不着真实存在,它们只是一种逻辑上的可能。僵尸对思想实验很有用,因为它们的外观和行为与人类没有分别,但从人类的角度来说又没有意识。比如说这两个长发小伙,这儿,"他指着画上的一处地方说,"是个叫大卫·查默斯的年轻哲学家和他的僵尸双胞胎兄弟。但是就像你看到的,根本无法确定哪个是哪个。"[1]

"说到动物权利,这只猫怎么了?"海伦问道,在一幅画前停了下来。这幅画是连续的几帧,像横向的条形漫画,画在一个叫D.C.道格拉斯的教授的门上。画中,一个魔术师将一只昏昏欲睡的橘猫放进一个木箱里,又放进去一套复杂的科学设备,然后合上

---

[1] 大卫·查默斯(David Chalmers, 1966—),澳大利亚哲学家、认知科学家。他对"僵尸"这个模型在哲学研究上的应用有重要贡献。

箱盖。最后一帧里他不见了,只剩下木箱。

"那是薛定谔的猫,量子物理学中的著名谜题。箱子里的设备是测量电子自旋的仪器跟一个致命的注射装置连在一起。这个实验假设,如果电子自旋'向上',那么设备就把猫杀死。但是根据量子力学,电子的状态既不是向上也不是向下,直到有人观察为止。因此,在有人打开箱子之前,猫既不活也不死。"

"魔术师是薛定谔?"

"不,那是数学家罗杰·彭罗斯[1]。"

"跟罗玢·彭罗斯教授[2]有什么亲戚关系吗?"

"他是谁?"

"是个女人。她这学期要来英语学院做一次讲座。我拿到了一张宣传单。"

"我觉得没有任何亲戚关系。这位彭罗斯认为量子物理学里有意识问题的答案。意识可以看作波函数的坍缩。量子在微管中坍缩。"

"不好意思,我完全听不懂。"海伦说。

"嗯,解释起来并不容易,"拉尔夫说,"有人说,任何声称理解量子力学的人要不就是疯了,要不就是在撒谎。"

这时门打开了,出现在门口的是一个小个子男人,手里攥着一捆纸。他发现他们挡住了他的去路,猛地站住,表情惊讶,眼睛在厚厚的镜片后眨了眨。他头发灰白,显然已到中年,却长了一张娃

---

[1] 罗杰·彭罗斯(Roger Penrose,1931—),英国著名数学物理学家、数学家、科学哲学家。
[2] 罗玢·彭罗斯(Robin Penrose)是戴维·洛奇在1988年出版的小说《好工作》的女主人公,在那本书里她是一名初出茅庐的大学英国文学讲师。

娃脸。

"啊,这是道格斯!"拉尔夫说,"道格斯可以向你解释,他说得比我好。"

"解释什么?"那个男人说。

"量子力学,"拉尔夫说,"这是海伦·里德,她是作家,这学期在英语学院任教。"他对海伦说:"这是我的同事道格拉斯·C.道格拉斯,大家都管他叫道格斯[1]。"

"我从未准许用过这个绰号。"道格斯酸酸地说。

"很高兴见到你,道格拉斯教授。"海伦伸出手说。他冷若冰霜的表情解冻了一两度。

"你是想找我吗,麦信哲?"他问拉尔夫。

"不是,我正在给海伦看壁画,"拉尔夫说,"我们走到薛定谔的猫这里时你正好从办公室蹦出来,跟量子效应似的。"

"很有意思。"海伦指着壁画说。

"如果按我的意思,应该拿白漆把它们都涂掉。"道格拉斯说。

"啊,为什么?"她问。

"不严肃,让来访的人感到困惑。"

"海伦对量子理论感到困惑,道格斯。你不给我们解释解释吗?"

"如果你不介意的话,现在不行。我得去复印点儿东西。"

他锁上办公室的门,生硬地朝他们点点头,走开了。

---

[1] 道格斯(duggers)在俚语中有夸夸其谈者、蠢货等含义。

"看来我得自己来试着解释一下了。"拉尔夫叹了口气说道。

但在他要开始讲解时，电梯门开了，中心办公室的一个秘书走出来，喊道："麦信哲教授！"她穿着高跟鞋，咔嗒咔嗒地朝他们走来，有点上气不接下气，眼睛瞪大，显然有重要的消息要说。"哦，麦信哲教授——斯图尔特·菲利普斯一直在找你。阿道克船长崩溃了。"

拉尔夫脸上现出痛苦的表情。"噢，天哪，"他转向海伦，"恐怕我得去看看，不好意思。"

"当然没关系。"海伦说。

"阿道克船长是我们的电子邮件服务器。如果下午不能把它修好，我的人就会开始出现戒断症状。"他微微笑了一下，表示这是个笑话，但也许并不完全是个笑话。

"其实我也得走了，"海伦说，"不过太谢谢你了。非常有意思。"

"好。希望你再来，"拉尔夫说，"我们一起下去吧？"他指着电梯。

4

　一，二，三，测试，测试……［打嗝］不好意思！现在是，几点，晚上六点五十一，2月26号，周三……我还在办公室，而不是在家里的火炉前一边烤火一边喝今天的第一杯酒，因为我们的大脑出了问题……今天下午我收到消息说阿道克船长崩溃了，但似乎是硬件故障或者可能短路了……现在那儿有好多技术员和电工忙个不停，想找到问题的根源，我在知道它修好以前没心情回家……要是半夜大脑的电路着起大火，想想真是很吓人，虽然不太可能……于是我打电话跟卡丽说我得晚点回家，然后稍微定定心，着手做员工表现评估，我一直拖着没干的……这年头怎么得他妈填这么多表……但当我打开保存秘密材料的档案柜之后看见了这个旧Pearlcorder，我无法抗拒诱惑必须得听听上周日早上我录的录音带……还没有腾出空来把它转成文字……我真的需要录音打字员用的那种设备，有一副耳机，用脚踏板来播放和停止带子……我知道楼下的办公室有一套，不过感觉去借用很难为情，他们会奇怪为什么我不把带子交给他们来转成文字……我订购了一个叫"声音大师"的语音识别软件，我想这是市面上最好的，不过还没寄到，而且你必须得训练它识别你的发音然后才能使用……无论如何，我刚才在 Pearlcorder 上放了那盘带子，我得说简直是太棒了……虽然实验价值到底有多少得另说，唉……不仅仅因为实验本身在一定程度上决定了你的想法的方向和内容……主要是因为如果要阐述出来……不管有多么随便……用语言把思想阐述出来的话，你已经和意识现象本身有了一层隔膜……因为……呃，因为我说出的每个词，不论听起来有多么支离破碎、不合逻辑，都是一种复杂互动的输出……商讨……竞争……在我的大脑的不同部分之间……就像一个布告牌，编辑部激烈辩论了一纳秒之后确定了文本，钉在布告牌上挂出来，然后这个文本交给大脑的语言中心继续传播……而那个编辑的过程是不可记录和观察的，除非用几百万神经元之间的电化学活动的模式呈现，那在脑部扫描仪上肯定会是张漂亮的图……没关系了，录音可能还是值得再坚持一段时间，一些有用的东西可能会浮现出来，也许跟注意力的本质有关……这份东西大概永远不能在论文里用上很多，太个人化，太暴露了，更不用说有时候甚至很下流……但很吸引人……因为似乎是在窃听自己的想法……录音结束的时候我甚至有点儿遗憾，当时我被海伦·里德打断了或者应该说分心在她身上，她在雨中的校园里徘徊，像一个迷失的魂灵……她后来实际上进了小教堂，我在找她的时候她一直在那里，她今天午餐时告诉我的……我恰巧在教工俱乐部碰到她，我们一起吃了午餐……一定是那盘意大利面上的酱让我不消化……她看来是个天主教徒，或者是被这么养育长大的……不再信了，不过还不能让自己完全抛弃那一套，仍然对个人的不朽这种理念充满企盼，跟许多除了这一点之外非常智慧的人一样……甚至科学家也不例外……比如说达尔文一些最亲密的同道人痴迷于招魂术……华莱士、高尔顿、罗马尼斯[1]，他们都参加降神会，跟灵媒沟通……好像他们在摧毁人们对基督教的信任之后，又迫切希望找到基督教天堂的某种替代品……高尔顿甚至说服达尔文本人，在我评论过的那本传记中记载的，去参加一次降神会……不过老达尔文确实是好样的，当场拂袖而去，留下他们围坐在桌子旁，在黑暗中手牵着手，窗帘拉上挡住阳光，等着鬼魂显灵施展魔法……乔治·艾略特跟她的相好[2]，叫什么来着，刘易斯，那场会他们也去了，我似乎记得，老马脸，她宣称上帝，怎么说的来着……上帝是不可想象的，不朽不灭是难以置信的，或者是反过来……就算是她也打算试试招魂术……他们杀死了上帝，开始对后果感到恐慌，甚至达尔文也……顺便说一下，大概是哲学史上第二出名的句子了吧，尼采的"上帝已死"……甚至达尔文也……他的身体状况渐渐恶化，难道不是由精神压力引起的吗？他年轻的时候身体非常好，精力充沛，要不然怎么能扛下来"小猎犬号"的远航呢？但是他发展出进化的概念之后，他写了《物种起源》并开始看出这本书会对宗教产生的影响之后，他马上出现各种各样的症状——疖子、胃胀气、呕吐、颤抖、昏厥……痔疮……耳鸣……眼前出现黑点……能想到的每一种该死的病……他

---

[1] 阿尔弗雷德·华莱士（Alfred Wallace，1823—1913）、弗朗西斯·高尔顿（Francis Galton，1822—1911）和乔治·罗马尼斯（George Romanes，1848—1894）都是和达尔文志同道合的科学家。

[2] 玛丽·安·伊文思（Mary Ann Evans，1819—1880），笔名乔治·艾略特（George Eliot），著名英国小说家。她的伴侣是乔治·亨利·刘易斯（George Henry Lewes）。

的所有医生连其中一种的病因都找不到,也治不好……有个大夫说是被抑制的痛风,其实更像是被抑制的内疚……并且他尝试了各种各样的江湖郎中疗法,严肃科学家一点都不应该去想的那种……比如说,什么来着,用黄铜和锌丝制成的链条把自己捆起来……泡在醋里……每天挤两个柠檬,把汁全喝掉……在浴缸里放满冰冷的水然后跳进去……一切都无济于事……这些荒唐事难道不是一种自我惩罚?因为他对宗教造成了致命打击……虽然不是进化论,而是他心爱的小安妮的死让他彻底抛弃了自己对上帝的信仰[1]……必须得知道那个时期经常死人,比现在多得多,普通儿童疾病就可能是致命的,分娩也是如此……高尔顿他们自己并不怎么渴求长生不老,他们走向招魂术更多是因为渴望再见见死去的挚亲,特别是如果他们很年轻就去世了……毫无疑问,这就是上周日海伦·里德被教堂吸引的原因,她仍然为丈夫而悲痛……我试着对她实施一点休克疗法,她在吃午餐时说到丧亲的事,我拒绝按传统表示同情,我想她有那么一瞬间想愤然离席,不过还是保持了冷静……我们热烈地讨论了二元论、意识、AI……之后我把她带到这里,给她看卡林西的壁画……她很聪明,也很漂亮,周六晚上她穿的连衣裙不怎么显身材,今天穿的毛衣和裤子就显出来了,她身材特别好……皮肤也非常好,对于远远过了青春绽放的年纪的女人来说很难得……不过她相当忧郁,在我看来似乎非常需要做一场爱,我觉得她自打丈夫死后就没做过,她散发出一种起誓守贞的气质,就像修女……如果卡

---

[1] 达尔文的大女儿安妮在十岁时死于当时是不治之症的肺结核,此后达尔文彻底抛弃基督教,连礼拜仪式也不再参加。

丽突然死了，不知道我能坚持多久不做爱，我猜大概不会太长，我知道不会……这很令人震惊但是……如果我去想象卡丽快要死了，那第一个出现在脑海的想法并不是我自己在烦恼悲痛的景象，而是我可以自由地去会别的女人了，玛丽安娜或海伦·里德或其他任何有可能的人，没有任何良心上的不安或害怕被发现的恐惧……当然，如果真的发生了，我肯定会陷入深深的烦恼和悲痛中，也许会在一段时间内对性完全失去兴趣，尽管我很怀疑……更有可能走另一条路，在另一个女人的怀中寻求解脱，"留下过夜吧，我只想有个人抱着我"，这句话真是，无法抗拒……当然，我会继承到卡丽的至少一部分钱，我会富裕而且自由，如果我去想她的死那就会往这方面想，假装不想也没什么用……这是我们今天下午谈的话题的一个很好的例子，意识的隐私性，想法的秘密性，它是只有我们自己有钥匙的档案柜，这可真得感谢基督……如果卡丽知道我现在正在想的这些东西准得崩溃，她永远不会原谅我……然而就我所知她也有类似的幻想，我突然死掉，没有痛苦地……想象她自己找到一个新的伴侣，再次坠入爱河，也许是一个比我更年轻更浪漫的人……这个念头是不是让我烦心？不，并没有，因为我并不真正相信它，这完全是假设，我不能像占据自己的幻想那样占据她的……
[录音停止]

　　刚接到电话说他们找到了问题的原因……是只鼠……不是电脑鼠标，是真正的老鼠，有四条腿和胡须……它咬穿了电线，给自己执行了电刑——他们找到了尸体。我走了。

5

2月27日　星期四

　　昨天午餐时间，我在教工俱乐部遇到了拉尔夫·麦信哲。噢，要是严格按照事实来讲（而且为什么要编呢，这只是写给我自己的，别人也看不到），我从洗手间出来时，透过玻璃幕墙看到他在外面，正在大步跨上入口前的台阶，然后我在门厅里慢慢走着，假装观看展出的一些水平很糟的图画，希望他进来时能注意到我——他确实注意到了，所以我们一起吃了午饭。他提到他上周日早上从办公室里看见我冒着雨在校园里游荡——这条信息让我有点手足无措。我想知道他眼里的我看上去是什么样子。浑身湿透？抑郁？癫狂？

　　饭后他带我参观了他的中心，出乎意料地很有意思，尤其是有个东西叫卡林西壁画——在三楼的墙上，画了一整圈，展示了各种关于意识的理论和"思想实验"。意识显然是认知科学家研究的东西——而且还是目前最热门的东西，所有学科的科学家都在研究。他们已经认定，意识是一个"问题"，必须加以"解决"。

　　这对我来说可是前所未闻，而且我觉得不太舒服。我想，我自己一直觉得意识理所当然地是文科的领域，尤其是文学，更尤其是小说。毕竟大多数小说写的就是意识，我的小说肯定是。意识是我的面包和黄油。也许是由于这个原因，我从未觉得它作为一种现象有什么问题。意识只是一个人生活在其中的介质，能从某种程度上代表个人的身份。问题是如何呈现它，特别是不是自己的自我的意识。在这个意义上，小说可以被称为思想实验。你发明人物，你把他们放在虚构的情境里，然后决定他们如何反应。实验成功的"证明"是他们的行为似乎有趣、合理、揭示了人性。在谁看来呢？是在"读者"看来而不是书评家自作聪明先生，不是媒体公关溜须拍马女士，不是宠你的母亲，不是嫉妒你的对手，而是一种理想的读者：精明，智慧，要求很高但评价公平。在创作过程中，作者会试图采用这种理想读者的人格，一遍又一遍地读自己的作品。我有些反感科学插手这项事业——我的事业。科学已经把现实据为己有，难道还不够吗？它难道还必须声称对看不见摸不着的根本的自我也拥有所有权？

  我自己学的打字，只会用两根手指，容易出错（因此我感谢上帝——和科学——发明了文字处理软件）。但有些词我似乎总是会打错。其中就有"科学"，它出现在我的电脑屏幕上时总是"scince"[1]，下面一条由自动拼写检查画出的红色波浪线在责备我。我谨遵教诲，改正过来，但是"scince"（念作"斯金斯"）包含的一些拟声性的特质也就此丢掉了，很遗憾——这个错误拼法表达了科学对世界的解释的特征：冷酷、无情、简化。在拉尔夫·麦信哲

---

[1] "科学"的英文是 science。

身上,我看到了这种坚硬、冷酷、近乎无情的品质。午餐时我们谈到了马丁去世,他对这个话题的反应就像往别人脸上泼碗冰冷的水。这让我震惊而愤怒——我几乎要起身拂袖而去,不过我还是很高兴自己没有这么做。至少,要是那样的话我可能就永远不会看到卡林西壁画了。它激发出了我的很多想法。

今天的工作坊结束时,我发给学生们《大英百科全书》里几篇关于蝙蝠的文章,让他们任选一位著名现代小说家,以其风格写一篇短文,主题是"做一只蝙蝠是什么感受?",带到下星期二的课上。

我把上面的文字读了一遍,发现唯一一种不会引起拉尔夫·麦信哲异议的小说是根本不去尝试表达意识的那种。那种小说停留在表面上,只描述行为和外表,记录人们互相都说了什么,但从不告诉读者人物在想什么,从不使用内心独白或自由间接文体[1]来让我们偷窥他们内心的想法。像艾维·康普顿-伯内特[2]、亨利·格林[3]的晚期作品、一些新小说派[4]作家……但最终这种小说会令人失

---

1 自由间接文体(Free Indirect Style)是作者在小说中采用笔下人物的思维方式和语言,以人物的视角进行第三人称叙事的一种技法。
2 艾维·康普顿-伯内特(Ivy Compton-Burnett,1884—1969)是英国小说家,作品的显著特征为主要以对话构成,标点使用随意。
3 亨利·格林(Henry Green)是英国小说家亨利·文森特·约克(Henry Vincent Yorke,1905—1973)的笔名。他对当代英国作家的写作风格产生了巨大影响,被称为"作家之作家之作家"。
4 新小说(Nouveau Roman)也被称为"反传统小说",是二十世纪五六十年代盛行于法国文学界的一种小说创作思潮。其主张摒弃现实主义,淡化情节、人物、时间等传统要素,同时彻底改革语言。

望——或者说它们得到欣赏的原因主要是它们跳出了既有规范,令人觉得新奇。如果小说家完全不再尝试去呈现意识,那么读者很快就会出现戒断症状。

我认为我对《鸽翼》一字不差的引用给拉尔夫·麦信哲留下了相当深刻的印象。我没有告诉他我在前一天的课上用过这段话,所以记忆犹新。

2月28日　星期五

今天校内邮差给我送来一篇论文的单行本,是登在一份叫《认知科学评论》的学术期刊上的,还附有一张来自拉尔夫·麦信哲的小纸条,上面潦草地写着"这可能会让你感兴趣——RM"。

这篇文章题为《情绪状态的认知架构:以悲伤为特例》,由萨福克大学的三名男性学者撰写(如果可以说是"撰写"而不是"拼凑"的话)。开头是悲伤的定义:"一种为期较长的认知重组过程,特征为负面忧虑状态的发生,这种状态是由对死亡事件做出反应的依附结构引起的。"所以现在我们知道了。这就是我在马丁去世后的几个月中所经历的:只是一个认知重组的现场。凄凉的孤独,无助的哭泣,记忆里的定时炸弹随时会被触发(我们一起看了那个电视节目,我们一起买了那盏阅读灯,我们——上帝啊帮帮我吧——一起吃了塞恩斯伯里超市那种速冻鲜咖喱鸡,就在动脉瘤发作前几个小时。就连早晨从信箱掉进屋里的那叠报纸都让我回忆起我们是怎么在吃早餐时各自抽出几张看的,所以我改订了另外一份报纸,而我对它还不及原来那份一半喜欢。)

文章到一半篇幅的地方有一张图表，用很多方框和圆圈、椭圆来代表意识的结构，还有一团旋转的箭头和虚线，代表着意识被对死亡事件的消息做出反应的依附结构投入疯狂的活动中。我想，"依附结构"是爱在认知科学里的术语。

3月1日　星期六

今天去了切尔滕纳姆购物疗伤：其实只要离开校园几个小时，疗伤效果就足够好了。

在此之前我只来过切尔滕纳姆一次，是在几年以前，一个文学节上的朗读活动。当时没待多少时间，对这个地方基本没什么感觉。今天早上，我开着车无助地沿着几条单行路兜圈子，过了一段时间才发现一座新古典主义的巨大建筑，那是市政厅，文学节就是在那里举办的（这幢楼用死气沉沉的棕褐色石头建造，有一条夸张的超大号柱廊，周围是涂了白色灰泥的摄政式阳台，看起来很笨拙），于是我就知道方向了。我把车停在路边出现的第一个停车场，步行走向市中心。

今天很冷，但是空气干燥，阳光明媚。我沿着步道悠闲地走了大概一小时，逛了水石书店，在劳拉·阿什利商店买了件衬衫，在乡村休闲时装店买了条裤子，在一家餐厅简单地吃了个午饭，那儿的女服务员穿带白色小围裙的老式制服。跟步道平行的一条街上藏着一个购物中心，建筑是长条形的两层楼，我走进去想快速地探索一番，但了无生气的氛围和叮当乱响的背景音乐让我很快就抽身离开。我按照一个路标的指示走到专门展示室内艺术和设计史的画廊和博物馆——这倒是恰如其分,因为在切尔滕纳姆随处可见正在修葺翻新的老房子和露台,从里到外都显示出一种对《屋美》[1]的集体崇拜。博物馆里有一些关于威廉·莫里斯和艺术与工艺运动[2]的很有意思的东西,我在博物馆商店里买了几张新艺术风格[3]的海报,想把我的起居室装饰得漂亮一点。

我沿着步道走回,经过市政大楼壮丽的摄政式立面,经过在阳光下泛着泡沫、闪闪发光的意大利式海王喷泉,经过皇家花园,经过女王酒店:宁静、洁白、庄严,像战前的一艘停在锚地的冠达邮轮[4]。又走到卡罗琳·麦信哲向我推荐的蒙彼利埃街;这条街确实很有魅力,精品店、专卖店和画廊在一条保存完好的乔治亚时代的大道两旁鳞次栉比。街尽头是一座优美的圆形建筑,模仿罗马的万神殿,典雅端庄,现在是一家劳埃德银行。

我心里想,这多么令人愉快,我在度过多么美好的时光,但缺少了一件事情,一个能分享或者报告这种快乐的人。我一边想一边漫无目的地从一家健康食品店的橱窗外往里看,感到一阵晕眩,身上像抑郁初期一般阵阵发冷。正在此时,古董门铃"叮"地一响,意味着店里有个客人出来了。不是别人,恰恰正是卡丽本人,就像对祷告的回应。她穿着一件鲜红色的短大衣,金色的长发在马海毛

---

[1] 《屋美》(*House Beautiful*)是一家英国室内装潢杂志。
[2] 艺术与工艺运动(Arts and Crafts Movement)是起源于十九世纪下半叶英国的一场设计改良运动,其领导人之一为设计家、画家威廉·莫里斯(William Morris,1834—1896)。
[3] 新艺术(Art Nouveau)是十九世纪末开始的一场艺术运动,于二十世纪初到达极盛,其最重要的特性是大量运用充满有活力、波浪形和流动的线条。
[4] 冠达邮轮(Cunard Line)是一家英美合资客运航运公司,成立于1840年,一度是跨大西洋航线上最大的客运公司。

针织帽下宽松地散开着,脸颊发出玫瑰色的光泽。她认出了我,咧开镰刀状的嘴唇微笑,露出完美的牙齿。她邀请我去她家喝杯茶,我以礼貌允许的最短时间犹豫了一下,就接受了。

卡丽的车停在附近居民区里的一条街上,叫兰斯当街,这条路拐出美妙的弧线,两侧是带阳台的联排别墅。"尼古拉斯·贝克在这里买了一幢,"卡丽说,"把它装修得非常精致。讲究倒是讲究了,但对现代的家庭生活并不是很方便。楼梯很多,没有车库,没有实际上的花园。"我说温泉小镇一般就是这种情况,所有的房子都是为了出租才盖的。"你说得太对了,"她开车出发时说道,"我们的院子相对于房子的体量来说有点小,不过也还是能用的。而且我们在乡下有一座过周末用的小屋,开过去大概半小时,靠近斯托。你一定得去。"

麦信哲家住在镇上一块叫皮特维尔的地方,是以十九世纪二十年代规划这片地区的开发商约瑟夫·皮特的名字命名。"在美国人听来像'皮茨维尔',"卡丽说,"当我告诉家里的朋友我们住在哪儿时,你可以想到,他们是怎么笑话我的[1]。"不过我可以想到,他们来拜访她时,是她笑到了最后。皮特维尔是一处令人愉悦的花园城市般的地区,公园式景观绿地上建起精美的房屋和优雅的露台,绿地的山顶上还有一座巨大的新古典主义温泉浴场。那里的泵房似乎仍然可以供人取水,与劳埃德银行的不同。麦信哲家的房子是一

---

[1] 皮特维尔和皮茨维尔的拼法分别是 Pittville 和 Pitsville,而 pits 在口语中有"最糟的"之意。

座宏伟的双面独栋别墅[1]，采用希腊复兴风格，有一对巨大的科林斯式柱子贯穿两层楼。房子外面包了一层闪闪发光的白色灰泥，像一个特大号的老式婚礼蛋糕，但并没有给人以荒谬或粗俗的感觉，因为各个部分的比例是如此完美。在客厅里，卡丽用一只安妮女王茶壶将格雷伯爵红茶倒入斯博德瓷茶具，让我吃佐茶的烤饼干和自制草莓酱。她是那种令人印象深刻的美国女性，她们似乎比我们还懂怎么过英式生活，而且她还有能力在实践中建立一套严格的标准。这座房子的布置陈设和家具风格恰到好处而颇具匠心，就连细节之处也考虑周到，比如楼下衣帽间的仿古黄铜水龙头和家庭房中的早期维多利亚式摇马。卡丽说，是尼古拉斯·贝克帮她置办的这些极富品位的家具，因为他最喜欢做的事就是开车遍访本地乡下的拍卖会和古董店。不过，墙上为数众多的画作都是卡丽亲自收集的，主要是美国原始主义和不那么知名的法国印象派画家。她告诉我她研究生读的是艺术史，论文写的是贝尔特·莫里索[2]，"在她被重新发现之前"。她最珍贵的财产是莫里索的一幅小尺寸油画，画的是一个正在读书的年轻女孩——现在肯定得值不少钱了。

当我们往家庭房里看时，他们的四个孩子中最小的一个——八岁的霍普——正摆成大字形躺在一个豆袋里，在便携电视上看迪士尼电影。她是个漂亮的孩子，头发乱糟糟的，脸上长着雀斑，穿着亮色图案的紧身裤。当我被介绍给她时，她咧嘴笑着说"嗨"，露出正畸牙套。最大的孩子是十七岁的埃米莉，身材高挑，相貌清

---

1 双面（double-fronted）在这里指别墅的正门两旁分别有一竖排窗户。
2 贝尔特·莫里索（Berthe Morisot，1841—1895）是法国印象派女画家。

秀,是个加州风格的金发女郎,跟母亲很像。她在我们喝茶的时候进屋来,手里拿着一双刚买的新鞋。我觉得她那么高,带防水台的高跟鞋可能不是很好的选择,不过还是没说出来。卡丽得知这双鞋花了八十九镑时,眉头都没皱一下。母女俩注意到我的购物袋,劝我把自己买的微不足道的东西也拿出来展示展示,然后我们愉快地谈了衣服和时尚,是那种女性之间的琐碎闲聊,从露西离开家后我就再没有过这样的经历了。埃米莉离开房间一会儿,这时卡丽告诉我她是自己跟已经离婚的第一任丈夫的女儿。还能听出来埃米莉保留着一点美国口音,而其他孩子都是英国口音了。

　　外面的天色由昏黄渐渐变成漆黑,卡丽拉开厚重的丝绒窗帘,按下壁炉炉膛侧面的一个按钮,模拟炭火的煤气火苗燃烧起来——这是对现代性的让步,不过她提到他们在"蹄铁"有一个真正的烧炭火的壁炉(蹄铁显然是他们的乡村小屋的名字),以示对这股风潮的抵抗。然后拉尔夫进来了,带着他的两个儿子——马克(十五岁)和西蒙(十二岁),不过介绍给我时他们的名字是"波罗"和"袜子"。所有的孩子都有绰号,而他们后来一一向我解释了这些绰号的来历。"波罗"是"马可·波罗"的简写;"袜子"源于"苏格拉底"[1],西蒙喜欢问问题,所以这个称号分配给了他;霍普叫"小猫",因为她身材娇小;埃米莉因为童年时期对海豚的热情而被称为"鳍肢",不过随着年龄增长,这种热情早已消退。毋庸置疑,所有这些绰号都是由拉尔夫分配的,就像霍尔特·贝林大楼里的

---

[1] 马克(Mark)和马可·波罗(Marco Polo)同名,故起外号叫"波罗"。"苏格拉底"(Socrates)的开头音节和"袜子"(sock)同音。

计算机的绰号那样。这似乎是他在自己的领地里打上个性烙印的方式。他还时不时地管卡丽叫"金发美女"。也许她和孩子们叫他"麦信哲",是一种温和的报复。

  西蒙和马克立刻扯掉围在脖子上的条纹长围巾,跑到厨房去觅食。他们去巴斯看了一场橄榄球比赛。"建立男人之间的友谊,"拉尔夫咧嘴笑着对我说,"卡丽认为这非常重要。"他兴致盎然,妙语频出,而且似乎很高兴在他的家里见到我。"是你喜欢看。"卡丽说,轻轻敲了下他的肩膀。"嗯,我年轻的时候玩过。"他承认道。我可以想象他低着头,像一头公牛,宽阔的肩膀在并列争球时被死死按住,在烂泥地里跟别人推来搡去。他的身体接触很多——进来时吻卡丽,给埃米莉一个拥抱,把霍普抱在膝盖上——她们对他的触摸丝毫没有局促之感,相反还表现得很愉快。我不由得回想起来,在我们自己的家庭生活中,肢体语言相形之下是极为克制的。孩子们不再是婴儿后,马丁和我都很少拥抱他们,他们似乎觉得那很尴尬——还是我们太抑制自己的情感了?现在想来,我们之间也不是经常拥抱,除非是真的在做爱。这些互相爱抚的机会我们没有好好利用,而现在永远失去了。想到这里,我心头突然充满了遗憾和懊悔。我羡慕麦信哲一家,他们轻松地亲密接触身体、抚摸、掐一把、拍打几下、靠在彼此的身上……然后我记起拉尔夫吻玛丽安娜·里士满的情景,转念一想,又觉得一切都是有代价的。至少我从不用担心马丁是不是专一。

  拉尔夫拿出酒来,我同意喝一小杯雪利,说喝完就必须得走了。我并不是特别想离开这间舒适的屋子,但也不想待到欢迎变成厌烦。"我们已经定好了今天晚上出去吃,要不我就会请你在家里随便吃点什么了。"卡丽说。她好像知道我在想什么。我相信她说的话。"我们真的要出去吃,金发美女?"拉尔夫皱起眉头说道。"是啊,你应该记得的,麦信哲,"卡丽说,"去副校长家。""我忘了。"他呻吟道。"明天来蹄铁吃中午饭吧,"卡丽对我说,"或者下周日。"我非常想接受明天的邀请,但一种愚蠢的所谓显得有教养的原则——凡事都要有所保留——让我把这快乐推迟了一周。他们真的是一对非常友好又热情好客的夫妇。也许到了如此功成名就的层次就很容易对其他人好,从更加阴暗的角度去想,这或许又是一种将他人的嫉妒转化为感激的方式。

我从椅子上站起身,拉尔夫问我车停在哪里并坚持要开车送我过去,卡丽热情地表示赞同。我优雅得体地服从了这个安排。在车上(一辆奔驰大旅行车),我感谢他给我寄了论文的单行本。他问我有什么想法。我说我觉得它不太真实,那些术语和图表似乎与实际上的悲伤体验相去甚远。

"那只是一个模型。"他说。

"不过如果你想造出一个真的能感到悲伤的机器人……"

"噢,那只是一个供讨论的话题。"

"你的意思是实际上不可能造出来?"我说。

"可能是可能,"他说,"但那会是个非常费时费力的项目,而且究竟有什么用呢——造一个机器人,它的认知功能可能会被随机发生的事件严重干扰——像人类一样?"

那么,那论文意义何在,我问。

"头脑是一部虚拟机器。有时,通过研究发生故障的机器可以学到很多东西,即便仅仅停留在理论层面上。"

"所以这就是悲伤?"我说,"故障?"在接受了他和卡丽这么多的善意之后,我真的不想挑起争论,但我无法让自己的话里不带上讽刺的语气,而他很快瞟了我一眼,应该是在评判我。

"好吧,"他说,"从进化的角度来看,很难看出它有什么用途。我的意思是,跟比如说嫉妒比较——嫉妒同样令人能力下降,同样令人不快,可它有明显的功能。可以确保没有其他男性让你的伴侣怀孕。"

"那女性的嫉妒呢?"我问。

"非常相似:确保男性只对养育和保护她自己的后代有兴趣。可以说,我想,"他继续说,好像在出声思考,"避免丧亲之痛是一个人去照顾自己的伴侣和后代的动机。但是,已经有其他足够强大的动机可以达到这个目的。而且无论如何,清楚自己已经为了避免失去亲人而竭尽全力,似乎并不能减轻丧亲发生时的痛苦。"

"有时没有任何办法避免。"我感慨地说。但他似乎并没有会意到我是在暗示马丁。

"确实。"他说,"在炸弹恐怖袭击、地震之类的事件之后,你在电视上看到的那些葬礼,都是这样。人们悲痛欲绝。恸哭,哀号,呼天抢地,不能自已。这一切都非常过分,与在进化上任何这种行为可能带来的回报都非常不成比例。正如达尔文所说:'哭泣是个难题。'"

我对这句话感到深深震撼:"哭泣是个难题。"拉尔夫说出自达尔文的笔记的什么地方。他答应给我找找。

我们到达停车场时,他礼貌地下了车,还要陪我走到我的车旁边,但我说这没有必要,这次我的意愿取得了胜利。我们握了手,有一瞬间我预感他要吻我的脸颊,但他没有。

6

一，二，三，测试，测试……其实没有必要测试这个小工具，文字就在眼前的屏幕上，看得一清二楚，不过我同时也在录音，这样可以之后再审阅文本，给暂停的地方加上标点……我真不知道这个语音识别软件这么棒……你会觉得一所认知科学中心应该有最新最好的这类货色，但是令我惊讶的是，我问了一圈，没有一个人真正拥有过这么一套软件，也没人真正用过……他们似乎觉得那只是个玩具，过圣诞节时你可能会在迪克森买给孩子那种，不值得认真对待，你就说学术界是多么保守狭隘……无论如何，声音大师周五送到了，我花了几个小时训练它。我首先得念两段话，一段是刘易斯·卡罗尔写的，另一段来自《泰晤士报》，这样它就可以学习我的口音……一开始出来了好多乱七八糟的话，但是你在屏幕上改正，慢慢地它就学会了你发元音的方式，这是主要的变量，到一天结束的时候，它就能够每隔一行才出一个错误了，这很不错，实际上比我打字要准确得多……这个软件的工作原理是将你输入的音素与一个高频词语搭配数据库进行匹配……所以，自由联想的独白恰恰是对它来说有可能出现的最困难的任务，因为背景在不断变化……这软件也有点老古板……一开始它拒绝写出这个难堪的词……提出了各种各样的替代方案,"草""糙""槽"……但我已经教会了它说脏话。于是就这样……现在是3月2号周日,上午八点四十五,对是八点四十五……因为昨天晚上从副校长家回家的路上卡丽有点发火,当我告诉她我……天啊昨天晚上多么无聊……里士满两口子也去了但没有机会跟玛丽安娜快速亲热一下……有一次她去厕所时给我使了个眼色,但我没理,她以为我会干啥,跟着她出去,敲厕所门让她把我放进去……她越来越不小心了,卡丽可能很容易就注意到那个眼神,好在她当时正在跟希伯德爵士夫人闲聊……我在跟希伯德爵士说话……希伯德爵士和夫人分别叫斯坦和薇薇,副校长跟他老婆用这么一对名字,听起来像一档综艺节目……但他告诉我唐纳森已经接受了荣誉学位,这是个好消息,他显然非常高兴,这应该对我们的资金情况有所帮助……别管怎么说吧……周日大早起来的,我在这里,因为当我提到早上我要过来继续实验时,卡丽有点发火……"我的天哪,你在那个地方还没待够?"我不得不承认她说得有道理,但我心里痒痒着,很想在意识之流的一次实验中试试这个软件,所以我跟她保证说我早早就去,十点之前回家,这样有足够时间开去蹄铁,反正孩子们周日在十点之前永远也不会起……当然我可以把软件装到家里的电脑上,在家用,但是我会感到压抑,害怕有人听到,因为在放空、沉思时跳进我脑袋里的都是那些货色……虽说他们必须得爬上楼梯把耳朵贴在门上才能听见吧……但事实是你感到非常脆弱,感到自己暴露在外,大声说出你的私人想法时你需要非常有把握没人可能会听到……所以我在这里，又一次坐在中心里的办公室的办公桌旁，手边一杯加肉桂不加糖的卡布奇诺，不过这一次戴着耳机，麦克风就在眼前，按说明书说的摆在嘴的一边，准备好开始……这一次我只会修改重大错误，文本可以以后再整理……刚才在车上我突然意识到，也许应该不再跳入意识之流随波漂荡，而是让记忆朝特定方向走，那样可能更有意思一点。当然从某种意义上说，所有意识都是记忆，我们无法意识到未来，尽管可能会试图去预测，而严格来说我们甚至都没有意识到现在，因为心智状态总是落后于大脑状态，就是那个家伙，神经科学家，叫什么名字来着……李贝特，他证明，决定做出动作的大脑活动发生约半秒钟之后，人才会意识到这个决定[1]……所以从某种意义上讲，我们生活中的每时每秒，当我们体验到它的时候，都已经过去了……可以说意识是一种持续的动作重放……但我在说的是长期记忆，我要试试回忆起一段遥远的经历，从文字转写记录中看看或试着看看大脑是如何恢复……复原……重建过去，以及由于有关联而被触发的短期记忆在何种程度上与此过程相互干扰或作用……那么应该是什么呢？我应该尝试激活什么长期记忆？

我第一次跟女人那个，怎么样，对，没问题，她的内裤……我想到的第一件事就是她从屁股上褪下内裤……她头发垂下盖住了脸，眼睛在头发后面狡黠地看着我，我惊得动弹不得，我以前从没见过女人脱衣服……当然除了电影……但那时候从来看不到女人

---

[1] 本杰明·李贝特（Benjamin Libet, 1916—2007），美国心理学家、神经生物学家。这个实验是1985年发表的，从根本上动摇了自由意志理论。

真的在屏幕上脱掉内裤，说到这里我不能确定我是否曾经……我的意思是可能会看到内裤飘过空中或在地板上的特写，不过不会真的看到女人……也许这个动作太过尴尬或家常，很难做得很优雅或色情，弯腰屈身，一条腿站着然后换另一条腿……就说脱衣舞女，衣服上总是有按扣或粘扣，于是她们可以用一个动作就把衣服甩掉……哈哈，那个在苏荷区[1]那个场子里的那个女孩，是谁来着，在脱胸罩之前脱丁字裤……连想都没想，或者说想的是脱衣服之外的事，在做白日梦，那是下午三四点钟的样子，死气沉沉的时段，只有几个赌鬼，天知道我当时在那做啥，也许是在两个会之间，也许在商务午餐时喝得有点高，色胆大了起来，我记不起来了，总之我在那里，跟六七个烂人坐在一块儿，在紫罗兰色的半明半暗中瘫倒在椅子上，看着这个女孩在一束射灯灯光里例行公事，梦游一般，合着预先录制好的迪斯科音乐摇晃着屁股走来走去，一点一点地剥掉衣服，直到只剩下胸罩和丁字裤……然后心不在焉地在脱胸罩前脱掉了丁字裤，哈……所有看着的男人都坐起身来，好像受到了轻微的电击……她意识到自己做了什么时，脸上现出极度的尴尬，脚下有点踉跄，节拍也乱了，而且她脸红了，真的脸红了，嘴里嘀咕着"抱歉"，她第一次在那个台子或者我敢肯定在任何一个台子上开口，脱衣舞女从不说话，然后她把丁字裤又穿上了，继续她机器人似的照例行事……机器人似的，对，如果能把硬件嵌入足以乱真的合成肉体中，制造机器人脱衣舞女就是相对容易

---

[1] 苏荷（Soho）为伦敦的一个地区，本为红灯区，现在成为一个以酒吧和酒店为主的娱乐地区。

的了，我的意思是它的程序将会是如此简单……但是有那么一瞬，只是在那个瞬间，她似乎是真正的人类，不可预测，会犯错，易受伤害……有人在黑暗中笑了，短促的高声狂笑，在零零散散的观众群中又引起几声笑声，打破了沉闷得让人想自慰的色情气氛……因为脱衣舞有严格的操作规范，部位的暴露必须遵守一定的顺序……任何偏差都会打破这个事件的框架，让它看起来变得自然……就像在家里脱衣服上床……每个人都有自己的方式，自己的顺序，有时如果气氛合适的话你会做一些改变……比如说卡丽有时会在脱胸罩之前脱掉内裤，她叫小裤裤[1]，然后就这么在卧室里来回走，就像要用坐浴盆似的，至少她曾经如此，现在不再这么经常脱光了走来走去了，开始在意身材……玛莎是在最后脱掉内裤，但那是一种脱衣舞动作，她一直看着我，享受着她对我的权力……我正坐在床上，内裤裤裆口山峰高高挺起，眼睛大睁着，几乎不能呼吸，口干舌燥，也失去了吞咽的能力……耳朵被外面的声音刺痛，尽管我那天早上看到汤姆·比尔德开着他的旧皮卡走了，索尔坐在副驾驶位上，还拉着满满一拖车母羊，都过了最佳年龄，他打算把它们拉到市场上处理掉，他们叫什么来着……"按年龄选角"，对，虽然我知道他直到夜里很晚才会回来，但我仍然害怕会发生什么事情，车坏了比如说，或者出了事故然后他可能出乎意料地回来……"别担心，亲爱的，"她拉着我的手领着我从厨房走向楼梯时说，"要是有车来，还在几英里之外你就可以听见，而且那个旧门会嘎吱嘎吱地

---

[1] 这里是用了女用内裤在英国英语（knickers）和美国英语（panties）里的叫法。

震天响……"她带我上楼进入她的卧室,拉上窗帘,但房间几乎一点都没变暗,午后的日光透过薄薄的窗帘材料照在她身上,她沐浴在柔和的粉红光线下,就像舞台上的脱衣舞女一样……然后她开始脱衣服,取下每一件,小心地搭在一把温莎椅椅背上……"你还在等什么呢?"她说。而我像个白痴一样傻呆呆地盯着她。"别害羞,这不是我第一次看到你不穿衣服。"她说。她是指那天下午她看到我和狗一起在小溪里游泳……那天很闷热,我们刚把羊群迁到一处新牧场,绵羊正在急不可待地大嚼多汁的鲜草,汤姆开走了拖拉机,去看一处破损的篱笆,有一条清凉舒爽的小溪,我们过来的时候跟着羊群蹚过,河水清澈,河底是鹅卵石和石板,有一处岩石架下深度足可以游泳……我忍不住了,甩掉所有的衣服,跳进水里,太舒服了……两条边境牧羊犬羡慕地在岸上看着我,在炎炎烈日下气喘吁吁,舌头从嘴里耷拉下来,但它们训练得太好了,一直没动,直到我叫它们加入我,"过来吧!"它们随即汪汪叫着冲进水里,鼻子伸在水面上朝我划过来,围着我转圈,好像我是一只离群的羊……我逗它们玩,潜下水面然后突然出现在它们身后,看着它们惊奇的样子高兴地笑着,翻过身来仰面朝天,凝视着夏日天空中无边无际的蓝色,随波逐流,直到被冲到浅滩,感到河床上的石头轻轻地擦到了我的后背……我站起来,开始涉水向上游水深的地方走,狗蹦蹦跳跳地紧跟着我,溅起一大片水花,然后我突然意识到玛莎在远处岸边,骑在自行车上,一只脚着地,面带微笑看着我,我急忙停下脚步拿手盖住裆部,像面对任意球的足球运动员那样,她的微笑变成咧嘴大笑……她大声问我汤姆在哪,我告诉了她,她挥了挥手蹬车走了……我呆呆地站在水里，手还挡着小弟弟，直到她从视线里消失……我在琢磨她带着那种微笑看了我多长时间，它开始坚挺，我快速扫视四周，确定没人看见，给自己撸了一发，射进充满阳光的空气和快速流动的溪水里。只有狗看着我，它们有耐心，不会好奇，也从不挑三拣四。因为我对玛莎有幻想，但是直到那天我也不敢期望她会有什么回应，虽然她总是对我很好，在桌上给我各种各样的好吃的，问我需不需要洗衣服，熨我的衬衣时比我母亲还仔细，好吧我知道她喜欢我，但毕竟是个年龄两倍于我的已婚女人……不过汤姆比她大，而且据玛莎说对性不太感兴趣表现也不太行……"周六晚上十分钟大概就是他的极限了……"他人到中年娶了个年轻老婆，希望生一个儿子可以继承农场，而玛莎生不出孩子来，他就失去了兴趣，指责她怀不上，她有一天这么跟我说的，拒绝考虑是不是问题出在他自己身上，拒绝做任何精子计数测试，拒绝讨论这件事，虽然他有时间花在——或者也许正是因为他把大部分工作时间都花在组织绵羊交配上……所以这是经典的情况，老丈夫，活泼的年轻媳妇，精力充沛的年轻房客，只有十七岁，还是个中学生，不过就像玛莎对我说或者应该说是悄悄耳语的那样，"按你的岁数来说够大的，亲爱的"，一个从南伦敦来的中学生，为了健康被送到约克郡谷地的一个绵羊牧场去住，呼吸新鲜空气，在挨过一场腺热后多锻炼锻炼……我们的家庭医生的主意，汤姆是他的远房亲戚……也不是一个坏主意，劳动让我变得强壮健康，每天在谷地里走上好几英里，大步登上坡度为百分之二十的陡坡，把羊撂倒检查羊蹄腐烂程度，当汤姆切掉感染的组织时把它们压住……我的肌肉变硬，肩膀挺直，一丝不挂地蹚水时肯定在玛莎眼里很好看，实际上她后来跟我说，"就跟博物馆里的雕像一样，像一尊那种希腊神像，用白色大理石雕的……"她坐在自行车上看着我时，我从她的微笑里看到了直率的爱慕之情，所以那天在厨房里并不完全出乎意料……虽然我仍然几乎不敢相信自己的运气，从这个角度讲我现在都几乎不敢相信，想象一下，一个十七岁的男生，身体源源不断地产生睾酮，经常处在熔化的边缘，而他的脑子……他的脑子就是个从不关门的毛片剧院……但他的性经验只限于跟姊妹文法学校[1]的女孩在去吃午饭的路上法式亲吻，再就是可能把手伸到哔叽制服上衣里面捏她们的乳房如果走运的话……失去我的童男子之身，给一个经验丰富，热情洋溢的成熟女人……当我不可避免地过早射出来时她笑了，告诉我不用担心……不过我确实还没准备好就做了……我说到哪了，哦对，那天汤姆和他的牧羊人索尔去市场了，牧场里就剩下我跟玛莎，我进屋在厨房里吃午饭，坐在松木桌子旁边，经年累月的擦洗把木纹都磨得凹了下去，她把饭端过来，坐下来看我吃，这时我觉察到，哪怕我没有什么经验，还是能觉察到空气中弥漫着浓烈的性邀请气氛……玛莎在厨房里晃动着屁股走来走去，她平时总穿着的褪色印花围裙不在身上，让我看见紧身衬衣下胸罩的形状还有非常隐隐约约的一点乳沟，一个以前可能是系上的扣子是解开的，她从我身后弯下腰把一盘火腿和奶酪摆在我面前，我能闻见她刚洗好的头发还散发着洗发水的香味，

---

[1] 在英国，文法学校（grammar school）指主要提供大学预备课程而非职业训练的中学。

她啜一口茶，在桌对面看着我吃饭，唇上浮现出一缕微笑，随随便便地扯着闲话，我心不在焉，这一切都暗示着……我站起来要回去干活时，她用一种最古老的常规技巧把我留下，不，并不完全出乎我意料，"我觉得眼睛里有什么东西，拉尔夫，你给我看看好吗？"让我站得离她很近，盯着她的眼睛，小心地轻轻用手指推开她的眼睑，脸颊感受到她的呼吸，感到她的胸部紧贴着我的胸膛，感到她双手在我后腰上把我搂近，听到她在低语，"给我一个吻，拉尔夫，看在上帝的份上……"我吻了她她回吻我我摇晃起来失去平衡脚底下有点不稳她笑着说："上楼躺下，我们会更舒服的。"拉着我的手领我朝楼梯走，我说要是汤姆回来怎么办，"别担心，亲爱的，"她说，"要是有车来，还在几英里之外你就可以听见，在这个被上帝抛弃的地方"……但不仅仅是害怕还有歉疚的因素，因为我喜欢汤姆，虽然他老是闷闷不乐不说话……他对我非常好，教会了我养羊的基本知识和怎么指挥那些狗，"过来""待着""坐下"，"过来再见"是往左走，"离远朝我"是往右走，"那可以"是结束……这样来控制羊群很令人兴奋，就好像狗连接着你的大脑像四肢一样……我不想给教我这些的男人戴绿帽子，不是说我那时候就知道"绿帽子"这个说法，但是我们一进她的卧室，她开始脱衣服，就没有回头路了……"你还在等什么呢？"她说，"别害羞，这不是我第一次看到你不穿衣服。"但是我是很害羞，背对着她匆匆脱到只剩内裤，所以我没看见她脱下丝袜，我转过身来时她双手在背后解胸罩，是种老式的，缝线很多，形状尖锐，她耸肩摘掉它，乳房从罩杯里掉出来，在胸廓上展开，轮廓由半月形的影子勾勒出来……我坐在床边看着她舒服地挠了挠痒,然后弯腰脱内裤,老式的,像胸罩一样,法式内裤我想是叫这名字,阔腿,有蕾丝边,桃色丝绸的也可能是缎子的,她肯定是特地穿的……真有意思,现在我才想到这一点,都过去三十多年了……那不是牧羊人的妻子平常会穿的内裤……她脱下内裤,挺直身体,把内裤丢在椅座上,站在我面前,一个裸体的女人,光芒万丈……她不是古典式的那种美人,玛莎,也不是少女杂志上那种美人,乳房有点下垂,腰太厚,腿太短,但她是我真正看见的第一个裸体女人。她说:"好吧,你喜欢你看见的吗,拉尔夫·麦信哲?"我沙哑地低声说是,用最真诚的心。她轻轻笑了,走过来站在我面前,我直直盯着她的裆部,覆盖着稀疏的姜黄色阴毛,但遮不住内里的粉棕色折褶……"你自己脱内裤还是我给你脱?"她说。我站起来想把内裤脱掉,不得不像弹弓那样抻开腰上的松紧带,放出我肿胀的小弟……实际上现在我的拉尔夫·劳伦牌平角内裤里有点麻烦……回忆这一切让我自嗨得一塌糊涂……我必须站起来,调整我的……

啊,好多了……校园看起来跟荒郊野地似的,没有人,今天早上没有海伦·里德的踪迹……有魅力的女人,聪明,理解力强,能进行有效的讨论,时刻准备捍卫自己的观点,我喜欢这样,不知怎么回事有太多人觉得争论重要的事情、为了赢而争论是没有品位的……腿也很漂亮昨晚她从车上下来时我看到的,她穿着一条那种开衩的裙子,当她在座位上转动身体时能露出一点美丽的大腿……当我们说再见的时候我想过吻她脸颊一下,但最后决定还是不了……她身上有一种品质,一种具有讽刺意味的游离……对刚冒出微弱苗头的不良企图的警惕……让我觉得她不会欢迎这个吻，会认为我越轨了……好吧不着急，我们还会见她许多次的我想，卡丽似乎喜欢她，被困在校园里那个小二楼里她一定孤单坏了，卡丽说下周日来吃午餐时，我看到她的眼睛亮了起来……"哭泣是个难题"，我答应给她查查……不过现在，回到桌子旁边接着说玛莎……

我曾经把玛莎的事告诉过卡丽，觉得会让她性兴奋，但结果我们反而吵了一架，因为她说这是虐待，性虐待……我说，太扯了，我很渴望，我愿意……"跟这没关系，"她说，"她是一个在性上很失败的成年人……"我说恰恰相反，她是一个热情洋溢、心地善良的女人，教我性方面的事情，跟我岁数差不多的人都得花很多年才能学到，如果他们真能学到的话……每个男孩都应该有一个玛莎，我说，她教我成为一个好情人……"你的意思是她让你变成了一个性瘾者。"卡丽说完转过身去睡觉了，当时我们躺在床上，在帕萨迪纳的房子里……"性瘾"……典型的加利福尼亚式扯淡心理学，这到底是什么意思呢，对性上瘾，男人在生物学上被设定的程序就是跟他们能得到的尽可能多的女人发生尽可能多的性关系……只是文化限制了我们乱交的冲动……当然有时会完全压抑，牧师和僧侣就是这样，可怜的上当受骗的蠢货们，或者几乎完全压抑，比如汤姆·比尔德的情况……"周六晚上十分钟大概就是他的极限了……"他单身的时间太长了，无性单身，跟寡母住在一个偏僻的农场里，唯一的娱乐是当地酒吧里那种哥们儿感情，啤酒和烟草，飞镖和多米诺骨牌……但玛莎不一样，她在英格兰中部地区的一个集市镇子上长大，那里有舞会和咖啡馆和一家电影院和很多小伙子……她刚被甩了,她告诉我,然后在一场婚礼上遇见汤姆,还在关系结束后的情绪低潮期就嫁给了他,受够了跟五个兄弟姐妹一起挤在家里,跟最小的妹妹共用一间卧室,汤姆给她提供的是属于她自己的一套房子,有一台彩电,她还可以随心所欲地去配置一个现代化的厨房,他缓慢沉默黑暗英俊的外表中有一些东西像西部片里的英雄一样吸引了她,但这桩婚姻在身体这方面从一开始就令人失望……"应该是因为花了太多时间在绵羊上,对他来说就像羊交配一样,快进快出",不考虑玛莎的快乐……"思考"是最关键的词,因为人类与动物性爱的区别恰恰在于我们能够思考它,这就是为什么我们享受它,而且享受对方的享受……想想两只狗在街上交配或者两只猴子在笼子里或者一只公羊为母羊服务,雄性会得到一些缓解也许,就像搔痒,就像拉屎或小便,但快乐不是它们脑子里会想到的词,而雌性似乎只是在忍受……雌性动物有高潮吗?我比较怀疑,必须问动物学系的人,但我敢打赌雌性性高潮是智人的发现……或者说女性智人……而且通过自然选择我们演化出比猿更大的阴茎,女性倾向于跟更大的交配……并不是说汤姆在这方面有什么问题,我看见过他在山坡上小便所以知道,装备他有,只是不知道怎么利用它给女人快乐……玛莎教会了我这些,我永远感激她,从那以后我把欢乐带给了许多女人,她们不知道必须得感谢谁,我看她们也应该感谢她……不能把这叫作虐待,如果她只是在利用我,那么她应该生气才对,可她只是笑着说"别担心,亲爱的",抚摸我,直到我又硬起来……到我在牧场的日子结束时,我可以通过在心里默念物理公式,做到放在她身体里十五分钟不射……顺便说一句,就算有某种好色的黑猩猩发现了雌性性高潮，我敢说雄性不会刻意推迟射精以延长雌性的快感……玛莎从这种行为中得到了极大的快乐，结束后她眼中甚至充满了欢乐的泪水……我想也许我喜欢成熟女人胜过年轻女孩，是因为我跟玛莎的这第一次经验……她们非常感激，能让你感到自豪……而且在生理上她们有更强的高潮能力……汤姆去酒吧的那些晚上，我们做六到七次……他开着皮卡越过山顶，发动机声音一消失，我们就上楼……但有一天晚上发生了跟我担心的一样的事，皮卡在去酒吧的路上抛锚了，他走回家来给汽车协会打电话叫拖车，我们正在我的床上干着，听见了大门嘎吱嘎吱的响声，天啊那次可太险了，她刚好及时穿上衣服，让我待在床上别动假装不舒服……之后我们很害怕，不敢再做了，至少我是这样……我毫不怀疑，如果汤姆在床上把我们抓个正着，他肯定会暴揍我一顿，我想象着自己脸皮丢尽，被轰回家去，不得不向父母坦白，去设想这个简直是更糟了……假期结束后，我把所有经历都告诉了我在学校最好的朋友，他拒绝相信我，以为全是我编出来的。"你个撒谎的混蛋，麦信哲。"他说。我没有争辩，在某种程度上我很是放了心……告诉别人似乎是对玛莎的背叛，对汤姆也是一样，可我必须得跟别人讲出来，我脑子里塞满了关于我的经历的知识，但是别人不相信对我倒是很适合，因为这样这个事情传扬开去而且或许会传回到我父母耳朵里的可能性就小了一些……或者到我们的家庭医生的耳朵里。我写信给汤姆和玛莎，感谢他们让我住在那里，我们互相寄了几年圣诞卡，不过后来就失去了联系，他们俩谁我都再也没有见过，也没有收到过来信……天啊都十点差一刻了。[录音结束]

7

3月3日　星期一

　　昨天和今天大部分时间都在读学生们手头正在写的东西,这是他们今年的主要工作,都是长篇小说(除了两个人是短篇小说集)。他们上个学期在拉塞尔·马斯登的指导下开始写,或者把已经开始的项目带到学校来。我对这件事感到厌倦,并不是说他们写得很糟——恰恰相反,平均来看他们能力很强——不过确实太多了,没法同时都应付过来。每当我打开一个新的文件夹,就要住进又一个想象出来的世界,记住一组全新的角色名字,厘清他们的血缘关系和亲疏远近,注意时间和季节,想象体形和外貌,推断因果联系……

　　雷切尔·麦克纳尔蒂的笔调沉郁的编年史,讲一个女孩如何在阿马郡的一个奶牛场上度过月经初潮;西蒙·贝拉米的精巧的讽刺喜剧,写一群在苏荷区创办一本时尚杂志的年轻人;罗伯特·德雷顿的一个死囚在被处决前夜的回忆独白,地点设置为一个虚构的、在疯狂的独裁者治下的非洲国家;弗里达·辛克莱的坚毅勇敢的故事集,写在从因弗内斯到伊维萨岛的夜店里跳舞、喝酒、唠叨和呕吐的年轻女性；吉尔伯特·巴弗斯托克的小说的主人公是一个有病理性社交障碍的保险公司职员，他爱上了一个跟自己一个办公室的女孩，通过电子邮件与她交流，假装自己住在洛杉矶，职业是编剧，是个潮人；托马斯·沃恩的坚韧的历史小说，关于十九世纪朗达河谷煤矿的一次罢工；查克·罗梅罗的成长小说，讲述一个年轻男子在罗德岛州的普罗维登斯（查克的故乡）初尝禁果，逐渐找到自己的人生使命；法拉特·汗的相互关联的短篇小说，写莱斯特（她的故乡）的亚裔社群中的文化和代际冲突；索尔·戈德曼笔下的白手起家的犹太商人和其颇具艺术家气质的同性恋儿子之间俄狄浦斯式[1]的争吵；弗兰妮·史密斯对利物浦的一所劣质中学的多视角描摹有趣又令人震惊；最后是奥萝拉·达·席尔瓦虚构了一个怪异的"新时代研究所"，在希腊的一座岛屿上，教授施虐受虐、人体穿刺、密宗性学和娱乐用毒品等课程。这是十一个自成一体的虚构世界。应该有十二个，但桑德拉·皮克林还没有交来她的作品。不过，十一个已经足够让我继续下去了。它们已经在我的脑海里搅成一团，我害怕自己单独见学生时会犯一些可怕的错误，把人物名字和故事情节搞混。

当然，这是一种很不自然的阅读方式，从一个未完成的故事跳到另一个，但这让我想到，我们的文化中有非常多的小说被生产出来。是不是过度了？我们的小说是不是有堆积成山的危险——巨量

---

[1] 在希腊神话中，俄狄浦斯在不知情的情况下杀父娶母。戈德曼（Goldman）是典型的犹太姓氏。

的过剩小说,如同欧洲经济共同体的黄油山和牛奶湖[1]?我记得拉尔夫·麦信哲冷冰冰地发表的评论:"世界是不是真的需要更多的小说家是一个见仁见智的问题。"他自己的立场非常明显。

当然,可以争辩说,叙事是人类的一个基本需求:它是我们理解经验的基本工具之一——有史以来一直都是。但是,我扪心自问,这是否意味着新故事无止境的增长是必要的?在小说兴起之前,说故事的人没有同样的义务——你可以一遍又一遍地讲述古老而熟悉的故事,特洛伊、罗马、不列颠……岁月流转,风俗变迁,这些故事被披上一层层新的外衣。但是在过去的三个世纪中,作家被要求每次都编出一个新故事。当然并不是百分之百的新——到一定程度之后,故事情节的数量是有限的,这已经快成老生常谈了——但是情节每次都必须用一组新的人物来充实,在一套新的情境下展开。有几十亿真实的人在这个地球上生活过,每个人都有其独一无二的个人历史,而我们永远不会有时间知道这些故事;这么想来,我们还要费尽心机额外发明出那么多虚假的生命,似乎显得格外特殊,甚至有悖常情。而且确实要费尽心机——现实生活中那么多"理所当然"的事,在写小说时必须有其前因后果。作者必须用伪事实代指真事实,煞费苦心将其发明出来,加以辛苦而仔细的描述。读者必须留意并记住这些事实才能跟上故事,但是几乎就在书读完的同时,它们就会被冲走,为另一个故事腾出空间。过不了

---

[1] 二十世纪八十年代初期,欧洲牛奶和黄油的产量大大超过市场需求,作为欧盟前身的欧洲经济共同体(欧共体)不得不花费大量的金钱购买储存,这批过剩的黄油和牛奶就被称为"黄油山"和"牛奶湖"。1984年起,欧共体对牛奶实行生产配额制度。

多久，读者的记忆里就什么也剩不下了。也许还有一两个名字，对人物的隐约印象，对情节的模糊回忆，以及读书时的愉悦，但没有愉悦感也是可能的。我到现在为止一定已经读了很多小说，而其中大多连基本内容都没记住多少，这么想来，我心惊胆战——已经有那么多伪生命被人们遗忘在一边吃灰，难道我真的还应该鼓励这些聪明的年轻人继续往里面添砖加瓦吗？他们如果去拉尔夫·麦信哲的认知科学中心设计思维的计算机模型，是不是能做出更有益的贡献？

3月4日　星期二

今天没有信送来。自从我来到这里就没收到过露西的来信，尽管我已经写信告诉了她地址。也许她没有及时收到——她说她要和一些朋友一起去大堡礁。我确实跟邮局讲了把我的信件转送到这里来，但也许还是会有漏掉的。可能有一封她写来的信，躺在布卢姆菲尔德街58号门厅的脚垫上，被埋在一堆写给"此房住户"的垃圾邮件、附近商店的宣传单和免费洗发水试用小样底下。我的租客还没有到——因为生病所以推迟了出发时间——所以我没法让他们帮我查看。保罗也很多年没有来过信了，不过在这个方面根本没法对他有什么指望。而且无论如何，他是个男人。我担心露西，她离家这么远，而我读过的那些关于年轻人的小说并不能给我什么信心。关于毒品、随意性行为、醉酒的东西太多了。当然，我确保让她很早就知道了生命、避孕等方面的必要知识，但实际上我并不知道她是否还是处女。这是好事还是坏事？星期六卡丽跟我透露，埃米莉在跟男朋友睡,而且还毫无保留地告诉了她。我想,这体现了她们之间令人羡慕的高度信任,但我身上的某种东西令我惧怕和孩子如此亲密。

3月5日　星期三

星期一日记结尾的那个问题的答案是:非常明确的"否"。

我今天在学校的书店里碰到了拉尔夫·麦信哲,跟他提到我有点担心露西。"你难道没有电子邮箱吗?"他问。我不得不承认我没有,再说露西也没有电脑。"她肯定能接触到一台吧。"他说。他很可能是对的,因为露西做的是办公室工作。"你应该连上网。"他说。我想我确实应该。

谈到露西让我想起他的德国研究生关于母爱的项目,于是他邀请我回中心去看看。结果是个巨大的反高潮:只是个美化了的电脑游戏,真的。屏幕上有一个女人形状的图标,代表一位母亲;三个较小的图标,代表她的孩子。他们要吃喝穿衣,要母亲照顾,还会遇到各种各样的危险,比如掉进鱼塘、被热锅烫伤或者从房子里跑到马路上。母亲不得不不断做出决定,把注意力集中在最迫切需要的地方——把还没吃饭的孩子 A 暂时放下,好把孩子 B 从正在开近的巴士前拉走,等等等等。这个可怜的女人没有一刻停歇,永远在应付一个又一个紧急状况。我联想起了学生活动中心里的电子游戏。它跟做母亲的情感体验毫不沾边,差了十万八千里。虽然有失礼貌,但我还是忍不住大声笑了出来。卡尔看起来很沮丧,而拉尔夫有点恼火。他说这只是个实验模型,处于早期开发阶段。

我离开时,他写给我怎么去他们在斯托昂泽沃尔德[1]附近的度假小屋,然后说:"带件游泳衣。我们有一个热水浴缸。"我觉得是那种在加州能见到的露天大型按摩浴缸。格洛斯特郡三月初还是有点冷的,是吧?

"做一只蝙蝠是什么感受?"的练习获得了非常好的回应,我对创意写作课程,或者至少是对我自己教这门课的信心大大增强了。我刚看了昨天交上来的东西,有几篇很下流但也很优秀的戏仿或致敬作品。最好的是西蒙·贝拉米、弗里达·辛克莱、奥萝拉·达·席尔瓦和吉尔伯特·巴弗斯托克写的。我打算把这几篇复印一下,寄给拉尔夫·麦信哲。

3月6日　星期四

我的租户已经到达布卢姆菲尔德街,整天都在给我打电话,问关于房子的各种问题。中央供暖的定时器在哪里?"垃圾"[2]该怎么处理?洗衣机的使用说明书在哪里?(回答:丢了)大厅里的煤气火炉怎么点着?(回答:用木片,自动打火坏了)"冰盒"[3]除了厨房里很小的那个之外还有吗?(回答:恐怕没有了)。我想我本应该把给他们的说明写得更详尽一点。他们听上去很和善,奥托·维斯穆勒教授和他的妻子黑兹尔,只是不太能领会英式幽默。我告诉

---

[1] 斯托昂泽沃尔德(Stow-on-the-Wold)是前文出现的"斯托"的全称,为格洛斯特郡的一个小镇。
[2] 原文为美国常用的说法"trash",在英国则常用"rubbish"。
[3] 原文为"icebox",是冰箱的美式称法之一。

维斯穆勒教授,对楼下厕所马桶的手柄"必须要坚定",并且"不要接受否定的答案",而他以为我告诉他要给水管工打电话。

不过有一条好消息:有两封来自澳大利亚的航空信件。他们会尽快转发给我。

3月7日　星期五

今天报纸上有一篇长文章,关于法国作家、记者、《Elle》杂志编辑让-多米尼克·鲍比。他中风之后处在一种叫"闭锁症候群"的症状中,意识清醒,但全身肌肉都不能动——除了左眼眼睑。他借此与人交流,并且——惊人地——用听读的方式完成了一本关于自己经历的书。他和一位朋友一起研究出一个系统,眨唯一能动的那只眼睛来示意字母表中的字母,这样拼出单词和句子。这个方法耗费的时间和精力令人难以置信,不过奏效了。这本书刚刚出版,好评如潮,而且显然有人拍了一部关于他的电视纪录片,产生了巨大影响。难怪。就算只是在报纸上读,这也是一个非同寻常的故事,既富于悲剧性又鼓舞人心。

在某种程度上,这似乎是可能发生在一个人身上的最糟糕的事情——被锁在自己的身体里,完全无助,不能说话、做手势,甚至不能点头摇头。显然他昏迷了四个星期,而且在恢复知觉之后的一段时间里,医院工作人员都没有意识到他是清醒的,而是认定他处在植物人状态。那一定像被活埋,听到人们在自己的坟墓上行走,却无法引起他们的注意。让-多米尼克·鲍比本人将其比作在一只潜水钟里面。他的书名叫《潜水钟与蝴蝶》,蝴蝶是他的想法,在潜水钟内扇动翅膀，无法脱身——直到他发明了使用眼睑的编码方法。这是这个故事鼓舞人心的一面：他最终找到了传达他的困境的方法。这雄辩地证明了人类精神的力量和韧性，以及它拒绝被噤声的意志。

当然，我忍不住想到可怜的马丁，他的动脉瘤听起来与这个法国人的中风非常相似，可能也有同样的后果，也许吧。实际上……我想到这里，心里不禁掠过一阵寒意——也许在医院里，我能进去看马丁时，他没有死，但是患有闭锁症候群，不过这当然是胡说八道，他死了，他的心脏已经停止跳动，他没有呼吸。我不能希望事实是另外的样子，我觉得自己应付不来照料处于鲍比那种状况中的人。这很自私，但却是真相。

3月8日　星期六

我从伦敦带来了一件游泳衣，以为也许可以在这里的体育中心游泳池锻炼锻炼身体（很好的计划，目前还没有付诸实施），不过我今天早上把它拿出来，看到的却是一团破旧、褪色的东西，于是我去格洛斯特买一件新的。去格洛斯特而不是切尔滕纳姆，因为我愚蠢地害怕古怪的巧合再次发生，又在商店里撞见卡丽，从而不得不跟她透露我在选购一件新泳衣，专门为了在她的热水浴缸里显出好身材。

对女人来说，买游泳衣时总是有点焦虑，特别是随着年龄的增长。没有别的衣服会如此残忍地暴露身材不断增多的瑕疵。我在试衣间有一定倾斜角度的镜子里看着自己，惊愕地发现靛蓝色的静脉织成一张网,如同旧瓷器上发丝一般的细裂纹或丹麦蓝纹奶酪的线条,从两个膝盖后面向四周蔓延。

我找了很久,发现一件纯黑色一体式泳衣,挂颈露背款,我觉得看起来很合适,不过我试穿的时候穿着内裤——商店出于卫生方面的考虑这样要求,自然合情合理——但我回到家后不穿内裤再把它穿上一看,天哪:卷曲的阴毛从裆部的开口下钻出来,蓬勃茂盛。所以现在我必须剃毛了。真烦人。我感到自己因为虚荣心而受到了惩罚。

这次探险也有救赎:我第一次看到了格洛斯特大教堂。不是很大,但是比例非常漂亮,由饱含风韵的科茨沃尔德石料建成,有一座卓越雄伟的方形英国哥特式塔楼,顶部有一圈像栏杆一样的石雕,虽然已饱经风霜但仍很精致。回廊优美异常——我手中的访客指南称是全国最好的之一,我觉得理由充足。爱德华二世埋葬在这里。我对他的了解全部来自马洛的那部戏剧[1],剧情可能并不可靠,不过让他看起来像一个曾经生活和呼吸过的真实的人,而不仅仅是历史书上的一个名字。站在一个活在七百年前的人的遗体旁边,而且知道他是谁,这似乎很不平常。如果拉尔夫·麦信哲是对的,那么爱德华二世化成的尘土的原子是不可摧毁的。然而是我的头脑保存了他的身份,在我们之间建立起联系。

我走上铺路石已经磨损不堪的古老走廊,每隔一段时间就停下

---

[1] 克里斯托弗·马洛(Christopher Marlowe,1564—1593),英国剧作家、诗人及翻译家,与莎士比亚同时代。其剧作《爱德华二世》表现了英格兰国王爱德华二世(Edward II,1284—1327)的生平。

脚步，欣赏精美的黄铜制品和雕像，此时又一个文学上的联系在脑海中浮现。在《金碗》[1]里，夏洛特和王子在格洛斯特开始私通，以参观大教堂为借口推迟从一个乡下的家庭聚会返回伦敦的时间。其中提到了爱德华二世的坟墓，我敢肯定，他们是真的去参观了，好为给回到各自配偶身边后讲述的故事提供情境上的合理性，还是在幽会期间足不出户，一直待在那个由足智多谋的夏洛特挑选的旅馆房间里？我手边没有那本小说，没法检查。而且无论如何，詹姆斯很可能没有说。

之后我从教堂走出，拐个弯就到了"舒适的教堂长椅餐厅"。我在那里吃了午餐，仔细阅读了指南中的每一个字，因为我没有带其他可以一读的东西。我沮丧地想，这是不是就是我的未来了——老处女式的生活：四处参观大教堂，在浮华俗丽的餐厅桌边阅读。也许买新泳衣正是在本能地做出抵抗这种命运的姿态。这么看来，还是让我们毫无怨言地剃毛吧。

---

[1] 《金碗》(*The Golden Bowl*) 是亨利·詹姆斯于1904年发表的长篇小说，描写一段出轨的恋情引发的种种故事。

8

做一只无尾蝙蝠是什么感受?

马*·艾*斯[1]

其实吧,我们白天还挺经常到处闲逛的。我们逛洞穴,裂缝,屋檐下、室内的屋顶下,只要是黑暗温暖的地方我们都逛。我们最喜欢洞穴。我们挂在天花板上,往地上拉屎,不过感觉像是挂在地上而往天花板上拉屎,因为我们是头朝下的。头朝下拉屎是一门艺术。屎在分解时产生热量;当然,还有一股气味。

天黑之后我们出去吃饭,大部分时间吃的是昆虫。借助自己的雷达设备,我们飞着的时候就能大吃大嚼昆虫。嘟嘟,嘟嘟,嘟嘟,嘟嘟,嘟嘟嘟嘟嘟嘟嘟嘭!很酷。我什么都看不见,但飞行时能在不到一秒的时间里捕获两只果蝇。汤姆·克鲁斯,你算老几。

然后我们回到洞穴里,往地上拉屎。我们飞行时也拉屎,好减

---

[1] 本章是学生的戏仿习作,被模仿的作家名字在原文中以星号代替了一些字母,如本篇模仿的是当代英国知名作家马丁·艾米斯(Martin Amis, 1949—),在原文中作者以"M*rt*n Am*s"的形式出现。

轻携带的重量。可以说我们在生活里主要干的事之一就是拉屎。吃昆虫和拉屎。

老实说,性也不是那么爽。一年中只有六个星期我们在做爱——整个蝙蝠群同时发情。你可以想象这样的场景:好几千男蝙蝠在洞里疯狂地乱撞,试图将十二个月的性欲在这恶心的六星期里消耗掉。这可会严重损害你的健康。

女蝙蝠只关心一件事:你的精子。她们会用一些女性生理上的伎俩,把精子秘密保存,直到她们想要怀孕为止。然后她们都飞到温暖地方的一个育儿洞穴,去生孩子。只有妇女和儿童能进里面。同时在男蝙蝠的洞穴里,我们到处闲逛,用爪姑娘互相爽一爽,就这么凑合。

女蝙蝠是不是用心照顾孩子,我不在乎。但是她们出去吃饭的时候会把孩子留在洞穴里;它们没有成年蝙蝠看着,会形成游戏小组,在洞穴地面上堆成小山的蝙蝠粪便和昆虫尸体还有水果皮里滚来滚去、互相打斗。它们还会一行一行地挂在墙壁和天花板上,有时这些可怜的小笨蛋挂不住,会摔到地面上,或者还没等到自己的雷达调校好就尝试飞行,然后发生事故,撞上墙或者彼此相撞。我们的婴儿死亡率太丢脸了。

不过,如果你从育儿洞穴里活了下来,那预期寿命还是相当不错的。你可以预期自己活十年。我已经九岁半了。

做一只吸血蝙蝠是什么感受?

欧*·威*士[1]

我们差不多是一块儿回到洞里的,呆瓜和我,在太阳正在升起的时候。苏格兰佬已经回来了,在天花板上吊着,自个儿在那难过呢。我在一头高地阉牛的腿上吃的,好么那腿毛,跟在粗毛毯子上似的,呆瓜找到了一头嗓子让狐狸咬开了的绵羊,这家伙可真走运,但苏格兰佬喝了西北风。

"有块地里面都是母牛,"苏格兰佬说,"但那帮家伙脚底下就是不停,我没法咬进去。"我保证呆瓜根本不信他。"你血给我来点,呆瓜,"苏格兰佬说,"你肯定从那羊那儿灌了个饱。"

"滚你妈的蛋,苏格兰佬,"呆瓜说,"那天晚上哥们儿走背字的时候你可什么都没给我。"

"我跟你说了,呆瓜,我没法给你,我到家的时候都消化完了。"

"说瞎话的孙子,"呆瓜说,"而且我也不信你昨儿个晚上真出去了。你他妈就在这躲着偷懒,等我们带血回家。"

"不是那么回事,呆瓜,我一晚上都在外面,可就是太倒霉了。"苏格兰佬转头向我,"大哥,"他说,"你的分点给我吧,看在上帝的分上。"

"没门,苏格兰佬。"我说。

"哎求求你了大哥,我这真要饿死了,"他说,"下次我喝饱的

---

[1] 本篇模仿的是苏格兰作家欧文·威尔士(Irvine Welsh, 1958—)。威尔士主要以苏格兰方言写作,最著名的作品是 1993 年出版的小说处女作《猜火车》。本篇亦以苏格兰方言写成。

时候还你双倍。"

他全身都在颤抖，翅膀都快要掉了，牙齿跟筷子似的嗒嗒嗒直磕个不停，我倒可怜起这神经病来了，吐了大概十五毫升血到他的唾液里。他吞了下去，一头倒在地上的一坨屎里，长长地出了一口气。"大哥，上帝保佑你，"他说，"你救了我的命。"

"你嘴上的功夫怎么会不行了，苏格兰佬？"我说，"你咬的母牛的哪儿？"

"脖子。"他说。

"那哪能有戏，"我朝呆瓜眨眨眼，"你得咬后头。"

"指什么？"他很奇怪。

"呵呵，"苏格兰佬会意地笑了几声，"那些阉牛肯定他妈有这么基。"

"是啊他们当然是了，"呆瓜说，"每个婊子都知道。他们都是艾滋阳性。"

"啥玩意儿？"苏格兰佬又开始发抖，"这意思是说那血是脏的？"他说。

"要不然我怎么会不要了呢？"我说。

"你个混球！你把哥们给弄死了！"他尖叫起来，然后开始用力干呕，拿爪子往嗓子眼里捅，想把血吐出来。呆瓜跟我笑得都失禁了。

"你个神经病，"呆瓜最后终于对苏格兰佬说，"阉牛的蛋都给割了，他们还怎么当基佬？"

做一只蝙蝠是什么感受?

*曼·鲁*迪[1]

这算是什么问题啊,先生?我没有冒犯的意思,不过如果我问您"做一个人是什么感受",您会怎么回答?毫无疑问,您会这么回答:"一切都取决于做什么样的人。"什么种族,什么肤色,什么阶级,什么种姓,什么样的生活情况?蝙蝠也是这样。我们有很多种。有短尾蝠、长尾蝠、无尾蝠、花尾蝠、苍白洞蝠、大真蝠、裂颜蝠、凹脸蝠、蹄蝠、鼠尾蝠、菊头蝠、兔唇蝠、长腿蝠、四指蝠、盘翼蝠、吸足蝠、多氏髯蝠、蝙蝠,这些仅仅是一小部分[2]。我们各自都有独特的习惯和栖息地。

我自己,我是一只寺庙蝙蝠。我们这个蝙蝠群住科纳尔克太阳神庙,在孟加拉湾之畔[3]。我是怎么吊在这架印度航空波音747头等舱洗手间的挂衣钩上的,说来可就话长了,牵扯到一个旅游者的相机包、一片放错地方的安眠药和一台有缺陷的机场X光机。上周三晚上,有人把一个敞开的空相机包漫不经心地丢在太阳神庙一个石雕柱子的基座上,正好是那个昏暗的时候,那时我们寺庙蝙蝠从破碎砂岩的角落和缝隙里钻出来,在温暖柔滑的空气中仔细搜寻滋味丰富的蠓、脆脆的蚊子、多汁的果蝇和其他美味昆虫……可以说是蝙蝠的欢乐时光[4]。但是,唉,对我来说没有时光是欢乐的。做一只

---

1 本篇模仿的是屡获大奖的著名印度裔英国作家萨曼·鲁西迪(Salman Rushdie, 1947—)。
2 这句话列举的是翼手目下的一些科、属、种和非正式的通称。最后的"蝙蝠"(common bat)指翼手目蝙蝠科。
3 科纳尔克(Konark 或 Konarak)是印度奥里萨邦的一个城镇,其太阳神庙(Surya Deula)建于十三世纪,是婆罗门教(印度教的前身)的圣地之一,为世界遗产。
4 欢乐时光(happy hour)指酒吧或餐馆中削价供应饮料或免费供应餐前小吃的时间。

寺庙蝙蝠是什么感受？就我而言是太他妈惨了，真不好意思在您面前用了这种表达，先生。

您看，我的同伴蝙蝠对它们的存在非常满意，因为它们不知道自己是蝙蝠。正如您所观察到的，我拥有说话的天赋，而我的兄弟姐妹只拥有吱吱叫的天赋。此外，我有记忆，而它们没有。它们不知道自己在之前几世中是男人和女人，不知道自己因为在之前的存在中所犯的罪而被降到存在锁链[1]的这一等级。但由于正常轮回过程中的某种意外、变故或滑移，我被施以意识的诅咒，以蝙蝠之身承载人类之思想，这让对我的惩罚更严重千万倍。

与流行的看法相反，先生，蝙蝠并非完全失明，我们能分辨白天和黑夜，也能看出物体的模糊形状，但这个世界各种多姿多彩的丰富细节对我们来说就是一本合上的书。所以要想"看到"这个洗手间的内部状况，我只能通过记忆来重建：不锈钢洗手盆，优雅地点亮的带灯镜子里映着免费须后水和古龙水的彩色瓶子，为了不让屁股与公用马桶座接触而周到地提供的马蹄形垫纸——也许您此时此刻正在利用这种便利。不，我求求您，先生，请不要给自己添麻烦，没有必要尴尬——您裸露的膝盖在我有限的视力下只是苍白色的模糊一片……我之所以能够看到这个小隔间内部的每个细节，是因为我自己曾经经常搭乘这些闪闪发光的机器。我是个电影制片人，经常穿梭在宝莱坞和好莱坞之间。我懒洋洋地躺在这富豪舱里

---

[1] 存在锁链（Chain of Being）是十八世纪欧洲神学的概念，指万物自上而下的分级。在存在锁链中，上帝居首，其下有九个等级的天使，然后依次是星辰、人类、动物、植物、矿物。锁链中任何一环都不可上下移动，否则会破坏整个宇宙的秩序条理，违反天意。

奢华的软垫座椅里,被身着纱丽、臀部柔软的空姐宠溺——她们脸上带着微笑,不断给我送来香槟、鱼子酱和热毛巾。这些年轻女士里最妩媚的、最容易上当的,我会安排好在着陆后她们的下班时间里跟她们见面,许诺在我即将上映的作品里让她们扮演角色,不过我没有透露这些影片的名字,比如《亚洲宝贝——性奴》《骚货辣咖喱》和《辛辣枕边风》。对。我是针对印度市场的色情影片的制片人——印度餐馆的新郎告别单身派对,孟买商人下班后的娱乐,供悲哀、沮丧的单身汉租赁的录像……我必须得说明,没有什么真正特别下流的东西,没有暴力,只有双方同意的模拟性行为和一点手淫。但是没有什么能比看到一个明显很有教养的印度女孩以这种方式自辱尊严更让我的顾客兴奋的了。没有什么能比这更容易让我兴奋,跟您说实话(我可以说是亲自动手的制片人)。恐怕我用奉承、贿赂和诡计,诱使许多无辜少女陷入了耻辱的生活。现在我因为自己的所作所为而受苦……您或许去过太阳神庙?您去过?您还记得那些雕塑吗?是的,很多人告诉我它们难以忘怀。很不幸,我前世未能拜访那里。或许您可以想象一下,对于我这种品位和背景的人来说,面对世界上最伟大的色情雕塑纪念碑[1]却拥有蝙蝠的视力,会感到有多么懊恼?

---

[1] 科纳尔克太阳神庙中有很多石雕不加掩饰地表现性爱场面,是该神庙雕塑最大的特点之一。

做一只瞎蝙蝠是什么感受?

萨＊尔·贝＊特[1]

在哪里？什么时候？为什么？吱。我在黑暗里。我总是在黑暗里。并不是从一开始就这样的。曾经有一段时间的亮光，或者说不同深度的黑暗。吱。洞口有微弱的光。当它消失时，我就知道离开洞穴的时间马上就要到了，我将与其他蝙蝠一起飘荡在黄昏的空气中。吱。现在就总是黑暗了，均匀的黑暗。我脑袋之外的世界是不是在任何时候都跟我脑袋里面一样黑暗，我不知道。我所知道的，如果能用知道这个词来描述的话——实际上不能——就是我什么也看不见。我有触觉、听觉、嗅觉，但是没有视觉。吱。我能感觉到我的后腿爪子抓住的岩石架。我可以听到我的吱吱声离开我的身体，再反射回来。这个地方永远有其他的吱吱声在墙上叮叮当当地冲来撞去，响成一片，我能从里面听出我的声音。吱。我能闻见从地面上升起来的氨气味，如果这地方有地面的话。也许我挂在一个氨水湖上面，但我想应该不是，因为我从来没在排空大肠以后听见过类似水花溅起的声音，除非湖面在我下面很远，大便击中水面的声音传不到我耳朵里。

我能用脚上的须毛感觉到我旁边还有一只蝙蝠。他脚上也有须毛，我时不时地感觉到他的脚毛轻拂我。吱。我说他，不过也许是她也未可知，没有办法判断，除非我能用前爪去摸它折叠的翅膀后面的部位，确定公的还是母的。这样的行为可能会被误解。吱。最

---

[1] 本篇模仿的是爱尔兰作家萨缪尔·贝克特（Samuel Beckett, 1906—1989）。贝克特是荒诞派戏剧的重要代表人物，于1969年获诺贝尔文学奖。

好保持不确定状态。不确定令人不快，但确定可能更糟。我宁愿不确定我是瞎子，但这是我唯一能确定的，因为并不是一开始就是均匀的黑暗。吱。曾经有过形状，我肯定曾经有过形状。黑暗的形状在不那么黑暗的背景上。我很小的时候，母亲出去打猎时会带着我，在她的袋子里。吱。她在薄暮时分的天空中急速拉高、俯冲，从空气里舀起昆虫，我则紧紧抓住她的乳头，我记得她从中间、上方、下方飞过的东西的形状。现在再也没有形状了，只有触感、气味、声音。我永远失去了形状。什么时候？为什么？如何？吱。

9

"作为戏仿文章它们可能挺不错的,"拉尔夫说,"我真的无法评判,因为我没读过多少当代小说。我没有时间。不过——"

"你应该读读海伦的小说,麦信哲,"卡丽说,"特别好。"

"肯定是,"拉尔夫说,"有一天我会补上这个遗憾的。"

"我想你最好还是别了,"海伦说,"不过接着说。"

"我想说的是,要是作为回答那个问题的尝试,它们实在是太拟人化了,没戏。"

"什么是拟——这个词什么意思?"西蒙问道。

"噗嗞——"马克发出类似电视智力竞赛节目里抢答器的声音,"将非人类的事物当作人类来处理。"

"非常好,波罗,"拉尔夫说,"就像迪士尼电影里的动物,袜子。"

"那个问题是什么?"卡丽问道。

"'做一只蝙蝠是什么感受?'"海伦说,"是一篇哲学文章的标题。"

"嗯,听上去像是。"卡丽说。

"还有个哲学家最近提出了一个问题：'做一个恒温器是什么感受？'"拉尔夫说。

"那很简单啊，就是开和关。"马克逗得大家笑了起来。

"说得好，波罗。"拉尔夫说。

"他是在开玩笑吧，我想，那个哲学家？"海伦说。

"不，"拉尔夫说。"他是非常认真的。如果意识是信息处理，那么或许能处理信息的任何事物，不管它处理的方式多么简陋，也都应该被描述成是有意识的。用我们这行的术语来说，这叫泛心论。这种理论认为，意识是宇宙的一种基本成分，就像质量和能量、强相互作用力和弱相互作用力。我自己不是太同意。"

"为什么呢？"海伦问道。

"它里面有一种超验主义的气息。热衷于这种东西的人倾向于赞同东方宗教。"

"你为什么不想让麦信哲读你的书呢？"埃米莉好奇地率直向海伦发问。

这个问题似乎让海伦有点尴尬。"就是因为，如果人们是因为认识你而去读你的书，那么阅读体验往往会扭曲。特别是如果他们一般不看文学小说的话。"她转过头向拉尔夫说，"不过，我很惊讶，你对意识这么感兴趣却不看小说。现代小说其实大多写的就是意识。"

"哦，我年轻的时候看过一些，"拉尔夫说，"《尤利西斯》的开头几章真是太棒了。然后他的注意力好像分散了，沉溺于玩弄文字风格和纵横字谜。"

"弗吉尼亚·伍尔夫怎么样?"

"太优雅了,太诗意了。她写的所有角色讲起话来都像弗吉尼亚·伍尔夫。我的印象是,那种类型的没有人写得比乔伊斯更好了,是不是?"

"差不多,"海伦说,"意识流小说本身就已经很过时了。"

"我出去了,我受够了。"卡丽说。

"受够了浴缸里还是意识?"拉尔夫说。

"都受够了。"卡丽说。

谈话发生在麦信哲家乡下小屋的后花园的热水浴缸里。房子后面有一个很陡的下坡,他们在坡顶用木头搭了一个阳台,有台阶下到花园里。在台阶一半的地方有个小平台,像是那种两层楼之间的夹层,上面有一个红木浴缸,直径约七英尺,深五英尺,浴缸沿跟台面齐平。浴缸里设计了一条绕内壁一圈的长凳,海伦和麦信哲一家屁股挨着屁股,亲密地坐在上面。热水中的气泡在他们腿间升起,将蒸汽的幽灵送入冷空气。现在是下午的结束,或者是晚上的开始,天已经黑了。光线的来源只有浴缸里水线下的蓝色射灯,以及在台阶和平台上每隔几米有一个的灯笼,配有厚厚的琥珀色玻璃罩子。

卡丽用一只手撑着拉尔夫的肩膀稳住自己的身体,爬出浴缸。水从她的紧身黑色泳衣和苍白而沉重的四肢上流下来。她用毛巾裹住自己,将脚伸进一对草编底拖鞋。"孩子们,你们也该走了。"她说。

"噢,妈妈……"他们抱怨道。

"我是认真的。来帮我摆桌子,准备吃茶餐。"

孩子们一个接一个地走出浴缸,用毛巾裹住自己,踏着台阶走进房里。埃米莉是最后一个出去的。"我想我应该去帮妈妈。"她叹了口气。

"我真该走了。"海伦说道,不过坐着没有动,"我是来吃午饭的,不是连茶餐也要吃。"

"哎,别走,"拉尔夫说,"你看上去很开心嘛。"

"是很舒服,"她抬起头仰望天空,"躺在热水浴缸里,直接就能看到星星!我妈要是见到我这样准得发作不可——'你这还不得冻感冒给冻死',她会这么说。"

"你不会的。"拉尔夫向她保证。

"在英国能买到这种浴缸吗?"

"就我所知,红木的买不到。我们是花了一大笔钱从加州运来的,然后在这儿找人把它给安好。"

"嗯,这个发明太好了,"海伦伸直双腿,让它们漂在水面上,"我想一定是有个恒温器。那这是不是意味着它是有意识的?"

"不是有自我意识。它不知道自己很舒服——不像你和我。"

"我以为没有'自我'这种东西。"

"这种东西是没有的,如果你是指一个固定的、独立的实体。但自我当然是存在的。我们一直在编造自我。就像你编造的那些故事一样。"

"你是说我们的生活其实是虚构的吗?"

"从某个角度来说确实是。我们富余的那些脑容量的功能之一就是这个。我们编造关于自己的故事。"

"但我们无法编造自己的生活，"海伦反对道，"事情发生在我们身上还是不发生在我们身上，这是我们无法控制的。你有没有读过那个可怜的法国人的事，他得了，叫什么来着，闭锁症候群？"

"读过，很有意思。"

"你不能说他悲惨的状况是他编出来的吧。"

"他构建了一种对自己状况的特殊反应，"拉尔夫说，"我承认，这是一个非常具有英雄气概的反应。"

"但这不会让你相信存在灵魂，或者人类的精神，这类东西？"

"不会。为什么呢？"

"这，那个人的勇气，他要和别人沟通的决心……"

"是，那非常令人敬佩……但那仍然只是他的大脑对信息进行处理。没有什么超自然的因素。机器里没有幽灵。"

"'幽灵'这个词含义太广泛了，"海伦说，"有迷信和幻想的东西在里面。我不相信幽灵，但我相信灵魂。"

"不朽的灵魂？"

"说不好。"海伦边用脚搅水边说。

"噢那好，我可以跟你保证有可朽的灵魂，这只是描述自我意识的另一种方式。但笛卡儿相信他自己有灵魂，因为他可以想象他的思想独立于他的身体而存在。有这种属性的不就是幽灵吗？"

"哦，这难道不就是那个法国人，叫什么来着，鲍比——难道不就是他做的事吗，独立于他的身体而思考？他的身体完全瘫痪了。"

"我记得他一只眼睛仍然有视力。而且他还有听力。而且不管怎么说,大脑也是他身体的一部分。"

海伦短暂地沉默了一会儿,然后说:"你说我们富余的脑容量,那是什么意思?"

"哦,人类的大脑比地球上任何其他动物的大脑都要大得多。我们的 DNA 跟离我们最近的亲戚黑猩猩的差别只有百分之一,但大脑却要比它们大三倍。显然,这让我们的原始祖先在进化竞赛中拥有巨大优势。我们学会了制作工具和武器,用语言交流,用我们的心理软件运行各种选项来解决问题,而不是仅仅凭本能做出反应。我们超越了四个 F。"

"那是什么?"

"战斗、逃跑、摄食和……交配。"[1]

"哦……"海伦不由得莞尔一笑。

"但是,跟我们相对其他物种所获得的进化优势相比,人类的大脑出奇的大,大得不成比例。这就是我说的富余容量。原始人就像拿到了最先进的电脑,却只用它来做简单的算术。他迟早会开始研究怎么玩这台电脑,发现自己还可以做其他各种各样的事情。这就是我们在进化过程中如何利用大脑的。我们发展出了语言。我们反思自己的存在。我们意识到我们这种生物有过去和未来,有个人和集体历史。我们发展出了文化:宗教、艺术、文学、法律……科

---

[1] 生物学中用四个 F 开头的英文单词表示动物(包括人类)进化出来的四种本能:fighting (战斗)、fleeing (逃跑)、feeding (摄食) 和 fornicating (性交)。最后一个词拉尔夫用的是委婉一些的 mating (交配)。

学。但是自我意识有一个不利的方面：我们知道自己会死。想象一下，对尼安德特人，或者克罗马农人，或者第一次发现这个可怕真相的不管是谁来说，这是多么强烈的震撼：总有一天他会变成一摊烂肉。狮子和老虎不知道这一点。猿不知道。我们知道。"

"大象肯定知道，"海伦插话道，"它们有墓地。"

"恐怕那只是个传说，"拉尔夫说，"智人是进化史上第一种也是唯一一种发现自己会死的生物。那么他如何回应呢？他编造故事来解释自己是如何进入这样的困境的，以及可能的摆脱之道。他发明宗教，他发展出丧葬习俗，他编造关于来世的故事和灵魂的不朽性。随着时间推移，这些故事越来越精细。但是在最近这个文化阶段之前——在进化史的尺度上那只是短短一瞬间——科学突然腾飞，开始以另一个故事讲述我们的历程，这是一个强大得多的解释性故事，将宗教提供的故事打得体无完肤，完全没有还手之力。没有多少有头脑的人还相信宗教的故事，但他们仍然抓住其中一些安慰性的概念不放，比如说灵魂、死后的生命，之类的。"

"我觉得这是真正让你厌烦的，是吧？"海伦说，"就是人们大多还顽固地相信机器里有幽灵，不管科学家和哲学家告诉过他们多少次没有。"

"不是真的让我'厌烦'。"拉尔夫说。

"是，就是，"海伦说，"你像是决心要从地球上把它消灭。就像一个试图铲除异端的宗教审判员。"

"我只是觉得，不应该把我们希望事情是什么样子和它本来是什么样子混淆起来。"拉尔夫说。

"但你承认,我们有私下、秘密、只有自己才知道的想法。"

"嗯,我同意。"

"你承认我在此时此刻的经历,在星空下,泡在热水里,跟你的经历不完全相同?"

"我能看出来你想用这个论题说什么,"他说,"你想说,你之所以是你,或者我之所以是我,是因为有某种东西,某种只有你或我拥有的性质或者经历,无法客观描述或用纯粹的物理术语来解释。所以也可以管这种东西叫作无形的自我或灵魂。"

"我想是这样。对。"

"而我说,它仍然是机器。一部生物机器中的虚拟机器。"

"所以一切都是机器?"

"一切处理信息的东西,是的。"

"我觉得这种想法非常可怕。"

他耸了耸肩,微笑着说:"你是一台被文化编程成不承认文化是机器的机器。"

从上面传来卡丽的声音。"麦信哲!你们俩要在外面待一晚上吗?"

"我们还是进去吧。"海伦说。

"嗯,也许我们该进去了。"拉尔夫说。

他们爬出游泳池,登上通向房子后门的木台阶。在一个角落处,灯泡坏了,拉尔夫在黑暗中用一只手拉着她的胳膊,拽住她。

"海伦。"他低语道,吻她的嘴唇。

她没有反抗。

10

3月10日　星期一

今天我一直在努力阅读学生们在写的东西，但发现自己很难集中注意力，一直在思考那个吻。当时完全出乎我的意料——我们的谈话即使不算是唇枪舌剑的吵架，也是相当耗费脑力的玄学讨论……在热水浴缸里我感到他的脚碰了我一两次，不过我觉得那是无意的，从未想过他有任何性爱方面的企图。一个人能在争吵，真正的争吵，为了赢而争吵的同时调情吗？当然不能。不过我记得在切尔滕纳姆的停车场外的告别，也是这样激烈地交换了意见之后，我觉得他想亲我……也许他觉得一个女人在辩论时拍案而起跟他吵会给他带来性刺激。但是那次我期待的只是一个社交场合上的朋友式的吻，在脸颊上轻轻地一扫，而昨天的吻是坚实的嘴对嘴，没有热情，没有侵入性，但绝对有性意味。而且我接受了。至少，我没有反抗。我没扇他耳光，也没把他推开或问他知不知道自己在做什么。我一个字也没说。也许我甚至有点正面回应。我当然很享受，我的整个身体像一把被弹拨的竖琴一样震颤着。我现在回忆那一刻，觉得很兴奋，有点湿了。天啊，一个吻怎么会有这么大的影响？

当然，我的生活已经有一段时间只有很稀少的吻来装饰了。记住这一点，亲爱的，好吗？你现在容易受感情影响，容易受伤害。你的意思是性饥渴吗？噢，是的亲爱的，也许你有一点点，而不论你怎么看待他的观点和道德，他都是个非常有魅力的人。只要保持头脑清醒，不要做什么蠢事。那么好的，我不会。

但是还是从头再讲一遍：我按照安排好的，昨天去麦信哲家的小屋吃午饭。它在科茨沃尔德乡下，在一片明信片一般的美丽风景中央——虽然在一年中的这个时候，落叶树上还没有一片叶子，但这里还是很美。饱蘸露水的草地和微微隆起的绿山丘上点缀着绵羊，公路在其间蜿蜒起伏，穿过沐浴着周日早晨的寂静的村庄，经过古老的教堂、整洁的农舍和舒适的茅草屋。"蹄铁"有茅草屋顶，但它更像是一座正式的房子，而不仅仅是一个小屋——双面独栋，由饱含风韵的科茨沃尔德石料建成，墙上爬满紫藤，可以想象到了五月会挂满淡紫色的花朵。天花板较低，椽子在房内裸露着，地面由凹凸不平的石板铺成，上盖地毯，客厅里有一个巨大的开放式壁炉。不用说，房子有集中供暖和其他现代化设备，而所有这些都完美融合在十八世纪的建筑结构里。

在这里，麦信哲一家每周模拟一到两天英国乡村居民的生活：卡丽将水果切块装瓶，在燃油的雅家炉[1]上做水果罐头，埃米莉去骑她养在本地马厩的小马，拉尔夫给那个开放壁炉砍柴火或者带

---

[1] 雅家炉（Aga cooker）是一种铸铁制造的炉具，由瑞典雅家公司开发，后来广受英国上中产阶层的欢迎。

较小的几个孩子出去闲逛、骑自行车。不过，房子后面回响着一个更为奇特和骄奢淫逸的音符：一个阳台，或者按他们的说法叫"甲板"。这个阳台搭建成两层，下层有一个红木热水浴缸。从房子里十八世纪的英国迈入后花园中二十世纪的加州，效果相当怪异，就像在一间摄影棚里走过不同的电影场景。

午餐后（一条极好的本地产羔羊腿，烤至完美，薄蒜片和迷迭香小枝仔细地插入其脂肪层）我们在附近的一圈小巷和步道上散步，我穿着一双他们借给我的长筒雨靴（他们备了几个尺码供访客选择）。然后，随着红色的冬日慢慢下坠，我们换上游泳衣，裹紧毛巾和浴袍，向热水浴缸进发。我得说那真是再舒服不过了：坐在户外，冒泡的热水没到脖子，抬头看着星星在渐渐暗下去的天空中出现。全家人都挤进来，围成一圈。

没过多久，拉尔夫就又开始大谈特谈他喜欢的话题。我觉得这个家庭的其他成员可能已经厌倦了谈论意识，不过对我来说还很新颖，我觉得非常有趣。其他人都走出浴缸、回到房子里后，他和我又泡了一会儿，谈论灵魂的存在或不存在。他用进化论和唯物论解释所有事物，对其抱有十足的信心，令人难以抵挡，反正凭我现在仅有的对先验论还犹犹豫豫、半信半疑的水平，是没法跟他过招的。然后卡丽从房子里叫我们进去吃茶餐，我们走在台阶上时，他吻了我。

当然，我后来没有告诉卡丽这件事。所以我们之间现在有了一个秘密，他和我知道，而她不知道。他把茶桌上的蜂蜜和黄油递给我时，我们目光相遇，信息在我们之间无声无形地传递——我们不仅亲吻了,还同意隐瞒这件事。我们并没有向其他人透露,眼睛连眨都不眨,声音连最轻微的颤抖都没有。我们人类多么擅长欺骗啊,它对我们来说是多么容易。我们是不是在拥有自我意识的同时获得的这种能力?

出于各种各样的原因,我完全不打算与拉尔夫·麦信哲发生暧昧关系。我们得把这个先说明白。尽管如此,这件事仍然在我心头留下了些许无法消除的内疚,吃完饭后我帮卡丽收拾厨房,试图以此减轻这种感觉。我们往洗碗机里堆盘子时,她随口说到她正在写一本书,是历史小说,背景是 1906 年大地震时的旧金山。显然她有一些古老的家庭文件——那个年代的一些信件和日记——可用做参考材料。她觉得这本书在现在的加州拥有现成的读者群,因为每个加州人都对地震着迷。"问题在于,我不知道要放进去多少历史背景,"她说,"它基本上还是一个家庭故事。"不知怎的,我下意识地就提出可以看看她的手稿——拿埃米莉的话来讲,这就叫和尚买梳子[1]。又一个需要消化的虚构世界!卡丽热切地接受了这个提议。我是不是被算计了——这是不是就是卡丽请我来蹄铁的原因——卡丽一直在跟我套近乎是不是就为了这个?还是那一吻的内疚促使我揽上这件分外事?我当时不能——我现在也不能——判断。但为什么我总是觉得别人做任何事情都是居心叵测呢?拉尔夫的亲吻为什么不会只是一个自发的、没有准备的行动,一个简单的勇敢之举,表示他坦率承认他觉得我很有吸引力,喜欢我陪他,仅

---

[1] 此处原文为 "need like a hole in the head"(像脑袋上的洞一样需要),是英语习语,意为毫无用处。

此而已，以此给彼此一段共同的愉快经历——在热水浴缸中争论形而上学——画上句号？为什么卡丽提到她的小说就不能是出于偶然，为什么我就不能相信我提出给她看看是出于自己的慷慨？我想原因在于我是小说家，而小说家总是喜欢复杂而不是简单的解释。

"午餐"的邀请被过度延长，最后到大约七点我们才一起离开。生活节奏突然加快。在卡丽的指挥下，每个人都忙起来，把东西拾起来收好，重置恒温器，关灯，拉上窗帘，固定好百叶窗，让房子再安全度过一周。这就好像一场田园诗般梦幻的演出落幕，剧团突然被激活，脱掉戏服，收拾道具，转往下一个场地。我们在房子外面的车道告别，钻进各自的汽车。我说再见，并真诚地感谢他们。

"下次再来，"卡丽说，"形成习惯……想到你在学校里度过周日，我就不舒服。"拉尔夫站在她身后对我微笑。"一定要。"他说。"不过，我们下周六就会再见到你了。"卡丽说。她指的是拉尔夫五十岁生日的派对，他们已经邀请我参加了。

晚些时候。今晚我从新闻里得知让-多米尼克·鲍比去世了，他的书才出版没几天。非常非常不幸，但至少他活得够久，知道自己的书取得了巨大的成功。也许看到自己的书出版的决心就是让他坚持的动力，而实现之后，他已经耗尽的精神就放弃了斗争。那么他现在在哪里？按拉尔夫·麦信哲的说法，他已经不复存在了——除了在《潜水钟与蝴蝶》的读者心中，以及那些认识他的人的记忆里。但是据说那些思绪和记忆本身就是概念、虚构，与正在衰退的脑细胞捆绑在一起，注定最终也会灭绝。

拉尔夫的论点中其实有的东西非常可信，令人不禁心生惊惧，那就是宗教的起源是人类意识到了自己的死亡，而人类是唯一拥有这种能力的物种，等等，那一套。我去《大英百科全书》里查了大象墓地——他是对的，真见鬼。被带到屠宰场的动物会感知即将到来的命运，据说——它们在被赶往屠宰场时会乱踢，会挣扎，会大便失禁；它们可能能比人类的鼻孔先嗅到空气中血液的气味，或者闻到之前的动物的恐惧。但它们不知道自己为什么感到痛苦；它们害怕死亡而不知道死亡是什么。我们是知道的唯一生物，而且过了婴儿期之后一直都知道。这是拥有自我意识的可怕代价吗？

其实——如果从这个角度去想这个问题——《创世记》中原罪的故事基本就是讲述进化史上出现自我意识的神话。智人因脑力突然飙升而理解了自己的死亡，深深为这个发现而震撼，以至于编出一个故事，用拉尔夫的话说："来解释自己是如何进入这个困境的，以及可能的摆脱之道"。这个故事说的是人触怒了某种比自己强大的力量，而这种力量以死亡来惩罚人的罪错。然后在故事后来的发展中，它又给人以第二次永生的机会。《失乐园》的开头五行写得很明白：

> 说起人啊，他的第一次违忤和禁树之果，
> 它那致命的一尝之祸，给世界带来死亡，
> 给我们带来无穷无尽的悲痛，从此丧失
> 伊甸园，直到一位比凡人更加伟大的人

> 使我们失去的一切失而复得，赢回幸福生活的世界……[1]

剥去神话、神学和巴洛克诗歌的外衣，你会发现剩下的可能是原始人留下的一缕痕迹：第一次失望地发现自己是会死的，在时间里生活，也会在时间里死去。在神话中，禁树是知识之树——关于善恶的知识。上帝警告亚当和夏娃，吃了它的果实，你就会死。但也许在现实中，那知识是关于死亡的，以及随之而来的有关存在的焦虑。人类的堕落是堕入自我意识之中，而上帝是补偿性的虚构。证毕。

然而，正如有人所说，认为宇宙的存在不需要一个造物主，似乎与认为宇宙是由一个上帝创造的一样牵强，特别是当你在夜间仰望星空时。我们知道星星并不总是在那里。固然可以把一切都一直追溯到大爆炸，但是大爆炸的那些物质成分又是从哪里来的呢？

也许我们的错误在于把在这一切背后的上帝想象得必须跟我们一样，"祂按照自己的形象和样式创造了我们"，教理问答里是这么讲的。能不能假设上帝是无所不能的、永恒的，但其自我意识不比狮子更多？或者不比海洋更多？这可以解释很多事情——例如邪恶的存在。也许上帝并不是这么打算的，因为祂，或者更确切地说是它，并没有任何打算。能不能假设我们是宇宙中唯一具有自我意识和意向性和负罪感的生物？这是个令人不寒而栗的想法。然而，人

---

[1] 《失乐园》（*Paradise Lost*）是十七世纪英国诗人、思想家约翰·弥尔顿（John Milton, 1608—1674）以《圣经·创世纪》为基础创作的史诗。《失乐园》被认为是弥尔顿最著名的作品，弥尔顿因此被公认为该时代最著名的英国诗人之一。本书中的《失乐园》译文均出自上海译文出版社 2012 年出版的刘捷译本。

不愿意放弃自我意识，退回堕落之前那种没有思想的人科动物的存在状态，在树上摇荡，或在宽阔的大草原上漫游，仅仅回应四个 F 的命令。

> 尽管充满痛苦，但又有谁愿意放弃这种
> 理智的生命

弥尔顿是这么写的。当然这是撒旦说的话。或者如约翰·斯图尔特·密尔所说，"宁做不满的人类，不做满足的猪猡。"[1] 这是马丁最喜欢的句子之一。

马丁。我认为他已不复存在了吗？不，但他似乎在某种程度上变得……更微弱，更遥远了。他去世后的几个星期，我对他讲了很多话，有时还说出声来。我在吃早餐时读报，如果看到一些会让他感兴趣或发笑的东西，我会说"听听这个"——然后抬头，看到桌子对面空空如也的椅子。但我还是念了出来，好像他还能听到，无论他在哪里。我也会在脑海中与他交谈，有时也会出声。如果必须做出让我提心吊胆的决定，比如说关于金钱或修理房子，我会问他我该怎么做。我会说："我应该选择一次性支付还是把它转换成年金？应该找三家公司给翻新房顶估价，还是找两家就够了？"马丁总是那个处理这些事情的人，而我发现用这种方式做决定很有用，

---

[1] 约翰·斯图尔特·密尔（John Stuart Mill, 1806—1873），英国著名哲学家和经济学家。这句话出自他 1863 年完成的著作《效益主义》（*Utilitarianism*）。

就像一个孩子与想象中的朋友讨论自己的问题。但有一天，露西从学校回家比平时早，她自己进屋，听到我在厨房里说着续一种保险的事。她走进厨房，发现只有我一个人，忧心忡忡地看了我一眼。之后我就更加小心了。

我发现很难接受——真正接受——马丁死了的一个原因是，他死得很突然，完全没有任何预告。前一分钟他还在那里，下一分钟他就走了。就好像他刚刚离开房间去做一些琐事，再也没有回来：你一直觉得肯定是哪里出错了，哪里有些误会，他很快就会重新出现，微笑着跟你道歉……

另一个原因是可怕的葬礼。马丁是不可知论者，他父母名义上是圣公会会员，但不去教堂，他妹妹乔安娜是激进的无神论者，从事计划生育工作，对我们让孩子们受洗、送他们进天主教小学深感不满。"我希望你不会举办宗教式葬礼，"我打电话告诉她火化的时间和地点时，她严厉地说，"马丁不会想要的。""好吧，不是天主教葬礼，如果那是你所指的话。"我同样严厉地说（乔安娜和我关系一直不太好）。再说这本来也是毫无疑问的，因为我和孩子们已经有很多年不再遵守天主教的那些教条了。就算有友好的牧师愿意破例来主持葬礼，我也不认识。我们决定先办一场小型私人家庭葬礼，然后再举行追悼会，让他的朋友和同事们来参加。不过，尽管乔安娜仍然持反对意见，我们还是达成了一致：马丁的父母——更不用说我的父母——会对完全世俗化操办感到失望，所以我们还是加上了非常基本的基督教仪式，花钱请了一个殡仪馆提供的牧师。当然他从来就不认识马丁，而且在仪式中没有试图掩盖自己的无聊和不耐烦，一心只想快点做完。殡仪馆方面还是很礼貌而高效的，但可以感觉到他们对参加人数之少和葬礼之简朴有一种专业上的失望。（只有八个人，其中一位宣布她不会参加宗教仪式，我们没有唱一句赞美诗；我要求若是愿意捐赠就捐给医学研究，不要送花。）那是十一月里阴暗潮湿的一天。火葬场的外观看起来就是它的用途的样子：一个阴郁的砖块结构，落满煤灰。之前的葬礼留下的湿透的花圈和花束被塑料纸包起来，散落在前院，供葬礼参加者欣赏和评价。小教堂里很热，但冷冷清清，没有任何可能排除或冒犯他人的宗教装饰。仪式执行得非常潦草，几乎有些不敬。牧师喋喋不休地念祷词，我们偶尔嘀咕一声"阿门"，然后他按下按钮，背景音乐开始播放，棺材开始慢慢下降，像一台老式的电影院管风琴[1]。露西泪流满面，我搂着她安慰她，但我自己什么感觉都没有。我只有远离才能忍受这整个可怕的经历，所以它绝对没有在我想念马丁的过程中起到过任何帮助。

几个月后，马丁在BBC的朋友们组织了一次追悼会，在金融城的一座雷恩教堂[2]里举行，我去的时候比葬礼时心怀更高的期望，甚至可以说很热切。但那次活动也很令人不满，神圣和亵渎诡异地混在一起：马丁最喜欢的现代爵士乐的声音在白色和金色的墙壁及爱奥尼亚式石柱间回响，同事们的回忆讲话里全是我无法理解的圈内笑话和暗示，播放了马丁制作的关于污染和深海捕鱼的获奖纪录

---

[1] 在默片时代，电影院配有特制的管风琴，以在影片播放时演奏背景音乐。
[2] 克里斯托弗·雷恩（Christopher Wren，1632—1723），英国天文学家、建筑师。他在1666年伦敦大火后参与城市重建，主持修建了很多教堂，包括著名的圣保罗大教堂。

片的一些片段，一位在他关于科文特花园[1]的节目中出现过的著名女高音歌唱家演唱了《圣母颂》……出席的人很多，但其中不少我以前从未见过。之后他们在附近一家酒吧的楼上单间搞了个派对，有几个人喝醉了，包括露西，回家路上她晕车了……我觉得跟葬礼比起来，这次活动并没有更有效地让我从马丁的离世中恢复，也没有更好地让他的灵魂安息。

3月11日　星期二

今天下午的课上得很好：阅读和讨论"做一只蝙蝠是什么感受？"的文章。很多笑声，水平不错的幽默。我认为如果写作是作业，那么人们对别人公开剖析自己的作品就不那么焦虑、敏感了。真正的写作不可避免地是一种自我暴露。即使不是明显的自传体，作品也间接揭示了你的恐惧、欲望、幻想、偏好。这就是为什么恶意评论总是会造成严重的伤害，令人难以释怀。你在想，即使他们对你的书的评论是错的，可对你的评论是不是有可能是对的。学生们在工作坊的课上肯定也有同样的感受，但是如果是作业，那么心理上的负担要轻得多。戏仿—致敬的元素让他们得以伸展文学肌肉——去尝试在自己的作品中不会冒险去试的东西。这个练习似乎值得重复，所以我给他们讲了色彩科学家玛丽走出她的单色世界的故事，要求他们做类似的事情。不过这一次不能出现被模仿者的线索——必须让我仅仅从风格就能识别出来。（呻吟声。）

---

[1] 科文特花园（Covent Garden）是英国伦敦西区的一个地区，皇家歌剧院坐落在这一地区内。在音乐界，"科文特花园"也常指皇家歌剧院。

今天早上我听收音机时碰巧听到了拉尔夫·麦信哲的声音——一档《科学万象》之类的节目。他正在接受有关"可穿戴计算机"的采访。我打开收音机时讨论已经开始了一段时间，不过我还是大概能听明白，是有个人写了本新书，设想随着电脑体积越来越小，价格越来越便宜，将来就很容易被穿戴在人身上或者真的植入体内，监测你的脉搏、体温、血压、肌肉紧张度、血糖水平等，任何能够在自己的可穿戴计算机上访问你这些信息的人都可以从中了解你的想法和感受。这可行吗？他被问道。"嗯，这在技术上是可行的，"他说，"计算机芯片一直在越来越小，越来越强大。它们的更新换代速度比历史上任何其他机器都要快。据计算，如果汽车在过去三十年中以与计算机相同的速度发展，那么今天你能花不到一镑买一辆劳斯莱斯，而且这辆车能用一加仑汽油跑三百万英里……因此，在不太遥远的未来，可穿戴设备没有理由不会变得很便宜。"但为什么会有人乐意穿戴它们呢？他被问道。"嗯，有一种可能的情境是，家用电器可以对那些信息做出响应并预测你的需求——当你下班回家，疲惫不堪，比如说，自动泡茶机会给你泡杯茶，电视会给你找到一个合适的放松节目，你连一根手指都不用动。"他说，"但在某些情况下，穿戴设备也可以是强制性要求。比如，假设有一种可穿戴设备，如果你的血压和脉搏超过一定水平，它就能让你车顶的一盏红灯亮起来。"这是一种测量路怒症的仪表？"没错。这可以防止很多事故。或许可以规定，必须穿戴上它才能持有驾照。"但是这些可穿戴设备能让我们知道别人实际上在想什么吗？

"不能,"拉尔夫说,"因为我们的思想中有语义的内容,这过于复杂和精细,不能通过身体上的症状来识别。这个设想只是基于相当简单的行为主义心理学。"

他对可穿戴设备如此不屑一顾,很有意思。也许他不喜欢一个跟女人调情可以被电子监控的未来——卡丽只消瞥一眼一个手表似的小玩意就能准确得知他对晚宴上另一个女人的欲望程度。如果这些可穿戴设备确实可行,那么它们可以永远杜绝通奸。

11

一二三四五,上山打老虎……现在是3月12号周三,下午五点三十分……我已经打开了声音大师,这玩意儿真棒,不仅可以直接听写,还可以把已经录好的带子直接连线传给它,这也就是说旧的Pearlcorder我还是可以想在哪用就在哪用。我现在是在从学校开车回家时录制这段话,或者更确切地说是堵在A435高速上,前面车不动了,道路施工或者事故……所以我再也不用在周日早晨跑到中心去继续实验,这会大大改善我跟卡丽的关系……再说,现在看起来就我的目的而言中心也不是个很安全和私密的地方了,因为上周日我离开的时候正好碰到道格斯进楼……我们隔着玻璃门互相看见了对方,他在外面,正在刷卡开门,我正在从里面往外走……我们俩都吃了一惊,互相盯着,就像一个空荡荡的房子里,两个小偷在楼梯上面对面撞见……他看起来有点慌……我肯定也是,但他打开门的时候我们已经恢复了镇静……你好道格斯,我说,周日早上你跑到这里来做什么?"我经常周末过来做点事情,"他冷冰冰地说,"这地方只有在这个时候还能清静点儿。"我懂你的意思,我带着虚假的哥们情谊说。"那你呢,麦信哲?"他说,"逃离家庭生活的乐趣?"关于家庭你又懂得什么? 我差点问他。道格斯跟他的寡母和未婚妹妹住在一幢红砖砌成的四四方方的维多利亚式别墅里,地球在我们这一角只有极少数村子一点魅力也没有,他们住的地方就是一个。能获得邀请进入那座房子的人不多,我们当然从没有过,不过我偶尔会开车路过,你不会马上把"乐趣"和"家庭生活"这类字眼跟它联系起来。哦不是,只是拿几篇我忘了带回家的论文,我拍拍手里的公文包说。我本能地隐瞒了过去一小时我一直待在办公室里的事实,也许是因为我在想,他很有可能其实比我早到,在我不知道的情况下一直在楼里,这可真让人恶心……他听到我在小声说话,在我办公室门外站住……把耳朵贴到门口……不,他倒不会贱到这种水平,可一见他我就起鸡皮疙瘩,道格斯,从我第一天见他就这样,那天我过来看看这个地方也让大家见见我,学校花机票钱请我从加州飞过来,我用两天时间跟教师和研究生见面,做个讲座,副校长举办一场晚宴……常规路数……我记得当我们被介绍给中心工作人员时,道格斯小学生一般的圆眼镜后面射出冷漠、反感的目光……我马上就意识到他肯定是这个职位主要的内部候选人,而他马上就意识到我会拿到这个职位……好吧,我理解他当时的感受,他现在应该仍然这么觉得,一定程度上来说,他科研做得非常出色,领域比我窄,但更具原创性……但这不只是一个研究职位,同样也是一个财务管理职位,一个领导职位和公关职位——需要智力同时也需要魅力……道格斯长得就像个书呆子,魅力也就跟那种男生差不多……可怜的老道格斯……我真想知道他正在做什么,这么有意思,周日早上都离不开,是吧? 当然我大概知道，是进化系统，它自己就可以教会智能体[1]怎么使用它，让程序能自行编写操作指南，大概可以这么形容吧，因为这两年他一直在捣鼓这个……不过他是不是已经取得了非常重要的突破……如果是的话，这可能具有巨大的商业潜力和理论价值……这将是对我专业客观性的考验，我不得不承认——如果道格斯拿出一个轰动的新发现，登上头条……对中心来说是好事，这是里程碑式的成就，能维持我们精英研究所的地位，所以我应该感到高兴……但我能忍得了他得到如此的荣耀吗？如果他凭这个当上皇家学会院士……不，我觉得我受不了……我的天啊，必须得去祝贺他，咬着牙说出那些话而其实想把他耳朵咬下来，跟他握手而其实想卸了他胳膊，就这么想想简直就是……不，不，别给道格斯院士，拜托了……我自己当不成院士也就认了……好吧并不是真的认了，不过我知道他们怎么说我的，"一个搞普及的，热衷于上媒体抛头露面，名下有一本花里胡哨的书，但没有严肃的原创研究……"当然部分是出于嫉妒……再说院士里也没几个做认知科学的人……也许这个领域过于杂乱无章，与太多其他学科重叠，发展不出来自己的特点……它是数学，是哲学，还是心理学……还是工程学？实际上都是，正是这一点让它如此迷人，但科学界用怀疑的眼光看待，把它视为一个乱七八糟的领域……很难想象会有认知科学家会获得诺贝尔奖……就算有人明天把意识问题解决了，那会给他发什么奖呢？物理？化学？生理？哪个都不合适……真想知道那是什么感受，真的

---

[1] 这里麦信哲用的是人工智能领域的术语 agent，又称代理，亦有人音译为"艾真体"，指能自主活动的软件或者硬件实体。

想知道，赢得诺贝尔奖……诺贝尔奖的感受质……那肯定是像，成为神，那个词怎么说来着……修成正果[1]，对……突然间你就刀枪不入了，不朽了……当然不是字面上的意思，不过你已经实现了某种成就，死亡也无法夺走……而且你活着就再也不用费劲折腾了……任何更进一步的成就都是锦上添花，你的功劳簿都记不下了……你不用害怕别人什么……你超越了竞争……行吧就让道格斯拿到院士吧，让学校里所有搞科学的都当上院士吧……诺贝尔奖只有一个……你只需沉浸在它的荣耀之中，无论你走到哪里，它的魅力就像一个光环，一直围绕着你……你每天晚上都是微笑着入睡的，知道自己是诺贝尔奖获得者，你醒来时很开心，一开始不知道为什么，不过后来想起来了……你生命中的每一天，这都是你第一件有意识地想起来的事……我得了诺贝尔奖……我想知道真的是这种感受吗？还是说诺贝尔奖得主其实跟我们一样，仍然不满足，仍然雄心勃勃，总是渴望更多的发现，更高的荣誉，更大的名声？唉，我永远不会知道了……甚至连院士都不算是很实际的前景……也许我过于喜爱身体的生命力，女人、美食、美酒……特别是女人……你真正的科学家只想着他的科学，他生活和呼吸在其中，有别的事让他从科学分心的时候，他每时每刻心里都不痛快……那个故事，妻子去敲科学家的书房门……妻子：阿尔弗雷德，我们必须谈谈。科学家：（从桌前抬起头，皱眉）谈什么啊？妻子：我有一个情人。我要离开你。我想离婚。科学家：哦。（停顿）需要多长时间？如

---

[1] 原文为 apotheosis，就是"成为神"的意思。

果你能想象道格斯结婚,你就可以想到他的行为就会像那样……如果他把他的意识流口述给声音大师,那将会全都是遗传算法……算法和偶尔的抱怨,一般是对中心的,也有特别针对我的……或者拿图灵[1]来说,真正伟大的头脑,天才,改变了文明的进程,好吧不管怎么说是加速了文明的发展,早晚会有人发明计算机,但他大大超前于他所处的时代……但他作为人是彻底的失败,一个孤独、压抑、不快乐的同性恋,最后在曼彻斯特一个令人压抑的公寓里自杀了……如果我有机会把这辈子回头重过一遍,能选择当图灵还是当拉尔夫·麦信哲,那我会毫不犹豫……我很好奇,如果可以,有人会选择做同性恋吗?不是说我恐同,我只是为他们感到难过。失去了多少乐趣,不能感到女性的身体有吸引力,她们的曲线和所有那些跟男人不一样的迷人之处……一直对跟自己一样的身体有欲望似乎非常……无聊……那么然后,我们必须得承认,成年男性的屁股可不怎么美……难怪尼古拉斯·贝克戒色了……

啊太好了,交通终于开始动了……有盏蓝灯在那里闪,所以一定是有事故……看起来是我抄近道去蹄铁的那个十字路口……我吻了她……海伦……在其他人回屋以后,我们一直在浴缸里聊天,或者更确切地说是在讨论相当有分量的东西……这就是我喜欢她的地方,她并不认为谈论严肃话题是装作比别人牛……直到最后卡丽叫我们进屋去喝茶,我们爬楼梯时我吻了她……我赌了一把,不过我

---

[1] 阿兰·图灵(Alan Turing, 1912—1954),英国计算机科学家、数学家、逻辑学家、密码分析学家和理论生物学家,被誉为计算机科学与人工智能之父。图灵为同性恋者,因其性倾向而遭当时的英国政府迫害,被迫接受雌激素注射,身心受到极大伤害。1954年,图灵因食用浸过氰化物溶液的苹果而死亡。

的直觉通常在这种事上都是对的……就像我在麻省理工的电梯里吻卡丽一样……我可以看出来她玩得很开心,喜欢那个房子,喜欢热水浴缸……她穿着游泳衣的身体满足了各种想象,她脱下长袍走进浴缸时我有足够的时间来做一个快速评估,可怜的卡丽羡慕地看着她纤细的腰和光滑的大腿……乳房有点下垂而且分得比较开,但形状漂亮又坚实……当她走进浴缸时,它们明显地跳动着——那是自身的弹性而不是棉花和硅胶……她爬出去时角度不错,我正好可以好好地欣赏她的屁股……非常漂亮,够大但不摇晃……正好大到能让泳衣勒住,形成两瓣丰满的新月形,而泳衣开衩很高从大腿根……实际上只有一小块材料挡着,不超过一英寸宽,不让我直接看见她的……真是有意思的东西,游泳衣……遮住那么少的地方,造成了那么大的不同。你第一次看见一个裸体女人总会大吃一惊有时令人愉快,有时令人失望,我不知道她会不会有一天乐意来裸体泡一次,当然不是合家欢,而是只限成人参加,以前有时候在加州有这种活动……小口抿着纳帕谷的仙粉黛葡萄酒,空气里飘着烧烤冒出的烟的气味,以及便携音响里放出来的拉迦曲调[1]……神仙日子……孩子们在附近的时候卡丽不会在浴缸里裸体……我觉得也挺对的,他们会尴尬至极,不管怎么说至少男孩们会……而且现在我们对性虐待的防范意识很高,害怕给人以任何怀疑的理由,也害怕导致将来出现一个假记忆体综合征[2]患者……而且埃米

---

[1] 拉迦(raga)也译拉格,是印度古典音乐旋律所用的调式。
[2] 假记忆体综合征(False Memory Syndrome)是一个人确信的身份和人际关系与事实不符的一种心理疾病症状,不过尚未被认为是一个正式的心理健康诊断。

莉不是我亲生的，这让问题变得复杂……虽然我不确定她是不是为此困扰……我大约一年前看到她裸体那次，我进家里那间独立浴室找东西，她正在泡澡，"啊！对不起！"我就瞥了一下她紧绷绷的青春期乳房，她身上湿着，亮闪闪的，大大的棕色乳晕和尖尖的乳头，我赶快转过身走出去，隔着门大喊"你要是洗澡把门锁上好不好，拜托"……过后她从浴室出来时，冲我有点不好意思地笑了笑："对不起了，麦信哲。"……但她看上去没什么不自在……不过我倒是……因为我想要埃米莉……当然我不会真的去做，那是不可想象的——不，其实那倒正是这样，可以想象……性行为不论有多么古怪离奇，都不是不可想象的，都有人想象过……但我可不打算去想，一点都不打算……尽管如此，想到她那个满脸痤疮、又瘦又丑的男朋友格雷格有这个特权，这真让人难以忍受……我永远不会去做……这就是我们一直锁在头脑中的机密文件柜里的那种想法……试图去粉碎、烧毁它，否认它的存在，都是没有用的，只能把它藏起来，让它不在你自己和其他人的视野里出现……当你打了泡在浴缸里的性感继女一个措手不及时，这一点也不容易……

　　话说回来，我是怎么想到要解锁头脑文件柜的这个特别的抽屉的……海伦·里德，是的，我也想要她，但这不仅是可以想象的，还可以确实想象去做，这可没什么禁忌……我吻了她，她没有反对……确切地讲是没有反应，但她没有反抗……这周可是有好几次偷情之吻，真美好……我昨天跟玛丽安娜亲热了，在哪里不好，偏偏是在塞恩斯伯里超市停车场里……我去店里给派对买葡萄酒，她正在自己一个人做每周例行的购物，我们在走道上推着车面对面碰见，在软饮料和玉米脆片之间……我们聊了一会儿，很纯洁，但是道别时我问她车停在哪里，她犹豫片刻之后低声说："靠着回收瓶子的地方。"……我往推车里装满了酒，在收银台结完账，推到停车场，都装进我车里……天色阴沉，空气潮湿，看不见的毛毛细雨落在一排排汽车上，车窗都起了雾……我坐在车里看下雨，直到她推着自己的推车走过来，里面都是吃的……她把东西装进她那辆沃尔沃的后备厢，坐到驾驶座上，但没有打火也没有打开车灯。那个地方很好，光线昏暗，旁边是瓶子回收点，没有别的车停在附近。我走过去，打开副驾驶门钻进车，她把座椅调到斜躺位置……我们拥抱在一起……跟往常一样一言不发，舌头在彼此的嘴里，双手在彼此的衣服下摸索……我以为我们当时就要在那里做了，在车里，就跟妓女和主顾一样，但突然传来一声碎玻璃爆炸的声音，有人往回收箱里扔了一大堆瓶子，吓了她一大跳，抽出身来转过去，打火启动……一个字也没说……她把排挡放在了倒挡上……我不得不慌忙出去……她把我丢在回收箱旁边，我站着，喘着粗气，下面硬得跟扫帚把一样……

哦，还真是，挺惨的事故，大众露营车翻了，名爵在沟里，警车，救护车……谢谢，警官……我马上就打这儿走开，拿美国佬的话说[1]……［录音结束］

---

[1] 麦信哲表达"离开"的意思时用的词是美国口语"out of here"。

12

3月13日　星期四

我遇到了一个古怪而且很令人不安的问题，关于我的一个学生，桑德拉·皮克林。我已经认为她在学生里扮演的是谜团的角色，因为她在课堂上很少说话——只是以一种略为令人不安的眼神盯着我，面无表情，也不眨眼。她快三十岁了，光滑的椭圆形脸蛋，金色披肩直发，丰满的胸部通常隐藏在黑色收腰皮外套里面。她的嘴唇饱满又肉感，上唇比下唇突出，让她平静时的表情显得有点阴沉。她穿着打扮没什么特别的，除了舌头上有颗金属钉——我想可能是银的，或者是不锈钢的。她少数几次开口说话时，你能时不时瞥见那个舌钉，在她嘴里时隐时现，闪闪发光。可以想象，吃东西时一定很不舒服。

她是那些放弃了工作来上这门课的学生之一——我在第一天依次询问每个学生的背景时，她轻启朱唇，告诉我她以前在广告业工作。其实她从来不跟我说话，除非我特地向她提问，她才会模棱两可地简单回答一下。我想知道她是不是抑郁，或者有什么其他个人问题，就小心翼翼地去问西蒙·贝拉米。他承认她这个学期看起来很压抑,不过又说她在这群学生中一直都不是很情感外露和健谈,总是"把自己的事留在心里"。她来上了所有的讲座和工作坊的课,却是唯一一个没有交"做一只蝙蝠是什么感受?"的文章的学生(当然这是自愿的),她对别人的作品也未发一言,给人的印象是她觉得这个练习只是无足轻重的填字游戏。更严重的是,她是最后一个给我看自己正在写的东西的学生。在我给她下了一份措辞严厉的通知后,她星期二交上来一部名为《炙烤》的小说的几章,我昨天把它读了。

小说的主人公是一名叫劳拉的年轻女子,她在一家广告公司工作,给一个叫阿拉斯泰尔的年长已婚男子做私人助理。她被他吸引了。很明显,他们后来一定会发生点什么。这是一个熟悉甚至可以说是平庸的故事,不过她加入了对办公室政治的一些敏锐观察,用讽刺性的笔调技巧纯熟地处理女主角身上的强烈矛盾:她内心暗流奔涌——对浪漫的渴望,情色的幻想,还有自我怀疑——可在工作上又是镇定、专业的行为方式。这些手法给作品增色不少。小说以第二人称写成:"你穿上白衬衫。你脱下白衬衫,因为它让你看起来像个学生干部。你穿上黑丝绸紧身胸衣。你脱下黑丝绸紧身胸衣,因为它让你看起来像个婊子。你又穿上白衬衫,头三个扣子不系,露出脖子⋯⋯"我觉得她是从杰伊·麦金纳尼[1]那里得到的启发,不过这也无所谓。到目前为止挺好,读完第一章时我想。

但是,随着阿拉斯泰尔的角色在第二章逐渐建立起来,我开

---

[1] 杰伊·麦金纳尼(John McInerney,1955—),美国作家。其于1984年出版的代表作《如此灿烂,这个城市》(*Bright Lights, Big City*)即以第二人称写成。

始有一种非常古怪的似曾相识感。他的性格在好几个方面都类似于《风暴眼》中塞巴斯蒂安那个角色。他身材瘦高，总是心不在焉，外表也不整洁，常常穿着样式怪异的袜子上班，要不就是衬衫扣子系歪了。他习惯在转椅上往后仰着身体，两脚搭在桌子上，想事情时嘴里叼一支钢笔或铅笔，上下抖动。他接电话时的第一句话是不耐烦的"谁？"。他总是会撞上别人和家具，因为他走路时低着头。还有其他不太容易捕捉的相似之处，难以明确指出，但对我来说非常明显。

我——用一个丑陋但富有表现力的词——目瞪口呆。我不知道该怎么处理。这是在开玩笑吗？如果是的话，我不能理解。还是她读过《风暴眼》，将塞巴斯蒂安的性格细节融入自己的创造性潜意识，不自觉地重新利用了这些材料？这似乎是最可能的解释。

当她来我混凝土砌块的小单间办公室上个别指导课时，我直截了当地说："你读过《风暴眼》吗？"她说读过，在圣诞假期期间。我很吃惊：这意味着她肯定是最近才完成的第二章，她不可能不知道自己借鉴了别人的东西。"那么你确实应该意识到了，我想，"我说，"阿拉斯泰尔的很多性格特征与我的角色塞巴斯蒂安完全一致，是吧？""是的，我注意到了。"她冷静地说。"你注意到了？"我茫然地重复着。"你什么时候注意到的？""当我读到你的书的时候。"她说，看起来同样茫然。"但你肯定是在读完《风暴眼》之后才写的第二章。"我说。"噢，不是的，"她说，"这两章我都是在去年夏天写的，在我开始上这门课之前。"我盯着她。"你在这里的时候修改过吗？"我问。"改过，"她说，"在十一月，我给拉塞尔看过以后。""那么你是在说,"我缓慢地说,"这里面的每一个词"——我举起第二章,直视她的眼睛——"你都是在读《风暴眼》之前写的?"她没有转移视线——她几乎连眼都不眨。"是的,当然是。"她说。"那你怎么解释我的角色和你的角色如此不同寻常地相似?"我列举出一些相似之处。"只是巧合吧,我猜。"她耸耸肩说道。她眉头似乎微微皱了一下,光滑的面庞就像一阵风拂过的池塘。"你不会是在暗示我抄了你的角色吧?"她说。"我想也许你从我的书里面复制了一些细节,而没有意识到。"我说。"噢,不会,"她说,用力地摇头,"那不可能。我跟你讲了——在读你的小说之前我就开始写我的了。""也许别人跟你讲过那本书?也许你看过评论?"我拼命想找出一个能给自己留点面子而我们又都能同意的解释——就算连我自己都不信。"不会的,"她断然说道,"否则我会记得的。""那好吧,"我举起双手说,"我不知道该说什么了。我完全不知道。"我应该在此说明,整个谈话过程中我不安地在座位上动来动去,把椅子从一侧转向另一侧,不停摆弄桌子上的东西,好像我是被指控的一方,而她则非常镇静地坐在椅子上,膝盖和双脚并拢,双手端庄地放在膝盖上。"我没看出来这里面有什么问题,"她说,"他们很常见,像那样的男人。发明出一个有时会穿怪异袜子的角色的作家不可能只有我们。"她厚颜无耻地补充道,"其实这都有点太陈词滥调了。""你把细节一条一条单拿出来那它们当然不重要了,"我烦躁地说,"是因为连细节的组合都一样,所以这两个角色的相似才不那么简单。"我们都沉默了一会儿。"不管怎么说吧,那你是怎么想的呢?"她的口气听上去仿佛我们已经解决了这个问题。"我觉得很难下判断,在这种情况下。"我说,"你又写了更多了吗?"她还真又写出来了两章的草稿。我说很有兴趣读,然后就相当突然地结束了这次个别指导。

这场遭遇让我心态完全失衡,整天都想不了别的事。今天下午的工作坊上我这个当老师的恐怕表现得非常无能——所幸轮到西蒙·贝拉米讲他的作品,而他自己很有能力,自己就能把讨论组织起来。我在讨论进行时不停地瞅桑德拉·皮克林,视线经常令人难堪地直对上她深邃的棕色眼睛。有一次她评论西蒙的作品,我瞥见那颗小金属钉在她口中黑暗的空洞里闪闪发亮,就像蟾蜍额头里的一颗宝石[1]。这个年轻女人身上有些许爬行动物的气质——她的面无表情,她的纹丝不动,她的不眨眼的凝视。毫无疑问,我只是在把自己的不安全感投射到她身上。假设她说的是实话,那么两个不同的作者是否有可能分别独立发明出同一个角色?只有当这个角色完全是一个刻板印象时才有可能,而且是肯定会发生。我想这就是我心神不定的原因——这意味着塞巴斯蒂安和阿拉斯泰尔都是刻板印象,都是由同一套陈词滥调构成的。

但关键在于,我知道塞巴斯蒂安不是刻板印象,因为我创造的这个形象是部分基于马丁的。马丁认出了相似之处,他并不介意,反而还觉得相当有趣,我们的朋友也大都如此。但也许在实际写作中,在将真正的马丁变成虚构的塞巴斯蒂安的过程中,我不知何故失去了对"有实感的生活"(用亨利·詹姆斯的话来说)的感

---

[1] 在欧洲中世纪传说中,蟾蜍的头里有一种宝石,可作为解毒剂。

觉，而是懒惰地回到熟悉的"人物塑造"的技巧上。我未能找到一种语言将个人独特的品质赋予熟悉的性格特征和特殊习惯，最后出来的东西跟桑德拉·皮克林的新手之作无法区分。想到这里，我觉得自己水平很差，或者其实可以说很丢脸。我真希望那个收集《风暴眼》评论的文件夹现在就在手边，好翻阅一下，确认那本书里有真正的独创性。真可怜，真的，一个人的自信竟然会如此脆弱，但事实就是这样，破坏我的自信从来用不着花太多时间。不知有多少次了，马丁下班回家，看见我拉长着脸，眼睛通红，因为我对自己写的东西失去了信心。曾经——那一定是在我有电脑，甚至在有复印机之前——他不得不出门上后花园去，从垃圾箱里翻出一整份我在绝望症发作时扔掉的手稿，上面满是污渍，不过闻上去气味还不错，因为粘了土豆皮和苹果皮。他把手稿拿回来，给我倒一杯葡萄酒，让我坐在厨房桌旁给他大声朗读开头几章，说服我那本书值得继续写下去。结果是我写成了《喜忧参半》，所以他是对的。哦，马丁，我多么想你。

3月14日　星期五

今天去了切尔滕纳姆，给拉尔夫·麦信哲买一份礼物。选择合适的东西并不容易。他俩对我太好了，我想让这份礼物不仅是一个象征；但也不能太贵，否则看起来像是在行贿，以让他们继续对我好下去。最后，在长时间的犹豫之后，我选了一个高级玩具——拉丝不锈钢的小算盘。其实挺贵的，但我希望他们只觉得这东西别出心裁。

我还为这个场合买了一件新衣服，一件漂亮的 A 字连衣裙，碎天鹅绒材质，低圆领。去里士满家晚宴时穿的那一身裙子和上衣我不想穿了，而我带来的其他晚礼服由于各种原因都不再能让我喜欢。像往常一样，我想要买件颜色鲜艳一点的，但最后还是买了黑色的。安全，百搭，仍然时尚。我毕竟是个寡妇。

13

"如果我是你的话,我就把历史的东西跟艾丽丝和她家人的故事分开。"海伦说,"让艾丽丝这么关注地方政治和城市建筑之类的,似乎挺不自然的。"

"我知道你的意思,"卡丽说,"可怎么做呢?"

"你没有理由不使用全知的叙述者。很简单,越过角色直接跟读者说话就可以了。"海伦说。

"这难道不会让这本书显得过时吗?"

"你可以加点现代的风味,"海伦说,"多写点能跟现在联系上的东西。你知道《法国中尉的女人》[1]吗?"

"哦对,我特别喜欢那本书。"卡丽说。

"或者用现代的方式构建艾丽丝的故事:某个像你一样的人在翻阅家庭文件,试图重建她的曾祖母的历史,研究历史背景……"

卡丽停下剥虾的手:"这个主意太好了,海伦。"

---

[1] 《法国中尉的女人》(*The French Lieutenant's Woman*)是英国作家约翰·福尔斯(John Fowles, 1926—2005)于 1969 年发表的长篇小说,故事背景设定在维多利亚时期,但运用了多角度叙述、时空混淆、多结局等后现代手法。

"不过也别急着马上按这个写,"海伦说,"那得需要重写好多东西。"

"什么需要?"走进厨房的拉尔夫说。

"走开,麦信哲,"卡丽说,"海伦正在给我上课。"

"哦,你在读卡丽的书?"拉尔夫对海伦说,"怎么样?她不让我看。"

"很有希望。"海伦说。

"里面写我了吗?"

"一点没错,这就是你会问的第一个问题。"卡丽说。

"我想没有。"海伦说。

"你要找什么,麦信哲?"卡丽说。

"红酒开瓶器。"拉尔夫对海伦咧嘴一笑,好像在让她领会这个器具名称中的暗示,"主人最好的朋友。"[1]

"在饮品柜里。"

"不在。"

"你上次就把它放在那儿了。在餐具柜的抽屉里找找。"

"好吧。"拉尔夫把他的食指插入一碗鳄梨酱,然后舔了舔,满意地哼了两声出去了。

"我要是去上你的课就好了,海伦。"卡丽说。

"你可能不会喜欢,"海伦说,"有的学生批评别人的作品时说出来的话相当难听。"

---

[1] 拉尔夫用"screwpull"来描述开瓶器,这个词指 T 形开瓶器,但 screw 和 pull 分别有"性交"和"拔出"之意。后半句"主人之友"的说法是因为海马刀式开瓶器又称"侍者之友"。

这天晚上要举行拉尔夫的生日派对。按照事先的约定,海伦早来一会儿,帮忙准备食物。大部分大菜——煨整条三文鱼、农场腌制的带骨火腿、各种色拉——由本地一家供餐公司提供,已经在餐厅摆好,旁边摞着盘子和一套套用厚纸巾包好的餐具。但卡丽喜欢自己准备餐前小食。她给海伦的任务是把蔬菜切成小条,让客人们蘸酱吃。卡丽自己把鲜虾剥开,用牙签串成串,每两只之间放一块熟透了的灯笼椒,像微型的中东烤肉串。宽敞的方形大厅地板是黑白相间的格子图案,里面放着一张桌子作吧台,一瓶瓶红白葡萄酒在桌子两头摆成两个对称的方阵,中间是一大堆闪闪发亮的酒杯。拉尔夫离开厨房后不久,两位女士听到"砰!砰!"的响声,那是他在用开瓶器拔出软木塞。更远处的空气里荡漾着酷派器乐爵士乐[1]的旋律,这是客厅里的高保真音响放出来的,埃米莉正在那边把盛着坚果和椒盐卷饼的小碗放在方便的地方,供客人们随手取食。麦信哲一家举办派对的经验十分丰富,每个人都知道自己的职责和履行的方法。前门门铃响了。

"第一个客人。"海伦说了句多余的话。

"肯定是道格斯,"卡丽瞥了一眼厨房里的钟,"好像从来没有人跟他解释过,派对的邀请不是在考验你守不守时。做个好人,去跟他说说话好不好,海伦?"

"现在你可以给我解释量子力学了,道格拉斯教授。"海伦说。

---

[1] 酷派爵士(Cool Jazz)是二十世纪四十年代自美国西岸地区兴起的一种爵士乐形式,曲调大多温柔平顺,不会进行过多即兴发挥。

"现在好像不合适吧。"他呆板地微笑着。

"不过现在很美好,很安静,"她说,"很快这个房间就会挤满了人,吵吵嚷嚷的,想认真地说点什么话就不可能了。"他们现在单独在客厅里,站在模拟的炭火前面。海伦端着一杯加州长相思葡萄酒,道格拉斯则是一杯橙汁。海伦拿起一碗夏威夷果。道格拉斯拿了一颗,用门牙快速地啃着,像松鼠一样。

"你为什么对它感兴趣?"他说。

"拉尔夫说它跟意识理论有关,"她说,"我对那个很感兴趣。"

"非常小的粒子的表现像波,随机而不可预测,"道格拉斯说,"我们进行测量时,会导致波的坍缩。有人认为,意识现象是波函数的一系列连续坍缩。"

"这跟混沌理论一样吗?"海伦说。

"不是。"

"我只是在想……'坍缩'和'混沌'……"

"这两个概念有很大的不同。"

"但这让科学听起来非常令人兴奋,是不是?"

道格拉斯教授显然觉得这句琐碎的评论太女孩子气了,不值得回应。"一些量子物理学家认为,我们居住的这个宇宙,是由我们通过观察行为创造出来的。它只是可能存在过的许多宇宙中的一个,或者用一种极端的表述来说,有许多可能的宇宙与我们所居住的这个平行地存在。"

"你相信这种理论吗?"海伦问。

"我不信,"道格拉斯教授说,"宇宙肯定是不依赖于我们,自己就存在的,并且在我们出现之前就存在了。但由于不确定性原理,我们可能永远无法了解它的真实面貌。"

"不确定性原理,对……"海伦说,"我当然听说过,但是……"

"海森堡证明,无法准确地同时确定粒子的位置和速度。如果把其中一个测准,那么另一个就会测不准。"他环顾空荡荡的房间,然后看看腕上的表,"我是不是弄错了派对的时间?"他说。

"没有。总得有人第一个到。"海伦说,"你看,你创造了这个派对——从所有可能存在过的派对中!如果别人第一个到,那么派对发展的过程会完全不一样,因为我会去跟他们说话,也许就完全不会跟你聊天了,或者不会聊这个话题。如果你不是先到的,那么从现在起的每一次交谈都会不一样。这个派对的量子理论怎么样?"她笑着,对自己这段俏皮话很满意。

"实际上这更像是混沌理论。"道格拉斯学究式地说。

"哦,为什么?"海伦说。

"混沌理论处理的是对初始条件变化特别敏感的系统,或者是受大量自变量影响的系统。比如说天气。"

"哦,我知道了,你的意思是一只蝴蝶在世界一头扇动翅膀,在另一头引起了一场龙卷风。"

"这过于简化了,不过基本上是这个意思。"

"哦,好啊,"海伦说,"我终于说了点没毛病的话。"

前门门铃响起,大厅里突然响起一阵喧哗。

"来了,又来了一些自变量。"海伦说。

开始有人进来。乔治亚式长窗上的窗帘没有拉上，屋里的灯光照亮了外面的车道和步道。走近的客人可以看到房子里的人群：他们在聊天、大笑、痛饮、大吃大嚼，场面活跃却又安静，就像音量调低的电视上的演员。门关着但是没有锁，所以不再需要按铃，但拉尔夫还站在门厅里欢迎客人，接受他们的祝福、生日贺卡和礼物。男士被指示把外套挂在楼下的衣帽间里，而有些进去的人要逗留一会儿才出去，因为他们会仔细欣赏墙纸，上面印着《巴黎生活》里的插画[1]；女士则可以把大衣铺在客房的两张单人床上，这个房间配有单独的卫生间，方便对发型和妆饰做最后调整。客人脱下厚重的衣物后，到大厅的吧台桌挑一杯红葡萄酒、白葡萄酒、啤酒或软饮料，穿着电光蓝色衬衫和黑色卡其布裤子的马克·麦信哲在桌后充作酒保。然后他们进入客厅，西蒙和霍普在里面举着盛着小食的碟子，艰难地在人群中穿行，间或快速返回厨房拿新的小食碟。厨房里，卡丽一边用电烤炉热晚餐用的恰巴塔、佛卡恰[2]和有机全麦小面包，一边跟一些女性朋友聊天，她们用艳羡的眼光打量着德国进口的全新模块化厨房单元和操作台，这是几个月前刚装好的。

客厅里的宾客结成一个个小群体再散开，然后又重新组合。话

---

[1] 《巴黎生活》（*La Vie Parisienne*）是于1863年至1970年间发行的一份法国周刊杂志，初为综合类，从1905年起转走软色情路线，其全页彩色性感插图均请当时著名艺术家绘制，风靡一时。

[2] 恰巴塔（Ciabatta）和佛卡恰（Focaccia）是两种意大利面包。

题像病毒一样从一个群体传播到另一个群体：让-多米尼克·鲍比不幸的遭遇；克隆绵羊多利；本周早些时候由浓雾引发的高速公路撞车事故；在温布利球场举行的世界杯预选赛，意大利击败英格兰；离这里不远的切德峡谷的一个洞穴里发现了一具史前猎人的骨架，而DNA测试结果显示切德镇上的一个学校教员是他的直系后裔；即将举行的大选。

"五一节，对工党是个好兆头。"有人说。[1]

"我们用不着兆头，"另一个人说，"有民意调查。有补选结果。如果威勒尔的结果在五月再现[2]，那么工党会取得两百五十席以上的优势。"

"那当然只是纯粹的幻想。"

"也许吧……但即便只能实现一半……"

利蒂希娅·格洛弗对大选时要投谁的票非常犹豫不决，她向海伦解释。"我当然希望保守党下台，这是第一要务，"她说，"在切尔滕纳姆实现这个目标的最佳途径是策略性地投给自由民主党[3]——他们在上次选举中从保守党手里夺得了这个议席。可真的去给自由民主党效劳是我万万不能接受的。于是我被迫只能在场边看着。"

"难道你不能到另一个选区去为工党工作吗？"海伦说。

---

[1] 1997年的英国大选在5月1日劳动节（Labour Day）举行，和工党（Labour Party）同名。
[2] 由于南威勒尔选区的国会议员（保守党）去世，1997年2月27日该区举行补选，结果工党候选人胜出，使保守党在国会下议院失去多数席位。
[3] 策略性投票（Tactical Voting 或 Strategic Voting）是指在选举中，选民为了阻止一名候选人胜出，而投给另一名自己不一定支持但有最大机会胜出的候选人。自由民主党长期以来一直是英国国会第三大党。

"嗯,我是可以……"利蒂希娅说,把最后一个字拉得很长,听上去并不是非常喜欢这个建议。

"但在布莱尔和布朗领导下,工党很难吸引到人给它干活。"雷金纳德·格洛弗说。

"太对了!"利蒂希娅说,"他们承诺不增加所得税,这让未来所有的工党政府都很难有什么作为。"

"你想交更多所得税吗,利蒂希娅?"出现在她身边的拉尔夫问她。他两手各拿着一瓶葡萄酒,一红一白。

"如果必须多交税才能保留医疗服务体系[1]的话我没什么意见,"她态度生硬地说,"但真正该出血的是私有化了的行业里的那些阔佬。"

"我想比尔·盖茨是现在世界上最有钱的人吧,"拉尔夫说着往她的杯子里倒酒,"他身价二百九十亿美元,而每天还能再赚四千两百万。"

"如此巨额的财富只被一个人拥有,真是让人恶心。"利蒂希娅说。

"试想一下,"拉尔夫说,"如果我们能够说服他搬到英国,并对超额收入重新开征附加税,很可能他自己就足以支撑国家医疗服务体系。"他朝海伦眨眨眼,走开了。

"他说那话是什么意思?"利蒂希娅质问道。

"我认为他是在说高税收会抑制企业,"雷金纳德·格洛弗撇撇

---

[1] 这里的"医疗服务体系"和后面拉尔夫说的"国家医疗服务体系"指的是英国的全民公费医疗保健系统(National Health Service)。

毛茸茸的嘴唇说,"我得说拉尔夫总是对撒切尔夫人情有独钟。不过真的不奇怪。撒切尔主义如果不是达尔文经济学,又是什么呢?适者生存。"

海伦离开格洛弗一家,加入拉尔夫的研究生那一小拨人,他们似乎正在讨论左拉,令人惊讶。"你最喜欢他的哪部小说?"她问吉姆。但她后来发现他们正在说的其实是一名足球运动员,他在周三对阵英格兰队的比赛中打进了决定性的入球。[1] 她对这个话题没什么可说的,就转身去跟正在走回酒吧的贾斯珀·里士满打招呼。

"你好啊,"他说,"过来,再来一杯。"他带着她走进大厅,又往自己和她的杯子里倒上酒,"也邀请你了,真是太好了。这附近就数麦信哲家派对办得最好。"

"他们在这方面好像真是有一套办法。"海伦说。

"他们有钱,有地方。而且你到这里是进入了一个艺术和科学混合的世界,这种感觉在其他地方都没有。主要是卡丽弄的。房子很漂亮,是不是?"他用不拿杯子的那只手泛泛地指点着。

"真是不错。"

"你知道吗,他们在斯托附近的乡下还有一个房子。"

"我知道,我去过那里。"

"真的?"他看起来很意外,而且有点吃惊,"那真是很快。

---

[1] 法国十九世纪最重要的作家之一埃米尔·左拉(Émile Zola,1840—1902)和意大利足球运动员吉安弗兰科·佐拉(Gianfranco Zola,1966—)姓氏拼写相同。1997年2月12日于温布利球场举行的世界杯预选赛中,佐拉射入唯一入球,帮助意大利队1-0战胜英格兰队。

恭喜。"

"恭喜什么?"海伦问。

"显然你已经被收养了……他们只请非常特别的朋友进那间小屋,隔一段时间才会请一次,或者更确切地说是卡丽请。她看中了某个人之后,某个女人,一般还都是新来的……"他窃笑起来,"我不是说她是蕾丝边。"

"哦,好。"海伦漫不经心地说。

"我们结婚的时候这发生在玛丽安娜身上。科林来上任的时候,年轻的安娜贝尔·里弗代尔也是一样。今天晚上来的很多女人都有过同样的经历。在一段时间里你是最受宠的,直到另一个候选人出现。你进热水浴缸了吗?"

"嗯。"

"那是一种洗礼,"他点点头说道,"不过我很高兴,你在大学的这段时间里需要这种人。富裕、好客的朋友。"

"是的,他们对我很友好。"海伦说。

"玛丽安娜认为,卡丽这是在先发制人,抢占拉尔夫课外的任何潜在目标。有意识或者无意识地。"

"你是什么意思?"

"就是说,学校里要是新来了有吸引力的女人,卡丽就让她成为家庭的朋友。这就让她很难成为拉尔夫的特殊朋友。"

"我明白了。"海伦说。

"副校长在那儿,"贾斯珀看着她身后说,"过来,跟他见见面。"

贾斯珀·里士满把海伦介绍给副校长斯坦利·希伯德爵士和他的妻子希伯德爵士夫人。"斯坦和薇薇，朋友们这么叫我们，"副校长用兰开夏口音快活地说，"我们不是那种很装的人，对吧，薇薇？很高兴你来我们学校，海伦。你不介意我叫你海伦吧？"

"完全没问题。"她说。

科林·里弗代尔微笑着走过来，安娜贝尔跟在他身边，双手像捧圣餐杯一样捧着一大杯白葡萄酒。希伯德爵士朝他们点头致意，不过还是接着跟海伦说话。

"我跟你说实话，"希伯德爵士说，"我来到这里时，并不觉得创意写作是个正经的学术科目。但当我看到那些数，就被说服了。"

"你的意思是，以前的学生写的书？"海伦说。

"不是，不是！我的意思是账目。"希伯德爵士笑着说，"不好意思，我没有太多时间看书。我们家看书的人是薇薇，对吧亲爱的？"

"我非常非常喜欢你的书《针之眼》。"希伯德夫人对海伦说。

海伦微笑着小声说了点什么，别人听不清。

"那是玛格丽特·德拉布尔[1]写的，"安娜贝尔·里弗代尔说，"而且书名是《针的眼》。"

"噢。"希伯德夫人说。

科林瞪着妻子，眼神像是要把她剐了。"对不起，"她说，"图书馆馆员的职业习惯。"她懊悔地低下头，从她的圣杯里喝酒。

"好吧，反正是什么眼。"希伯德夫人说。

---

[1] 玛格丽特·德拉布尔（Margaret Drabble, 1939— ），英国小说家、传记作家、文学批评家。

"我写过一本书,书名叫《风暴眼》。"海伦说。

"对,就是它,"希伯德夫人说,"开头是一个在酒水店里的男人。"

"呃,不对,那其实是《针的眼》,不好意思。"海伦带着歉意说道。

安娜贝尔·里弗代尔呛了一口酒。科林把她带走了,像领走调皮的孩子一样。

"你知道帕特里克·怀特写过一本名叫《风暴眼》[1]的小说吗?"贾斯珀对海伦说,想把话题从刚才的小意外引开。

"知道。等我发现的时候再想改已经太晚了。"海伦说,"而且我很喜欢这个书名。"

"噢是这样,难怪你弄混了,薇薇。"希伯德爵士对妻子说,"这么干可以吗?"他问海伦。

"可以,书名没有版权。"她说。

客厅里谈话的分贝水平逐渐上升,嗡嗡响成一片。客人们现在大多已经喝了两三杯葡萄酒。拉尔夫和卡丽交换了一下眼神。拉尔夫扬扬眉毛表示询问;卡丽点点头。她开始引导客人走向餐厅,人们很快在桃花心木的长餐桌周围排成一队,对桌上的美味佳肴啧啧赞叹。客人们盛满自己的盘子后回到客厅或者分散到一楼的其他房

---

[1] 帕特里克·怀特(Patrick White, 1912—1990),澳大利亚小说家、剧作家,1973年获诺贝尔文学奖。他的《风暴眼》(*The Eye of the Storm*)于1973年出版,被认为是他最好的作品之一。

间里——早餐餐厅、电视房、家庭活动室——这些房间都已经为这个派对特地收拾好，门打开，椅子、靠垫和凳子摆成小弧形，等着客人到来。

拉尔夫看到玛丽安娜·里士满溜到后花园去抽烟。一两分钟后，他从大厅里拿起一箱空酒瓶，跟上她。他看到她的香烟在露台边墙的阴影里发出红色的微光，便走了过去。

"有人看见你出来了吗？"她说。

拉尔夫站着不动，但没有说话。

"有人看见你了吗？"她重复道。

"我拿了一些空瓶子来当借口。"他说着，把那些叮当作响的负担放在地上。短暂的停顿之后，他补充说："我以为我们俩不应该讲话的。我觉得这是这个游戏的首要规则。"

"游戏结束了，"玛丽安娜说，"嗯，完蛋了，反正是。"

"你是什么意思？"

"奥利弗星期二在塞恩斯伯里的停车场看到了我们。"

"我当时可不知道奥利弗和你在一起！"

"他不是跟着我，"玛丽安娜说，"真是太不巧了。他当时是在接受独立生活的训练。每周二下午他都要上这个课，在继续教育学院。特殊教育。老师把他们带出去，教他们乘坐公共交通工具，带他们去购物。他们周二去了塞恩斯伯里，奥利弗不知道怎么回事脱离了小组，迷路了，在停车场里乱走找小巴，然后他看到了我们，在我的车里。"

"你怎么知道的?"

"他昨天跟我说:'我看到你在你的车里跟拉尔夫·麦信哲接吻。'"

"天啊!"拉尔夫说,"他知道我的名字是吗?"

"他永远不会忘记任何一个名字。特别是那些上过电视的人。"

"天啊。"拉尔夫又说。

"我非常害怕他会跟贾斯珀提。"

"你不能告诉他不要提吗?"

"他不明白。"

"好吧,如果他真的说了,那你就必须否认。"拉尔夫说,"毕竟听起来是个很离谱的故事对不对?如果你的话跟他的话矛盾,没有人会信他的。"

"奥利弗不说谎,"玛丽安娜说,"他不明白谎话这个概念。"

"是,他当然不明白,"拉尔夫若有所思地说,"没有汤姆。"

"什么?"

"心智理论[1]。知道别人眼中的世界可能会跟你的不一样。说谎需要这种能力,大部分孩子在三到四岁时就会了。自闭症患者永远不会。"

"嗯,很有意思,但帮助不大,"玛丽安娜说,"贾斯珀知道奥利弗不说谎。"

"那你只能说他一定是搞错了,"拉尔夫说,"毕竟天很黑,还

---

1 心智理论的英文是 Theory of Mind,其缩写 ToM 恰好跟"汤姆"的拼写一样。

下着雨。"

"但我们在那里,我们三个人,同时。"玛丽安娜说,"如果贾斯珀真想查,他肯定能确证这一点。那种情景要是能出现肯定是有哪里不对劲,你说是不是?"

拉尔夫想了一会儿。"好。假设奥利弗看到了我们,先后分别看到的,在超市里,然后他脱离了小组,在一种苦恼的状态下在停车场里乱走,找他的同伴,然后看到了一对长得像我们的夫妻,也许还穿着类似的衣服,在车里接吻,车窗上都是雾气,而他认为那是我们。但这个想法当然很荒唐。拉尔夫·麦信哲和玛丽安娜·里士满在塞恩斯伯里的停车场里接吻?你就一笑置之。没问题。"

"嗯,希望你是对的。"玛丽安娜最后抽了一口烟,在石板上把烟头踩灭。"我们还是回屋里去吧,"她说,"但不能一起回去。"

"先亲一下怎么样?"他说,伸出手去搂她。

"不行,拉尔夫。"她用力把他推开,"那是一场愚蠢的游戏,现在结束了。"

玛丽安娜转过身走回房间,身子缩紧,在凉飕飕的空气中微微发抖。

拉尔夫拾起那箱空瓶子,走到房子一侧的垃圾箱边上,把它们放进去。

海伦发现大厅里的道格拉斯教授正在系上大衣的扣子。

"你这么早就得走了吗?"海伦问他。

"不好意思我得走了,"他说,"如果我很晚还不回家,家里的女人们就会开始担忧。"大厅里的老式落地钟指向十点十五分。"实话说,我不是太喜欢派对。对话永远不能恰当地结束。"

"我明白你的意思。"海伦说。

"这可不会让我们的主人不爽,"道格拉斯戴上一副黑色的儿童手套,活动了几下手指,"他可是个科学小讲座大师。"他露出牙齿微笑着,让这句话像是和善的玩笑。"你帮我告诉他和麦信哲太太,说我必须得走了,好不好?我找不到他们说再见。"

"当然没问题。"

"那晚安了。"

他嗒嗒两下按下手套上的按扣,走了。

海伦进入客厅,利蒂希娅·格洛弗正在跟科林·里弗代尔争论避孕的问题。"很大程度上得怪天主教会,"她说,"在第三世界反对节育项目太不负责任了,简直是犯罪。"

"控制南半球的人口符合北半球资本主义国家的利益,"科林说,"他们只在纯粹的物质层面提高第三世界的生活水平,以此来为自己生产的消费品创造新的市场。"这个论点让利蒂希娅沉默了一会儿,因为她自己在别的场合也说过类似的话。

"我说的不只是贫困和营养不良,"利蒂希娅说,"还有艾滋病的问题。男人到处乱搞的后果不能让非洲女性承担。"

"如果非洲男性不乐意用避孕套,那么向非洲女性分发它们也是没有用的。"科林说。

安娜贝尔·里弗代尔听着他们的讨论,无精打采,默不作声。她举起手里的空杯子,眯起眼睛看着它,然后脚步不稳地走向门口，显然是决心要再来一杯。海伦跟着她，在大厅的桌子旁和她搭话。"你还好吗？"她问。

"没事，谢谢你。"安娜贝尔说，"我只是觉得应该在科林开始讲定期禁欲的乐趣之前溜掉。"

海伦同情地笑了笑。"你的意思是安全期避孕法？我姐姐告诉我那很麻烦，而且其实不管用。"

"对我们管用。"安娜贝尔说。

"哦，好。"海伦有点困惑地说。

"因为我也吃避孕药，"安娜贝尔举起一根食指轻贴自己的嘴唇，"不要告诉科林。"

"不会，当然不会。"海伦有点吃惊地张大嘴巴。

"我觉得有点不舒服，"安娜贝尔说，"最近的厕所在哪儿？"

"这边。"海伦说着抓住她的胳膊，带她走向楼下的衣帽间。

拉尔夫拿着空箱子进屋，遇到了海伦。

"噢，你好，"她说，"科林·里弗代尔已经带安娜贝尔回家了。她不太舒服。"

"噢天哪。她不会是又怀孕了吧。"

"她没怀孕。"

拉尔夫看上去对她的强调语气挺惊讶。

"道格拉斯教授曾经找过你，"海伦说，"他说他必须得走了。"

"道格斯就那样。永远是第一个来，第一个走。我不明白他为什么还来。他那么讨厌派对。"

"他是这么说的。"

"是吗?我还没打开你的礼物。现在可以吗?"

"你愿意就可以啊。"她说。

前门旁边有一张小桌子,礼物和卡片都堆在那里。拉尔夫打开海伦的礼物,从盒子里拿出不锈钢算盘。"啊,我一直想要这个,"他说,"太谢谢你了。"

"我觉得千年虫来的时候它可能会派上用场。"海伦说。

"前几天我看了一部动画片,里面有两个古罗马人看着这样一个算盘,"他用食指拨弄着算盘最上面一根轴上的几个滚珠轴承,"一个人对另一个说:'从公元前进入公元后时,恐怕它会碎掉吧。'"

"说真的,"海伦说,"你不担心吗?我从什么地方读到,2000年1月1日的时候一切都会停止。飞机从空中坠落,船在海上来回兜着圈子,手术室一片漆黑,超市食物卖光,没有人拿得到工资或退休金。"

"对新千年的恐惧完全是杞人忧天,"拉尔夫说,"一些老旧的大型机是会有问题,但那是会被解决的。"

"听你这么说我倒还有点遗憾,"海伦说,"现代文明被自己的技术毁灭,这种想法里有种充满诗意的东西,令人满足。"

"好吧,要是一夜之间回到中世纪你肯定不会太喜欢,我可以向你保证。"他说,"顺便说一下,我给你查到了达尔文那句'哭泣是个难题'的出处。"

"噢,谢谢。我完全给忘了。"

"在我的书房里，在楼上。或许你乐意看看？书房，我是说。大部分人都觉得爬上楼挺值的。"

"嗯，好吧，谢谢你。"海伦犹豫片刻后说。

卡丽端着一大碗巧克力慕斯从厨房走到餐厅，这时恰好经过他们这里。尼古拉斯·贝克在她后面，也端着类似的一个大碗，里面是水果沙拉。"我带海伦看看书房，"拉尔夫对卡丽说，"给我留点巧克力慕斯。"

"不给你留，"她脚底下不停步地说，"先到先得。"尼古拉斯·贝克跟着卡丽走进餐厅时转过头来笑了一下。

"你要不要现在就把你的那份布丁吃掉？"海伦对拉尔夫说。

"不用了，她只是在开玩笑。我敢保证冰箱里还有一碗。来吧，我们不跟他们抢吃的。"

他带她上了两段楼梯。"关于书房有两派思想，"他说，"一派说它应该在一楼，这样你就可以跟房子里的事物保持联系，在一楼的话很容易进出，能充分利用一点一滴的业余时间。另一派说应该在顶层，尽可能地远离家庭活动，是你可以寻得清静的一个地方，不会被打扰。"

"一座孤独的高塔。"海伦说。

"对。我是一个孤独的高塔里的人。"

拉尔夫·麦信哲的书房是由原来的仆人房改建的，空间很大，几乎占了整套房子建筑面积的一半，配有厚厚的定制尺寸地毯，高大的书架，一张巨大的书桌和一把转椅，一张圆桌和两个靠背椅，一张查尔斯·伊姆斯休闲躺椅[1]，各式阅读台灯、落地灯和聚光灯，木饰面文件柜，塔式机箱的电脑和大屏幕显示器，其他几种电器和电子设备——打印机、扫描仪、传真机、电视录像一体机、一套高保真音响——和一个装在三脚架上、放在天窗底下的望远镜。所有家具都用樱桃木和不锈钢制成，坐垫表面都是黑色皮革。

"这可不是孤独的高塔，"海伦说，"这是豪华单身公寓和控制中心的混搭。"

拉尔夫轻笑："挺不错的是不是？不过这才是这间屋一直在等待的最后一块拼图。"他把算盘摆在桌面上，旁边是一组焊在一起的拉丝不锈钢圆筒，放各种笔用的。

"很配！"海伦高兴地说。

"对。我以为你寻求了卡丽的建议。"

"不，只是凑巧。或者我的第六感。但你可能不相信第六感。"

他笑了："对，我不信。"他走到一个文件柜旁边，拉出一个无声轴承上的抽屉，从一个悬挂式文件夹里拿出一张纸，是《达尔文笔记》其中一页的复印。"是这个。"

他把这张纸放在桌上的阅读台灯下，这样他们可以一块看。"这是1838年的笔记里的一段话。达尔文时年三十岁。'小猎犬'号的旅行已经过去了两年。他已经把进化的想法干得特别好了。哈，没有别的意思……他已经确信人类是猿人的后裔，但还没有公开发表——他非常清楚那会引起什么程度的骚动。他一直在思考大

---

[1] 查尔斯·伊姆斯（Charles Eames，1907—1978），美国设计师、建筑师、电影人。他和妻子蕾·伊姆斯（Ray Eames,1912—1988）共同设计了许多家具，其中一款休闲躺椅成为经典。

笑这个现象——人类大笑的时候会像狒狒一样暴露出犬齿。他推测，我们的大笑和微笑可能可以追溯到猿类如何将发现食物这个信息传达给族群其他成员。"拉尔夫用食指在一段话下面画着，读道："'看待这个问题的这种角度很重要，大笑修饰了吠叫，微笑修饰了大笑。吠叫是为了告诉其他动物与这种叫声联系在一起的好消息：发现猎物。——无疑是因为孤立无援而产生的。'然后是事后补记。他想不出来哭泣可能是对什么的修饰。'哭泣是个难题。'"

"'Sunt lacrimae rerum'。"海伦说。

"我的拉丁语有点生疏。"拉尔夫说。

"'万事都堪落泪。'维吉尔。几乎无法翻译，但能明白他的意思。'哭泣是个难题'，有点像。"

"笑其实也是个难题，"拉尔夫说，"达尔文的解释没怎么说到点子上。"

"你能设计一个机器人，让它在听另一个机器人讲笑话时发笑吗？"海伦问。

"这可是个挑战，"拉尔夫说，"不过我觉得可以实现。"

"我不相信机器能被逗笑，"海伦说，"或者能感受到快乐、悲伤——或者无聊。"

"无聊？"拉尔夫微笑着，仿佛他以前从未考虑过这种可能性，或者说不可能性。

"对。如果我的东芝笔记本是一个人，它会感到非常无聊，因为我只用它处理文字。我觉得我连它全部脑力的百分之十都没用到。但是电脑并不介意。"

"当然了,"拉尔夫说,"这就是为什么电脑对人类来说是巨大的解放。我们可以消灭无聊!你为什么还要再把它人为地复制出来呢?无聊是人性的一个本质特征吗?"

"嗯,我觉得说不定还真是。幸福和悲伤肯定是,不管怎么说。除非我看到一个机器人会笑、会哭、会生闷气,否则我不会相信它有意识。"

"你可能不用等太长时间了。电脑正在以令人难以置信的速度发展。"

"我知道,几天前我在收音机里听到了你的采访。"

"是吗?"拉尔夫看起来很高兴,"嗯,真的是这样。你的小笔记本的内存可能跟这个大学的第一部大型机的一样大。当时的一兆内存要花五十万。现在的价格是两镑。"

"但领会笑话并不需要好几兆的内存,"海伦说,"就连婴儿都能识别出有趣的东西。跟婴儿玩过'变变——没'的游戏吧?"

"你说得对,"拉尔夫说,"但我在想的是搞清人类认为有趣的事件的逻辑结构,这样就可以把它建在架构里。比如说,让一台计算机去处理数百万个笑话,而不是数字,那会怎么样?它可能会发现笑声背后的机制。我跟你说了你穿的连衣裙非常迷人吗?"

"没有,"海伦说,"谢谢你。我们回到派对里去吧?"

"好吧,"他说,"你要不要把这个带走?"他折起那张纸,把它塞进一个信封。

"谢谢。"她从他手里接过信封。

"嗯,谢谢你送我算盘。能不能也亲我一下?"

"我想不行。"海伦停顿了一下说道。

"上次你不喜欢吗?"

海伦似乎不愿意回答这个问题。"我不想跟你搞外遇,拉尔夫。"她最后说。

他瞪大眼睛,摊开双手,咧嘴笑着说:"嗨,谁说这是外遇了?我想的只是一个友好的吻。"

"真的?"她用挑衅的目光直视他的眼睛,"你是在跟我说,你从来没想过要比那再更进一步?"

他盯着她看了一会儿,嘴巴张开了一点,然后笑了起来:"啊,当然了。但男人对他们遇到的女人,有吸引力的女人,一直都会有那种想法。这并不意味着他们打算采取任何行动。"

"接吻难道不算是采取行动吗?"

"不一定算是。接吻是各种各样的。有些是有感情在里面的,有些是……只是表示友好。"他微笑着,"接吻的感受质无穷无尽。"

"嗯,你是应该知道,"她说,"你似乎做了很多研究。"

拉尔夫不再微笑:"你是什么意思?"

"哦,没什么。"

"没事。告诉我。"

海伦往别处看了一眼,然后目光又回到拉尔夫身上。"我碰巧看到你跟玛丽安娜·里士满接吻,在他们家的晚宴上……透过厨房的窗户……我误打误撞地走进了后院。不是在故意窥探。"

"我没在跟玛丽安娜搞外遇。"拉尔夫说。

"这真的不关我的事,"海伦说,"我真不该说。下楼吧?"

"我们只是随便玩玩。我们曾经玩一种游戏,一种比谁胆子大的游戏。但现在已经结束了。"

"我说了,不关我的事。"她走向门口,"我现在下去了。"

"等等,"他关掉台灯和一盏落地灯,"希望这并不意味着我们不能再做朋友了。"他说。

"不,恰恰相反。这是为了确保我和你们两个都还能做朋友。"

"哦好。"他走到门口追上她,"呃,你没有……你不会……对卡丽说什么吧?"她有点轻蔑地瞟了他一眼。"对不起。"他说。

海伦走出房间。拉尔夫用门上的主开关关掉剩下的灯,在身后带上门。他们在楼梯上向下走,谈话的嗡嗡声升起来,迎接他们。

14

3月17日　星期一

周末又去给麦信哲家当牛做马了。

我们商定星期六派对结束后我留在他们家过夜，所以我就可以开怀畅饮，而不用担心还得自己开车回家。大厅里我站在拉尔夫和卡丽身边，跟最后一批离去的客人告别，感到有点不好意思，仿佛我是这个家庭的一员——但似乎已经成了这样子。"收养"，这是贾斯珀·里士满的原话。他这么说让我心烦意乱，不过他相当八卦毒舌，不管说什么大概都不能全信。如果卡丽对我好只是为了监视拉尔夫，那这似乎是个冒险的策略。他已经设法成功吻了我一次，而且要是我星期六晚上愿意的话还能让他再次得手。

最后几个零零散散的客人走了之后，我帮着把脏盘子和杯子从一楼的各个房间收拾到一起，堆在厨房里。他们专门请了个小时工，第二天早上会上门来洗干净。卡丽给我们三个人（孩子们早就回到他们的卧室去看电视或睡觉了）调了美味的墨西哥鸡尾酒作睡前饮品：热巧克力加白兰地，还撒了一点辣椒粉。我们围坐在厨房桌旁喝着这混合饮料，讨论派对的亮点，然后各自去睡觉了。

客房里仍然隐约散发着当晚的女客用的各种香水混在一起的气味。上床之前，我打开窗户让这气味散去。我还锁了门。为什么？觉得拉尔夫可能会在半夜悄悄爬上我的床？这当然很荒唐。可是，当我在羽绒被下辗转反侧（那墨西哥饮料里似乎有什么东西起了兴奋剂而不是催眠剂的作用），冒出这个想法时，我接着想的是如果我没锁门而他真的溜进来，我会怎么办。假如卡丽吃了颗安眠药，睡得很沉，他蹑手蹑脚地从卧室里出来，进入我的房间，钻进被子下面——我会尖叫挣扎吗？让卡丽和孩子们从他们的卧室跑出来？在一个极端尴尬的场面下斥责拉尔夫，半夜叫出租车离开？不，我不会的。那我会怎么做？低声抗议、埋怨？"你疯了吗？赶快下床，要不然我就要，就要，就要……"什么啊？"就再也不会跟你说话了。"软弱无力的威胁。那又怎么办——我能让他得逞吗？当然不会——然而我不得不扪心自问，这一系列想法是不是就是流行心理学家跟我们讲的那著名的女性强暴幻想的一种变体，那种想纵情享受性爱又不必承担道德责任的欲望。如果不是这个原因，那我为什么会想象这个场景呢？我不会跟拉尔夫·麦信哲搞外遇，是因为我不想变成一个参与通奸的人，不是因为我觉得他没有吸引力。我其实觉得他很有吸引力，唉。

我醒着，琢磨我们在他的书房里的谈话，后悔（现在仍然后悔）自己说得如此直截了当："我不想跟你搞外遇，拉尔夫。"他坦承他那么想过。但现在他知道了我也想过，而我其实并不想让别人知道。然后我愚蠢地脱口说出我看到他吻玛丽安娜·里士满了——一定是喝的那些酒让我的舌头松开，溶解了我一贯的谨慎。那句话刚一出口,我就希望能把它吸回来,吞下去。他看起来真的慌了,然后又生起气来,最后还是恢复了惯常的沉着自若。

第二天早上醒来时我回忆起所有这些事,想到吃早餐时要见他和卡丽,就感到有点不安,于是花了很长时间洗漱穿衣。幸亏我带了一条牛仔裤和一件毛衣来,得以不必身穿新晚装出现在穿着随便的麦信哲一家面前。卡丽还披着睡袍,头发凌乱,保湿霜让脸上泛着光,而拉尔夫穿着印着 CAL TECH[1] 的 T 恤和运动裤。起来的孩子们还穿着睡衣。他们正在厨房的长餐桌上吃枫糖浆华夫饼——显然这是他们星期天的惯例享受。拉尔夫高兴地跟我打招呼,没有一丝尴尬,卡丽给我倒了鲜榨橙汁和咖啡。

她说他们打算去蹄铁打发这一天,问我跟他们一起去好不好。我已经料到他们会邀请我,并且打算以有很多学生手稿要读为借口婉拒,但我没出息地改变了主意,接受了邀请。那是一个明亮清爽的早晨,在乡下度过一天的想法很诱人,肯定比独自待在小二楼区域、一边看电视一边吃晚饭更诱人。

于是,我在麦信哲家又度过了愉快的一天:帮卡丽准备午餐用的蔬菜,帮埃米莉做法语作业,和年幼的孩子们玩猜谜大挑战。拉尔夫则躲进书房读一本书,某份报纸下周日要刊发他对这本书的书评。我觉得自己有点像十九世纪的小说里富裕家庭的家庭教师,把自己变得对他们非常有用,享受一点他们的财富带来的好处。不过我并不介意。

---

1 CAL TECH 是加州理工学院的缩写。

泡热水浴缸的时间到来时，我婉拒了——我心里其实相当惋惜，因为从中午开始天空渐渐阴云密布，到那时已经有几片雪花飘下来了。想想下雪时坐在热水浴缸里的感觉，我很兴奋，但我没带游泳衣。拉尔夫厚着脸皮建议我穿内衣，说泡完以后可以用滚筒式烘干机烘干，不过卡丽给我找来一件超大号的T恤和一条埃米莉的旧棉短裤——这些衣服用来代替泳装真是恰到好处，很实用而又没有诱惑性。这真是神奇的体验，躺在热水浴缸里，看着羽毛般的雪花飞下来，对着天空看还是暗色的，落到跟眼睛平齐的地方时变成白色，然后融入蒸汽和热水中。我们出来时，甲板上已经积了薄薄一层雪，我们爬上台阶走回房子，留下温暖湿润的脚印。这次我确保自己没有跟拉尔夫一起留在浴缸里。

我有了新的邻居：一对年轻夫妇搬进了隔壁的小二楼。昨天晚上我从蹄铁回来时看到车道里有一辆车，窗帘后面亮着灯。今天早上我看到新住客一起出去慢跑，他们回来时容光焕发，气喘吁吁，我主动出去自我介绍。他们分别叫罗斯和杰姬。他刚刚被任命为讲师，在社区研究学院——别管那是做什么的吧，教体育科学——别管那是什么吧；而她是理疗师，希望能在切尔滕纳姆或格洛斯特的私人诊所里找到工作。我邀请他们进家里喝杯咖啡，但罗斯说他们"迟到了"。我说在我看来现在跑步真是够早的[1]，但这句打趣的话没引起他们的注意。但是当罗斯说他们最好还是回家去洗澡时，杰姬

---

[1] 罗斯说"迟到"用的是running late，字面上的意义是"很晚才跑步"，海伦借此做了个文字游戏。

咯咯地笑了，表情像是听见了什么荤笑话。他们给我的印象是还没有同居很久，周身洋溢着一种蜜月期的气息。我们说话的时候，罗斯的手臂揽着杰姬的腰。他们离开去洗澡时——毫无疑问是一起洗——他充满爱意地轻轻拍着她的屁股。恐怕他们不太可能跟我成为非常好的朋友。

今天早上我在图书馆里看到了安娜贝尔·里弗代尔。她在读者服务台值班，我走过的时候她稍显惊慌地看了我一眼，所以我停下来打招呼。"我星期六恐怕出洋相了。"她说。"不用担心，"我说，"我觉得没人注意到。""科林注意到了，"她沮丧地说，"我一参加派对就紧张，然后就会喝太多。"她用试探性的目光看着我，"你一定不要把我酒后的话当真。""我不记得你都说了些什么。"我用无所谓的口气说道。她怯生生地给了我一个感激的微笑。

3月19日　星期三

学生们昨天交上来了"色彩科学家玛丽"的文章。又有一些优秀的作品。桑德拉·皮克林异常出色地模仿了费伊·韦尔登[1]。但她还没有给我她的小说的后几章。我在课结束时提醒她，她嘟囔着说了点什么，大概意思是还需要再完善。我猜她在试图让她的阿拉斯泰尔变得不那么像我的塞巴斯蒂安，却发现很难。现在在我来看很明显，她肯定在《风暴眼》刚出版时读了它，然后又在创作自己的

1　费伊·韦尔登（1931—），英国著名的女作家、散文家和剧作家，其作品一向散发着女性主义。

小说时无意识地借用了它。而因为我要来教授这门课程,她在去年圣诞节又读了一遍《风暴眼》,才知道自己做了什么。她要是能够承认,我愿意做点什么来帮她。

我不怎么经常见到新邻居,不过他们的声音确实能穿过公共墙,让我听见。他们大笑着向对方大喊大叫,精力充沛地跺着楼梯上上下下。有时杰姬尖叫几声,然后突然一阵沉默,我猜大概是打闹嬉戏已经变成了那种动作——我敢肯定他们管那叫"啪啪啪"。我想象罗斯在楼梯上抓住杰姬,拉下她的运动裤,急不可待地在楼梯拐角处上了她。有一次我把耳朵贴在墙上,想听听性爱会议的声音,但除了自己的心跳,什么都听不见。

15

玛丽有只小羊羔……测试，测试……现在是3月17号周一上午九点十分，我在开车上班的路上。今天早上内环的车速非常缓慢，下雨加上修路，所以我拿出旧Pearlcorder来打发时间……这似乎已成为一种习惯……就跟日记一样，虽然我以前从来没有写过日记，觉得太麻烦，但是对着声音大师口述让它变得简单……也许是到了中年，你开始觉得占有欲越来越强，想保护住你的思想，急于在它们渐渐消失之前把它们落到纸上……脑细胞不可避免地衰退，神经网络越来越慢，你产生的新想法越来越少……或者你忘记了曾经拥有的——花费好几个小时，好几天，研究一个论证或理论，然后最终把它弄成个形状时，你会发现这是很久以前就想到过的……潮湿的周一早上，这一系列想法真是令人愉快……说到过了五十岁大关，毫无疑问……派对是……很有意思……玛丽安娜，是的，她放弃了我们的小游戏，我并不觉得遗憾，风险已经太大，而且费这么大劲是为了什么，就是为了时不时地蹭几下吗……老天保佑那个谁叫什么来着，奥利弗，千万要闭上他的嘴……或者没有人注意他的胡扯……于是这样玛丽安娜回归深闺，而海伦不想接替她……不过她非常高兴地接受了邀请，第二天跟我们到蹄铁去了，而且天啊，她在浴缸里穿的衣服，她站起来和卡丽她们一块爬出去时，T恤紧裹着乳房，白色棉短裤是半透明的，我能透过它看到她屁股中间的深色的缝，天啊……我不得不留在浴缸里，直到……毫无疑问，性［录音停止］

现在是九点三十五分，我在A435高速边上的一个临时停车处，停在一辆荷兰重型卡车后面，司机大概是在打盹，因为这里没有免下车的咖啡店能诱惑人停下来，除了一个满得都溢出来了的垃圾桶之外也没有其他景致了……我中断了在内环上的录音，因为我注意到堵塞的车龙里，跟我平齐的一辆蒙迪欧上，坐在前座的一个人一直在盯着我，我觉得有点不自在，特别是考虑到我当时的情况……顺便说一句，这真是个有意思的用法，"觉得有点不自在"，好像我们一直没有自我意识[1]……这个词真正的意思是二阶自我意识，或者可以叫作反思的自我意识……当我们意识到自己被他人所感知，或者说我们觉得别人能意识到我们的自我意识，好像他们已经接触到了通常是私人的、只有我们自己才知道的东西……我怀疑这个家伙会读唇语，他看起来非常感兴趣，在座位上转过头来盯着我口述……我冷冷地用"滚蛋"的眼神瞅了他一眼，他急忙转过头去，但我却不想继续口述下去了，于是关掉了Pearlcorder……很快交通就通畅了，我开了起来……但是我觉得手里有一点时间，决定

---

1 "不自在"和"自我意识"在英文中都可以用 self-conscious 来表达。

在这里停几分钟把我的思想录下来趁我还记得的时候……我打算说的是，性欲对人工智能来说是个难以破解的题目，尽管就我所知甚至还没有人动过把它做到架构里面去的念头……神奇的、人类独有的肉体刺激—反应和精神活动的组合……血液充盈的组织和外激素、痴迷、算计的混合，丰富而令人陶醉……这是一个难题，达尔文准会这么说。

昨天晚上我们从蹄铁回来后，我决定寻找伊莎贝尔·霍奇基斯的那盘磁带……大概是海伦的乳房被紧身 T 恤裹成的形状让我想起那件事，特别是乳头，钝圆而突起，让我想起伊莎贝尔的乳房，我突然涌起强烈的欲望，想听我们在圣地亚哥的那间酒店房间里做爱的录音带……不是为了自慰，只是为了恢复狂野的一夜风流的感觉，我有一段时间没有过了……卡丽正在和孩子们一起看电视，一部年代情节剧，有马匹、马车和裙撑，从来不是我的菜……我到楼上的书房去找录音带……没过多久就找到了……我戴着耳机，这样房子里的其他人就不可能听到任何声音，调暗灯光，瘫在躺椅上……按下播放键……

那是多久，至少八年前了，从那时起我就没有再听过这盘带子，所以我对里面的内容只有模糊的记忆，刚开始放的时候非常令人失望……Pearlcorder 可能不太适合这项工作，也许距离太远了，或者更可能的是声音被我的衣服挡住了，我把机器藏在衬衫下面了，我想……我能听到偶尔响起的性活动声音、咯咯笑声、咕噜声和呻吟声，但大部分时间里是嘶嘶的寂静，就像来自深空的无线电噪音一样……然后有我们的一段对话，但我一个词也听不出来，只能听出陈述和提问的语调……这非常令人沮丧……然后突然间我们提高了嗓门,我什么都听得清清楚楚……我们互相喊叫,喊着"上我!""我爱你!"朝着火山喷发般的巨大高潮前进……伊莎贝尔尖叫着,我咆哮着"啊啊啊啊啊",我们一起到达高潮……然后是有人在隔壁房间愤怒地捶墙的声音,伊莎贝尔和我爆发出大笑,快乐放肆无忌的胜利笑声。听这带子非常令人兴奋。我记起了整件事的全部细节,包括那段谈话,虽说只是带子上难以理解的杂音……

那是会期的倒数第二天,我们下午晚些时候在同一场分会上报告了论文,得到好评,所以我们都对自己感到高兴,这种场合激发出来的肾上腺素让人轻飘飘的……准备好释放精力……休息放松一下……会议在美国那种巨大的酒店举行,里面有喷泉和瀑布,中庭有个小型雨林……快速电梯以重力加速度把你牢牢地钉在地板上……无限延伸的走廊两侧排列着数以千计的相同房间,还有很多主题酒吧、咖啡馆和餐馆……来开会的人用不着去圣地亚哥的街道上探险,而且如果认真开会的话也没有太多机会,因为活动安排从上午九点一直到晚上十点不间断……伊莎贝尔和我已经跟一些参加我们分会的人一起喝了几杯……要不就是我表现得特别风趣幽默,要不就是伊莎贝尔已经对我起了意思,因为不管我说什么她都笑着点头,从眼镜后面对我微笑……我挤过人群站到她身边,当其他人从钱包里拿出小餐券,皱皱眉头走去吃饭的时候,我悄悄地跟伊莎贝尔提议逃掉晚上的全体会议,换换花样,出去找个地方吃饭。她非常高兴地同意了,然后以要给鼻子上补粉为借口离开。十分钟后,我们在空调很足的大堂里会合,进入潮湿闷热的加州夜晚,像一对逃学的小学生一样咯咯笑个不停。我告诉出租车司机带我们到本城最好的墨西哥餐厅，那地方看起来像是这儿的黑手党碰头的地方，不过实际上非常棒……我们要了一大堆菜，特别辣的玉米馅饼、卷饼和油炸卷饼，辛香番茄酱和酸奶油从里面淌出来，再灌下两瓶够劲的加州红酒。喝第二瓶可能是个错误，不过当时看起来并不是，因为伊莎贝尔喝得越多就越放得开。我们首先谈工作上的事，关于研究和专业领域的八卦，然后再聊私人话题。我估计她有三十五六岁，并不是特别好看——五官有点像马，戴着厚框眼镜，头发向后梳成后脑勺上的一个发髻，勒得特别紧，你看着它就会充满同情地头痛起来……我提出约会的时候没有想引诱她的意思，只是想找一个让人喜欢的女人陪我，而她就在身边。但第二瓶喝到大概第二杯的时候，我随口评论说她的发型看上去很严肃，她就把手伸到脑后，拽出梳子，甩了甩头发。她的长发闪着光泽拂过肩膀，突然让她看起来女人味增加了十倍，也更撩人了十倍，而她显然很清楚这一点。信号是明确的。她是伊利诺伊州立大学某个分校的副教授，跟丈夫分居了，而他跟她都在神经生物学系工作……据伊莎贝尔说，他们分开是因为她拿到了终身教职而他没有——"他就没办法接受……"他们有一个孩子，两人都有探视权——她来开这个会时，就是丈夫在照顾孩子。是不是在跟别人约会，我问她。"没有，"她说，"我现在对长期关系持怀疑态度……我不想再被卷进去。我现在在找的，"她从一缕头发后面醉眼蒙眬地看着我说，"是一场肉体上满意的，情感上空虚的，一夜风流。""我保证可以安排。"我的欲火马上点着了。玛莎综合征发作——有机会把极致的性享受带给一个无比饥渴的熟女。我给服务员使个眼色，做了个写支票的手势，要求买单。

我们放肆地拥吻，在回酒店的出租车里，在朝二十八楼她的房间走的电梯里……门一关上，我们就互相把衣服扯掉，我踩着狐步舞的舞步把她带到床边但她说她必须去浴室，趁着她在里面我把衣服挂在椅子上，心血来潮把 Pearlcorder 设在录音状态……她回来后我们躺在床上然后什么都干了……我们吸了舔了还用了手指……一开始我还注意控制自己尽量在高潮之前做得久一点，不过后来我开始有点担心是不是还能射出来……我很后悔喝了那第二瓶加州红酒……与此同时，伊莎贝尔在叹息呻吟呜咽，显然很享受，但她也没有真正要高潮的迹象……我尽可能微妙地提出这个问题，当时我在她上面，用前臂撑住自己……"我想我错了，"她说，"你是一个很棒的情人，拉尔夫，但我觉得我终究还是不适合这种纯享受的性爱。"她停顿了一会儿，"如果你能说'我爱你，'"她说，"那可能行。你用不着真那么想。"我马上理解了。"我当然爱你。"我真切地说道，没有显露出一丁点不诚实。我感到她全身震颤了一下。"噢小伙，"她低声说。"我爱你，我爱日你。"我说，同时让行动适合话语。"我爱你日我。"她说。我说："我爱你，我爱听你说那个字。""哦，日我，亲爱的。"她说。于是我们继续，吟唱着"爱你"和"日我"的对位作品[1]，最后我们在渐强中到达高潮，我们的邻居愤怒地捶着墙。

---

[1] 对位法（Counterpoint）是在音乐创作中使两条或者更多条相互独立的旋律同时发声并彼此融洽的技术。

我又听了一遍听录音带,第二次更令人兴奋……我非常想干一炮……我去找卡丽……在屋里看电视的埃米莉和马克说她已经去睡觉了……我又匆忙跑上楼……很高兴看见她仍然醒着,在看书。我刷了牙,光着身子从床单下面滑进去躺在她身边,把手放在她的肚子上。"你要干什么,麦信哲?"她说。"你觉得呢?"我说着手往下伸,撩起她睡袍的下摆。她叹了口气,放下书:"好吧,但别发出声音,孩子们还没睡呢。""我想他们知道我们做爱。"我说。"即便是这样……"她说。她把睡袍从头上脱下去。她的乳房太棒了……《周日娱乐》[1]的读者光看她的乳房就能射在裤子里。我爬到她上面,反反复复进入她里面……这年头跟卡丽做爱就像面对一个充气城堡……但我努力地干,过了一会儿她开始回应,发出特有的那种轻微的喵喵叫声……"说'日我'。"我说。"嘘。日我。"她低声说。"大声点,"我说,"就像你真那么想似的。"但她不说。"我爱你。"我说。她惊讶地睁大了眼睛。我上次对她说这句话已经是很久以前了。"我也爱你,麦信哲。"她说。"那就大声说'日我'。"我说。但她不说。我闭上眼睛试着想起伊莎贝尔,但我的脑海里的眼睛看到的是海伦·里德,穿着湿漉漉的T恤和浸透的短裤。就像我说过的那样,欲望是个难题。

---

1 《周日娱乐》(Sunday Sport)是一家始创于1986年的英国小报,以荒诞不经的新闻和软色情内容著称。

16

她坐着,玛丽·威林登,在灰色的前厅里——这儿跟这套巨大的地下公寓里的其他每个房间一样,没有窗户——握着双手,隔着灰色哔叽裙子放在膝盖上,看着墙上挂着的乌木钟的分针扫过一圈圆周的最后一段。现在分针与指向罗马数字十一的时针几乎完全对齐,盖住了后者。这两个指针中较长的那个再移过五个单位,钟就会敲出十一响严肃、铿锵的音符;通向外部世界的黑色百叶门上,上了油的合页将会无声地打开,门后是一条长长的黑暗走廊,尽头是另一扇巨大的门,门上布满了铆钉。她的主人将会出现在第二扇门门口。

她确信,他将会像往常一样,穿着毫无瑕疵的黑西装和闪闪发光的黑靴子,露出的衬衫部分是耀眼的洁白,颈部系着一条灰色的丝绸领结。但是,他长着又黑又浓的络腮胡的脸上不会再戴着那个只有几条窄缝开口的哑光钢面罩——它一直让她看不见他的眼睛和嘴唇的颜色。也许今天他将用手拿着,而不是手上戴着那副柔软而紧绷的黑手套。手套以最好的小山羊皮制成,有她在场的时候永远将他的手隐藏起来。

她低头瞅了一眼自己的双手,它们互相紧扣着,误导性地安静放着,戴着耐用的猪皮手套。她只被允许在夜间完全的黑暗里,在盲眼女仆露西的帮助下把手套摘掉,这样她就无法在无意中瞥见珍珠般的粉红色——她是这么理解的——覆盖她指尖的背部表面的半透明盖板就染着这种颜色。

好吧,她很快就会看到她的指甲以及许多其他东西,但与这些令人愉快的想法混合在一起的是一种现在立即变得更加模糊不清、也更加令人兴奋的忧虑:"出去",进到色彩的世界里,不仅会增强她的视觉,还会增强她的触觉。将来休伯特·迪林教授跟她打招呼时,她可能会将他的裸手放在自己手里——不过"裸"字当然不恰当,而"光"或"无遮蔽的"也不好。她最后决定用"剥除了其通常的皮革覆盖物的",不过在此之前一些更有表现力的候选描述词语在她脑海中出现过,已经让她脸红了。也就是说,她在脸颊上感受到了一种灼热的刺痛,她知道这是由面部真皮中的血管突然充盈引起的。不过这种现象的视觉效果她只是在理论上有所了解,跟她的脸色的其他任何改变一样。在她居住的整套房子里没有一面镜子,也没有其他任何可以反光的表面,甚至迪林教授面具的表面也经过仔细的粗糙化处理,所以我们的女主人公从那上面连自己扭曲的脸庞形象都看不到。

她漂亮吗?她美丽吗?她希望自己至少不是完全平平常常的一个人,即使只为了休伯特·迪林,因为他为了工作,需要花那么多的时间来陪她。她无法问可怜的露西怎么看这件事,也不敢问加尔克特小姐。她是护士长,总是戴着头盔,令人生畏,负责在人工照明的时段监督她的活动。几乎没有必要再补充这一点:她宁可死,也不愿意向休伯特·迪林本人提出这个问题——仅仅这么想想就足以再让绯红浮上她的脸颊。他称赞她的智慧、她的勤奋、她对科学知识热切和快速的吸收。她十四岁时,他曾经对她说——她在日记里记下了这句话作为纪念:"你是个了不起的女孩。"但是,他刻意避免任何对她个人的观察,也许是害怕激起她对她自己的眼睛、头发和嘴唇的颜色的好奇心,甚至虚荣心——女性在外面的大世界中显然倾向于暴露出这个弱点——从而诱使她去获取一片被禁止的镜面玻璃。这可能会损害整个实验。他其实不用为这方面烦心,玛丽设想着这个推断,直了直腰板。长一点的分针朝钟面的顶点移动了一厘米。

她心里已经把休伯特·迪林看作最帅的男人,因为她看过他的几张黑白肖像照,但她还是满心期盼能见到他,见到他鲜活的本人。其实,在我们年轻的朋友看来,以多年来主管她的成长和教育的伟人的面容来首先满足她极度缺乏的对色彩的感觉,是再恰当不过了。不过,他蓄着威武的胡须,所以第一眼看上去,他脸上有颜色的地方可能主要是眼睛。它们会是棕色、蓝色还是灰色?灰色当然会令人失望——她的灰色已经太多了。她希望是棕色的,因为这个字的发音跟他的声音很配。但棕色看起来是什么样的?她很快就会知道。

可她会知道吗?她略带一丝恐惧地回忆起他在上一次谈话时的警告语气,就在昨天。"得跟你先说好,你可能什么都看不到。"

"什么都看不到?"她重复他的话作为回答,不过在结尾加了一个问号。

"我的意思是,在关于颜色的方面什么都看不到。这么长时间被禁闭在黑白的环境里,有可能会……"他让后果在她充满活力的想象中形成。

"我可能是字面意义上的色盲。"她最后说。

他有点坐立不安,手套下的手指伸直又弯曲,挤压着手指之间紧绷绷的皮革。"这是有可能的,"他说,"如果结果是这样,你能原谅我吗?"

"那我还会是医学感兴趣的对象,对吧?"她勇敢地说,"这是一种补偿。"

"你太好了。"他简单地说。她感受到他在表达最高的敬意,一阵愉快传遍全身。"我只说了最糟糕的情况,因为这是我的责任,"他继续说道,"我毫不怀疑明天将是你生命中最快乐的一天。"

"我也是这么想的。"她说。

那一天的黎明已经来过了——别管黎明看起来是什么样子的吧——而现在是第十一个小时。分针向前抖了一下,指向了十二。钟声开始敲响。玛丽觉得自己的心跳比钟声还响,她在情绪激烈的时候总是容易心悸。她听到门的另一边有门闩打开的声音。她从座位上站起来,一只戴着手套的手不由自主地抓住胸口。

门打开了,门口站着休伯特·迪林教授,长满络腮胡的脸微笑着。

"好了,亲爱的,"他说,"你为这壮丽的体验做好准备了吗?"

她盯着他,脸色死一般苍白。不过她盯着的不是胡须中间的嘴唇,也不是深棕色的眼睛。她自己的眼睛被他上衣翻领上一点更明亮的颜色吸引了,那是一朵红色的玫瑰花蕾,他早上从他的花园里把它跟一两片绿叶一起摘了下来,钉在纽扣孔上。迪林观察她目光凝视的方向,满足地往下瞥了一眼花,指着上衣翻领。"这是——"他开口说。但他还没有再说什么,她就瘫倒了。

"玛丽!"他惊恐地喊道。他迅速跪在她身边,摸了一下她的脉搏,撕开她连衣裙的上身,解开紧身胸衣的系带,把耳朵压在她的前胸上。但这一切都无济于事。玫瑰花蕾的红色像箭一样穿透了她的大脑,她脆弱的心脏由于知觉的强烈冲击,已经停止了跳动。

玛丽的玫瑰

这个故事讲的是玛丽长到年轻人的岁数才第一次看到颜色,因为她跟你我不一样,在婴儿时期没有看到过颜色,虽说没有人确切地知道婴儿第一次看到颜色是什么时候,因为他们看到时还不能告诉你他们看到了。不过婴儿肯定能看到颜色,而他们开始学说话时,会学习不同颜色的名称,并且首先学习名称的颜色几乎总是红色。

玛丽在婴儿时学习了颜色的名称,但她自己并没有看到这些颜色本身,在她住的地方她不被允许看到任何颜色,只有黑色和白色和中间所有深度的灰色,所以当她学习颜色的名称时,那些名字对她的意义跟我们学习颜色的名字时对你我不一样,对玛丽来说它们就像外语单词,她只能猜测看到红色或黄色或蓝色或其他某种颜色的东西时脑子里会发生什么。她不被允许玩彩色积木或彩球或任何种类的彩色玩具。她不被允许用彩色颜料或彩色铅笔或读有彩色图画的书。她住在地下一所没有颜色的房子里,除了黑色和白色以及中间所有深度的灰色,房子里任何地方都没有镜子,所以她看不到自己的嘴唇、眼睛和头发的颜色。她不得不每天二十四小时都穿着覆盖她身体的每一寸的衣服,这样她看不到自己皮肤的颜色,而衣服也是黑色或白色或中间一种深度的灰色。她从未被允许出门,所以她从未见过绿地或蓝天或彩虹。她在成长过程中学到的关于颜色的知识越来越多,但她从未被允许看到任何有颜色的东西。所有这一切都是为了研究了解关于颜色的一切却唯独不知道颜色看起来是什么样的人身上会发生什么,研究他们在最后终于看到一种颜色时内心会有什么样的感觉。玛丽在那天就经历了这样的过程,我要讲给你听。

在玛丽第一次看到颜色的这一天之前,她试着仅仅通过思考来发现不同的颜色是什么样子。她年幼时常常大声自言自语那些描述颜色的词,试着根据说出词语时的声音想象颜色是什么样的,但她在岁数大一些之后发现,世界上有很多语言,同一种颜色在不同的语言中可能有不同的名称和完全不同的声音,比如说"黄色"在法语里是"jaune",在德语里是"gelb",在波兰语里是"zolty",但一个黄色的物体,比如说一个柠檬或一小块黄油,在英国人、法国人、德国人和波兰人眼里都是一样的,所以无法从颜色的名称得知它是什么样的。然后,她试着从在故事书中碰到的短语和表达去猜测不同的颜色是什么样的,比如"他愤怒地涨红了脸"或"我兴致不高"¹或"她嫉妒得脸都绿了",她试着让自己陷入这些情绪中,等待一种颜色充满她的大脑,让她住的这个黑白灰色的世界在她眼里染上颜色,但这并没有发生。然后她从别的书里读到,人们有时会尴尬地红或感冒地蓝或恶心地绿²,所以她得出结论,特定的颜色和特定的精神或身体状态之间没有对应关系。

什么是颜色?嗯,它是一个非常奇怪的东西,它是一种光,其实我们所说的光是由彩虹的所有颜色混合在一起形成的。颜色是被分解成单独部分的光,是光波打到不同的物体上,然后弹开,打进你的眼睛内部,向大脑发送不同的信号。随着玛丽的成长,她在科学课上学到了所有这些知识:她学到光波有不同的波长,波的不同频率属于不同的颜色;她还学到眼睛中不同的细胞接受了不同的波,以及有些人因为没有一套完整的受体细胞而看不到某些颜色;她学到色盲的种类,绿色盲、红色盲和蓝色盲,但她自己在我要讲给你听的那天之前从来没有看到过任何颜色。她从黑板上白色粉笔绘制的图表和全黑白插图的科学课本里学到了关于颜色的所有已知知识。

所以这重大的一天到来的时候,玛丽被送出地下的家,第一次获准看到了颜色。你可以想象她是多么兴奋,但抚养教育她、教她关于颜色的所有已知知识的科学家和哲学家们也差不多兴奋,因为他们将会得到一些问题的答案——它们困扰了他们很长时间,他们也就此争论了很长时间,这些问题包括第一次看见颜色是什么感

---

1 "我兴致不高"在这里用的是"I'm feeling blue",字面意义是"我觉得蓝"。
2 这些都是惯用的英语表达。

受,因为就像我说过的,没法问婴儿第一次看见颜色是什么感受,因为他们不能说话所以不能告诉你,但是玛丽能够告诉他们,还有颜色是只在大脑中发生的还是在世界上独立存在的,还有颜色是用不着看见就能在头脑里想象出来的还是必须得看见,还有一种特定颜色对每个人都一样还是对每个人都不一样,还有像玛丽一样的色彩科学家——事到如今她已经成了色彩科学家——那些了解关于波长和频率的一切的人,能不能仅用分光光度计测量而识别出她看到的第一种颜色是什么,还是必须得有人告诉她是什么?这些是科学家和哲学家希望玛丽在我要讲给你听的那天第一次看到有色的东西时,能够为他们回答的一些问题。

科学家和哲学家彼此争论玛丽看到的第一件有色的东西应该是什么,因为他们当然不会让玛丽走进外面那个万紫千红的世界。她会不知所措,会不知道从哪里开始,以科学的精确度监测她的反应是不可能的,所以他们决定在第一天她会看到一个有色的东西,那东西就是一朵红玫瑰。他们之所以选择红色,是因为它是世界上除了黑白之外最普遍的颜色概念,也就是说每种已知的语言都有一个表示红色的单词,尽管世界上并非所有的语言都有跟世界上所有的颜色相对应的单词。他们决定用玫瑰而不是红砖或红旗,因为玫瑰是一个天然物体,它的红色是天然的红色。

所以当玛丽第一次从她在地下的家出来时,在我跟你讲的那天,她带着她的分光光度计,发现自己并不是在露天底下,而是在另一个没有窗户的房间里,这里全都被涂成了一种浅灰色,用白光照亮。墙上凿有几个观察孔,科学家和哲学家们可以通过这些孔观察玛丽。墙上还有栅栏,他们可以通过这些栅栏跟她说话。在房间正中央的地上是一个白色的底座,底座上是一朵盛开的红玫瑰,这是房间里唯一的东西。

玛丽把分光光度计丢在地上,直奔玫瑰。"你看到了什么,玛丽?"首席科学家问她,其他所有科学家和哲学家都屏住了呼吸。"一朵玫瑰。"她说。她知道这是一朵玫瑰,因为她在植物学教科书中看到过黑白的玫瑰绘图和照片。但她之前从未以三维形式见过一朵真正的玫瑰,她之前从未将一朵真正的玫瑰拿在手里,她之前从未闻过一朵真正的玫瑰的香味。她用食指和拇指非常小心地捡起玫瑰,抚摸着它天鹅绒般的花瓣,把她的鼻子埋进花中间,吸入它的香气,看起来欣喜若狂。"这朵玫瑰是什么颜色的,玛丽?"首席科学家问道,其他所有科学家和哲学家再次屏住呼吸。

"我不知道,"玛丽说,"我不在乎。""你不在乎?"科学家和哲学家一同惊呼道。"我不在乎它是什么颜色,"玛丽说,"玫瑰就是玫瑰就是玫瑰。"

玛丽看见红色

"好,就是今天了,迪金森!"霍雷肖·斯蒂格伍德教授满怀期待地搓着他永远冰冷的双手。他在白大褂下打了一条鲜红色的领带,以示自信。

"是啊。"贾尔斯·迪金森教授闷闷不乐地回答道。这是2031年4月和煦而清爽的一天,两个人正在斯坦斯特德机场科学园意识研究中心的十楼等电梯。

"你不想再加码了?"斯蒂格伍德说。

"不加了。"

"我是不是听到了一点担心?"斯蒂格伍德嘴角带着一丝干涩的微笑问道。

"我不太喜欢打赌,"迪金森说,"至少不喜欢拿科学实验的结果打赌。我确实是被说服了跟你下注,不过我还是不喜欢。"

"叮"地响起一声电子音,电梯到了。滑门打开,两个人走进这个墙上装有软垫的立方体。

"要是你想的话,我不跟你赌了。"斯蒂格伍德说。

"不,还是接着赌,"迪金森说,"我对结果非常有信心。"

电梯渐渐慢下来,停在五楼。迪金森走近门口。

"那么十一点在观察室见。"斯蒂格伍德说。

"十一点。"迪金森说完,头也不回地走出电梯。

哦!科学研究的精彩世界!这种耐心、奉献、对细节的注重!三十一年来,玛丽·X被监禁在地下牢房中(实验者更喜欢管它叫"套房")。她刚出生,便被从黑暗的产房直接送到这里。从医院过来的路上她的眼睛被绷带遮住,这样这个世界有色的本质便不会有哪怕一丁点的机会通过她尚未发育完全的光学神经系统抵达她的大脑。一个从头到脚都被黑色和白色衣服蒙住,戴着面罩的辅助团队养育她、陪她玩耍、教育她。广阔的外部世界通过被设定成只以黑白显示的虚拟现实设备介绍给她。物理科学通过远程学习教给她,光学和神经科学由诺贝尔奖获得者辅导她,甚至色彩感知现象学的最新研究也都讲解给她——她在没有实际体验过颜色的情况下学会了关于颜色的一切知识。她的书和杂志里的所有彩色插图都被撕掉,用黑白复印件替换。在她生活的区域里没有镜子和反光表面,因为她可能会从中看到自己的嘴唇、眼睛和头发天然的颜色。碰巧的是,她头发乌黑,嘴唇红润,眼睛是矢车菊的蓝色。她其实是个非常漂亮的年轻姑娘,虽然她自己不知道。可怜的玛丽!玛丽,玛丽,特别孤寂,你的花园里都长着什么?灰的,灰的草和黑的,黑的灌木,还有死白的花,都排成一溜。[1]

但现在她的生活即将改变。这项实验始于 2000 年,由国家彩票的千禧基金资助,到现在就要完成了。至关重要的一天到来了:玛丽将从长期无色的休眠中解脱出来,以解决关于感受质的大辩论。感受质是像斯蒂格伍德这样的神经科学家坚持认为的那样,只是大脑中的电化学反应,还是像狄金森这样的哲学家断言的那样,是个人格式塔[2]和其环境相互作用形成的一种不可约减的主观体验?几个月来,斯蒂格伍德一直在用电极对玛丽的大脑进行人工刺激:他用正电子发射断层扫描和磁共振成像确定自己感知到红色时大脑细胞放电的模式,将其复制给玛丽。她报告了一种感觉,他告诉她那是红色。它是否符合一般意义上对红色的感知,那就不得而知了。这正是他们即将发现的事情。当玛丽在十一点整走出她没有颜色的栖息地后,她会发现自己身处一个空无一物的白色前厅中,除

---

[1] 这两句话改编自英国经典童谣 *Mary, Mary, Quite Contrary*。第 19 章开头拉尔夫说的就是这首童谣。
[2] 格式塔(gestalt)在德语中意为"形态",在这里是心理学名词,指一种结构或形态并不是其各组成部分的简单相加,而是一个统一的整体。该词源于二十世纪初从德国兴起、强调经验和行为的整体性的格式塔学派(Gestalt Theorie)。

了一个带颜色的点：那是在地板中央玻璃桌面上的一朵红玫瑰，插在一个透明的玻璃花瓶里。问题是，当玛丽看到它时，会知道它是一朵红玫瑰吗？

差一分钟到十一点时，斯蒂格伍德和迪金森紧张地站在将观察室与前厅隔开的单向玻璃后面。斯蒂格伍德瞥了一眼手表，向助手点了点头。助手按下了控制台上的一个按钮。地板上的活板门自动打开。玛丽沿着螺旋楼梯从地牢爬上来，头和肩膀慢慢地先出现在地面上方，然后是身体的其他部分。她环顾四周，在明亮的反射光中眨了眨眼睛，看到了玫瑰。她大口喘气，把手按在心脏上，然后蹑手蹑脚地走向它，仿佛它是一个可能会被吓跑的生物。科学家们注视着她，几乎不敢呼吸。他们关心的不是那微不足道的一百镑赌注，而是职业生涯的成败。

"玛丽。"斯蒂格伍德通过房间里的扬声器向她讲话。她惊得跳了起来。

"什么？"她环顾房间，试图找出扬声器的位置，没有意识到墙上的不透明面板是一块单向玻璃。

"你在桌子上看到了什么？"

"一朵玫瑰。"

"它是什么颜色？"

暂停。这是这两个人这辈子经历过的最长的暂停。

"红色。"她说。

斯蒂格伍德在空气中挥了一拳。迪金森看起来很震惊。他从斯蒂格伍德手中抢走了话筒。

"你怎么知道的？"迪金森问道。

"这是血液的颜色。"

"血液？"现在轮到斯蒂格伍德看起来沮丧了，"你怎么知道血液的颜色？"

玛丽脸红了。"每个女人都知道。"她说。

斯蒂格伍德用拳头敲自己的头。"该死，我们忘了这一点！"他发出哀号。

"这个问题仍然没有答案。"迪金森明显松了一口气。

"玛丽，"斯蒂格伍德说，"恐怕我们不得不重复一遍实验，用一种别的颜色。你回到套房去好吗？"

"你说过，我今天能出来，到世界中去。"

"只需要几个月就好。"

玛丽从花瓶中拿出玫瑰，把水泼在地板上，举起花瓶，用花瓶颈部猛砸桌子边。她攥着锯齿状的边缘，对着自己的喉咙。"如果你们这些混蛋不马上让我离开这里，"她说，"我就让你们看看我的血液是什么颜色。"

17

"你得有一种自我保护的算法,"拉尔夫·麦信哲说,"要让母亲有效地发挥作用,她不仅要爱孩子,还必须得爱自己。明白我的意思吗?"他在认知科学中心的办公室里指导德国研究生卡尔。现在是中午,3月21日,星期五。卡尔认真地点点头,在笔记本上写着。电话响了,拉尔夫接起来。"海伦!"他说,语气又惊又喜,"稍等一下。"他用手盖住话筒,"我想今天就到这里吧,卡尔。下周还是这个时间再见,好吧?"

"好的,当然,麦信哲教授。谢谢你。"卡尔说着开始收拾桌上的论文和其他各种文件。不过他看起来有点失望。

"现在不方便吗?"海伦在拉尔夫的耳边焦虑地说,"我过一会再打回来。"

"不用不用,没关系。"他等到卡尔走出房间,在身后带上门,才又开口,"刚跟学生谈完话,"他说,"你需要我做什么?"

"嗯,我按你的建议,向学校的中央计算服务部门申请了电子邮件。顺便说一下,露西在办公室确实有电子邮件地址……"

"那好啊。"

"现在他们给我发了一封信,里面有密码和许多我看不懂的指示。"

"你在哪?"拉尔夫说。

"小二楼区五号。"

他笑了:"他们管那块地方叫这个名字?"

"不是,是我起的名字。"

"我过去帮你解决。"他说。

"你肯定非常非常忙吧……不过我想如果你手底下那些年轻人能来一个——"

"我午饭时候过去。你需要一个调制解调器和一些软件。你电脑是什么品牌什么型号的?"

"是东芝什么——让我看看……'卫星210'。不过还是,我觉得很不好意思,占用你的午餐时间。"

"你的小二楼里有面包和奶酪吗?"

"有的……"

"那你可以请我吃午饭。"

电话那头停顿了一会儿,然后她说:"那好吧。"

十二点四十五分,拉尔夫敲响海伦的小二楼的前门,海伦开门让他进去。她带着他从小门厅走进起居室。他放下公文包,环顾四周。"这边的房子我觉得以前从来没进来过,"他说,"还挺舒服的啊,是吧?"

"我尽了最大努力,"她说,指着橡胶植物、墙上新艺术风格的海报、沙发和安乐椅上色彩鲜艳的靠垫和椅套,"但这儿的局限还是太大了。"

"你不打算带我四处参观一下吗?"

"已经全部都能看见了,真的。开放式。"

"楼上不是还有一层嘛。"他盯着起居室一头的开放式楼梯。

"那没什么可值得看的,"她说,"但如果你愿意的话……"

"我可是评议会成员,我应该知道我们给来访问的人——就像你——提供的住宿条件是什么样的。"

海伦带他上楼梯,站在小小的拐角上。"这是我的卧室。"她说着打开一扇门。他走进去,环顾这个小房间。屋里有一张梳妆台,一个尺寸定制的小柜子,倾斜的天花板和天窗下,一张双人床摆在墙边,床铺得整整齐齐,家具的门和抽屉都关着。除了床头桌上的一小摞书以外,基本上就看不见海伦的东西了。

"真是很整洁,"他说,"如果我一个人住在这里,不出一周就成垃圾场了。"

"这是习惯。"海伦耸耸肩说。她指着楼梯拐角那里的第二扇门说:"浴室和厕所在那里。"

"我可以看看吗?"

海伦打开卫生间的门让他看,注意到毛巾架下面的地上有一条内裤,急忙冲进去捡起来。拉尔夫笑了,但没有说话。

"参观到此结束。"她把内裤丢进一个聚酰胺圆桶。这个桶配有一个软木盖,于是既能当洗衣篮又能当凳子。他转过身,在她前面走下楼梯。

"你想现在吃午饭还是先弄电子邮件?"海伦一只手指着餐桌,那上面已经铺好了红色亚麻桌布,摆着午餐,另一只手指向另一张桌子,桌上的笔记本电脑已经打开并启动好,在懒洋洋地编织着一个屏幕保护图案。

"先弄电子邮件吧,"他说,"然后我们就能放松了。"他从公文包里取出一个调制解调器的盒子和两张软盘,坐在桌边。

"这些东西难道不应该我掏钱吗?"她问。

"用不着。软件是免费的。"

"那调制解调器也要钱吧。"

"算是中心送你的。"

"我想我应该给钱。"

"那还得给你开发票,这对我——或者更确切地说是斯图尔特·菲利普斯——来说都还挺麻烦的。"

海伦让步了:"那好吧。谢谢了。"

"他们给你的密码是什么?"拉尔夫问道。

海伦翻出一张纸:"拨号服务是'Highjump',电子邮件是'lipstick'。"

"嗯,非常好。"

"好?"

"好记。"[1]

"你的是什么?"

---

[1] 意思分别为"跳高"和"唇膏"。

"我用不着拨号密码,"他说,"因为我可以直接访问网络,在家里也可以。而且我不应该泄露自己的电子邮件密码。"

"噢,对不起。"她尴尬地说。然后她又说:"但是现在你知道我的了。"

"我不知道密码就没法给你演示怎么用。你随时都可以改。"

"我肯定懒得去改。"

"其实是'backpack'[1]。"他说。

"我真的不想知道,"她说,"你不应该告诉我的。"

"我不想让你觉得我不信任你。"他说。

"'口红'和'背包',"海伦若有所思地说,"听上去计算服务部门好像有性别刻板倾向。"

"不是,都是随机给的,"拉尔夫说,"他们有一个单词表,谁去申请就发一个。"

他向她演示了如何拨号上学校的网络以及收发电子邮件。他在海伦的昵称列表文件里输入露西的电子邮件地址,然后是他自己的。"你想叫我'拉尔夫'还是'麦信哲'?"他问。

"麦信哲。"她愣了一下说。

海伦犹犹豫豫地给露西发了封两行的邮件,说让她回信确认能收到。他在旁边看着并指导她。海伦按下"发送"按钮,邮件文字在眨眼间就消失了。

"理论上它应该已经在澳大利亚了,"拉尔夫说,"虽然可能会

---

[1] 意为"背包"。

受到系统拥塞的影响。不过她今天应该能收到。"

"太奇妙了。"

"干这么多事只用花一通本地电话的钱。顺便说一下,应该总是先写好邮件,再拨号。能省下很多电话费。"他给她演示怎么做。

"太谢谢你了,"她说,"我觉得第一次我只能吸收这么多了。我去把汤热热,吃午饭吧。"

"希望没有太麻烦你,"拉尔夫说,"我说的是'面包和奶酪',意思是就这些真的就行了。"

"嗯,基本就是这些,"海伦说,"还有一点肉酱和绿色沙拉。"

"还有汤。"

"还有汤。趁着热汤的功夫,你可以看看我的学生们写的新作品。"海伦说。她给他三篇关于色彩科学家玛丽的最佳作品。

拉尔夫坐在安乐椅上读着,偶尔轻笑几声,海伦则在小厨房和餐桌之间来回穿梭。"你还真从卡林西壁画里得到了许多灵感。"读完后他说。

"学生们也是,"她说,"我必须得说,他们交回来的东西给我留下了很深的印象。其中有的人真的努力去研究了科学上的东西——特别是这几个。"

"在一定程度上是的,"他说,"但只是纯粹的幻想。"

"当然是了,"海伦说,"但原本的这个思想实验不也是幻想吗?"

"嗯,是的,"拉尔夫说,"但它提出了一个严肃的哲学观点,而这些故事一点也没有触及。"

"他们并没有试图讨论那个观点。我没有要求他们讨论,"海伦说,"他们利用玛丽的故事来把我们认为理所当然的东西——就是对色彩的感知——变得陌生,好的写作总是如此。顺带说,他们也巧妙地模仿了某些文学典范……"

"是的,我确实认出了亨利·詹姆斯……格特鲁德·斯泰因那篇我在最后看出来了……[1] 他们写得很好,我承认。但他们都妖魔化科学——你注意到了吗?科学家总是坏人——监禁、剥削可怜的玛丽,剥夺她的权利。在一篇里甚至杀死了她。"

"但这是原本的思想实验所固有的,"海伦说,"任何正常人第一次听到都会先想到这一点——这个可怜的女孩身处可怕的困境,从婴儿到成年一直被关在完全黑白的世界里,仅仅是为了满足科学的好奇心。你想坐下来吗?汤好了。"

番茄和罗勒煮的汤,表面漂着一层撒成漩涡状的酸奶油,配温热的恰巴塔。

"嗯,好喝。"拉尔夫吸溜了第一口后说,"不是罐头,也不是纸盒包装的那种。"

"对,"海伦说,"我很走运,厨房里给配了搅拌机。"

"还有这么多种奶酪!"他瞥了一眼砧板上的奶酪惊叹道。

"只是冰箱里正好有这些。"她说,"你想喝点什么?矿泉水?"

"我试试运气。你有啤酒吗?"

海伦看起来有点沮丧。"真不好意思,我不买啤酒。我自己不

---

[1] 格特鲁德·斯泰因(Gertrude Stein, 1874—1946),美国作家、诗人,主要在法国生活。她在巴黎家中举办的沙龙是重要现代文学和艺术家经常聚会的场合。

喝。不过有一瓶博若莱[1]，如果……"

"为什么不呢？"他说，"我一般中午不喝葡萄酒，不过管他呢——今天周五。而且我觉得拿矿泉水配斯蒂尔顿[2]是对这奶酪的侮辱。"

于是海伦拿出那瓶博若莱村庄酒，拉尔夫用一个老式的开塞钻把它打开，倒了两杯。"干杯。"他说。

"干杯。"她说。他们沉默地吃了一会儿。然后海伦问："卡丽怎么样？"

"很好，谢谢。她的小说还行吗？你可以说实话，我不会告诉她。"

"我觉得很有希望，"海伦说，"绝对有希望。"

"太好了，"拉尔夫说，"这正是卡丽所需要的，完全属于她自己的一个项目，让她有成就感。这瓶博若莱真的很棒。我可以吗？"他举起瓶子。

"当然。"

拉尔夫把他们的杯子倒满。"你现在自己手头在弄什么东西吗？"他问。

"没有。"

"什么都没写？"

"没有。除了我的日记。"

---

1 博若莱（Beaujolais）是法国勃艮第以南、里昂以北的一个葡萄酒产区。
2 斯蒂尔顿（Stilton）是产于英国德比郡、莱斯特郡以及诺丁汉郡的奶酪，最著名的是蓝纹品种。

"日记?"

"自从马丁去世,我就一直无法写小说。"她说。

"我懂了。"拉尔夫又给自己切了一片斯蒂尔顿,"那么,你在记录我们所有人?"

"不是不是,"海伦说,看起来有些慌张,"当然没有。"

"你是说你的日记里没有关于我的内容?"他微笑着看着她的眼睛,"如果真是这样,我会感到非常耻辱的。"

"好吧,这当然不可避免……我写了我在这里遇到的人……对我很好的人,就像你和卡丽,但是……"海伦没有说完这句话,"这只是锻炼我的写作肌肉的一种方式。否则就会萎缩。我尝试坚持每天都写点东西。无论写什么都没关系。"

"最近我也开始记一种日记。"他说。

"是吗?"轮到海伦看起来好奇了。

"一开始是对作为第一人称现象的意识做一点研究。我的想法是积累一些原始数据,就是当有任何想法出现在脑海里时,就把它说出来,并用录音机录下来。"

"让我们按照那些微粒落下的顺序,把它们在我们头脑中留下的印象记录下来。"

"就是这样。这是谁说的?"

"弗吉尼亚·伍尔夫。"[1]

"不过,我敢说她没做到。我敢说,她调整了顺序,来适应自

---

[1] 这句话出自伍尔夫的随笔集《普通读者》中的《现代小说》一文,最初于1919年发表。译文出自2015年译林出版社出版的《伍尔夫读书笔记》,刘炳善译。

己的要求。"

"嗯,她很可能是这么做的。"

"并用非常优美、反复修改的散文语句来描述。"

"对。但她的目的是生成幻觉——"

"好吧,我并没有试图生成幻觉,我追求的是真实的东西。"拉尔夫说,"虽然这很难——实际上是不可能的。在第一批词语从嘴里说出来之前,大脑就已经做了大量的排序和修改。"

"所以你放弃了这个实验?"

"没有,我仍然时不时地口述点什么东西。这已经成了一种习惯。"

"你记录了我吗?"她问。

"记录了。"他毫不犹豫地说道。

"那我们打个平手。"她说完,喝干杯里的酒。拉尔夫拿过酒瓶,身体探过桌子,想再给她倒一杯。"不要了。"她说道,但并没有阻止他。他把瓶里剩下的酒倒进自己的杯子里。

"你今天请我过来我很高兴,"他说,"我以为你生我的气了。"

"你为什么会这么想?"

"嗯,在派对上我们谈话之后,在我的书房里……然后第二天在蹄铁,你似乎在有意躲避我。"

"如果我想躲避你,那就不太可能去蹄铁。"

"对,我也是这么想的,然后就振作起来了。"他说。

海伦在消化这句话,一时出现了短暂的停顿。"你想喝咖啡吗?"她说。

"马上。咱们把最后这点酒喝完。"

海伦啜饮一口，咽下去。"今天下午我什么也做不了了，"她说，"我会睡着的。"

"真是个好主意，"拉尔夫厚着脸皮笑着说，"我自己也打算小睡一会儿。"

"你今天下午没有工作吗？"她用同样轻的声音说道。

"只有一个无聊的委员会的会，不去我还挺高兴的呢，"他说，"我们可以上楼到你那舒适的小卧室，一起舒舒服服地躺一会儿。"

海伦慢慢地晃着杯子里的酒："我告诉过你，我不想跟你搞婚外情，拉尔夫。"

"为什么不呢？"

"我觉得通奸不好。"

"好吧，只要不是因为你觉得我没有吸引力就好。"他说。海伦沉默着。"海伦，我觉得你很有吸引力。我想我其实爱上你了。"

"你肯定是很容易就能爱上别人，"她冷冰冰地说，"你爱玛丽安娜吗？"

"那只是随便玩玩，我跟你说了。开始是在一次派对上亲嘴，当时我们俩都有点喝多了，然后就变成了我们之间的一种秘密游戏，每次我们在社交场合上遇到都会玩。我们从没谈过这件事。它让最无聊的晚宴也变得很令人兴奋。可以说是情感上的蹦极——有冲动的自暴自弃的感觉，但实际上我们都系着安全绳，走得比接吻更远是不可能的。我爱上一个人时，会想跟她做爱，"他说，热切地直视着她的眼睛，"而且我相信我是个出色的爱人。"

"我觉得我们不该再继续谈下去了。"海伦说。但她没有起身离开椅子。

"我们可以上楼,脱下衣服,躺在你的床上,缓慢、非常愉快地做爱,在彼此的怀抱中睡着,醒来时精神抖擞,焕然一新。永远不会有人知道的。"

"不,"海伦说,"我不愿意。"

"为什么不呢?你知道我们互相吸引。在我们第一次相遇的那个晚上,在里士满家,我一看到你就被你吸引了。这是明白无误的。那种突如其来的漂浮感,仅仅因为一个迷人的人的存在而愉快……你也有这种感觉,不要否认。晚宴时我好几次注意到你往我身上看。"

"我们不能自己想做什么就做什么,不顾别人。"海伦说。

"如果你指的是卡丽……"

"是,就是她。"

"只要我们谨慎小心,她不会介意的。"

"你是什么意思?"

"卡丽不傻。她知道大多数男人对妻子都不是百分之百忠诚。她知道我是个性欲很旺盛的男人。但她不查我。她不翻我的口袋。这就是我们的婚姻得以延续的原因。"

"卡丽是我的朋友,"海伦说,"我不想欺骗她。"

拉尔夫叹了口气:"我们一直在欺骗对方,海伦,你知道的。你准有千八百件事无论在任何情况下都不会告诉卡丽。为什么要执着于这一件呢?"

"这就是我的方式。可能是我天主教的成长背景。"

"但你已经不再真的相信那些扯淡了。你不会相信你会下地狱，只是因为一个下午，在一顿非常愉快的午餐之后，你跟我一起上楼去你的卧室，非常愉快地温存一把吧？你信吗？"

"不信，可是……"

"没什么大不了的，海伦。人们一直都在做，在全世界各地做，而其中很多人，可能是大部分，都没有跟对方结婚。这只是跟你喜欢的人做一件美好的事。这是一种至高无上的人类行为，无拘无束地做，不是因为你发春了或者发情了，像动物一样，而是为了给予和获得愉悦。"

海伦站起来，开始把脏盘子摞到一起。"我去煮咖啡，然后你最好去参加你的委员会会议。"她说。

拉尔夫瞥了一眼他的手表。"如果我去那个会，那就没时间喝咖啡了。"

"随你的便。"

"你确定不想让我逃那个会？"

"非常确定。"

"好吧，很对不起。我本来想着那……会是很难忘的。"他从椅子上站起来收拾东西，"那我周日再见你了。"

"我想我这周末不会去蹄铁了。"海伦说。

"可是大家都盼着你来！我们邀请你了。你是……一种惯例。"

"再看吧。"海伦说。

"午餐多谢了。"他伸出手，海伦跟他握了握。他把她的手举到嘴边，在指节上吻了一下。"周日见。"他说。

18

3月21日　星期五

拉尔夫刚走。他企图跟我上床，没得逞。不过眼看就要成了，我想比他可能预想过的还要接近。他如果看见我今天早上在为他的到来疯狂地做准备，或许真会觉得自己有不小机会得逞。

我上午十一点左右打电话给他，请他帮忙设置电子邮件。他立即让我邀请他吃午饭，面包加奶酪就行，他说。我冰箱里只有一角放了有一段时间的切达奶酪，其他的基本上就没有了，所以我冲到校园超市买了斯蒂尔顿、格吕耶尔和契福瑞三种奶酪，阿登肉酱[1]，拌沙拉用的菜和足够做汤的番茄。然后我匆匆忙忙地拿吸尘器打扫屋子，整理起居室，从浴缸上方的晾衣绳上摘下晾着的内衣，换床单（为什么？因为羽绒被稍微小了一点，床单能从下面露出来，看上去该换了，或者至少我自己是这么觉得的，但是谁知道潜意识里我在酝酿着什么想法呢——再怎么说，我为什么会认为他会看到我卧室里面的样子？虽然后来发生的事实是，他一到就坚持要里里外

---

[1] 阿登肉酱（Ardennes pâté）是法国、比利时交界的阿登地区的一道名菜，以猪肉、猪肝、猪油为主要原料制成。

外"参观"我这套宿舍,包括卫生间——地上丢着一条逃脱了我的法眼的内裤)。

干了这么多活,此时我已经大汗淋漓,所以去冲今天的第二个澡,洗的时候我决定把头发也洗了,然后换衣服——换了两次,因为第一次穿上的裙子和衬衫对这个场合来说似乎太隆重了,尤其是搭配我刚洗过的头发,所以最后我穿了一套更随意的打扮,下面穿裤子,上面是宽松牛仔衬衫,下摆放在裤子外面。我希望留下令人愉悦的印象,而不发送任何诱惑的信号,并不是说他真的需要什么鼓励。我很确定他到这里来是铁了心要引诱我的,看房子只是个借口,目的是熟悉室内环境用小说里或者至少是过去的小说里窃贼的话来讲,叫踩点。

"诱惑"是另一个现在听起来过于古老而文学化的词,暗示着被玷污的少女和被蹂躏的女人,理查森笔下的帕梅拉面对 B 先生,奋起捍卫自己的"美德"[1];不过我现在一时想不出更好的词来了。毕竟,他企图跟我上床了,我抵抗住诱惑了。而且毫无疑问,我受到了诱惑。自从马丁去世以来,他是我遇到的第一个对我有肉体上的吸引力的男人——我可以去想象自己赤身裸体跟他交缠在一起,而这幅图景似乎并不荒谬,也并不令人厌恶。去年有过几次,在文学派对之类的场合上,我跟某个男人聊天的时候也许在酒精的作用下有点放松,所以看上去可能比我自己感觉的更有魅力,然后我警

---

[1] 塞缪尔·理查森(Samuel Richardson,1689—1761),英国印刷商、作家。其小说《帕梅拉》全名《帕梅拉;或,美德得到了回报》(Pamela; or, Virtue Rewarded),叙述宗教信仰虔诚的十六岁女仆帕梅拉面对富有的雇主 B 先生的种种骚扰侵犯坚持反抗,终于使 B 先生悔悟,正式娶她为妻。

觉地意识到他正在琢磨有多大把握能跟我睡觉，就马上紧张得什么也说不出来，或者朝房间另一头不存在的朋友挥手，快步走去跟他们打招呼，要不就找一些其他的借口……有一次我甩下一个可怜的笨蛋——一个牙齿很黄、耳朵里长毛的中年书商，让他在我去洗手间时帮我端着酒杯，不过我出来之后没有再去找他，而是从大厅取走外套，悄悄溜出来，拦下一辆出租车独自回家，一路上为自己的成功犯罪咯咯笑个不停。

我跟马丁过了那么久一夫一妻的性生活，再与另一个陌生男人从头开始似乎已经是不可想象的了。我们已经非常习惯彼此，我们一起变老，我们容忍彼此的不完美，理解彼此的需求，我们知道彼此的好恶和癖性，而且就算有时他不能勃起或者我不能达到高潮，那也没有关系，他不会担心，我也不会假装高潮，因为我们知道还有别的机会。建立这种关系需要时间，像一门必须学习的语言。一个人跟另一个不说这门语言，而且还有自己的一门语言的陌生人面对面赤裸相对时，会怎么做呢？我回想自己略显放荡的青年时代，试图从中找出一种可以遵照的行事模式，但并没有用。现在看来，那些在大学宿舍和肮脏不堪的出租屋里发生的兴奋、害羞、庄严、焦虑、醉醺醺的交配显得可悲地浅薄。那些小伙子的渴望多么热切，颤抖的勃起多么没有耐心，结束得多么快，总体上自己的感觉是多么失望——虽然几乎没人承认——因为那种解放感、进入成年的成就感、最后终于知道性的滋味的感觉无比强烈。马丁是第一个慢慢和我做爱的人，第一个给我正确恰当的高潮的人——也是迄今为止的唯一一个。他有放荡的能力。当他情绪上来时，可以从他的眼睛和嘴角漾起的微笑里看到。我感觉到拉尔夫·麦信哲也有同样的能力。

是的,我受到了诱惑——更是因为他用文字向我求爱,就像文艺复兴时期的诗人对羞怯的情人那样。他并没有试图吻我,虽然我一直在想他可能要凑过来,也许我其实有点希望他吻我——也许他知道我有这点希望,于是故意让我失望,来激起欲望……但是他进来时没有吻我,我们一起上楼时他没有对我动手动脚,吃完午饭后他没有建议坐到沙发上。他表现得像个完美的绅士。除了冷静地提议上楼去——他的原话是——"非常愉快地温存一把"。哦天啊,仅仅写下这几个词就让我湿了。

他是对的吗?我是不是无谓地拒绝了让自己拥有一段愉快的经历——可能会令我"精神抖擞,焕然一新"的经历?我确实太需要一些那种焕然一新的体验了——我的身体渴望被拥紧、抚摸、安慰。有时我觉得我抗拒拉尔夫·麦信哲是为了自己的灵魂——仅仅是字面的意思,因为根据他的说法,灵魂并不存在。这个灵魂不是在这种意义上:一个不朽的、本质的自我,为自己的行为向自己的创造者负责。"哦,我赐给你一个终将死亡的灵魂。这只是另一种描述自我意识的方式。"自我意识是一种虚构,是过剩脑容量的一种附带现象。所以我表现那么好是为了什么呢?为什么不让自己享乐呢?"如果没有上帝,那就是无所不可的了。"一个卡拉马佐夫说[1]。真的吗?那么为什么我们不全都去一直杀人、抢劫、强奸、彼

---

[1] 这句话出自陀思妥耶夫斯基巨著《卡拉马佐夫兄弟》第十一卷第四章《一首颂诗和一个秘密》,是德米特里(米嘉)·卡拉马佐夫说的。

此欺骗呢？这是开明的明哲保身，唯物主义者说——承认我们通过接受社会的限制和惩罚来增加自己的生存机会。文明基于压迫，这是弗洛伊德的观点。但不是在性方面，不再是了，无神论者说。没有必要假装认为以欢愉为目的的性应该只发生在一夫一妻的婚姻中。对吗？如果当代小说能够相信，那就不对了。性不忠引发的愤怒、嫉妒和苦涩似乎跟以前一样多。

如果我能百分之百确定卡丽永远不会发现，因而永远不会受到伤害，也许就会跟拉尔夫睡了，但在人际关系中永远无法保证这种数学确定性。而且她的感受不是唯一的考虑因素。我古怪地觉得，如果马丁去世后我的第一次性经历是跟别人私通，那就是玷污了对他的或者对我们的婚姻的记忆。如果这没有道理，甚至是迷信，那就这样好了。

19

玛丽有只小羊羔……或者我应该说有个分光光度计……还有一个说法是什么？玛丽玛丽特别悖逆——不，孤寂，海伦才是悖逆，唉……今天早上她打电话过来请我一块吃午饭，我以为我走运了……好吧，我想在技术上是我自己邀请的自己，不过还是……情况是"求求你了计算机科学家先生，您能不能帮可怜的我设好电子邮件"……而且她从家里打来电话而不是办公室……自周末以来我故意不和她联系。有一次我在校园里远远地看到她，我挥挥手却没有停下来，假装很忙……我等着看她会不会迈出第一步，而她确实行动了……我到她家时种种迹象都表明很有希望，她显然是为了我来而特意打扫了，一切都整整齐齐的，像个样板房，沙发上的靠垫很松软，床上的床单特别干净，我注意到是张双人床，很高兴……还有一条内裤碰巧故意留在浴室里……我当时是这么猜的，但也许我错了，可能真是她疏忽了。她当然巧妙地把它收拾起来了，我只够时间看到是一条简简单单的白色棉内裤，一点也不像玛莎那套让人想入非非的桃色缎面内衣……毫无疑问她想见到我，但很不幸，她还怀有道德上的顾虑，不愿意与我那个……可惜啊，我真的很喜欢她……

于是下午我就没有爱可做,在评议会度过了无聊得要死的三个小时,开会的内容是各学院间的模块化兼容,意思是说让我们提出一个方案来确保比如说社区研究学院的一门课需要学生花的功夫跟比如说电气工程的一门课一样,于是这两门课的权重也就能一样,这样学校就可以把跨学科研究的新学位推向市场……我们的自选组合学位——教务主任喜欢这么叫——应该会在一年一度的申请市场上给我们带来竞争优势,拯救学校的命运……显然市场研究发现有一个还没被填补的空白,就是一种学位,允许学生拿学校开设的所有课程做自由组合,核物理跟肥皂剧分析,分子生物跟中世纪神秘戏剧……我觉得这从纸面上看起来确实很诱人,特别是在学校招生小册子的泛着光、满是彩色插图的纸上,但这些领域里有一些比别的难,而且这么零零散散地去学习,大部分领域都学不好,不过我今天下午指出这一点时可不怎么受欢迎……

现在是3月21号周五五点三十分,我在办公室消磨时间,我六点钟要跟卡丽碰面,去艺术中心咖啡馆快速地吃点东西,然后得去一场音乐会……海顿和莫扎特,我想……卡丽订了票……纯属浪费时间,真的……我喜欢在做事情的时候放点什么背景音乐,但不是坐在音乐厅里……几个小节过后我就分神了,做白日梦,自由联想……当然我不了解多少音乐,但我很好奇有多少人在听音乐的时候会真的想着音乐……我敢说没几个……想象一下,如果可以给音乐厅里的每个观众的大脑都连上电线,然后观察扫描结果——它们会都是一样的吗？我非常怀疑……而且如果真的能够以数字方式下载他们的大脑活动的语义内容，然后解码，打印出来，在听同一段音乐的五百个人，肯定会得到五百个完全不同的完全独特的思想流，跟梦一样毫无条理、令人惊讶……各种各样的想法，琐碎的，严肃的，色情的……我锁了后门了吗我喜欢那个女人的围巾第一小提琴手在流鼻涕他一定是感冒了我有点消化不良千万不能放屁我喜欢这个部分在她去年圣诞节给我的 CD 上有我必须记住给她买张生日卡那个大提琴家女人拉大提琴显得非常性感大提琴正好在她两条大腿之间为什么指挥一直在从眼睛里把头发挑出去他为什么不他妈的去理个发其实我自己得理发了必须预约隔壁的那家旅行社我们明年要去哪里不要再去马略卡岛了葡萄牙怎么样等等等等……嗯，效果不错，但当然我作弊了……我正在通过声音大师直接向计算机口述，所以可以随时纠正和修改……把这一小段序列排好花了我不少时间……像弗吉尼亚·伍尔夫……

　　海伦写日记，很有意思……要是能让我看看她写的什么我愿意付出任何代价……假如我提议拿我的去交换她的，嘿！这个主意不错……我的秘密想法换她的……她会受到诱惑吗？我很好奇。当然，一旦她读了我这吓人的回忆录，跟她上床的希望就一定会完全破灭……不过从另一方面来看也许并不会，你永远不知道，她可能会被哪些话撩起来……谁知道她自己的日记是不是一样有那么多性的事？无论如何我要搞清楚她是不是真的喜欢我，以及她的原则有多坚定……不行，这太傻了，这东西我不敢给任何人看……虽然从另一方面来讲……如果我能拿到她的日记，那这里面就必然会有一些妥协……交换行为在某种程度上意味着保密的保证……以牙还牙的威胁……相互保证毁灭……不……风险太大了……她无论如何不会这样做的……她会吗？

20

发件人：R.H.Messenger@glosu.ac.uk
收件人：H.M.Reed@glosu.ac.uk
主题：电子邮件
发送时间：1997 年 3 月 24 日（星期一）9:08:31

　　海伦，嗨，就是看看你的电子邮件是不是能用。你收到女儿的回复了吗？
　　我们昨天在蹄铁很想你。希望你感冒见好。一定得的很突然吧——你周五看上去还挺好的。非常感谢午餐。
祝好。

拉尔夫

发件人：H.M.Reed@glosu.ac.uk
收件人：R.H.Messenger@glosu.ac.uk
主题：电子邮件
发送时间：1997 年 3 月 24 日（星期一）10:31:13

亲爱的拉尔夫：

感谢你的亲切关照。是的，我收到了露西的来信，我们已经互相写了两封长信了。这么容易就能跟她联系，真是神奇。非常感谢你帮我"连上网"（是这个词吗？）。

我感冒好些了，谢谢。

祝好。

海伦

又及："H"是什么的缩写？

发件人：R.H.Messenger@glosu.ac.uk
收件人：H.M.Reed@glosu.ac.uk
主题：黑暗的秘密
发送时间：1997年3月24日（星期一）10:50:10

海伦：

恐怕是赫伯特，一个黑暗的秘密，我竭尽所能隐瞒，但学校发工资的地方坚持一定要填所有名字的缩写然后电子邮件地址是根据这个分配的。这是我爸的名字。M是什么的缩写？

"连上网"很酷，不过你写电子邮件的时候必须得用放松点的文风。速度是最重要的比如用不着费心去用大写因为这是没必要的浪费时间，得按两个键而不是一个，也用不着改拼写错误。[1]

---

[1] 麦信哲的所有电子邮件里从来不用大写，句首、名字、专有名词都不用，还有不少拼写错误。

你感冒好点了的话，明天中午一起吃饭怎么样？教工俱乐部 12:45？

拉尔夫

发件人：H.M.Reed@glosu.ac.uk
收件人：R.H.Messenger@glosu.ac.uk
主题：星期二
发送时间：1997 年 3 月 24 日（星期一）12:17:11

亲爱的拉尔夫：

谢谢，可是我每星期二下午都要上课，我喜欢在那之前自己安静地待一小时。

修正拼写和标点是我一辈子的习惯了，恐怕无法改掉。"M"是玛丽的缩写。

祝好。

海伦

发件人：R.H.Messenger@glosu.ac.uk
收件人：H.M.Reed@glosu.ac.uk
主题：M，午餐
发送时间：1997 年 3 月 24 日（星期一）12:40:03

啊，这解释了为什么色彩科学家玛丽能让你感同身受。

那么周三呢？如果你愿意，我们可以去校外的一家乡村酒吧。

拉尔夫

发件人：H.M.Reed@glosu.ac.uk
收件人：R.H.Messenger@glosu.ac.uk
主题：你的邀请
发送时间：1997年3月24日（星期一）16:42:18

亲爱的拉尔夫：

我认为在一段时间里我们最好还是不要见面了，"a deux"肯定不行（我好像不能在电子邮件里把字弄成斜体）[1]。你非常直白地表达了自己的感情。我不会违心地说你的做法令我反感，但我不能回报，原因你知道。
祝好。

海伦

发件人：R.H.Messenger@glosu.ac.uk
收件人：H.M.Reed@glosu.ac.uk
主题：荒谬
发送时间：1997年3月24日（星期一）16:50:49

海伦，这太荒谬了。我完全可以接受你说不，我不打算骚扰你。我爱慕你的思想和身体。我享受你陪着我。我喜欢跟你

---

[1] 海伦在这里想用法文 à deux（意为"私下两个人"），按照严格的英文规范，行文中的外语应该用斜体表示。

聊各种想法。

拉尔夫

发件人：H.M.Reed@glosu.ac.uk
收件人：R.H.Messenger@glosu.ac.uk
主题：想法
发送时间：1997年3月24日（星期一）17:31:02

亲爱的拉尔夫：

我们难道不能通过电子邮件聊吗？

海伦

发件人：R.H.Messenger@glosu.ac.uk
收件人：H.M.Reed@glosu.ac.uk
主题：一个提议
发送时间：1997年3月25日（星期二）09:21:25

好吧我本打算在吃午饭时跟你讲的，那就现在讲好了。我们交换日记怎么样？我给你看我的，你给我看你的——完整，没审查过，没编辑过的。你觉得怎么样？

拉尔夫

发件人：H.M.Reed@glosu.ac.uk
收件人：R.H.Messenger@glosu.ac.uk
主题：你的提议

发送时间：1997 年 3 月 25 日（星期二）11:21:19

亲爱的拉尔夫：

　　这主意可真是绝了。我做梦都想不到。我的日记是私人的。我从没想过有朝一日把它发表。将来我可能会在小说里用其中的材料，但那会是非常有选择性的，并且有各种各样的伪装和调换手法。日记不是给我之外的任何人看的。

海伦

发件人：R.H.Messenger@glosu.ac.uk
收件人：H.M.Reed@glosu.ac.uk
主题：我的提议
发送时间：1997 年 3 月 25 日（星期二）12:26:53

　　海伦，我的日记也是这样，我开始记的时候想可能会拿它当作研究数据，用它来说明我在意识方面正在做的工作，但我很快意识到我永远不能把它大段大段地发表，那太让我难看了。我认为这可能是意识研究中一个根本性的困难，没有人敢用科学的第三人称话语描述第一人称的现象学，就是他们自己在原始状态下的意识……

　　我们之前已经谈过意识的基本特征，它秘密，我们的思想只为我们自己所知。优势这是一种满足感的来源，它让我们感受到自己独特的身份，我思故我在。有时它会导致唯我论，这是一种很吓人的理论，是说或许只有我自己的想法才是真实的……不管怎么说，它都是跟 AI 项目对着干的，而 AI 项目必须假设人类思维的结构中有归责性的东西，可以复现。在我看来这里面有机会，我们在相互认识的过程中都记了日记，真是巧了。如果交换，我们俩都会有独一无二的机会深入观察对方心灵的运作，我们可以比较我们对同一事件的反应。我可以从字面意义上"阅读你的想法"，你也可以阅读我的。

拉尔夫

发件人：H.M.Reed@glosu.ac.uk
收件人：R.H.Messenger@glosu.ac.uk
主题：你的提议
发送时间：1997 年 3 月 25 日（星期二）18:45:29

亲爱的拉尔夫：

我明白了这对你有什么好处。这对我有什么好处呢？

海伦

发件人：R.H.Messenger@glosu.ac.uk
收件人：H.M.Reed@glosu.ac.uk
主题：我的提议
发送时间：1997 年 3 月 25 日（星期二）22:53:02

如果有机会进入一个男人的脑子里，真正看到里面发生了什么，那么一个小说家，尤其是一个女性小说家肯定应该毫不犹豫地抓住的。我这么干是冒了巨大的风险的，我敢说比你要冒的风险大得多。你会震惊,对在我的意识流中浮浮沉沉的许多东西感到厌恶。大部分时间里它更像是地沟。你读完我的日记时,可能会再也不想见我,再也不想跟我说话。我当然真诚希望不会这样。我希望你能像我一样,把事实看得高于一切。我们如果做这件事,就会无比完整地"了解"彼此,比恋人所能达到最深程度还要深。他们用舌头、手指等进入彼此的身体,深度大概几英寸吧,但我们将进入彼此的头脑,互相拥有,从没有任何两个人这么做过。这个想法不让你激动吗?

拉尔夫

发件人:H.M.Reed@glosu.ac.uk
收件人:R.H.Messenger@glosu.ac.uk
主题:你的提议
发送时间:1997年3月26日(星期三)10:24:42

亲爱的拉尔夫:

你很有口才,但不行,谢谢。当然,我作为一个小说家,对别人的思想和内心活动很好奇,写小说时很多时候需要试图去想象X或Y在这个或那个虚构的情境中会想什么。对,是的,也许看你的日记会让我得以在一般意义上深入观察男性的心灵,特别是你的。但归根结底,我觉得思想的隐私性对人类的自我至关重要,放弃它会非常危险。我们都有坏的、卑鄙的、可耻的想法,这是人性,以前这叫原罪。我们能够抑制它们,隐藏它们,只让自己知道它们,这对维持我们的自尊至关重要。这对文明至关重要。

　　为什么酷刑如此可怕，如此在道德上令人憎恶？不仅是因为它造成的痛苦，还因为它利用身体上的痛苦来撬动心灵，获取秘密，而心灵应该是不可侵犯的。

海伦

发件人：R.H.Messenger@glosu.ac.uk
收件人：H.M.Reed@glosu.ac.uk
主题：我的提议
发送时间：1997年3月26日（星期三）11:10:12

　　海伦，嘿，我不是想折磨你，我只是跟你商量能不能做笔交易，你的想法换我的，以进一步推动我们各自对人类本性的研究。

拉尔夫

发件人：H.M.Reed@glosu.ac.uk
收件人：R.H.Messenger@glosu.ac.uk
主题：你的提议
发送时间：1997年3月26日星期三 12:24:42

亲爱的拉尔夫：

　　对不起，但在我看来，你提供的合同里有明显的浮士德式条款[1]。我嗅到了一丝地狱之火的气味。

1　在歌德的巨著《浮士德》中，浮士德博士与魔鬼梅菲斯特订立协议，以灵魂换取内心的平静和满足。

我的回答是不行。

祝好。

海伦

发件人：R.H.Messenger@glosu.ac.uk
收件人：H.M.Reed@glosu.ac.uk
主题：我的提议
发送时间：1997年3月26日（星期三）12:40:12

哎，至少值得让我提出来试一试。

我希望你不会不愿意下周末去蹄铁找我们。复活节到了，我们打算在那里待久一点。你可以周日来，在那里过夜。卡丽也同意请你。

拉尔夫

发件人：H.M.Reed@glosu.ac.uk
收件人：R.H.Messenger@glosu.ac.uk
主题：你的邀请
发送时间：1997年3月26日（星期三）17:55:32

亲爱的拉尔夫：

非常感谢你（和卡丽），不过我跟父母保证了会在复活节周末去看他们。放假回来之后希望能再找机会见你们。

祝好。

海伦

21

3月27日　星期四

刚从工作坊回来。轮到弗兰妮·史密斯讲她的东西——正在写的小说的一章，书名暂定为《课堂笔记》。我提前发给了班上的学生，不过她问可不可以朗读，这是一个好主意，因为她的利物浦口音真的让对话很生动。我在想也许应该鼓励她给广播电台写稿。我没有像往常一样去艺术中心咖啡馆跟学生们一起喝一杯，因为这是复活节周末，他们大多要回家或者出去度个短假，都想快点走。学校从明天起关闭四天。我自己也离开，跟爸爸妈妈一起待几天。这是在很久以前就安排好的，其实在圣诞节就定下来了；而我也很高兴有个借口——这次是真的——能拒绝又一个前往蹄铁的邀请。我会度过一个不那么有意思的周末，但更安心，能在一段时间里置身于拉尔夫·麦信哲的影响范围之外，即使用电子邮件他也找不到我（我不会带上笔记本电脑和调制解调器）。

但是，直到星期六我才会去索思沃尔德[1]。我跟爸爸妈妈说明天

---

[1] 索思沃尔德（Southwold）位于英格兰中部的北海岸边。

没法从这里脱开身，但是实际原因是我不想和他们一起过圣周五，真可耻。我从来都不喜欢圣周五，即使是小时候也一样。这天似乎总是古怪而令人不舒服。独一无二的一种假日——商店大多在那几天关门，虽然似乎现在不再是这样了——你不应该高兴或享受快乐时光。下午我们去教堂，里面的雕像被紫色的幔帐盖住，在一片白色的墙壁前面，像从巨大的钢笔里晃出的墨点。索然无味的圣周五礼拜仪式有无休止的祈祷和朝拜十字架的环节（一长列队伍，人人都用嘴唇碰木制大十字架上耶稣瓷质的脚，我是多么讨厌跟在他们后面做同样的事啊，哪怕辅祭每次确实都用一块白色亚麻布擦掉了唾沫——我神经质地想，擦了一百遍之后这还能怎么保证卫生）。这天要禁食禁欲——我猜现在应该还是这样，大概是教会日历上仅存的一个这样的日子了——所以你在这天的大部分时间里都觉得饿。妈妈的观点是我们唯一的一顿正餐不应该非常愉快，所以我们得吃几乎毫无味道的一餐：蒸鱼、煮土豆和圆白菜。电视晚上一般都不开，除非为了看宗教节目或者至少是非常严肃、有教育意义的东西。据我所知，他们仍然以同样的苦修方式过圣周五，在这一点上我尊重他们的选择，但是我不想去圣周五的礼拜仪式，也不想因为自己拒绝去而让他们失望。复活节守夜是另一回事，我可以接受。所以我打算星期六一早就出发——这是一趟可怕的长途驾驶，正好穿过英格兰肥厚的腰部，不过到那时假期出行最堵的时候应该已经过去了。

今天下午的工作坊结束时，桑德拉·皮克林走过来，把一个很厚很重的 A4 信封塞进我手里。"这就是你要求给你看的。"她说。

"哦，谢谢。"我说。"我会在周末看的。"我们两人是最后离开教室的，在一起沿着走廊出去的途中，我开口跟她交谈："顺便说一句，我很喜欢你写的色彩科学家玛丽的那篇文章。非常巧妙。""哦，好。"她说。"这个周末你去什么有意思的地方吗？"我问。"我要去西班牙，"她说，"其实，我可能不会来上下周二的课。我那天早上回来，如果航班延误的话我就不能及时回到这儿了。""哦，好吧，不用担心。好好玩。"我说。"谢谢。"她没有回应我的微笑。然后我们就告别了。

这个信封现在在我旁边的桌子上，没有打开。磨了她两个星期，我现在终于拿到了她的小说的后续部分。我奇怪地开始犹豫，差不多可以说有点不安，不太想开始读。如果她的男性角色还是像《风暴眼》中的塞巴斯蒂安，我该怎么办？我一点主意也没有。我想还是把它留到明天。于是我吃晚餐，喝了半瓶葡萄酒，然后看电视。

3月28日　圣周五

无比、非常可怕的一天。有时我觉得自己应该是疯了。

早餐后我打开桑德拉·皮克林的信封，坐下来开始读里面的内容——两章，大约五十页，双倍行距，整洁的打字稿。起初我似乎觉得心放下来了一些。阿拉斯泰尔的角色仍然时不时让我想起塞巴斯蒂安（以及间接地想起马丁），但我把这归结为自己对前两章的记忆，因为没有出现显然是从《风暴眼》中衍生出来的新性格特征。故事本身以一种非常生动的方式隆隆前行——这次阅读对我来说甚至可以算是享受了。接着……霹雳响起。我几乎闻到了燃烧的味道。不,这是错误的比喻。我突然感到一阵寒意。一种恐惧感让我动弹不得。我在读的段落描写女主角蒂娜和阿拉斯泰尔第二次做爱。不过那不是阿拉斯泰尔。是马丁。

我一整天都在脑子里反复思考这个问题,但大部分时间都处于一种谵妄的状态中。只有现在,随着黑暗逐渐降临,我才有能力清晰、连贯、理性地写下来读到那段话时的感受,以及我为什么会如此感受。

正如拉尔夫所说,性行为是一种普遍、平庸的行为,每天被无数人重复着,永不停止,但每个人都有自己独特的方式来引入、执行和脱离它,像签名或指纹一样,独特而明确无误。这由几个部分组成——例如节奏和顺序,还有偏好的前戏或性交姿势。如果处在长期关系中,你就会熟悉伴侣的刺激和反应模式,他也会熟悉你的。并不是说每次性行为都完全相同,但是有一套你们共同构建的"曲库",你们在不同场合以不同方式组合其中的元素。有一天我在这本日记里写过,这是一种相爱的人才能学会的语言。用肢体的一种特定运动就能发出信号:碰我这里,抚摸我这里,现在进入我。当然,曲库中可能有不寻常或变态的元素,这让它更加独特。

两个人开始一段新关系时,他们都会带入与之前各自的伴侣一起获得的习惯和偏好,但更有经验的一方很可能会主导新曲库的创立过程,至少在开始时是如此。马丁和我确实就是这样的情况。桑德拉·皮克林的女主角比阿拉斯泰尔年轻得多,她的性经历只有不甚满足的短期关系和一夜风流。他们第一次尝试性交其实是一场漫画式的灾难，让我觉得饶有趣味。一天晚上，阿拉斯泰尔在一次办公室派对后送蒂娜回家，拒绝了她别有深意的"上去喝杯咖啡"的邀请，蒂娜沮丧地准备睡觉，吃了一颗安眠药，阿拉斯泰尔改了主意，转身摁响她的门铃。蒂娜让他进屋，琢磨着自己有十五分钟的时间把他搞上床做完爱，之后自己就会无可挽回地昏昏睡去，所以她表现得像个性瘾者，解开他的衬衫，拉下他裤裆的拉链，把他拽进卧室，要求他马上插入，但"在交媾中间"一头倒在他怀里——她优雅地如此描述。担忧的阿拉斯泰尔在蒂娜家过了一夜，清晨他们一起醒来，她坦白承认了自己愚蠢的行为。然后，他以自己的方式与她做爱。

我试图说服自己，接下来的一段只是重复了一千部当代小说中都有的那种情色描写，但节奏、顺序、爱抚和甜蜜低语的结合，阿拉斯泰尔的舌头和手指对蒂娜的敏感区的细心照料，都像是在重播我与马丁的经历。拼图的最后一块、锤子的最后一击（因为我觉得窒息，被死死困住，就像活着被钉进棺材里）来自我们的曲库的事后阶段。马丁有一种相当可爱的奇怪习惯——不是每次都这样，不过很经常：他趴着，张开四肢，让我躺在他上面，也张开四肢，这样我们的身体形成对称的形状，我的骨盆贴合他柔软的臀部曲线，我一放松下来，整个人无支撑的重量就会让他陷进床垫。我们会像这样一动不动地躺几分钟，半睡半醒，像一个人一样呼气吸气。我在桑德拉·皮克林的手稿中读到对这个动作的描述时，痛苦而沮丧地嚎叫，把纸页甩到屋子另一头。

不用说，《风暴眼》中没有任何关于马丁的性习惯、倾向和癖性的内容。我在小说里从不正面描绘性爱场面，而由于马丁对我的放任，我已经在那本书里用了太多他的性格，就算我去写性爱场面，也不会写在那本书里，他也不会同意。那么桑德拉·皮克林从哪里获得这种材料呢？抛开超自然或者第六感的解释（我在这可怕的一天里倒是时不时这么想，来让自己逃避一会儿现实）——桑德拉·皮克林是个女巫或通灵师，能够读懂我的思想、窃取我的记忆，排除所有不合逻辑的理论，那么只有一个可能的来源：马丁本人。桑德拉·皮克林肯定和我丈夫有染。

我现在只想抛下一切，马上去当面质问桑德拉·皮克林。我想把她钉在墙上，捆在椅子上，我想双手掐住她的喉咙，准备从她身上拷问出真相。但她离开了校园，离开了英国，四天之后才回来。我有一个她在切尔滕纳姆跟别人合租的公寓的电话号码，我抱着试试看的心理打了过去——万一她还没走或者改变了计划呢——但电话那头的一个声音确认她前一天晚上已经离开，而且他们没有她在西班牙的电话，没有。

特别令人抓狂的是，我对桑德拉·皮克林很不了解，没有任何事实可以证实——或幸运地，证伪——我的怀疑。然后我想到了档案。英语学院的办公室肯定有她的档案，里面会有一些个人信息。我出门。校园几乎被抛弃了，跟墓地或鬼城似的。每个人都离校过周末去了，除了那些无处可去或者没有为这场突如其来的大逃离做好准备的外国学生。他们看上去困惑而沮丧，好像想知道这个周五有什么可"圣"的，能像瘟疫或谣言一样使校园空空荡荡。一阵寒风吹过平坦的草地，搅动人工湖里灰色的水。几乎没有任何春天的迹象，除了偶尔几株水仙花和番红花在风中颤抖。我碰到了住我那一排房子尽头那套的日本夫妇，他们紧裹大衣，扣子全都扣着，显然是在散步。他们微笑着微微欠身，看起来这次居然还真的想聊天，但我完全没有社交的心情——我强挤出来一个微笑，发出一些声音，打手势示意有急事要做，一路赶到人文楼。

在那里我遇到了障碍。大门锁了，我没有钥匙。我快步走到大门附近的安全中心，问有没有人能让我进楼。那些属于某家私人安保公司的值班人员很礼貌，但不合作。我有通行证能授权我在正常时间以外进楼吗？不，我没有，我不知道这也需要证件。那么他们恐怕就没办法帮助我了。我发飙、抗议，于是他们变得不那么有礼貌，更不用说合作了。最后，我冲出他们的办公室，疯狂而徒劳地威胁要投诉。我回到小二楼，哆哆嗦嗦地给自己做了点午饭，汤煮得过火，面包烤焦了。我胡乱把这些东西吞下去，连尝味道都顾不上，然后试着读点东西——没有用。然后我又有了一个主意：贾斯珀·里士满，他作为英语学院的院长应该有钥匙，能开所有的锁的钥匙。我打电话给他，玛丽安娜接的。贾斯珀和奥利弗一起出去散步了。她能帮上什么忙吗？不用，我说，我过一会儿再打过去。"很好，"她说，"他回来的时候我会告诉他的。"她的语气冷静而警觉，也许她已经感觉到我身上有一丝歇斯底里。

贾斯珀大约三点打电话给我了。我有时间练熟一个合情合理的故事，说明为什么我需要借用他的钥匙进入人文楼和英语学院办公室，打开存放学生档案的文件柜。他想开车到学校来帮我，但我坚持去他那边拿钥匙，并答应今天晚上就送回去。半小时后我到了他家。途中我经过几个村庄，村里的教堂周围停着一排排汽车，说明里面正在举行礼拜仪式，但除此之外路上很安静，车辆稀少。奥利弗打开了门。"哈罗，海伦·里德，"在我说自己是谁之前他就说，"你最近写小说了吗？""没写。"我说。"蛋蛋也没写，"他说，"因为米莉和奥唐奈开始约会了。而迈尔斯很嫉妒，因为安娜对杰瑞很好。"然后他又跟我讲了很多《我们这一生》的剧情进展，直到贾斯珀从书房出来给我钥匙，才把我给救了。他请我进来喝杯茶，我拒绝了，随后直接开回学校。

我停在人文楼附近，待在车里，一直在茶色车窗后面躲着，等到一名巡逻的保安走过去才下车，因为我怕他会阻止我在没有通行证的情况下使用借来的钥匙。然后我像小偷一样溜进楼里，乘电梯到十一楼。在这个空荡荡的巨大建筑物中我感到非常不安，我弄出的每一点动静似乎都被放大了——我走在地板革上的脚步声，防火门在背后关上时的砰声，钥匙插进学院办公室门的咔嗒声，拉开文件柜抽屉时金属撞击的哐哐声。我深呼吸，竭力保持冷静。

我翻了几分钟，找到了桑德拉·皮克林的档案。里面没有太多东西——她的申请表、简历、拉塞尔·马斯登写的她第一学期的表现的报告——但已经足够了。她的简历中有我需要的所有证据。1993年到1994年，BBC给桑德拉·皮克林一份合同，雇她在伦敦担任研究助理，协助制作广播纪录片。

3月31日　星期一

刚从索思沃尔德回来。漫长的驾驶让我疲惫不堪，赶上假日返程高峰,一路上非常堵。对我来说算不上什么假期——我没有那种心情——虽然我很高兴能离开格洛斯特战俘营几天,而且索思沃尔德是一个漂亮的小地方,我一般还挺喜欢去的,对爸爸妈妈来说肯定是理想的退休养老之处。我成年后没几年他们就"退休"了,不过他们现在真的开始看上去显老了。

我出生的时候母亲已经四十岁了——我觉得这是一个"错误",也许是安全期避孕法的众多失败案例之一。他们在生我之前把后代数量控制为两个,这是怎么做到的对我来说一直是个谜,因为他们属于温驯顺从的一代天主教徒,在这件事上对教会的教导毫无怀疑地照单全收。当然,我没有问过。我们从未在家里以私下的方式讨论过性。我怀疑他们并没有太多性生活——他们的婚姻生活中有太多的力比多牺牲在信仰的祭坛上,而妈妈怀上我的时候他们已经结婚很久,很少去做导致怀孕的行为了。激发那次行为的原因肯定很有意思,要是能知道就好了。家里有什么好事值得庆祝?假期旅游玩得特别开心?电视上偶然看到的性感电影?不,绝对不会是这个——我还跟他们住在一起时,如果电视上出现跟色情哪怕只沾一点点边的画面,母亲都会叫爸爸"去换个台",所以这不仅是为了保护我的贞洁。天地良心,我的小说按现代标准看可是相当保守的,不过我能从爸爸妈妈对它们发表的古怪评论中看出来,他们还是觉得很震惊:"有一点……亲爱的,你知道的……直接……当然我们很老套了……"我没有回应。我从不跟他们讨论我的书——我更希望他们从来都没读过,个中原因我那天跟埃米莉解释过。

在我的成长过程中,爸爸妈妈好像总是比我朋友的父母年龄大得多——更像别的孩子的祖父母。而现在他们似乎基本不属于现代世界了——手机和身体穿刺和连续换人的同居关系和娱乐性药物的世界……索思沃尔德，它海滩上一排排色彩鲜艳、面朝大海的小屋，古色古香的老式茶叶店，马拉的酒桶车，限制狗和收音机和冰淇淋车和其他任何可能发出噪声或造成麻烦的东西的法规，盛夏时节的海滨步道上穿长筒袜和印花连衣裙的女士以及穿休闲西装外套、胸前口袋里塞着折好的手帕的男士——索思沃尔德，它成功地创造出一种幻觉，让人觉得这里的时间停止在二十世纪五十年代的某个时刻。这是适合他们的完美之地。它甚至还拥有一座精美的中世纪教堂，爸爸认为只是临时借予新教教派使用，于是还算满意。星期六晚上我们参加复活节守夜弥撒，去的当然是远为逊色的天主教教堂，但是人很多——"肯定有这个周末去圣埃德蒙[1]的人的五倍"，爸爸吹嘘道。他很可能是对的，不过在我的记忆里，前几年来参加的会众人数比现在要多。

在教堂外的火盆中燃烧起复活节之火，用那火点燃蜡烛，擎在手中，走进圣殿，这极具象征意义的场景总是令人印象深刻。仪式中对经书片段的诵读震撼人心，尤其是《旧约》中的。整整一天，我脑子里几乎每时每刻都在想马丁和桑德拉·皮克林，但有那么一会儿，《圣经》雄辩的力量让我暂时不再沉溺于自己的世界中。坐在那里听上帝的话语似乎挺好的，有益健康。但到了更新领洗承诺的时候："你弃绝撒旦吗？是的。还有他的所作所为？是的。还有

---

[1] 索思沃尔德的圣埃德蒙教堂（St Edmund's Church）即前文中提到的中世纪教堂，属于新教的英国圣公会。

他所有空洞的承诺?是的……你相信耶稣基督,祂唯一的儿子,我们的主,出生于圣母玛利亚,被钉死在十字架上,被埋葬,从死里升起,现在坐在父的右手边吗?"不,我不信,老实说并不真正相信。我无法强迫自己说出心里的真实反应,而且我感觉爸爸妈妈知道我闭着嘴没开口。不用说,当他们前去圣坛领圣餐时,我一直坐在座位上。

妈妈看出来我很压抑,心里总想着事情,她认为是出于对马丁的哀悼。我们经常到索思沃尔德过复活节,她显然认为我这次来又激起了伤感的回忆。她多次提到时间的治愈效果以及应该明智地不再"沉湎"于过去。"当然,如果你仍然拥有信仰,那会更容易,亲爱的,"她叹了口气,"但我每天晚上都会为你,还有马丁,祈祷。"她认为马丁一定会是在炼狱中,先得赎尽他在这一世的罪,然后才能进入永恒的幸福[1]。他是不可知论者,显然不能直接进天堂;而从另一方面看,去想象自己的女婿下了地狱也是令人痛苦的,好在现代神学允许救赎在教会之外实现。所以他现在一定在炼狱熬年头,而她认为她的祈祷会帮他减刑。"用不着,妈妈,"我想说,"让他在那好好烧一阵子。"但当然我没有——不只是因为我想都不会去想告诉她桑德拉·皮克林的事,让她受惊,还因为我在听到皮克林用自己的嘴说出他对我不忠之前,无法绝对肯定。整个周末,我一直在义愤填膺和自我怀疑之间摇摆,这种难受的不确定状

---

[1] 《圣经》中没有直接提到炼狱,不过天主教教义认为炼狱是人死后反省、救赎的地方或状态(东正教、新教一般不认为有炼狱)。炼狱有时被认为在天堂和地狱之间,灵魂在自我反省、净化后便可进天堂。

态直到我明天见到她才会解决。上帝,请不要让她的飞机晚点。我觉得我忍受不了再在悬念中生活二十四小时。

4月1日　星期二

愚人节,无比恰当。我当然觉得自己被愚弄了——虽说是很多年,不仅是一天。

桑德拉·皮克林今天下午准时回来上课——显然是直接从机场过来的,因为她还拖着度假的行李。课上完后,我问她能不能到办公室去谈谈。她说她累了,问可不可以推迟到明天,不过我坚持就要现在。我默默带着她上到十一楼,像押送囚犯一样。我想她猜到了会发生什么。我们在办公室里坐下后,她看上去显然并没有对我的问题感到惊讶,也没有在回答时含糊搪塞。是的,她说,她在BBC认识了马丁。1993年,她跟他在两个项目上合作。他出去做实地调查时带着她,有时需要住酒店过夜。一次这样的机会下,他们开始了一段关系,持续了大概六个月,主要是在白天偷偷摸摸地抽出几个小时,去她位于帕丁顿[1]的一室户小公寓。她说,他从一开始就跟她说明白了,他不会为了她而抛弃家庭,她绝对不能往那方面去想。她被他迷得神魂颠倒,接受了这个条件。她"自然"去读了我的小说,但《风暴眼》是在他们的关系结束后出版的,那时她已经离开了BBC,在做一份广告业的工作。然后她特意不去读它,因为她打算写自己的小说,不想由于读了我写的任何东西而分

---

[1] 帕丁顿(Paddington)是位于伦敦市中心的一个地区。

心或被吓退。"其实我总是有点嫉妒你。聪明、成功的作家兼妻子兼母亲,他永远不会离开的那个人。"她上了阿尔文基金会[1]的一个长周末课程,给导师之一拉塞尔·马斯登留下了不错的印象,他鼓励她申请这里的创意写作硕士。她在入学之前的夏天开始写《炙烤》,当然做梦也不会想到我会当她的老师。上学期过了一半,拉塞尔·马斯登才向学生们宣布,我被选中在他休学术假期间接替他。"我知道你有可能从阿拉斯泰尔身上认出马丁,"她说,"尤其是我在圣诞节读了《风暴眼》之后。但我无能为力。我没办法再从头开始,塑造一个完全不同的角色。""你可以写本完全不同的小说啊。"我说。"什么,半途而废,在已经写到这个程度的时候?"她说,"凭什么?我放弃了一份好工作来上这个课,我拿出自己所有的积蓄,还借了钱,才交上学费。我凭什么要扔掉所有已经完成的东西,就是为了避免伤害你的感情?"我没有答案,说出的话自己听起来都很无力,好像我应该宁可情愿完全不知情,继续生活。也许一部分的我确实会情愿那样。我问她为什么那段关系结束了。"他招了另一个研究助理,就结束了。"她说这句话的方式有点意思,饱满的上唇略微卷曲,说另一个时加重语气,这警示我还会有更多的事情被揭露出来。"我不是第一个,"她说,"也不是最后一个。"

马丁睡研究助理的名声似乎流传得挺广。大部分跟他关系很近的同事肯定都知道,包括我在社交场合遇到过的一些人。许多去参

---

[1] 阿尔文基金会(Arvon Foundation)是英国的一个致力于推广创意写作的慈善组织,提供创意写作课程。

加追悼会的人肯定也知道。桑德拉本人那天也去了教堂，不过她后来设法避免和我碰面，而且她非常肯定地告诉我，那个曾经在马丁的情感中取代她的女孩也是如此。

我头晕目眩，几乎无法呼吸。这个窄小办公室的粗粝的混凝土砌块墙似乎在膨胀、收缩，卢西安·弗洛伊德作品海报上丑陋、臃肿的裸体和梅普尔索普作品海报上泛光的黑色身影似乎轻轻飘浮了起来，姿态淫荡地移动着。我努力掩盖自己的沮丧，保持住一点有尊严、专业的仪态。她说"我希望这不会对我这门课的成绩造成偏见性的影响"，我想尖声大叫，把什么东西扔到她脸上，不过我只是冷冷地说："设立校外监审员[1]就是为了干这个的。"然后我结束了谈话。

我几乎一动不动地在办公桌前坐了大约一个小时，慢慢翻出我婚姻生活的每一页，根据我刚得知的信息重新阅读。我彻底被骗了。我丈夫的性格和行为有一整个维度，凭我这著名小说家的洞察力和直觉，竟然从未怀疑或猜到过。我怎么从没在他身上闻出来那些小婊子的香水或体味呢？从没在他的衣领上发现过一丝口红痕迹，从没在他的口袋里翻出来会让出轨败露的一张纸条或一对票根？他一定非常、非常小心。或者也许只是我非常愚蠢，非常没有眼力，非常盲目信任。现在我相信他长期不忠于我，没有丝毫不确定。当时我基本没放在心上的一些小事和谜团突然重新进入焦点范

---

[1] 校外监审员（External Examiner）是英国大学从二十世纪九十年代开始建立的一种制度，由大学聘请外校教师或相关领域的专家担任。教学相关文件每年都要提前发送给校外监审员，考试结束以后还要把所有的考试结果和试卷论文等提交，供其检查认可。校外监审员也审查学位授予过程。

围，发出种种暗示。他有一两件衬衫莫名其妙地突然消失。我接起时对方已经挂掉的电话。他发来说晚上必须加班的短信。我是多么容易被骗啊。

我想知道他拈花惹草的行为持续了多久。我刚提出这个问题，就觉得知道了答案：从七八年前我那次严重的抑郁开始。整整六个月，我仿佛身处一眼枯井深深的井底，饱受煎熬，善良而困惑的人们——马丁是其中之一——在地面上把身体探出栏杆，从井口上看我，试图让我振作起来，或者把药物和建议放在桶里，吊下来给我。在那段时间里我无法写小说，甚至连阅读都不能。我自己的小说似乎毫无价值、平庸、虚伪。我时不时会收到读者粉丝的来信，无精打采地看着里面满满的溢美之词，很奇怪人们怎么这么好哄骗。我读了很多非虚构作品——历史、传记、书信——不是因为怀着什么真正的兴趣，只是为了打发那些时间。任何事情都不能让我拾起兴致，包括性。特别是性。我们偶尔会做爱，都是马丁主动提出来的，但我无法装出享受的样子。我说我很抱歉，这里面没有个人原因，而他很有耐心，也能理解——至少我认为是这样的。嗯，他是能理解，但最后显然并没有那么多耐心。

然后，过了六个月，我的抑郁症开始好转，没有任何明显的原因，大概可能只是厌倦了这种很悲惨但还没有悲惨到想一了百了的状态。这个时候好运和好事连连降临，虽然病情恢复并不是由它们引起的，但确实有帮助：《喜忧参半》的法语译本得了一个奖，马丁陪我到巴黎去领奖，由别人出钱，我们在一家豪华酒店度过了一个愉快的周末；露西以优异成绩通过了北伦敦学院学校[1]的入学考试……生活似乎突然又变得美妙了。太阳又照进了我的脑海。我开始写一部新小说。我们恢复了正常的婚姻生活。我们做爱不如以前频繁了，不过我认为原因是随着我们年龄增长，性欲自然衰退了。现在我知道不是这样。马丁还有很强的性欲，但没有太多留给我了。在我的性欲被关掉的那段时间里，他养成了对年轻肉体的嗜好。

我能怪他吗？是的，我当然怪他。不只是因为他与其他的、外人的身体亲密接触，污染了我们的婚姻，还因为他欺骗了我，他愚弄了我，他践踏了我们之间的规则。如果他还活着，我会和他离婚。但死亡已经让我们离婚了。我知道了这些却什么也做不了，除了写下来之外，没有别的办法减轻自己的愤怒。

卡丽今天晚上打来电话。她问我怎么样，我就像往常那样回答，说"挺好，谢谢"，她说"不，你不好，我可以从你的声音里听出来"。我承认自己精神萎靡不振，但没说原因。"我知道你需要什么，"她说，"在德罗伊特威奇[2]泡一下午的矿泉浴。我带你去。"我觉得一点吸引力都没有，但她坚持那会让我好起来。"压力快承受不了时我总是放下一切事情，跑去矿泉浴池。"她说，"你不会后

---

[1] 北伦敦学院学校（North London Collegiate School）是一所位于伦敦的著名私立女子学校，始创于1850年，一般被认为是英国第一所为女生提供跟男生同等水平教育的女校。现在学校招收四至十八岁的学生。

[2] 德罗伊特威奇温泉镇（Droitwich Spa）离伯明翰不远，在罗马时代就有岩盐开采活动，自十九世纪中期开始成为著名的温泉度假地。

悔的。"我答应了，她明天来接我。拉尔夫显然不在家，他去布拉格了，要待上几天。我不禁想，要是在上上周五之前我就知道了马丁和桑德拉·皮克林的事，那天指不定会发生什么呢。

4月2日　星期三

卡丽是大约一点半来小二楼接我的。我一直注意着窗户外面的动静，这样她的车一开近，我就能穿戴整齐地出现在前门门口，随时可以出发。我想避免出现不得不请她进来参观房子的场面，那样就重演了拉尔夫的巡查，会让我颇为不安。我没想好要不要告诉卡丽他来过。如果他自己已经说过，那我不说可能就显得很奇怪。而反过来讲，如果他没有跟她提过，而我提了，那她可能会很奇怪为什么他对她隐瞒了。为了一件其实没发生过的事，心里生出这么多算计和欺骗，我觉得很烦恼。不过卡丽真到了以后，我的困境很容易就解决了。我们出发的时候她说："拉尔夫告诉我你这套小房子收拾得很整洁。""对，他前几天过来了——他给我设置好了电子邮件，真是帮了大忙。"我说。我没有提到他留下来吃了午饭，卡丽也没说，所以也许她不知道。

卡丽的日本跑车沿着 M5 一路飞驰，很快就到了德罗伊特威奇温泉镇。德罗伊特威奇原来是建在欧洲最大最深的盐矿床上，温泉从这个源头往上冒。由于所谓的治疗疾病和恢复健康的作用，人们在这里的水中沐浴已经有几个世纪的历史，不过现在的浴室颇具现代化水准，令人意外且愉快。里面的气氛不是我所担心的社区浴池那种——过堂风吹得冷飕飕的更衣室和黏糊糊的破碎瓷砖——而是更像一个私人健身俱乐部。你换上泳衣，穿上白色的毛巾浴袍，在主洗浴区淋浴。这是一个明亮通风的空间，长长的窗子全在一面墙上。告示牌上写着在皮肤的任何划痕或伤口上都得抹上凡士林，以免盐水产生刺痛，而且千万不要尝试游泳，因为眼里进一点水都可能对眼睛造成伤害。

不过浴池本身就像一个中型游泳池。你顺着一段低矮的石阶迈进清澈的水中——很温暖，几乎有点烫——慢慢下沉，像是陷入一个巨大的液体垫子。你可以毫不费力地漂浮，一半身体在水面之上，被高密度的盐水托起来。仰面躺着是最舒服的。浴室提供发泡胶材质的成型枕头，让你能把头放在水外面。你可以枕着一个这样的枕头，完全放松地漂着。

普通游泳池通常很嘈杂，回响着孩子们的尖叫声和跳水者入水时水花飞溅的声音。但这儿最大的响声是从池子远端的饮食区传来的低声谈话，你泡完以后可以去那里享用免费的茶和饼干。水里的澡客不怎么说话。他们陶醉地躺在水面上，四肢摊开，借助水面偶尔泛起的波纹慢慢漂流，或者用脚挂着环绕池边一圈的扶手，让自己停住。如果不是因为他们安宁的表情，你可能会觉得他们是某次海难遇难者的尸体。

我闭上眼睛漂流，直到缓缓碰到浴池的一头。我用脚轻推一下，把自己送回水中。我尝试着舔舔手指：令人难以置信地咸。我想起仙境里的爱丽丝，她在自己的眼泪造成的洪水中跟老鼠、鸭子和渡渡鸟一起游泳。我倏然想到，他们没淹死也许是因为泪水是咸的。这盐水浴池就像一个水箱，盛满了新鲜、温暖的泪水。然后我又突然想到：我再也不会为马丁哭泣了。

官方建议泡澡时间最好不要超过四十分钟。我已经完全没有了时间感，但我看见卡丽从水中巍然崛起，像一头美丽的河马，光滑的莱卡泳衣紧绷绷地贴着丰满的乳房和臀部，一顶很紧的胶皮帽盖住头发。我跟着她走出了浴池。我们淋浴，擦干身体，穿上浴袍，在躺椅上放松了一会儿，然后去喝茶吃饼干。我感谢她介绍给我这令人沉醉的体验，并说自己现在已经感觉好些了。她问我为什么一直沮丧，我令自己惊讶地，告诉了她让她发誓保密，并且没有透露我的消息来源。

22

"嗯,我能理解你的感受,"卡丽说,又给自己倒了一杯大吉岭茶,"但也要看到积极的一面。他从一开始就跟她说,他不会为了她离开你,对吧?这说明他真的很爱你。"

"不一定,"海伦说,"这可能只是意味着他不想面对离婚带来的混乱和金钱损失。特别是钱——凭他在BBC领的那份工资,要支撑两个家庭可是太紧张了。"

"好吧,至少这意味着他不爱她,"卡丽说,"那只是性。谁知道呢,也许是她先对他投怀送抱。没有多少男人可以抗拒。"

"我没法相信小姑娘们会排队等着向马丁投怀送抱,"海伦说,"他不是那么有吸引力。"

卡丽叹了口气:"你会感到惊讶的。每当出现男人有权力、女人有青春和美丽的情况,就会发生交换。男人利用手中的权力得到性,女人利用自己的外表得到晋升,或者好分数,或者只是一段美好的时光。我知道的,我自己就是这么干的。"

"你这么干了?"海伦听起来很惊讶,几乎是震惊。

"当然了。我上伯克利的时候已经男女同校了,但我只跟教师睡。还必须至少是助理教授——当助教的研究生可不行。班上的男生我甚至连看都不看。"她沉浸在回忆中,咯咯地笑着,"我可真是个婊子。不过那时候我很漂亮。"

"你现在也是,卡丽。"海伦说。

卡丽悲戚地摇了摇头:"很谢谢你这么说,海伦,不过我在生第三个和第四个孩子之间的某个时候输掉了对抗橘皮组织的战斗。如果我们生活在鲁本斯的年代那可能会不一样,就算是雷诺阿那时候也好[1]……但现在最理想的女性美是一个青春期男孩的身体,一对像苹果一样的乳房粘在胸前。你翻翻 Vogue,里面都是这样的。关于这种现象,麦信哲有一个理论。"

"哦?"海伦疑惑地歪了下头。

"对。当生育能力是女性最被看重的属性时,大屁股、大胸是良好生育潜能的指标,所以就被选中。现在性已经主要是一种娱乐,而男性更喜欢柔软灵活的伴侣,她们可以轻易摆出《性爱圣经》[2]中的所有体位。再过几十万年,所有的婴儿就都是试管的了,梨形的女人会像恐龙一样过时。"

"你不是梨形的,卡丽,"海伦说,"你是……宏伟的。你高贵优雅,像朱诺[3]。"

"好吧,谢谢你,亲爱的,"卡丽笑着说,"不过我二十一岁的时候……跟你说,我光是照照镜子就能爱上自己。如果我看上了一

---

[1] 鲁本斯和雷诺阿画笔下的女性都以丰腴著称。
[2] 《性爱圣经》(*The Joy of Sex*)是英国医生亚历克斯·康福特(Alex Comfort, 1920—2000)于 1972 年出版的著作,叙述性爱的方方面面,出版后风靡一时,成为一种文化现象。
[3] 朱诺(Juno)是罗马神话中的天后,为天神朱庇特之妻,地位相当于希腊神话中的赫拉。

个老师,我只需要穿上短裤和紧身上衣,坐在教室前排,用崇敬的眼神看着他,然后他就会以肉眼可见的速度融化,真的。我可以保证,下次我在答疑时间去找他,他就会建议找个时间喝咖啡,好继续讨论我的论文,而在那周结束之前我们就会上床。那是七十年代,你知道的,还没有艾滋病和政治正确,学校里的所有人全都在不顾一切地乱搞,就跟明天地球就要毁灭了似的。牛津也是这样吗?"

"有一点。"海伦说。

"好在我遇到麦信哲时风气已经变了,"卡丽说,"我用不着担心年轻漂亮的研究生——当然认知科学里并没有那么多,不过偶尔确实还会有——我用不着在这个方面担心麦信哲。大学里的性骚扰案件已经太多了。教授们学会了跟学生保持距离,而且确实也应该这样。七十年代的伯克利就像所多玛和蛾摩拉[1]。就连哈佛都时兴乱搞——我在那里读的研究生。我自然而然地开始引诱我的论文导师。讽刺的是,他居然是那种很注重名声的老派人物,坚持要娶我。"

"他是谁?"海伦问。

"亚历山大·希金森。你听说过他吗?"

"没有,我想。"

"他写了几本关于十九世纪法国绘画的书,还有一大堆文章。

---

[1] 所多玛(Sodom)和蛾摩拉(Gomorrah)是《圣经》中记录的两个城市。城里的居民不遵守上帝戒律,充斥着罪恶,被上帝毁灭。这两个词后来成为罪恶之城的代名词。

亚历克斯[1]比我岁数大很多。我们就像多萝西亚·布鲁克和卡苏朋[2]——我被他智慧的头脑和优美的法语口音折服。我父母都劝我不要嫁给他。爸爸认为亚历克斯看上的只是我的钱——我爷爷留给我一大笔钱,你知道的。我觉得亚历克斯其实不是那种人,但是爸爸无论如何都坚持让他的律师起草了一份婚前合同,给我的个人收入设置了一道护城河。从事情最后发展的结果来看,我想我应该感谢他。"

"很有意思的经历,"海伦说,"你是怎么碰到拉尔夫的?"

"一个派对,在剑桥——马萨诸塞州的剑桥,坎布里奇[3]。麦信哲当时在麻省理工。我以前从没见过像他这样的人。在哈佛,我们的朋友基本都是人文学科的教授,在家里,我父母的社交圈子主要是富商和艺术赞助人。我没遇见过几个科学家,我觉得他们都是没劲的书呆子,沉迷于无聊、难以理解的东西,比如说电子和中子。麦信哲跟这种刻板印象完全不一样。首先,他看上去更像是个摇滚明星而不是科学家——那时候他留长发,穿喇叭裤和鲜艳的丝绸衬衫。他用那种时髦的迈克尔·凯恩[4]似的口音跟我聊计算机和人工智能,而且他讲的方式我能听得懂。他说话时好像对未来有本能般的理解,而且他看上去也非常性感。那时我的婚姻并不顺利。年龄差距造成了各种问题。埃米莉出生时情况有所好转,但亚历克斯

---

[1] 亚历山大的昵称。

[2] 多萝西亚·布鲁克(Dorothea Brooke)和卡苏朋(Casaubon)是乔治·艾略特的代表作《米德尔马契》(*Middlemarch*)中的人物。多萝西亚希望找到学者型丈夫,和比她年长二十七岁的牧师卡苏朋订了婚。

[3] 马萨诸塞州的坎布里奇(Cambridge)是哈佛和麻省理工所在地,拼写和英国剑桥相同。

[4] 迈克尔·凯恩(Michael Caine, 1933—),英国知名影星。

在新奇感过去之后，显然并不是真的喜欢小孩。我不再敬畏他的智慧。我发现他写的所有书其实都是同一个主题翻来覆去而已，甚至连那个主题都是抄的贡布里希[1]。我完成了多萝西娅的角色，成长为包法利夫人[2]……"

"你出轨拉尔夫了？"

"对。他邀请我去麻省理工看计算机生成的艺术画，出来的时候在电梯里吻了我。那可真是个难忘的吻。我们从未回头。我出去跟他幽会，所以就不得不找保姆看孩子——亚历克斯就是这么发现的。我觉得他要是想要埃米莉的监护权，是可以拿这做点什么文章的，但他没有。那是一场很文明的离婚。不久之后麦信哲在加州理工找到了工作，我们搬到了帕萨迪纳。再要点新沏的茶吗？"

"好的，谢谢。"

卡丽叫来一个女服务员，让她再上一壶茶。女服务员抱歉地说，入场费只包含一壶茶水。卡丽说她现在身上没带钱，不过可以以后再付。女服务员看上去很为难，不过她提出可以免费再上一壶热水。卡丽接受了。"英国，我太喜欢了，"她在服务员快步离开时说，"那么你的故事是什么样的呢，"她对海伦说，"你是怎么碰到马丁的？"

"在一场戏剧演出上，在牛津一个学院的院子里，"海伦说，"那是夏天的傍晚，雨燕从空中掠过。"

---

[1] 恩斯特·贡布里希（Ernst Gombrich, 1909—2001），英国艺术史学家与艺术理论家。其于1950年出版的著作《艺术的故事》（*The Story of Art*）堪称最知名的美术史书，至今畅销不衰。

[2] 包法利夫人是由于对平淡婚姻生活的失望而开始搞婚外情的。

"听起来非常浪漫。你们是同学吗?"

"不是,马丁上的是杜伦[1]。我遇到他时在读研究生,他是BBC的实习生,在伦敦。我有个朋友在学生剧团排的《仲夏夜之梦》里演缇坦妮雅,马丁是她哥哥。她邀请马丁过来看戏,让我坐在他旁边陪他。其实挺像你遇见拉尔夫的场景。我们一拍即合。他只比我大几岁,但似乎比我以前交过的所有男朋友都要成熟得多。戏演完之后我们去参加了演员派对,坐在一个角落里谈天说地,直到他必须得去赶深夜巴士返回伦敦。从那开始,我渐渐对巴士的车次车站什么的变得非常熟悉。我们开始定期互相去看对方,轮流在牛津和伦敦过周末。现在回头看,我觉得这是我生命中最快乐的一段时光。星期一到星期五,只要博德利[2]开放,我就泡在里面工作,然后周末去做爱。直到我怀孕了。"

"意外的吗?"卡丽问。

"当然是了,"海伦说,"我还不想要孩子,至少当我还在学术阶梯的最底层时不想。但我也不想堕胎——大概是天主教道德感的残留。好在马丁也不想让我堕胎。他提议我们结婚,实话说这是个巨大的解脱,因为我父母肯定很难接受自己有个非婚生的孙子或者孙女。"

"这是你和他结婚的原因吗?"卡丽问。

"不是。我爱上了他,我期望我们有一天能结婚,生孩子,就

---

1 杜伦大学(Durham University)是英国的一所公立大学,历史悠久,在英格兰仅次于牛津和剑桥,为第三古老的大学。
2 博德利图书馆(Bodleian Library)是牛津大学最主要的图书馆。

是通常的那一套。只是一切都比我预想的快了一点。我搬到了伦敦。我以为可以在大英博物馆继续我的研究,时不时地去牛津见导师。我这么干了几个月,但保罗出生以后就越来越难以坚持。在巴勒姆[1]我们那套狭窄的公寓里,我没办法应付婴儿和丈夫。我得了产后抑郁。"

"噢,那可是太难了。"

"我及时解脱了出来,但放弃了博士学位和学术抱负。"

"但你反而成了小说家,"卡丽说,"这个职业可好得多。"

"好吧,也许吧。"

"我也没念完博士。"卡丽说。

"你后悔吗?"

"也并没有。我不想搞学术。在哈佛研究生院那种竞争氛围里我总是觉得不舒服。我能感觉到别的学生一直在想:'她来这里是为了什么?她那么有钱,用不着工作。'其实这没错。可我想在除了养孩子和管麦信哲之外再做点什么……所以写上了小说。"

女服务员端来热水,朝她们诡秘地眨眨眼,又拿出一些饼干。卡丽把水倒进两个茶壶里,若有所思地啃着饼干。"你总是忠于马丁吗?"等服务员走到听不见她们说话的远处时,她说。

"当然了,"海伦似乎在控制着感情,"否则我不会觉得受伤这么重。那样的话我就没有权利这么觉得了。"

"是的,"卡丽说,"我不是在说……只是,那个,你的小说里

---

[1] 巴勒姆(Balham)是南伦敦的一个地区。

有很多不忠的情节。"

海伦有点难为情地笑了,扯了扯身上穿的长袍的腰带。"好吧,不过恐怕大部分小说都有吧。稳定的一夫一妻婚姻没有太多可发挥的空间。"

"对。就像托尔斯泰在《安娜·卡列尼娜》的开头说的那样:'幸福的家庭都是相似的……'"

"'不幸的家庭各有各的不幸。'其实我觉得不一定对,前半部分,"海伦皱着眉头说,"幸福的家庭并不都是相似的。问题在于,它们不是很有意思——当然,除非你恰好属于一个幸福的家庭。小说是靠不幸来支撑的。它需要冲突、失望、越轨。由于小说主要是关于个人的、情感上的生活,关于人际关系,所以大部分小说都是关于通奸的也就并不奇怪了。不忠,我应该用这个词,因为现在很多伴侣都不结婚——但当其中一个人欺骗对方时,被背叛的感觉并不会因为结没结婚而有什么区别,是吧?"

"是没有区别。但是你是怎么看到这种深度的呢?在《喜忧参半》里,比如说?"

"我们在伦敦的朋友圈里上演过太多各种反复无常的剧情了。我睁大眼睛,竖起耳朵。我在莫利学院教的女学生们,创意写作课上的那些,会毫不犹豫地跟我谈她们的私密生活……"

"还能这样?"卡丽笑着说,"那她们过一段时间之后看到自己的故事在你的一本书里出现,会有什么感觉?"

"我当然非常小心,使用这些材料时不让任何人尴尬,"海伦带着一点辩解的口气说完,又给自己倒了一杯茶,"有时你只需要从现实生活中获得一个微小的细节，就可以展开想象，让事情的走向和原本的八卦事件完全不同，跟你讲那件事的人在完成的小说里甚至都看不出来。用不着特别关注，不过你背后正在发生的事挺有意思的。"

海伦在卡丽背后看到一个老妇人坐在一个类似摇篮的装置里，由一个小起重机吊着，绞盘转动，要把这个吊篮放进池子里。卡丽调整椅子的角度，好方便看。老妇人瘦骨嶙峋，枯萎的肌肉挂不住身上的泳衣；关节肿胀，显然是有关节炎；四肢颤抖，似乎患有帕金森氏症。她干瘪的脸表情扭曲，可能是想微笑，但看上去表达的只有尴尬和不适。她被轻轻放入水中，一个朋友或者护士站在水里，说着安慰的话，接着吊篮。然后，安全背带被解开，她可以自由漂浮在水上了，那个同伴扶着她的头。她的四肢慢慢展开，颤抖减轻了，嘴唇上展露出真正的微笑。

"那一套装置很不错，"卡丽评论道，"我很好奇它能不能承受我的体重。有那么一天我可能也需要它。"

"别这么说。"海伦说。

"你也一样。永远说不准的。"她转身面对海伦，"那么，既然你告诉了我这么多事，我也跟你讲讲我的想法。我理解你现在的痛苦。你信任马丁，而现在你发现他不是你以为的那样。但是你什么都做不了，甚至连朝他大吼都不可能，因为他永远都不在了。你认为自己安全地在一个幸福婚姻的小城堡里，观察外面发生的那些由性引发的种种冲突，做笔记，算计伤亡，而自己却不会受伤。但是现在你受伤了，有些真的东西可以写了。从心底。这是你缓解愤怒最好的方法。"

"我不想用写小说来复仇。"海伦说。

"为什么？"

"纯粹的负面情绪永远不会带来好的写作。"海伦说，"也许过一段时间，等创伤不那么新鲜了……"

"对，慢慢来。与此同时，就跟俗话说的那样，日子还得照过。"

"你是什么意思？"

"马丁去世以来，你一直在为他悲伤，对吧？是时候结束了。"

"我已经结束了。我刚刚有的这种感觉，在躺在池子里的时候。我再也不会为他哭泣了。"

"太好了。是时候开始考虑发展新的关系了。你美丽、迷人、聪明——"

"噢，够了够了，卡丽！"

"不，你才已经够了，海伦。真用不着再假装端庄了。该让自己再快乐起来了。"

"哦，'快乐'，"海伦叹了口气说，"有时候，我觉得我跟不快乐是用硬连线接起来的，用你丈夫的话说。"

"麦信哲？他什么时候这么说的？"

"在电视上。"海伦说。

"哦对，"卡丽说，"我想他跟快乐是用硬连线接起来的。这可能就是我嫁给他的原因。"

23

"好国王瓦茨拉夫向外眺望"[1]……好的……电池灯看起来有点暗,但似乎工作正常……现在是周日下午,4月6号,我在阿姆斯特丹机场的英国航空公司贵宾休息室……等去伯明翰的飞机,因为我在这里转机,但错过了飞往布里斯托尔的航班,就差几分钟,由于从布拉格起飞时延误了,我白白从史基浦[2]的一头他妈一直跑到另一头,这地方正在重修,哪哪都是乱七八糟的……我把公文包夹在胳膊底下,昂着头狂奔,像正在做噩梦的橄榄球翼锋,试图在无止境地向后退的球场上触地得分……史基浦的航站楼从一头到另一头一定至少有一公里……躲闪迂回穿过旅客搬运工建筑工油漆工泥水匠组成的重重防线……终于赶到登机口,他们却告诉我机舱门已经关闭,飞机已经向跑道滑行,但在显示出发航班的屏幕上仍然是登机……我非常生气,尤其是发现今天已经没有去布里斯托尔的飞机时……

---

[1] 这句话(原文为"Good King Wenceslas looked out")是一首圣诞颂歌歌词的开头。"瓦茨拉夫"指的是十世纪的波希米亚公爵瓦茨拉夫一世。他被自己的弟弟设计杀害,死后被封为殉教者及波西米亚主保圣人。

[2] 史基浦(Schipol)是阿姆斯特丹机场的名称。

我从布里斯托尔经阿姆斯特丹飞往布拉格，而不是从伦敦直飞，就是为了不用往返希思罗或盖特威克[1]，那趟道太烦人了，但现在卡丽必须到伯明翰去接我，然后开车把我送到布里斯托尔，我才能取回我放在那里的车……我刚给她打电话告诉她这么安排，她不太高兴，这真不能怪她……她和孩子们还有海伦一起在蹄铁，这将让他们这一天提前结束……我想海伦去了蹄铁是因为知道我不在，她应该会感觉轻松一点……我希望她不会一直躲着我，首先是因为卡丽会注意到并且想知道发生了什么……也许她没有接受我交换日记的提议其实是件好事……天知道如果她同意了会发生什么……但在某种程度上，这正是吸引力的一部分，风险的因素……这个想法在那个周五突然出现在我的脑海里，马上我就……从她家走回中心的路上……我就没法不想这件事，整个周末都耗在这上面了，特别是因为她没有跟我们去蹄铁……周六她打电话给卡丽说似乎要感冒了，我一点都不信……然后复活节她出去了……我回去以后必须尝试恢复朋友关系……

我在这里要待两个小时，所以我从公文包里拿出老 Pearlcorder 来打发一些时间，我在隔音的电话隔间里，不会有人偷听到，虽说休息室跟墓地一样安静……没有多少做买卖的周日出来跑……呼……我刚平复了呼吸，还有正常的脉搏……不过仍然消化不良……吃了四天捷克菜的结果。捷克菜似乎全部都是饱和脂肪和碳水化合物……捷克人概念里营养均衡的一顿饭是，举个例子，匈牙

---

[1] 盖特威克（Gatwick）机场是伦敦的一个机场，以客流量计仅次于希思罗，为英国第二大机场。

利式炖牛肉汤配饺子,然后是半只烤鹅配炸土豆和饺子,甜点是蔓越莓饺子泡在打发奶油里。用几升比尔森啤酒把这些都灌下去。他们吃这种饭怎么还能活下去?他们为什么不成群结队地心脏骤停,栽倒在街上?没错,确实看到了很多超重的人,特别是中年男性,但苗条、优雅的年轻姑娘也出人意料地非常多……比如卢德米拉,她腰围一定只有大概二十英寸,腹部平坦得像……不是薄饼,至少不是捷克薄饼,塞满了李子蜜饯和打发奶油……虽然她吃了一个……她吃了两个,我跟她在一块儿时她把面前的所有东西都吃了……这些女孩怎么做到的?也许她们只是社交性进食,有人请客时才吃,别的时候就饿着……或者胡吃海塞后把手指捅进喉咙……不过这不是厌食症,也不是贪食症,跟缺乏自尊完全没有关系,恰恰相反。她们在精明地评估,什么能帮助自己在捷克国内或国外出人头地……聪明而且能讲英语还不够,必须还得看起来像凯特·摩丝[1]……我想象这些遍布布拉格大街小巷的年轻姑娘,还跟家人住在一起,在破破烂烂的混凝土塔楼里拥挤的小单元,跟妹妹共用一间卧室,跟全家人共用一个浴室,没有隐私,没有钱,衣柜里只有一件真正还不错的礼服,她们用心呵护自己的身材,像一件无价的植物,知道自己要想有点前途就不能看起来跟母亲一样……因为尽管发生了天鹅绒革命,或者更确切地说是正因为这场革命,捷克国内才大量出现了这种现象,可能应该叫作体面底下的穷困。表面上看,布拉格似乎是个繁荣、活力四射的地方,但过得爽的主要是游

---

[1] 凯特·摩丝(Kate Moss,1974—),英国超模,身材极瘦弱。

客、企业家和骗子（如果你能分辨出后两者之间的差异的话）……很多人的生活要比共产党时期差，特别是在国有部门工作的人。比如说卢德米拉的父母，都是专业人士，她父亲是病理学家，母亲是卫生保健员，但是她告诉我他们必须在晚上给中学生上课才能维持生计，因为通货膨胀，他们固定的工资贬值不少……当你称赞天鹅绒革命时，人们的反应里会有一丝轻微的嘲讽，这并不意外。"当然我们现在是可以自由旅行了，"卢德米拉对我说，"但我们负担不起。"当时我们刚刚做完，正在床上聊天。我很想睡觉，但是把她赶出去似乎并不礼貌，而地方又不够我们两个人一块儿睡，一张单人床，几乎不能让我们并排躺下……英国文化教育协会[1]给我定的是一家古色古香的旧旅馆，能俯瞰查理大桥，三十一个圣人雕像沿着桥栏杆排开，姿势就像石化的赌注登记人……我想他们认为我会喜欢这个地方的历史氛围，蜿蜒的楼梯和愚蠢的低矮走道、带暗色护墙板的墙和小木屋般的房间，而我不在家时真正喜欢住的是像希尔顿或凯悦那样的地方——宽敞、豪华……大到足能在里面漂起来的浴缸，力道强劲到可以在皮肤上打出孔来的淋浴……装得满满当当的迷你吧，电视上丰富的成人频道可供选择……一张足够大的床，怎么折腾却不会掉到地板上，脚指头也不会踢到床头柜上。并不是说我试了跟卢德米拉做类似的事，我们只是非常基本的套路……没有重味，我用了套，所以足够安全，但是……有点机械……不是一个特别满意难以忘怀的夜晚……我早应该不再干这种

---

[1] 英国文化教育协会（British Council）是英国政府于1934年成立的非营利组织，致力于促进英国文化、教育、国际关系的拓展和交流，在全球各地设有分部。

事了，不管怎么说，趁着出国搞一夜风流，特别跟岁数只有我一半的女人……部分是出于无聊，部分是殷勤，因为她误解了我说的那句话，"我能想到几件事"。虽说可能不太合理，不过我觉得如果那天晚上到最后我也不跟她调调情，她可能会觉得被侮辱了……有这方面的因素，还有在布拉格闲逛太无聊了……每个人都说这地方特别好，但在我看来就像一个高级点儿的遗迹主题公园，到处都挤满了跟你会在迪士尼乐园看到的一样的人，穿着运动鞋和大裤衩、T恤的游客……因为天气暖和，中欧已经是春天了，差不多可以说是热浪……这件事也得说说，大部分时间我都太热了，带衣服带错了，太多羊毛的，身上发痒，一直在出汗，尤其是坐在闷热的餐馆里大吃大喝匈牙利式炖牛肉汤和烤鹅配饺子，要是换换口味就是牛肉蔬菜汤配饺子、烤猪肉配酸菜和饺子……这个事麻烦在于我其实挺喜欢那种菜，而且我本性就好吃，所以吃得太多了……特别是在这种出差的场合，有人拉你每天下两次馆子，午饭晚饭，每次三四道菜……

我觉得我还是喜欢共产党时代的东欧，吃的没这么多，实际上什么东西都不怎么多，就算你是个带着硬通货的游客……暂时把自己暴露在贫困生活中可以获得一种令人活力充沛的满足感。我记得一个冬天的下午走在"乱码"的街上，一定是在七十年代，一切都处于彻头彻尾的无可救药的悲惨境地，年久失修的单元楼落满灰尘，肮脏的冰雪堆在排水沟里，有轨电车里挤满了面色灰暗的乘客，在铁轨上转弯时发出刺耳的摩擦和呻吟，食品店的橱窗和货架都空空如也，而店外还有身材走样、面无表情的女人们穿着靴子和大衣在坚韧不拔地排着长队，看到这些，我心里反而怀有一种狂喜……这让你感恩在家能过上的普通而且理所当然的奢侈生活……让你非常感激英国护照和安全地塞在内侧口袋里的机票……现在不再有这么令人兴奋的对比了……

这次旅行起初的由头是我的捷克出版商邀请我，他们推出了《思维机器》，想请我去做宣传……他们认为我十年前出的书值得翻译，我想我很受宠若惊，觉得他们值得鼓励，所以就接受了……然后出版商立即向英国文化教育协会申请资助，而协会的意思是如果我去那里的大学做个讲座、参加一个研讨会他们就同意，于是我说好，最后日程安排变得非常繁忙，讲座、研讨会和新闻采访和签售，还上国家电视新闻做了三分钟的采访……我之前从未见过我的出版商米洛什·帕拉斯基，见了之后发现他是个典型的新派后马克思主义创业资本家，和蔼却又狡猾，自己没有掏一个子儿就弄出来这么多高曝光度的活动，除了给一天的午餐买单（菜花汤配饺子，烤野猪肉配饺子，水果饺子配饺子）……据我这次见到的一位捷克作家说，帕拉斯基因为不支付到期的版税而臭名昭著，除了已经到手的那一点签字预付款，多一个子儿我都别指望拿到……见到派给我的翻译时并不放心，因为这位中年女士英语说得不好，似乎也没有学科背景，但我也没法跟帕拉斯基好好说说这个问题，因为他英语也不怎么样……他不论去哪里都有两个穿黑西装戴墨镜的彪形大汉不离左右，他下车走进楼里时给他开门，帮他挡开人群……大概是为了保护他不被愤怒的债主揍……好吧，没过太长时间我就意识到自己被利用了，但是我还是坚持到底，以专业人士的态度完成了在媒体和书店的活动，在查理大学[1]做了一场座无虚席的讲座，还是万金油式的老一套，讲过好多遍的意识问题概论……莱文的解释鸿沟、克里克的惊人的假说、查默斯的难题、丹尼特、塞尔、明斯基、彭罗斯，通常都要提的这些名字[2]，扯扯对神经科学朝新颅相学[3]发展的倾向，再扯上一点行为主义——"对我来说怎么样？"总是能博得一片笑声……最后谈一点人工智能，用现象学补充，建立情感以及认知过程的模型，采用自下而上而不是自上而下的途径……那是周五下午……然后是招待会和饺子晚宴……然后在周六早上，我给哲学系和心理学系做闭门报告，关于我们在中心做的实验性工作，之后负责接待的教授向我介绍了卢德米拉·利斯克，心理学系的年轻研究助理……这一天剩下的时间在英国文化教育协会给我准备的日程表上写的是"空闲时间——观光"，卢德米拉被指定为我的导游。那时候我真正想做的是跳上最近的一班飞机回家……但是有一个眼睛里充满渴望、面带微笑、长得不差、苗条得不可思议的年轻姑娘伸出手来等着我去握……拒绝她的服务太残忍了……我发誓我那时没算计过这服务会扩展到多远……

她拿到了一笔钱来支付我们的花费，所以她做的第一件事就是带我去一家"正宗捷克餐厅"，在那里我们吃了一顿正宗捷克午餐……然后我腆着撑大的肚子顶着午后毒辣的太阳跟着卢德米拉在布拉格老城区转来转去，去了大教堂、城堡、各种教堂和美术馆欣

---

[1] 查理大学（英文 Charles University，捷克文 Univerzita Karlova）成立于 1348 年，是捷克最古老、最大的大学。

[2] 皆为意识研究领域的专家及其理论。

[3] 颅相学（Phrenology）是一种认为人的心理与特质能够根据头颅形状确定的学说。

赏了哥特式的这个、洛可可式的那个和新艺术风格的另一个,直到卢德米拉说到吃晚饭的时间了,得早吃因为她有歌剧票,雅纳切克[1]的什么作品……"我们不去看歌剧的话,你会非常介意吗?"我说。她看起来很担心。"你不喜欢?"她说。"我讨厌歌剧。"我说。她咬住嘴唇,忍住不笑出来,好像我身上有什么不入流的东西。"那么你想做什么呢?"她说……"嗯,我能想到几件事。"我微笑着说道……至少我是打算微笑的,但也许呈现出来的表情像淫笑,因为她脸红了,于是我本来没有别的意思的话成了双关语……"比如,"我试图澄清可能的误会,"我们可以找个不错的很酷的酒吧喝几杯冰啤酒,然后也许可以去有空调的电影院看场电影,然后我也许就有了胃口,可以在什么地方吃点清淡的晚餐。"于是我们就做了这些事。我们找到了一个酒吧,有个爵士吉他手静静地拨弹着背景音乐……然后是一部伍迪·艾伦的老电影,对白是英语,有捷克语字幕……然后是一家小小的越南餐馆,菜里没有强制性的饺子……晚餐时我们喝了一瓶非常好的匈牙利雷司令葡萄酒,卢德米拉跟我讲她的研究,他们组在做一个模拟学习过程的项目,采用的方法是通过经验、同其他学习者对话和并进行模仿、模拟"动物、蔬菜还是矿物"这类儿童游戏[2]来习得规则……在我看来没什么希望,变量太多了,不过我礼貌地鼓励了她……她当然知道我在这个领域的名声,表现得低声下气的,拼命恭维我,不过她事先也有

---

1 莱奥什·雅纳切克(Leoš Janáek,1854—1928),捷克作曲家、音乐理论家与民俗音乐学者,被认为是最重要的捷克作曲家之一。
2 "动物、蔬菜还是矿物"(Animal, Vegetable, Mineral?)是BBC在1952年到1959年间播出的一个智力问答节目。

所准备，对《思维机器》非常熟悉，能直接引用里面的话……谈话时，我们应该一直都在各自揣测这个晚上将会如何结束，就像漫画里漂浮在人物头上的表示"想"的那种气泡。"他想跟我睡觉吗？"和"她期望我跟她睡觉吗？"正式的计划是她把我安全送回酒店，然后自己打个车回家……一个温暖宜人的夜晚……我们漫步穿过瓦茨拉夫广场，又看了一次天文钟，当时正好是半夜十二点，大钟鸣响，雕像动起来，突厥人、有钱人和虚荣人都在朝死神摇头，而死神在点头表示"是"[1]……我们在查理大桥上游荡，凝视着泛光灯照射的那个城堡或者宫殿或者是不管叫什么名字吧，在高高的山脊上俯瞰城市，看起来像海市蜃楼一样漂浮在夜空中[2]……这个地方的魔法终于开始对我起作用了，在三十一个神圣的雕像的影子里，有几对夫妇在拥吻，模仿他们似乎变得很自然，所以我用胳膊搂住她的腰，说她的腰真是纤细，说我想知道是不是光用两只手就能把它绕一圈掐住，手指对手指，她笑着让我试试……我没有成功，但她年轻的身体在我双手之间，像一棵树苗，坚硬有弹性而又柔韧，我把她拉向怀里，用一个吻让她向后仰起头……一件事引发另一件……我们进屋后她一点时间也不浪费，一瞬间就脱光了衣服，当然她也没有穿很多——就是棉质连衣裙和内裤，没有胸罩，她不需要因为乳房很小，太小了，不合我的口味……跟卡丽相反……我小

---

[1] 天文钟是布拉格的著名地标。突厥人、有钱人、虚荣人和死神是时钟两侧的四个在整点报时时会动的雕塑。

[2] 这句话描述的是布拉格城堡，其坐落于流经布拉格市区的伏尔塔瓦河（即查理大桥横跨的河流）河畔的高地上，为波西米亚和捷克历代君主和最高行政长官的驻地，是世界最大的古堡建筑群。

时候那个广告是什么来着,我忘了是讲什么的了,"不太少,不太多……刚刚好……"她钻进被子里,躺在那看着我脱衣服,我觉得这令人不安……与她瘦弱白皙的躯干和四肢相比,我的身体看起来令人厌恶,满是皱纹和斑点……我把灯关了,拉上窗帘然后打开窗户,口头上说的理由是房间很闷想透透气,但实际上是因为想掩饰自己的尴尬和不太兴奋的心境……不过我倒是及时地勃起了……但我不敢保证她没有假装高潮……

不,这次上床绝对不是特别满意难以忘怀……一切都太轻易了……如果是在七十年代,我可能会怀疑这里面有阴谋,木家具里藏着录音机照相机,拿来勒索我,逼我当间谍……不过那天最后确实有索取回报的时间……白天我随口提到了五月底的会,她穿衣服准备回家时问我能不能在那个会上讲篇论文,因为那样她可以向英国文化教育协会申请旅行补助……我说会议日程已经排满了(这是个瞎话),不过要是她愿意可以发个墙报……我刚跟她完事,没法一口回绝……不过协会应该认为仅仅一张墙报不值得出旅行补助……我相信……

24

4月6日　星期日

　　刚从蹄铁回来,顺路把麦信哲家的孩子们送回皮特维尔草地。我们吃午饭的时候,在阿姆斯特丹转机的拉尔夫打来电话,说他错过了去布里斯托尔的航班,现在改飞伯明翰,所以卡丽只好去那里接他。我提出我来把孩子们送回家,这样卡丽可以少开一点路,她感激地接受了。我很高兴终于有机会能帮她一下。

　　这个变故让我们提前离开蹄铁,很遗憾,因为天气非常好,温暖到足以坐在室外的甲板上。现在是下午六点,天还亮着。夏时制是在上周末开始的,表拨快一小时,但我那时过于沉浸在马丁的事里,都没有注意到,也没在晚上好好享受额外的日照时间。现在我平静一些了。跟别人聊这件事是种解脱,而卡丽是个富有同情心的倾听者,尽管她让我再找一个男人的建议很讽刺,因为此刻唯一对我感兴趣的男人是她丈夫。

　　马丁被揭穿造成的一个结果是他终于"走了"。他不再是徘徊在我意识边缘的一个无形存在。我没有冲动去召唤出他的魂灵,好指责或斥骂他。我也并不真的希望他在炼狱里燃烧,更不用说下地狱。我其实无法想象他会去哪里，在哪里存在，因为现在看来他像是个冒牌货，而他真实的自我是什么样的，我永远不会知道了。从一方面来说我很高兴在这里发现了真相，而不是在家里，在有孩子和朋友们在身边的时候。等我回到伦敦时，就不再会为他悲伤了，甚至可能不再会提起他，而这似乎很自然。

4月7日　星期一

春天似乎真的来了。又是好天气，我走过校园时阳光照在后背上，能明显感觉到温暖。蓬勃的气息随处可见。图书馆周围的树上开出粉色的樱花，外面有很多学生在台阶上晒太阳，他们肩带放下，衬衫脱掉，调情、亲吻、牵手。他们情难自已，争相加入这场春之祭。

性本能，一个多么神秘的难题，产生了何其广泛多样的情感。一头是极乐，另一头是恐怖。我在教职工休息室喝咖啡时从报上读到一则可怕的新闻——一桩轮奸案，发生在去年九月，不过审判刚开始。一个奥地利女人到伦敦旅游，跟几个十四岁（十四岁！）到十七岁的青少年搭上了话，她觉得他们很友好，和他们一起去散步。也许她有点幼稚，但那是在光天化日之下，她可能认为他们是孩子（报上说她三十二岁）。作为一个外国人，她可能不太能听懂那几个孩子之间的谈话，也无法识别出他们的肢体语言、语气语调、面部表情等里面的信号，因为他们一定在互相轻捅、挤眉弄眼、交换眼色、窃笑、小声嘀咕。他们把她带到一个荒凉的地方，剥掉她的衣服强奸了她，报上说是"反复"，然后不顾她的恳求，把她赤身裸体扔进一条运河里，尽管她告诉了他们她不会游泳——这可能救了她一命，因为她其实会游泳，成功地游到了河的另一边，爬上岸。我想象她抽泣着、颤抖着，身上一道一道的泥土和黏液，忍着瘀伤，流着血，沿着拉纤的马走的路蹒跚而行，直到找到人帮助她。让我印象深刻的是，她说她之所以能从这非人的折磨中幸存下来，是因为她"尽可能地将自己的思想从身体上分离"。我很好奇拉尔夫·麦信哲会对此发表什么评论。在我看来这是二元论的一个很好的论据。

我在休息室里时贾斯珀·里士满也进来了，身后跟着一个推着小车的搬运工，车上放着几箱葡萄酒和酒杯，给今晚的招待会用。沃尔索尔大学的罗玢·彭罗斯教授要来，在 H. H. 克罗斯比纪念讲座上讲话，这是一年一度的活动，资金是这里某个职员的遗孀捐助的。我被邀请参加招待会，结束后会和她共进晚餐。讲座题为"审问主体"。"恐怕会很难懂，"贾斯珀说，"会有很多术语。她是那种搞理论的人。""你为什么邀请她？"我问。"不是我想请她，"他说，"可一些年轻点的同事都特别想要她。"他反射般地目露猥琐，咧嘴坏笑，"我的意思是，要她来讲话。不过我知道她也很漂亮。"

大选报道占据了报纸绝大部分版面。民意调查显示工党保持着二十个百分点的优势，会在五月一日取得压倒性胜利。我发现现在再去注册邮寄投票已经来不及了，而选举日是星期四，我要教课，所以看来我得放弃自己的投票权了。虽然理论上我可以在上午去伦敦打个来回，但那太累了，而且说实话，我没有足够的动力去费这番工夫。

自从学生时代以来，我一直投票给工党，那时我认识的每个人几乎都自动是左翼，但随着时间推移，大家的热情和信念也逐渐减弱。如果不是马丁的坚持，我可能已经放弃原则，叛逃到社会民主党[1]阵营去了，他过去常常嘲笑那个党是"并不真的喜欢政治的人的党"。新工党[2]似乎与社会民主党没什么区别，这对我来说没问题，而且我的选区的议席已经是工党的了，这次他们用不着我的投票就能获胜。就连除了1945年之外一辈子一直投给保守党的爸爸都在说他这次可能投给自由民主党，或者至少弃权。他对这届无能、深陷丑闻的政府深恶痛绝。要知道，如果索思沃尔德都成了工党的地盘，那可真是天下大乱了。

4月8日　星期二

罗玢·彭罗斯演讲题目中的"主体"原来是一个多重隐喻，涵盖了作为经验主体的个人、句子的主语、政治实体的国民以及大学课程中的英语文学课的主题。就我能听懂的程度来说，她讲的主要意思是，在所有这些意义上，"主体"都是坏事：经典精神分析对

1　社会民主党（Social Democratic Party，SDP）是英国在1981年至1988年期间存在的一个中间偏左的社会民主主义政党，自工党分裂产生。1988年，自由党和社会民主党合并，成为现在的自由民主党。

2　新工党（New Labour）是指英国工党自二十世纪九十年代中期至2010年由布莱尔及布朗领导的一段历史时期。这个名字来源于工党在1994年年会上首次使用的口号。

自我的极度推崇、传统语法对形式正确性的迷信、殖民主义对主体种族的剥削和压迫、认为文学存在正典的观念——这些东西之间存在着某种等价性，它们都是压迫性的、暴虐的、男权中心的，必须要摧毁……一场别开生面、五光十色的讲话，演讲者杂耍般地同时顾及所有这些概念，尤其特别的是她是一个高大、俊美、相当年轻的女人，穿着考究的黑色天鹅绒西装裤套装，火红的头发向后梳起，用银色压发梳卡住；当她以自信的目光扫视观众时，细长的银耳环摆动着，闪闪发光。但我看着观众中那些面带敬畏的年轻人，听着如此枯燥而贫瘠的信息，感到有些沮丧。讲了这么多，阅读的乐趣在哪里？个人发现、自我发展在哪里？但是这场讲话里不允许自我存在，她显然认为自我这个概念是对主体性的误读或"阅读先生"（或阅读神秘？）[1]。指号过程[2]的溪流在不断构造、解构和重构个体，而她由于习得了语言而被扔进这条溪流（我觉得我写得没错，我记了笔记的）。溪流的比喻让我想起那位被一群小混蛋强奸然后扔进运河的可怜的奥地利女人，而我想对她来说，得知自己的遭遇是英语文学教学大纲中规定必学的莎士比亚作品以一种晦涩而间接的方式造成的，可算不上什么安慰……讲座快结束时，彭罗斯教授开始从计算机科学中引用例子做类比。屏幕上的窗口让你可以毫不费力地在同时运行的不同程序之间切换，她用这些窗口来比喻去中心化的自我。我听着听着，突然察觉她说的话和拉尔夫·麦信哲的

---

[1] 这里是文字游戏。"误读"的英文是 misreading，原文故意拼成 miss-reading，于是就有"阅读小姐"（姓"阅读"的小姐）之义，引出后面的"阅读先生"（mister-reading），而 mister 又和意为"神秘"的前缀 myster 同音。

[2] 指号过程（semiosis）指语言或非语言起符号指代作用，从而产生意义的过程。

言论之间有一种诡异的相似性。他们都认为自我没有任何固定的身份，没有任何"中心"。他说自我是我们虚构出来的一部小说；她说自我是文化为我们编织出来的。自然科学和人文科学最前卫的思潮在这一点上达成了如此之多的共识，这令人很不安。

晚餐时我坐在彭罗斯教授旁边（在教工俱乐部的私人餐厅，饭挺差的），发现她比我想象的更富有同情心。我认为这不是因为她读过我的一些小说并发表了一些颇有见地的评论。她有一个四岁的女儿，父亲是谁不得而知。她一边当单身妈妈一边当沃尔索尔大学传播与文化研究系的系主任，时间总是安排得满满当当。沃尔索尔是一所那种由以前的理工学院改制建立的新大学。（想想格洛斯特曾经也是这样的，感觉有点古怪。校园建筑现在从外面看上去饱经风霜，里面破损严重。）罗玢·彭罗斯得到那里的职位没几年，她说她的任命是该校"为提升其研究和教学质量评估结果而发表的使命宣言"。她信手拈来这一串管理术语，跟文学理论一样娴熟。跟她谈话给我留下的印象是，她手下是一群桀骜不驯、怨气满腹的家伙，大部分都是上了年纪的男人。她像以前的工厂老板那样，驱使着他们达到越来越高的产出。但她似乎更有兴趣跟坐在她对面的安娜贝尔·里弗代尔聊天，探讨托儿所里的婴儿疾病和性别刻板印象。她的文学理论和专业实践之间存在着古怪的矛盾，而这种矛盾也存在于这两者和她的个人生活之间。不过她可能觉得角色性格的一致性是一个已经被推翻了的概念。

演讲结束后的招待会上，玛丽安娜·里士满过来跟我搭话，说服我花五镑买了一张票,参加为下周日在水上伯顿[1]举办的鸭子竞赛,这个活动的目的是为与奥利弗有关的慈善机构筹集资金。它像是一种高级的"丢棍子"游戏[2]。把很多编好号的塑料鸭子从桥上扔到河里,让它们顺流而下,谁的票上是第一个通过终点线的鸭子的号码,就赢得一份奖品。听起来比普通的抽奖有意思,我很高兴地掏出一张五镑的钞票。我们交换了对讲座的看法,我说要是拉尔夫·麦信哲来了就好了,因为我想知道他怎么看,她听到这话时看我的眼神变得有些凌厉,仿佛我透露了自己跟拉尔夫的关系非比寻常,比她所知的要亲密。当然,她不知道我知道她跟他玩的"游戏"——我也不相信他已经把注意力转向了我。格洛弗一家也在,他们三句话不离大选。现在布莱尔看起来很可能取得压倒性胜利,利蒂希娅对新工党的评价好了一些,看来是要让自己沉浸在胜利的荣耀里。他们要在大选之夜办个派对,她答应给我发邀请。

4月9日　星期三

拉尔夫·麦信哲早上打电话给我了——我今天在家工作。"你不查电子邮件吗?"他说。"隔一天看一次。"我说。他大笑起来。"我的同事大多二十分钟就看一次,"他说,"我昨天早上给你发了一封邮件。""不好意思,"我说,"我应该去看一下吗?""不,不用麻烦了,"他说,"只是提议今天咱们一起吃午饭。我想请你帮个

---

[1] 水上伯顿(Bourton-on-the-Water)是格洛斯特郡的一个村庄,其中群山环抱,河流蜿蜒,风景秀丽。
[2] "丢棍子"(Pooh Sticks)是1928年出版的一本小熊维尼系列故事书中描述的游戏,玩法和下文叙述相同,只不过使用木棍而不是塑料鸭子竞赛。

忙。""什么样的忙?"我小心翼翼地问道。"不是什么你不会同意的事情。"他说。

片刻犹豫之后,我同意了。在我看来要是拒绝就太夸张了。从他向我求欢以来已经过了足够长的时间,我当时清楚地说明了我的态度,在随后的电子邮件通信中也是如此。现在那种气氛已经消除了,我们没有理由不恢复友好关系。"教工俱乐部还是酒吧?"他说。我谨慎地选择了前者。

教工俱乐部真是个糟糕的选择。除了食物,这倒是一次愉快而有趣的午餐。拉尔夫诙谐地谈论布拉格过分丰富的菜式,听起来虽然难以消化,但至少很美味。他想让我帮的忙原来是请我参加他的中心要在学期末举办的一场会议。叫什么"国际意识研究大会",老会油子都管它叫 Con-Con[1],拉尔夫把它比作一个流动马戏团,每年夏天在不同的地方扎下帐篷,今年轮到了格洛斯特。"不是纯学术会议。纯学术会议都是研究同一个领域的专家,互相扯扯闲篇。"他说,"这次是真正的跨学科交流,来的有边缘人、疯子和怪人,也有认知科学界最重量级的人物。我觉得你会感兴趣的。"看来这个会议有个传统,邀请一个人在结束时做个简短的讲话,叫"最后的话",总结自己对这次活动的印象。他想让我讲。我受宠若惊,但我说自己不够格,可能根本听不明白会上至少一半的发言人都在说什么。"没关系,"他说,"最后的话的用意是让大家听到在会上

---

[1] 这个会议的全名叫 International Conference on Consciousness Studies,故可以简称为 Con-Con。

还没出现过的观点。比如说去年是一个和尚讲的,有一年是个动物学家。从来没有文学方面的意见在我们这个会上发表过。""这对讨论意识的会议来说肯定是个严重的疏漏,"我说,"不过你为什么不请个正式的学者呢,像罗玢·彭罗斯这样的?"我跟他说了她的演讲。

"噢,我忍不了那些人,"他说,"后现代主义者,要不就是后结构主义者,反正不管他们怎么称呼自己吧。他们最近渗透进 Con-Con,带来了无穷无尽的麻烦。"我对他怀有如此强烈的敌意感到很惊讶,问他为什么。"因为他们对科学真是充满敌意。他们挑出一些现代科学思想,并不真正理解就用它们当材料到处宣讲,像那种三张扑克牌换来换去让你猜的街头骗局。他们认为,海森堡不确定性原理和薛定谔的猫和哥德尔定理能让他们声称世上就没有科学证据这种东西,科学只是对世界的一种解释,还有其他很多种也同样有效。""好吧,难道不是吗?"我说——只是为了挑衅他。"当然不是,"他说,"科学的解释力根本不是万物有灵论或袄教或占星术之类的能比得了的。""好吧,这我承认你说得对,"我说,"可这些例子都太极端了。""那你自己举出些例子来。"他充满挑战性地扬起下巴。我一时一个也想不出来。"自启蒙运动以来,"他渐渐进入讲课模式,"科学已经将自身确立为唯一真正的知识形式。这给与其竞争的其他形式带来了一个问题——它们要不就接纳它,试图把自身变得科学化,这样就有一种危险,那就是被人们发现它们的概念世界其实没有基础——例如严肃神学就是这样——要不就把头埋进沙子,假装科学从未发生过——例如原教旨主义宗教。这些后现代主义者在为他们的原则构筑最后一道防线,说大家都是一样的,包括科学家——没有基础,也没有沙子。但事实并不是这样。科学是真实的。它给人类生活条件带来的改变比之前几千年历史的总和还要多。光想想医学就够了。两百年前,医生们还在用放血治疗世界上的每一种疾病。如果你得了癌症,你会去咨询一位认为反射疗法和芳香疗法与手术和化疗地位相当的后现代肿瘤医生吗?""按你这么形容当然不会了,"我说,"但是难道就不存在科学方法不适用的人类经验领域吗?""感受质,你的意思是?"他说。"我想是的,"我说,"我想的是快乐,不快乐。崇高感。爱。""当然有一个尚未解决的大问题,"他说,"怎么把能够被观察的大脑状态和目前只能由本人报告的精神状态联系起来。但如果你是科学家,你必须相信有一个可以找到的答案。这就是中心的用处。"我问他是否认为有一天,某个人,一个新爱因斯坦,会在早上醒来时想出一个像相对论那样的点子,一举解决意识问题。"说实话,我觉得没戏。我认为这个问题更有可能由计算机而不是人解决。而关键在于,我们看到答案时,能认出来吗?"

4月10日　星期四

今天下午的工作坊很好。索尔·戈德曼讲的一章里,他的主人公第一次把父亲带到同性恋酒吧。非常有趣。不过从我的角度看,这节课上最好的事是桑德拉·皮克林来了。前两次课她都没来——就是上星期的摊牌以后——我开始害怕她抑郁或生气了,或者干脆彻底放弃这门课,然后闹出什么动静来,让整件事都曝光。但她今天又出现了——不仅如此,还有一两次说了几句挺到位的点评。她说话时舌头上的金属钉在嘴里忽隐忽现,我想了几种它在做爱时可能的用途,不过都是出于嘲讽的心理,而不是嫉妒。我不再不顾一切地想把她的眼睛挖出来了。

总而言之,事情似乎都平息了。拉尔夫在星期三表现得无可挑剔,所以我不再心存疑虑,接受了邀请,这星期日会跟他和卡丽在蹄铁共进午餐。那天下午我们都会去水上伯顿看玛丽安娜·里士满的鸭子竞赛。我明天自己也打算出去在附近转一下。现在天气转好,白天更长,这里有那么多有意思的地方,我决定要更经常地走出校园去探索。我最近一直在读一本新出的亨利·詹姆斯书信集,特别感兴趣的是他在1870年春天从离这里不远的莫尔文写给查尔斯·艾略特·诺顿[1]的一封信。他去莫尔文是为了疗养,之前他在佛罗伦萨度过了一段时间(这一年是他在欧洲的"壮游"[2]之年,花费由父亲出)。这段话特别打动我:

昨天早上如果我想起过佛罗伦萨,那差不多是出于怜悯。我沿着乡间小路步行前往莱德伯里古镇,那儿离生活着很多鹿的翠绿山坡一小时路程。穿过伊斯特诺公园(属于萨默斯伯爵)光影斑驳的林荫道,就到了这片广阔而辉煌的土地,无比闲适、迷人、原始,足以跟意大利的任何地方相提并论。在莱德伯里,我看到一座高

---

1 查尔斯·艾略特·诺顿(Charles Eliot Norton,1827—1908),美国作家、社会评论家、艺术教授。
2 "壮游"(Grand Tour)又称"大游学"、"大旅行"等,指自十六世纪发源于英国的一种风尚,上流社会的年轻人到欧陆诸国(主要是意大利、法国、低地国家和德意志诸邦)的历史名城、大学和文化中心学习和游历,开阔眼界,陶冶身心。

贵的老教堂（有独立的钟楼）和一片充满古旧韵味的教堂墓地，气氛和细节都非常令人满意，在我看来（当时）——就像许多事物一样——是我的欧洲之旅中令人难忘的景点之一。

一个有独立钟楼的教堂听起来很古雅，而且很不英格兰。我非常好奇，想亲眼看到，所以打算明天就去那里。希望它还跟詹姆斯看到时的面貌一样。

4月11日　星期五

今天发生了一件非常特别的事情。我以为自己的生活已经回到了单调乏味的例行轨道上，可这件事再次让一切都变得不确定起来，而且让我怀疑人类的行为是不是永远不会表里如一。这次经历最不显眼的一个方面是，它由一次致敬詹姆斯的朝圣之旅开始，而后来出现的场景仿佛来自他自己的小说。因此，让我用其主人会批准的"细节刻画的翔实牢靠"的手法[1]来记录它。

从这里开车去莱德伯里很简单：从 M5 的 9 号出口下高速，沿着 A438 一直开就到了。穿过图克斯伯里时我瞥见了壮观的诺曼式[2]修道院，决定要在回来的路上停一下好好看看。从那里开始道路变得开阔，可以开得很快，路两边山峦连绵的乡村风光令人心旷神

1　"细节刻画的翔实牢靠"原文是 solidity of specification，为亨利·詹姆斯在 1884 年发表的经典论文《小说的艺术》（*The Art of Fiction*）中所用短语。此翻译出自上海译文出版社 2001 年版《小说的艺术：亨利·詹姆斯文论选》。
2　在建筑上，诺曼式（Norman）指十一世纪至十二世纪在诺曼人统治或影响下的土地上建造的罗马式建筑，尤用于这个时期的英国罗马式建筑。

怡（不过不像科茨沃尔德那样郁郁葱葱、整洁利落）。过不了多久就会开上一条长长的斜坡道，上山进入莱德伯里镇中心。从建筑角度来讲，这片地方是黑白分明的，而莱德伯里的高街上有一些这种风格的精美样本——特别是市场大厦，一座比例协调、赏心悦目的都铎式建筑，由许多高跷般的木桩支撑，还有都铎风格的"羽毛"酒店，不规则形状的外立面异常壮观，我在心里记下来，作为午餐地点备选。我走进小小的旅游信息中心，拿了几张这个小镇的宣传单。原来这里跟文学有很深的渊源，扎实厚重，远不止詹姆斯的一次短暂造访（在旅游材料里没有写）。威廉·朗兰德[1]被认为出生在莱德伯里。约翰·梅斯菲尔德[2]肯定是在这里出生的，在逃到海上之前一直住在这里。伊丽莎白·巴雷特[3]在附近长大，她家的房子非常漂亮，有土耳其式的宣礼塔（不幸的是已经被拆除了，好在有照片留下来）。几乎就在市场大厦正对面，有一座丑陋的维多利亚时代建筑，由红砖和木头建成，附带一座钟楼，是以她的名字命名的研究所。墙上挂着一块牌匾，写着是由亨利·莱特·哈葛德爵士[4]于1898年揭幕。

我喜欢这一切。我欣喜地拥抱自己（这是个比方）。我喜欢与

---

[1] 威廉·朗兰德（William Langland，约1332—约1386），英格兰诗人，被认为是中世纪英语文学重要作品叙事长诗《农夫皮尔斯》（*Piers Plowman*）的作者。

[2] 约翰·梅斯菲尔德（John Masefield，1878—1967），英国诗人、作家，自1930年起担任英国桂冠诗人至去世。他在1891年离开学校，去"康威号"海军训练舰接受航海训练。

[3] 伊丽莎白·巴雷特·勃朗宁（Elizabeth Barrett Browning，1806—1861），维多利亚时代最受人尊敬的英国诗人之一。

[4] 亨利·莱特·哈葛德爵士（Sir Henry Rider Haggard，1856—1925），维多利亚时代英国小说家，擅写爱情和冒险故事。

以前伟大或不那么伟大的作家建立联系，走他们走过的路，看他们看过的东西。我有很多在伦敦的朋友都喜欢嘲笑遗产保护业，但我非常感激能有大量金钱和精力被用于保留过去的风貌和氛围。例如，通往莱德伯里教区教堂的小径在詹姆斯和我眼中的样子肯定大致相同——在他的时代也许没这么整洁干净，而且无疑气味会很难闻——但它确实得以不受现代化的侵袭。顺着从高街延伸出来的蜿蜒曲折的鹅卵石小径向上攀登，黑白两色的低矮小房从两边挤入。朝山顶仰望，你可以看到路旁屋顶之上，圣米迦勒和诸天使教堂[1]的尖塔高高耸立，其"金色的风向标俯瞰着郡上一半的土地"，梅斯菲尔德写道（导游指南是这么说的——我记不住太多梅斯菲尔德）。詹姆斯用的"钟楼"这个词误导了我，让我想象一座意大利文艺复兴风格的塔楼，像锡耶纳的那座[2]，只是小一点。但它当然是一个尖塔，最初是诺曼时期建造的，而其尖顶在十八世纪被翻新替换。不过，它确实如詹姆斯所说，是跟教堂主体分开的，独自伫立在一片绿色的草地上，被年代久远的墓碑环绕，我觉得我在英格兰其他任何地方都没见过像这样的建筑。教堂本身颇具历史和建筑意义。巨大的木门上布满了莱德伯里战役留下的弹孔（不管是哪场仗吧，我拿的宣传单没说），在东侧的大窗上方有一个红色的小窗，据说是十六世纪加上去的，作为被新教改革者禁止的圣体灯[3]的替代品（这点可以告诉爸爸，他喜欢这类小掌故）。

1　圣米迦勒和诸天使（St Michael and All Angels）是莱德伯里教区教堂的正式名称。
2　詹姆斯描述钟楼用的词是意大利语"campanile"。锡耶纳主教座堂的钟楼为一座方形塔楼，是意大利文艺复兴风格建筑的典范。
3　圣体灯一般为挂在教堂祭坛上方的一盏长明灯，象征耶稣的存在，多为红色。

我把教堂里里外外仔细看了个遍,在墓碑林中悠闲地游荡,阅读铭文,最后信步走回小巷,对自己无比满意,有了吃午饭的胃口——此时去"羽毛"酒店再合适不过了。有时,一个女人独自在酒吧里吃那些酒吧食物会感到不自在,但"羽毛"更像是一个大型的非正式餐厅。整个底层打通,大部分墙壁都被凿掉了,不过厚厚的垂直梁被保留下来,像柱子一样立着,形成一个巨大的不规则空间,凹凸错落。大块木头在巨大的开放式壁炉里闷燃着,每张桌子上都有一瓶春天的鲜花。那是坚固、未抛光的木桌,配有舒适的温莎扶手椅。长条吧台上方挂着一块黑板,上面写着菜单,菜名富于诱惑力,令人不禁冒险一试。我点了大蒜和香草酱宽意面配辣椒虾和日光晒干的西红柿,留点肚子给甜点——橙味松露杯配大马尼尔酒酱。一位慈母般的服务员微笑着给我点菜,我又要了一大杯店家精选霞多丽葡萄酒。第一道菜上来,就像菜单描述的那样令人垂涎欲滴。我简直不敢相信自己的好运气。

然后那件事发生了。我刚吃完意面和虾,服务员把盘子收走,记下了我要的甜点。我把最后一口酒吞下肚,倚在温莎椅的曲线上,满意地舒了口气,懒洋洋地抬头看看,又朝餐厅另一头望去。那边有一处凹进去的部分,座席都配有软垫,看上去很温馨,其中一张桌子在我进来时是空的,不过桌上摆了一张"已预定"的卡片。现在,桌边坐着的是卡丽·麦信哲和尼古拉斯·贝克。

我的第一反应是:多么令人愉快的惊喜,多么幸运的巧合,能在这个美妙的地方意外碰到朋友。与此同时,对他们出现在这里的解释在我脑海里闪现(大脑在这种情况下转得真是太快了)。我回忆起我第一次去皮特维尔绿地的房子做客时,卡丽提到尼古拉斯·贝克开车带她到乡下各地的拍卖会和古董店,帮她买古董家具。他们今天肯定也是在进行这样一趟寻宝之旅,我猜。

我的下一个冲动是想过去和他们打招呼,甚至可能跟他们聊一会儿,分享我对莱德伯里迷人的教堂和尖塔的发现。他们对它肯定已经很熟悉了,但是他们不会知道它跟亨利·詹姆斯的联系,我渴望用这一点琐碎的知识给他们露一手——跟有文化的朋友打交道时,人一般都会这样。但就在我马上就要站起来的时候,尼古拉斯·贝克抓住卡丽的手,身子探过桌角,实实在在地吻着她的嘴唇。

这是一个情人间的吻。在我的头脑里这毫无疑问是的。我的大脑立即再次进入涡轮增压模式(我开始用工程学语言描绘自己的思维过程了,一定是因为跟拉尔夫的那些谈话),扫描各种可能性,解决矛盾,修订假设,推理论证。不可避免地导向的结论是:尼古拉斯·贝克既不禁欲也不是同性恋——贾斯珀·里士满自信地告诉我的信息根本不对——而卡丽对拉尔夫的忠诚程度不比他对她的高多少。

现在该怎么办?

我想做的是立刻逃离,在他们看到我之前。但是,我能叫回服务员、撤销我点的布丁、结账,还不引起别人对我的注意吗?我犹豫不决时,卡丽已经轻轻地将她新月形的嘴唇从尼古拉斯的嘴唇上移开,但头还是紧贴着他的头。这样保持了一会儿,她才把头转开,身体倚回椅子背上,开始扫视餐厅的环境,春心荡漾的脸上还挂着满意的微笑。她看到我在大厅另一头盯着她时,笑容瞬间消失,就像一盏灯被关掉了一样。

噢,这太像《使节》[1]里的场景了:身处巴黎郊外河边旅店里的兰伯特·斯特瑞塞看到一对青年恋人在河上划船,他一开始没认出来,后来发现他们是查德·纽瑟姆和德·维奥内夫人。他此前认为他们的关系是柏拉图式的,而且坚定地为此辩护,可现在他意识到他们其实有不正当的性关系。跟书里一样,双方同样都在瞬间流露出惊愕和困惑,但很快用良好的礼仪和快速的即兴发挥掩盖。卡丽几乎是立刻便恢复了笑容,虽然非常不同而且明显是硬挤出来的。她表演着惊喜和快乐,向我招手,让我过去加入他们。我也朝她微笑挥手,肯定也带着同样明显是装出来的那种僵硬——像斯特瑞塞在河岸上"激动地挥舞帽子和手杖"。此时,卡丽低声朝尼古拉斯说了什么,他猛地把脸转过来朝我的方向看。为了缓解他的——以及我自己的——尴尬,我低下头,朝椅子下摸索,拾起我的手提包。然后我站起来,小心翼翼地交替把一只脚放到另一只脚前,像模特走猫步一样走到他们的桌子旁边。

我走到跟前的时候,尼古拉斯已经恢复了冷静。他从桌旁站起,温文尔雅地问候我,给我拉椅子。卡丽和我互吻双颊——这有点奇怪,因为我们以前从未这样做过,但这是一种本能地相互向对方展示的姿态。如果我试图加以分析,那么它的目的是从我刚刚目睹的那个吻中提取出色情的元素,再把它放进纯粹的社交行为的规范范围里,仿佛它本来就在其中一般,就好像我们是那种很夸张的

---

[1] 《使节》(*The Ambassadors*)是亨利·詹姆斯于1903年发表的长篇小说,被认为是詹姆斯晚年的代表作。

人，一见面就会走向对方，热烈拥抱。

好吧，我们在接下来的场景中表演得非常好，假装对在这个古朴的小镇相逢感到高兴和惊讶。我问他们是不是又在走古董之路，卡丽很快领会了这个暗示，开始描述她在找的那种抽屉柜，同时我就教堂热情洋溢地扯了一大堆，并炫耀了亨利·詹姆斯的那件逸事。幸运的是我们用不着忍受太长的折磨，不像《使节》里的角色那样——他们不得不在紧张的欢乐气氛中一起用餐，然后乘火车一起返回巴黎，这样斯特瑞塞的朋友们才能用"只是白天出来玩，当天返回"的说辞糊弄过去，虽然他们显然已经计划好了在某处清幽的爱巢过夜。至于卡丽和尼古拉斯·贝克是否在"羽毛"订好了一间房打算下午入住，我不知道，也没有留下来查个清楚。服务员端上他们的第一道菜时，我就挪动身子要回到自己的桌子去，但卡丽坚持留我，于是我只好在他们桌吃了我的布丁。不过我没有点餐后咖啡，在礼貌允许的范围内尽快地离开了。我急匆匆赶回车里，一溜烟地全速逃离莱德伯里。我径直开回校园，完全忘了参观图克斯伯里修道院的打算，一路上在脑海里回放餐厅的场景，不时咯咯地笑出声来，像是有点发癔症一般。

因为我无意中发现的事的确既有趣又令人震惊。众所周知，通奸在文学中既可以当喜剧也可以当悲剧的主题，涵盖了从费多的闹剧[1]直到《安娜·卡列尼娜》的广阔范围。在生活中也是如此，它是喜剧还是悲剧，取决于背景和你的观点。我当然不会从马丁背叛

---

[1] 乔治·费多（Georges Feydeau, 1862—1921），法国剧作家、画家、艺术品收藏家，以滑稽喜剧著名。

我，与桑德拉·皮克林搞在一起这件事中看出任何有趣的地方来。但那么多人中，偏偏是拉尔夫·麦信哲被尼古拉斯·贝克戴了绿帽，这不可抗拒地令人发噱。我在想，贝克是不是故意纵容了他是禁欲的同性恋的谣言？这是一个多么精彩的封面故事啊——跟《乡下女人》中霍纳被公认为阳痿[1]一样棒。也许他跟校园里的所有已婚女人都干过，在她们丈夫的眼皮底下。但基于常识的判断又一次被证明是对的。我回忆起好几件小事，它们暗示了这段名副其实的私通已经持续了一小段时间。我在切尔滕纳姆碰到卡丽的那个二月的下午，她的车停在兰斯当街，尼古拉斯·贝克的联排别墅外面。在拉尔夫的派对上，贝克脸上带着一丝古怪的得意笑容，帮卡丽端着一个布丁盘，跟在她身后走过石板地的大厅。还有她在谈话时会不经意地重复提起他的名字，说他是个鉴赏家。也许他们是在某次寻觅古董之旅中坠入爱河的——无论如何，这个爱好给他们一起消失连续几个小时提供了极好的借口。真是有一套！我心里想着，把着方向盘摇了摇头。

我把这些文字又读了一遍；现在我更加严肃地想，这是怎样的一个世界啊。这个世界里有这么多秘密的不忠。马丁和桑德拉·皮克林，卡丽和尼古拉斯，拉尔夫和玛丽安娜——还有我，如果他得逞了的话。就连小安娜贝尔·里弗代尔也用一包药片欺骗丈夫（我没有责备她的意思）。还有多少骗局会被我发现？我认识的每个人

---

[1] 《乡下女人》（*The Country Wife*）是英国剧作家威廉·威彻利（Wiliam Wycherley，1641—1716）于1675年完成的讽刺喜剧。剧中主人公霍纳故意传播自己是阳痿的流言，以获得已婚男人的信任，从而得以大肆勾引他们的妻子。

都在骗别人吗？是不是我是唯一一个心里有顾忌和原则的人，而这就像维多利亚时代的裙撑一样过时而且不方便？是不是有什么东西我不知道？不管怎样，我决心不让这件事令我感到内疚，令我感到不舒服。我考虑了一会儿是不是周日不去蹄铁了，还是推说感冒或者用别的借口，但最后决定还是按照安排好的计划继续。

25

"住在这附近的人都对水上伯顿嗤之以鼻,"埃米莉对海伦说,"但我还挺喜欢的。"海伦正开着自己的车跟着拉尔夫·麦信哲的奔驰大旅行车。埃米莉坐海伦的车,麦信哲带着卡丽和其他孩子,这样就算海伦在蹄铁和伯顿之间狭窄曲折的乡间小路上跟丢了车,迷路了,埃米莉也可以给她指示方向。

"他们为什么不喜欢?"海伦问。

"哦,因为那里已经太商业化了,有很多茶室和纪念品商店之类的。一个村庄模型。笼子里的鸟。夏天会来一车又一车的美国人和日本人。不过真的很漂亮。河从村子正中间穿过。"

"那条河叫什么名字?"海伦说。

"呃……我忘了。"埃米莉说。

"风车叶。"卡丽说。

"河流起这样的名字可真美妙!"海伦惊呼。这是在村子中心的河畔,有一小群人聚集在那里。她和麦信哲一家停好车,也凑了过去。风车叶河的河岸是砖砌的,河一侧是草坪和花园,另一侧是村子的主商业街。清澈的河水闪闪发光,流过一连串水花四溅的小瀑布,在几座装饰得富丽堂皇的人行桥下经过,河床慢慢变宽,水流速度减缓,流出村外,到草场上去。"太迷人了,"海伦说,"是搞鸭子竞赛的完美地方,我得说。"

"玛丽安娜很幸运,能够拿到许可在这个地方办活动,"贾斯珀说,"不过她在教区的议会里认识几个人。"

"他们怎么会拒绝呢?"利蒂希娅·格洛弗说,"水上伯顿就是办这类活动用的。"

"比赛从哪里开始?"雷金纳德·格洛弗发问,也许是为了转移人们对这种有点无礼的言论的注意力。

"村子尽头,"贾斯珀指着上游说,"玛丽安娜在那儿。有一大堆一日游游客吵着要买票。很遗憾,在公共场所卖这种票是违法的。"

"来吧,"科林·里弗代尔对妻子和年幼的孩子说,"别错过比赛的开始。"他把一个孩子架在肩膀上,手里牵着另一个,然后迈步出发,安娜贝尔推着婴儿车走在后面。海伦、麦信哲一家和格洛弗一家悠闲地踱步跟上。

里士满家的朋友和熟人——尤其是人文学院的——都来了,以示对玛丽安娜的事业的忠诚支持。正如贾斯珀说的那样,起点线上有很多游客在看热闹,他们来这里是为了度过悠闲的周日下午,显然对这个意料之外的活动很感兴趣。其中一些人对不能买票很失望,但还是向玛丽安娜的慈善机构捐了款。她看上去很得意,容光焕发——活动很明显已经取得了成功。奥利弗极度兴奋。"你好啊,海伦·里德,"他说,"你拿到的是几号?"

海伦看着她的票:"四十八。"

"我是十四号。"奥利弗说。他四处走动,问他认识的每一个人拿到的是几号。

一座桥的栏杆上挂着一张大网,大约有一百只鸭子——完全一样的那种黄色塑料浴缸玩具,每一只上都印着数字——被一队男童子军放进网里。玛丽安娜发出信号后,他们撤掉网,鸭子落入水中,水花飞溅,观众欢呼起来,大部分人沿着河边的步道跟着鸭子走。一些孩子跑到前面,在下一座桥的栏杆边上一字排开,看鸭子从桥下穿过。起初,移动的鸭子像是一团黄色的凝结物质,但它们很快分散开,形成一个个小群、小团体,或者成双成对,或者落单。鸭子漂到全程一半的标记处时,有一只领先其他所有的足足二十码。

"很令人惊讶,"海伦走在拉尔夫身边评论道,"想想看,它们完全是一模一样的,而且差不多是同时起步。"

"对,这是混沌理论的一个很好的展示。"拉尔夫说。

"啊,这个我知道,"海伦说,"道格拉斯教授给我讲的。"

"他给你讲的?"拉尔夫听起来很惊讶,"什么时候?"

"在你的生日派对上。就是蝴蝶效应。很多的变量。"

"很好,"拉尔夫说,"特别是在开始的时候,所有的鸭子随机互相撞击。然后河里的水流、旋涡,水面上的风速变化,等等。那个小鸭子,"他指着领头羊说,"拥有所有的好运。"

"到目前为止。"海伦说。

"是的,"拉尔夫说,"他可能会在下游陷入旋涡,或者在某座桥下被挡住。但这就是现在还能阻止他获胜的唯一因素了:一场灾难。"

"就像生活,也是一场大型的鸭子竞赛。"海伦说。

奥利弗·里士满无比激动,沿着步道来回奔跑。海伦叫他:"奥利弗,领先的是几号?"

"73。"奥利弗说,放慢步伐走在他们旁边。

"不是我的,唉。"海伦说。

"也不是我的。"拉尔夫看着他手里的五张票说道。

"42号第二,9号第三,82号第四,24号第五,"奥利弗一点磕巴都不打,"我的鸭子是14号,第二十七。"

"你应该去当赛马评论员,奥利弗。"拉尔夫打趣说。

奥利弗看着拉尔夫。"你是拉尔夫·麦信哲。"他说。

"我是。"拉尔夫说。

"你有塞恩斯伯里的积分卡吗?"

拉尔夫看起来很不安:"我想也许我太太有。"

"它的号码是多少?"

"我不知道。"拉尔夫说。

"我妈有一张塞恩斯伯里积分卡。卡号是6341740018651239770。"

"很好。"拉尔夫说。

奥利弗跑走了。拉尔夫若有所思地看着他的背影。

"他是怎么做到的?"海伦发问。

"自闭症患者通常拥有这类不同寻常的专门能力。"拉尔夫说,"白痴学者——他们曾被这么叫过,在政治正确时代之前。"

"计算机跟这有点像,是不是?"海伦说。

许多鸭子以各种方式陷入不幸——被困在瀑布下,撞到桥墩,或者在河床变宽后的地方被芦苇丛钩住。童子军挥舞长竹竿,用竿梢上的网把这些鸭子从水里捞起来,它们就被淘汰出比赛了。不过大多数仍然在水中漂浮、晃动、旋转,经过在划水的真正的鸭子——它们对这些闯入者连搭理都懒得搭理。里弗代尔家最大的孩子试图解救一只挂在低垂的树枝上的黄鸭,结果掉进了河里,他爸爸不得不下水把他救出来,自己的鞋和裤子下半段都泡了个湿透,垂头丧气地带着全家人回家去了。七十三号鸭子稳步扩大领先优势,顺利地经过立在村庄边界的终点标志杆,比最接近的竞争对手领先一分钟。这个幸运数字的拥有者原来是道格拉斯教授,贾斯珀·里士满有一天在教工俱乐部把他堵住,强卖了他一张票。

"他不在这里真是太可惜了。"海伦说。

"哦,道格斯就不喜欢这种事情,"拉尔夫说,"那家伙是个隐士。我不明白他为什么会来参加我的派对。他挺瞧不起我的。"

"对,我看出来了。"海伦说。

"怎么看出来的?"

"哦,就是从他说的话。"

"什么话?"

"很琐碎的小事。"

"告诉我。"他坚持要知道。

"大概是说你是科学小演讲大师。"

拉尔夫阴郁而短促地笑了一声。"媒体每次需要人工智能方面的评论时都打电话给我,而不是他,那我又有什么办法。"海伦没说话,他继续讲道:"我来这里之前他们给我讲了一个道格斯的故事。那时他总是嘲笑在各种媒体上露面的教授,跟现在一样,但有一天他走进咖啡厅,看起来高兴坏了,向大家透露自己被邀请参加一个电台的讨论节目,费用是五十镑。'你打算怎么办,道格斯?'有人问他。'哦,我打算接受邀请,'他说,'所以我已经把我的五十镑寄出去了。'"

海伦笑了。"我不信。"她说。

"不幸的是,我也不信。"拉尔夫恢复了自若的神态,咧嘴笑着说。

剩下的鸭子陆续到达,童子军把它们收到一张大网里,从水中拉起运走,带上来一大团水,一直在往下滴。终点线附近的人群开始散开。卡丽走过来,让拉尔夫带孩子们去买冰淇淋,他顺从地叫上孩子走了。"给我们俩一人带一个。"她在他背后喊着。

他转过身来:"要什么口味的?"

"你挑吧,"卡丽说,"让我们惊喜一下。"

"这是水上伯顿,美女,"他说,"我要去的是村子里的店,冰箱里塞满的是拿纸裹好的甜筒和巧克力冰棒,不是霍华德·约翰逊[1]。"

"我知道,"卡丽说,"随你吧。"她又对海伦说:"你知道吧,让我最想家的就是这个——冰淇淋。"

在前往冰淇淋店的路上,拉尔夫遇见了斯图尔特·菲利普斯和玛丽安娜,他们在指挥童子军把塑料鸭子装进纸板箱。

"你好啊斯图尔特,你那么多才多艺,真没想到还能当童军服务员呢[2]。"拉尔夫说。

"是的。我正打算在童子军里推出一款计算机的徽章,你会很高兴的。"斯图尔特咧嘴笑着说。

拉尔夫朝玛丽安娜点点头,示意她到一边去私下谈谈。"奥利弗刚问我是不是有塞恩斯伯里的积分卡。那是怎么回事?"

"他是不是背了我的卡号?"玛丽安娜问。

"是,他背了。"拉尔夫说。

"这是他最喜欢在派对上展示的把戏。"

"哦。不是在暗示他那天在停车场看到了我们?"

"奥利弗不知道怎么暗示。"玛丽安娜说。

"他对贾斯珀说了什么吗?"

"据我所知没有。"玛丽安娜说。

"感谢上帝,"拉尔夫说,"那你怎么样,玛丽安娜?"

"我没事,谢谢。"她把视线从拉尔夫身上挪开,看向童子军。

---

1 霍华德·约翰逊(Howard Johnson's)是美国一家以配方独到的冰淇淋闻名的连锁餐厅。
2 童军服务员指童子军团经过训练的成人领导者。

"好,那我得走了。我得去买点冰淇淋。"

"叫米切尔的那家店是最好的。在右边那条街,走到一半的地方。"

"谢谢,"拉尔夫说,"用不用我给童子军买一些?"

"不用,我答应给他们准备奶油茶了。"

"好的。"拉尔夫说完离开了。

海伦和卡丽在一棵大橡树的树荫下找到一张设计成原木样子的长凳,面朝河边坐下。观看鸭子竞赛的人都已经离开了这里,回村子里去了。

"关于上周五。"卡丽说。

"你什么都不用向我解释,卡丽。"海伦很快地说。

"你一定想知道怎么回事。"

"这不关我的事。"

"嗯,也许跟你没关系,"卡丽说,"不管怎样,有些事我想让你知道。"

"我没对其他任何人讲过,也不会讲。"

"我知道你不会,海伦。你不八卦,你是个作家。你把所有见不得光的事都储存起来,在你的小说里再利用。"

海伦瞥了一眼卡丽,好像在评估这句话背后的情感。"如果你担心的是这个,我可以向你保证——"

"不用,海伦,"卡丽微笑着说,"前几天在盐水浴场里,你告诉过我,你不会写任何令人难堪的东西。"

"哦。好吧,好。"

"但我对你不够诚实,"卡丽说,"我说我相信麦信哲不会跟他的女博士后和研究生有一腿。而且这是真的。他足够聪明,不会在这种事上栽跟头。但这也正是我对他的信任的极限——再多一点点都没有了。我知道他出门的时候找过别的女人。"

"你怎么知道的?"海伦说。

"我已经发展出来一种本能。当他出差回来,一到家马上就想做爱,比如说,这就是一个明确的信号。他在试图证明,在离开的这段时间里他还想着我。"

海伦微笑:"你肯定还有更多的话要说吧。"

"当然有。有时跟麦信哲去开同一个会的人回来之后会跟同事或妻子讲他都干了什么,而这些话最终都会传回我耳朵里。有时我会收到匿名信。很可能来自麦信哲的领域里讨厌他的人,或者是讨厌我的女人,或者是讨厌我们两个人的人。那里面满是嫉妒和恶意。《私人侦探》曾经登过一段话,写麦信哲到处拈花惹草,有三个人匿名把这段剪报寄给我,唯恐我没看见。那段时间里,某个为我着想的朋友甚至在我们办的一次派对上把它塞到我的芬妮·法默食谱[1]里。"

"太可怕了。"海伦喃喃道。

"最重要的是,不能向任何人显露出哪怕一瞬间的心烦意乱,就连你已经知道了这个消息都不能显露出来。你就把它忽略掉。不

---

[1] 芬妮·法默(Fannie Farmer, 1857—1915),美国烹饪专家。其著作《波士顿厨艺学校食谱》是广泛使用的烹饪教科书。

让他们有一丁点的满足。"

"有时候这一定很难吧。"海伦说。

"曾经有个他在澳大利亚搞过的女人亲自给我写信,还签了名。她觉得自己被玩弄了。她想复仇。"

"你怎么做的呢?"

"我把它撕了。"

"你没有当面质问拉尔夫吗?"

"那又有什么意义呢?他不会改变,我也不想和他离婚。我们俩配合很好。他是个好父亲。如果我们分开,孩子们会非常伤心的。"

"我觉得我不会这么宽容。我知道我不会。"海伦说。

"嗯,我跟麦信哲讲清楚了,在我自己的后院里要是出了事,我就不会容忍,就是说学校里,切尔滕纳姆,这附近的任何地方。我从没有明确划定过这个范围,不过我们之间已经达成了共识。然后我意识到这个安排只对一方有利。我的意思是,我可没法时不时地去寻找刺激,因为我不会独自出国旅行,或者去伦敦跟出版商见面,或者参加需要拍外景和在外面过夜的电视节目,我没有这种能跑掉的机会。这时尼克出现了。我们有很多共同点——艺术史、室内装饰、古董家具。跟他在一起我很开心。而且他非常善良,非常体贴。可能取悦你的小事他总能想在前面,然后他就去做。我们成了亲密的朋友。然后尼克想要比友谊更多的东西,我就想,凭什么我就不应该做那种事呢?这已经持续一年多了,你是第一个把我们抓个正着的人。好在是你。我想我们最近总有点不小心。"

"你知道不知道，"海伦说，"有些人认为他是个禁欲的同性恋？"

卡丽笑得很开心："知道。尼克和我被这个说法逗笑了好几次。他不知道是谁先开始传的——肯定不是他自己。但他也没有费心去否认。麦信哲信，这其实还挺容易信的……不，尼克不是同性恋，尽管他年轻的时候在性方面有一些困惑。你知道的，那些英格兰的公立学校。他喜欢被打屁股。除此之外，他完全是直的。"

"他喜欢被打屁股？"海伦瞪大了眼睛。

"对，而且你知道吗？我从中也获得了很多愉悦。换一下口味，在床上成为主导的一方，是很有意思的。"

"我明白了。"海伦说。

卡丽大笑："别摆出这么震惊的表情，我们只是演着玩。"

"倒不是震惊——真不是。只是……很意外。"

"《风暴眼》里的那个场景，用绳子和面具，又怎么解释？"

"那是虚构的。"海伦带着一丝尴尬说。

"你自己从没做过那种事吗？"

海伦摇了摇头。

"你应该试试，找个时间。"卡丽说，"麦信哲回来了，我们还是换个话题。"

海伦朝四周看，仿佛在寻找一个话题。河上的一点黄色引起了她的注意。"哦，看，"她指着说，"最后一只鸭子。"

拉尔夫走到她们这边来，分发冰淇淋甜筒。

"我全都给买回来了，"他说，"我找到了一个卖自制冰淇淋的小铺子。"

"嗯,好吃!"卡丽边品尝边说。

"你在指什么?"拉尔夫问海伦。

"一只鸭子,"海伦说,"掉队的。"

他们走到河岸边,看着那个小玩具在一股缓慢的水流里晃来晃去。谁知道它为什么会远远落后于其他所有的鸭子呢?也许它在上游被什么障碍挡住了,童子军没有发现,但后来自己解脱开了。无论如何,它来到了终点线,最后一个通过。

"我们应该去试试把它捞上来吧?"海伦说。

拉尔夫环顾四周,看到有一截断了的树枝躺在地上,然后他让海伦紧紧抓住他的腰带,自己在岸边冒险向外探身,将鸭子拨到河边,捞了上来。

"是几号?"卡丽说。

"四十八。"拉尔夫说。

"我的号码。"海伦说。

麦信哲一家回到他们在皮特维尔草地的房屋时,厨房里的电话应答机上的小红灯在闪烁,表示他们外出时收到了几条留言。拉尔夫按下播放按钮,卡丽把电热水壶装满水,准备泡一杯茶。

"卡丽,我是妈妈,"卡丽母亲的声音说,声音清晰得好像是在切尔滕纳姆的另一边,而不是在加州,"恐怕是坏消息,亲爱的。你父亲病了。医生认为他心脏病发作了。"

"哦,天哪。"卡丽猛地放下水壶,哐当一响。她穿过厨房走到拉尔夫旁边,专心地听着留言。这些电话是白天打来的,隔一段时间就有一通,是卡丽的母亲、姐姐和姐夫打的。孩子们吹着口哨走进厨房,提出问题或要求,父母让他们安静,一动不动地等着,直到留言都放完。他们听到了外祖父心脏病严重发作,已经住院接受重症监护的信息,变得严肃而克制。

"我明天必须得飞回去。"卡丽一边说一边打电话给她的母亲和姐姐。她们都在医院,但跟她说话的是她姐夫加里。他告诉她,她父亲的心脏病又发作了一次,情况危险。"我会尽快赶到。"卡丽说完放下电话,转向拉尔夫。"现在是周日晚上,还能预订航班吗?"她说。

"当然,可以直接找航空公司。你不想等到明天早上?看看情况如何?"

"不等了,现在就帮我订票,好吗?"

"我不能跟你一块儿去。这周我们一直在面试新职位的人选。"

"我知道。再说你得照顾孩子。"

拉尔夫打电话给英国航空公司,给卡丽预订了一张第二天中午从希思罗飞往洛杉矶的商务舱机票。卡丽和埃米莉做了顿简单的晚餐,炒鸡蛋配火腿。

他们在厨房的桌子上吃饭。霍普打破了沉默。

"外公会死吗?"

"不会的,亲爱的。"卡丽说。

"有可能。"拉尔夫同时说道。

卡丽生气地看着拉尔夫。

"没有必要谈假话。"他为自己辩护说。

"那也没有必要假设最坏的情况。"

"我没有假设最坏的情况。但我们或许也应该为这种可能性做好准备。"

"人死后会怎么样？"霍普问。

"被埋葬，"西蒙说，"或者被烧了。"

"西蒙！"卡丽皱起眉头说。

"别当混球，西蒙。"埃米莉说。

"你也别说那种词了。"卡丽对埃米莉说。

"不过，袜子完全是正确的。"拉尔夫说。

"不一定，"马克说，"在印度，人们把尸体放在建筑物的房顶上，让秃鹫吃干净，只剩下骨头。"

"这太残忍了。"埃米莉说。

"这是真的吗，爸爸？"霍普说。

"我们可以换个话题吗，谢谢了。"卡丽说。

"我想是真的，"拉尔夫对霍普说，"但只有一种特定的宗教这么做，而且不论是在这里还是加州这都是不允许的，所以你不用担心，小猫。"

"雪莉·布莱克的外公上学期去世了，哈克特小姐说他去了天堂。"霍普说。

"是的。"卡丽说。

"不，不是，"拉尔夫说，"有的人信，小猫，但他们错了。没有天堂这样的地方。这个想法很好,但它是编出来的。就像一个童话故事。"

"麦信哲,我真的非常反对你这么说。"卡丽用平和但钢铁一般的声音说。

"外公去世的话会去哪里?"霍普说。

"他哪里也不会去,亲爱的,"拉尔夫说,"他的尸体会被埋在地下或者被火化,就像袜子说的那样,但那不会再是外公了。外公不再存在,除了在我们的头脑里。我们会怀念他,记住他为我们做过的所有那些美好的事情,他给我们的礼物,还有他给我们讲的故事。"

卡丽站起来走出厨房,盘子里还有没吃完的饭菜。拉尔夫还在说着,仿佛没有什么不妥的事情发生,但孩子们保持沉默和不安。他让他们把盘子刷了,自己走出房间,在主卧室里找到了卡丽,她在跟英国航空公司打电话,面前摆着拉尔夫写下的航班信息和她自己的信用卡。床上有一个装了一半的行李箱。

"你在干什么?"他问。

卡丽结束谈话,撂下电话。"我已经给霍普订了那个航班的机票。我带她去。"卡丽继续打包她的行李,在床、定制的衣柜和抽屉柜之间来回走。

"为什么?"

"我简直不敢相信你刚才说的话。你说话的样子就像爸爸已经死了。"

"在我看来,这是一个好机会,可以让霍普开始明白死亡意味着什么。孩子们提出这些问题时，就意味着他们想知道真相。"

"真相！谁知道真相？谁真的知道我们死后会怎么样？你不知道，麦信哲，不是确定地知道。"

"我知道没有天堂这种地方。"

"如果一个孩子想要相信，为什么不让她信呢？她后来慢慢就自然会不信了，就跟出乳牙一样。为什么强逼着她？"

"我不跟你吵，卡丽——"

"我想我们已经吵了一架了。"

"你心里很烦，可以理解。不过你告诉我，为什么你要把霍普大老远的带到加州去。"

"她总是特别喜欢爸爸，爸爸对她也是这样。见到她可能对爸爸有好处。"

"你要带一个小孩进重症监护室，去看一个老人，全身插满输液管和其他各种管子？你这是疯了吧！"

"现在是谁想保护她不被真相伤害了？你的问题是，麦信哲，你非常执着于要在抽象的层面上直面现实，但当现实硬邦邦地摆在你面前，你就不行了。"

"她会落下至少一周的课。"

"这是很糟……可如果最坏的情况发生，那我宁可她跟我在一起，比跟你在一起要好。我觉得你安慰悲痛的人的能力不怎么样，麦信哲。"

拉尔夫沉默片刻，噘起嘴深思着。

"好吧，按你说的办，"他说，"我早上送你去希思罗。"

"用不着你费心了。"卡丽说。

"我直到下午才有正事。"

"我会订一辆带司机的车。我更喜欢这样。压力小点。"

"如你所愿了那就。"拉尔夫说完耸耸肩,离开了房间。

26

今天是周三,4月16号,晚上九点五分。值得记录下来的一天——不过不是在 Pearlcorder 上。我坐在家里的书房里,把这些直接写到电脑上。孩子们都在自己房间里做功课或看电视,也许可能在同时进行(青少年的行为是我所知的能证明行为是并行处理的最好证据。我有一次发现马克在他的卧室里看一场足球赛,把声音关掉,在他的 CD 随身听上听绿洲乐队,并且还在写一篇关于《谷物法》[1]的课程论文,一切都同时进行,没有明显的困难),不过即便如此我也不愿意口述,万一一个孩子安静地走上楼梯来提个问题或要求,然后在无意中听到我说我今天下午睡了英格兰最优秀的当代小说家之一——海伦的平装本《风暴眼》现在正摆在我的桌子上,封底就是这么描述她的——可就麻烦了。"一本有着精致的感性和巧妙的克制的小说",《旁观者》[2]说。嗯,她今天下午可一点都没有克制,我左肩上的咬痕可以证明。该死的,都快被她咬出血来了。

---

[1] 《谷物法》(*Corn Laws*)是指英国1815年至1846年对食品和谷物强制实施的进口关税和贸易限制。
[2] 《旁观者》(*The Spectator*)是1828年开始发行的英国周刊杂志。

卡丽回来之前这些痕迹可千万得消失掉。

　　幸运的是，她似乎还会在美国待至少一周。老岳父瑟洛的状况已经稳定下来了，看起来他能挺过来，不过这能不能让人高兴起来仍有待观察。他可能会严重残疾。无论如何，卡丽会再待一段时间，看看病情发展，给她母亲一些支持。我觉得这很好。我很高兴老人没有死，因为如果他死了，我觉得卡丽会不讲理地怪到我头上，或者至少说跟我所谓残忍无情地回答霍普在周日吃晚饭时提的问题有关系。不用说，就那件事我没有道歉。第二天早上卡丽去希思罗，来接她的车是一辆巨大的戴姆勒，司机穿着黑西服，外面还套着一件黑大衣，好像要去参加葬礼似的，表情肃穆。早餐时她只谈了一些实际事务的安排，告别时她凑过来让我亲的是脸颊而不是嘴唇。霍普看起来焦虑不安，被不好的气氛影响了，于是我给她一个超大号的拥抱，讲了个笑话，让她笑了起来。汽车驶出车道时，她在后窗向我挥手，但卡丽的脸一直冲着前方，表情严肃。

　　我记得后来我开进学校时在心里对自己说，卡丽走了，去了世界另一头，目前的形势非常适合跟海伦·里德调情。我在想她几个星期前不留丝毫余地地拒绝了我真是太遗憾了，也怪自己太快提出那个意思，我们还没认识多久，当时提可能太早了，或者也许只是说得太粗鲁了。她在水上伯顿看上去非常吸引人，紧身白色牛仔裤勾勒出屁股漂亮的形状，乳房在毛衣下赏心悦目地摇晃。她也拿我找乐，说起了俏皮话，"生活也是一场大型的鸭子竞赛"和计算机是自闭症。（虽然这对她来说只是很典型的随口一说的话，不过其实挺高明，我可能会用得上。举例来说，电脑有海量记忆但没有常识,缺乏情感,无法区分真实和虚构,不知道如何撒谎……)她说这些聪明话当然让我有点兴奋,然后她又引用道格斯的挖苦"科学小演讲大师",瞟了我一眼看我怎么反应,但她一点也不紧张,更不用说有什么挑逗的意味。她跟我在一起时明显很安心,而我喜欢让跟我在一起的任何女人觉得身处险境,即便仅仅是非常轻微的一丝感觉。

这就是周一早上的情形:猫走了,但我感兴趣的老鼠不愿意参加游戏。我到办公室时想,我无论如何都得给她打电话,告诉她卡丽的父亲出了事,这是个完全合理的借口。她当然非常同情,并问我卡丽不在这段日子怎么打理家里的事。我告诉她埃德娜要多干几个小时,冰箱里还有一大堆做好的饭菜。她提议找个晚上过来给我们做晚饭,我立即跟她定了下来,在周五。然后我怯生生地问她愿不愿意周三一起在教工俱乐部吃午饭,觉得会被拒绝,但出乎我意料,她答应了。"我们这次去个酒吧吧,教工俱乐部的菜太可怕了。"我当然一口答应,努力控制住情绪,不想让她觉察出来我在摇着尾巴,兴奋异常地等着那一天。

我一开始想的是带她去"国王之首",一家不错的小酒馆,离蹄铁不远,卡丽不想做饭时我们经常去那里吃周日的午餐。但是转念再一想,我不想在一个我混得脸很熟的地方招待海伦,那会招惹出一堆八卦流言,可能会传回卡丽耳朵里。于是我打电话给一家在伯福德附近的名叫"铁砧"的乡村酒吧,在他们的餐厅预订了一张桌子。这地方我以前只去过一次,不是跟卡丽一起。我记得有点装饰过度,墙上挂着古董农具,不过菜很好吃,而且庆幸的是没什么人。《好酒吧指南》[1]里有这家,但很难找到,我相信有很多潜在顾客绝望地放弃了,退回到家附近的酒吧。

按照日程,我那天下午要跟几个学生谈话,我都给取消了——不是因为我已经大概知道午餐会怎么进展,而是我不想把时间留得太紧,铁砧离校园足有四十分钟车程。在去那里的路上,海伦说我们似乎开了很远,我说我希望她不用很快回去。"不用,一点也不用。"她说。我说我整个下午都没事。"我也是。"她说。这个普通的小声明突然变得有了意义。这就像在布拉格我说"我能想到几件事"的那一刻,卢德米拉脸红了,海伦没有脸红,我也没有。但我们沉默了一两分钟,我们头上飘着的"想"气泡填满了。我在想:"今天下午我会走运吗?她出于某种原因改变了对我的看法吗?"然而,我不知道她的气泡里有什么,于是决定特别谨慎小心。如果这是第二次机会,我不想搞砸了。我让她打破沉默。"天气真好!"她转头看向窗外,"我真的喜欢春天。"这是没话找话用的词,如果我听过的话。

我快速地瞥了她一眼。她穿着红色衬衫,脖子上松松地系着条丝绸围巾,肩上披着件浅黄褐色的针织衫,一条颜色相配的裤子,裁剪很合适。金耳环和样式优雅的胸针。她看起来很美。她总是穿着得体,但在我看来她今天特别注意外表。一个好兆头。

铁砧还是我记得的那样,从外面看是用刷了白漆的砖砌成,茅草屋顶,里面是裸露的横梁和椽子,还有农具。我们在角落里的一

---

[1] 《好酒吧指南》(*The Good Pub Guide*)是一份给英国全国的公共酒吧打分的年鉴,1982年始创。

张桌子边坐下，很舒服。"看看墙上的那把镰刀，"我说，"说话的时候不要挥胳膊，否则他们可能不得不给这个酒吧起个新名字，叫'截肢者'。"她开怀大笑，其实这个笑话不至于这么好笑的。又一个好兆头。好兆头同样表现在，我们不约而同地从午餐菜单中选择了一样的菜，白葡萄酒烩青口贝做开胃菜，然后是煎鸭胸。我建议点一杯白葡萄酒配青口，一瓶波美侯[1]配鸭子。青口非常好。"一顿美食级的酒吧午餐就应该这样。"她边说边享受地用勺子舀起汤汁，送进嘴里。

我跟她讲了卡丽父亲的最新消息。她谈了一会儿她自己的父母，听起来像是一对如假包换的老顽固，然后她问我我父母是什么样的人。我告诉她他们都死了。她说："哦，我很遗憾。"我没有说得太详细。我希望尽快引导谈话远离这个令人不快的话题，幸好我准备好了另一个。

前一天晚上我煞费苦心地快速翻阅了一遍《风暴眼》。是个相当乏味的故事，讲一个女人患上和摆脱抑郁症的过程，以及这对她周围的人、她的丈夫、孩子、父母和朋友的影响。她和丈夫多年前在巴黎度的蜜月，后来他们又一起去了巴黎，在这次旅行里她的抑郁症突然好了。这个部分的绝大部分篇幅是典型的法国狂想曲，力图恢复巴黎那些被遗忘的魅力——大道两旁的咖啡馆，大蒜和刚出炉的面包的香气，鹅卵石铺成的广场上的轮胎印，左岸的书摊，等等，老一套关于法国的扯淡。不过有一处有点意思，写女主角在

1　波美侯（Pomerol）是法国波尔多地区的葡萄酒法定产区之一。

抑郁期间一直处于极低潮的性趣是如何被重新激发的。这对夫妇住在一家五星级酒店,类似丽思[1]那样的,因为她丈夫是记者,这是他得到的免费款待。然后有一天,他出去了,女主角——她名叫安娜——在他们法兰西第二帝国风格的白色和金色卧室里打开了一个抽屉,在里面发现了一些有趣的东西,显然是这个房间的上一批住客留下的:两个黑色天鹅绒面具和几条又长又厚的丝带。她把它们取出,拿在手里,心怦怦直跳,想着应该如何处理——交回前台?扔进废纸篓?最后,她把它们又放回抽屉里,等丈夫回来后给他看了。他先是笑了,然后讲了几个带颜色的笑话,但安娜可以看出这个发现让他非常兴奋。上床睡觉时,他把面具从抽屉里拿出来,递给她一个。"戴上。"他说着,手里拿着另一个走进浴室。安娜戴上面具,脸的上半部分被遮住了。她在镜子里看着自己。"一个堕落的陌生人透过面具的眼孔反过来也盯着她",文字如此写道。安娜脱下睡袍,在房间里的长镜子前摆姿势,除了面具一丝不挂。她的丈夫进来,也戴着面具,一丝不挂——而且勃起着。他们"带着共谋一场淫乱的微笑"互相看着对方。安娜从抽屉里拿出一大团沉甸甸的丝带,递给他。"把我绑起来。"她说。这一章就在这里结束了,令人不爽,不过我们从安娜的回忆思绪中得知,他们享受了一夜前所未有的性狂欢,她从头到脚焕然一新,焦虑终于被清除了。

我说我读过她的一部小说时,海伦紧张地摇了摇头,拉下脸来。"真希望你没读过,"她说,"不过从另一方面讲,我很惊讶你

---

[1] 巴黎的丽思酒店是身份地位的象征,曾有诸多名流在此下榻,现归万豪国际酒店集团所有。

过了这么久才读。我见过的人大都立刻赶去图书馆借我的书看。然后他们再来特意告诉我,似乎认为我应该心存感激。"

"我一直没看你的书,是因为怕自己会不喜欢。"我说,"我不擅长掩饰自己的观点。"

"那你为什么改变了主意呢?"

"我觉得现在我们彼此已经足够了解,这已经不重要了。"

"你读的是哪本?"她说。我告诉了她。"你喜欢吗?"

"'喜欢'不太恰当,"我说,"说实话,我对这类小说不太感冒。它是那种以前说的'女人的书',虽然现在不能再这么叫了。不过我还是很欣赏它。我觉得里面运用的技巧很高超。"

"谢谢你,先生。"她一边说一边微微欠身,带着点讽刺的意味。

"不是,真的,写得很美,"我说,"有一个场景让我精神一振。是快结束的地方,他们在巴黎时。"

她有点难为情地笑了。"你是指卧室那个场景?戴面具?我得说每个人都最喜欢那一章,"她说,"除了我父母。"

我问这段情节是否有事实基础。

"噢,麦信哲!"她说,"我对你很失望。每个人都问我这个问题。"

我说抱歉,而且我确实觉得自己有点傻,但让我印象更深刻的是她叫我"麦信哲"。我不记得她以前这么叫过。只有家人和像道格斯那样非常正式的同事才管我叫"麦信哲"。这个称呼似乎将我们的亲密程度提高到了新的水平。我不知道她自己是否意识到了这一点。因为我吃完饭后必须开车,所以我不经常给自己倒酒,却总是斟满她的酒杯。她微醺的脸上有点泛红。

"巴黎的长周末是基于经验,"她说,"和豪华酒店,但不是抽屉里的面具和丝带。那些是我编的。"

"你自己从没试过那种事?"她摇了摇头。

"你应该试试,有朝一日。"我说。

"最近有人对我这么说过。"她带着有点古怪的微笑说道。

"对啊,应该试试。"

她又摇了摇头:"我太老了,疯不起来了。"

"去你的吧,"我说,"这是抵抗衰老的唯一方法。让性爱的火焰升腾。不惜一切代价保持燃烧。"

给我们这桌端菜的女孩拿来了账单。

"我来付一点好吧?"海伦伸手去拿手提包。

"不用,我请客。"我说。我用现金付账,给了那个女孩一大笔小费。

"好吧,非常感谢,"海伦说,"太舒服了。"

这是她第一次允许我请她吃饭。另一个好兆头。我决定放手去干——既是字面上的又是隐喻的意思。

"这个下午天气真好,回去工作太可惜了,"我说,"我们开去蹄铁泡热水澡怎么样?"

"我没带游泳衣。"她说。

"用不着,"我说,"那里没有人。那个平台没有人能看见。"

我们的谈话进展到这种程度时,她以前通常会说她不想跟我搞婚外情,但这次她没说。"也许你能找到我上次穿的那身。"她说。

"好的,"我说,"但实际上如果什么都不穿,那舒服太多了。"

"嗯,我觉得是的。"她说。

勃起着开车并不容易。必须得往前趴在方向盘上,这样下巴实际是搁在仪表板上,好像近视似的。我不知道海伦是不是闭上了眼睛以免让我尴尬,不过过了一会儿我意识到她已经睡着了,于是放松下来。她直到我已经开到蹄铁外面才醒。"天哪,我睡着了。"她说,"一定是因为酒和菜。"

"我在想,"我说,"也许我们应该在进浴缸之前休息一会儿。消化午餐。"

"你的意思是,'舒舒服服地躺一会儿'?"这是在她家的那次午餐中我自己说的话,她拿来回应我。

"没错。"我说。

蹄铁像往常一样,安静而冷清,只有远远传来的一台拖拉机的嗡嗡声在扰乱乡村的寂静。我打开前门时,大厅里的防盗警报尖叫起来。我把警报静音,关上我们身后的门,然后久久地、深深地吻海伦。她没有反抗。其实是我先中止的。"我们做爱吧。"我说。

"我已经忘了怎么做了,"她说,"太久了。"

"我帮你想起来,"我握住她的手,带着她沿着楼梯走进主卧室,"首先,你得脱掉所有衣服。"我说。

"那你得拉上窗帘,"她说,"我觉得很害羞。"

我拉上窗帘,想起许多年前在约克郡谷地的那个下午,农场上的房子里,玛莎拉上薄棉窗帘,让柔和的粉红色光线充满我的房间。这个窗帘更厚,但有足够的光线让我看到海伦的赤裸身体。我没有失望。我从床头柜拿了一个避孕套,确保她看到我把它放在手边。

这场性爱短暂而甜蜜。我不想给她改变主意的机会,而且我很快就发现任何精心的前戏都没有必要。她其实非常快就到了高潮,几乎在我进入她的同时,很令人惊讶。我想女人应该跟男人一样,禁欲使性交的感觉更强,而且她已经度过了一个非常漫长的旱季。她高潮的时候如同山洪暴发,我觉得没有理由再控制自己。我几乎立刻就睡着了。我醒来时,发现她拉上一张被单盖住了我们的身体。她仰面躺着,头枕在枕头上,脸上是满足的女人的那种柔和、模糊的神情。她古怪地向我莞尔一笑,既害羞又狡黠。"那么,对我来说怎么样?"她说。

我曾设想将热水浴作为性爱的前奏,但实际上我们泡澡是在事后——这个顺序好太多了。在咕嘟咕嘟冒着泡的热水中,慵懒而满足。不过,过了一会儿,我开始乱摸,又有了感觉。我想就在浴缸里、露天底下做爱,但她不愿意。我提议把她带进屋子里绑起来。她咬我就是在那个时候。

埃米莉在朝楼上喊,关于男孩们做的或者没做的什么事,叫我去管管。现在应该把这个存盘了。

27

5月14日　星期三

离上一次写日记已经有一段时间了。在过去三个星期里我一直不想写点什么东西来记录发生的事，即使是只给我自己看。我过分专注于体验那些事了。不，这不是真正的原因。日记是一面镜子，你每天对着它，坦诚地面对自己，毫不畏缩——没有假面的保护和伪装，甚至没有妆容的虚饰——告诉自己真相。自从麦信哲和我成为情人以来，我一直不想做这件事。我不想记录下自己的行为，因为我害怕仔细检查、分析它可能会唤醒良心的顾虑，抑制我的快乐。（其实，我仍然不敢用第一人称那毫不畏缩的凝视目光来检视这些经历。让我试试另一种方法……）

因为她变成了这个样子：一个追求肉体欢愉的女人、一个淫妇、一个纵性放荡的女人、一个本性就是这个样子的女人——凡此种种，旧小说的书页里会用类似的词语描述她。当然现代小说里不会。她只是在做其他所有人显然都在做的事：满足她的欲望，趁热打铁，在为时过迟之前抓紧时间榨出她渐渐衰老的身体里的每一滴快乐，因为"你只能活这一次"，等等。无论发生什么她都不会后悔；这实在是太令人兴奋了。

有时也折磨神经，因为他们冒着巨大的风险。她曾两次去皮特维尔草地的房子给他一家人做晚餐，借口葡萄酒喝得太多没法开车回家而留下过夜，而他两次都在半夜悄悄摸进她的房间，就像她在他生日派对那一夜幻想过的场景。他们做爱时不敢发出声音，唯恐有孩子醒来听到他们的动静，性爱反而因此更加感性、热烈。他们不得不像一对舞者，用四肢的动作和脸上的表情向对方表现自己的意乱神迷。他们躺在地板上的羊皮地毯上，因为床会吱吱作响。她达到高潮时，他用手捂住她的嘴，她咬住他拇指根部的肉垫，好像那是嚼子或口塞，不让自己叫出声来，听到他疼得猛抽一口气。（他在床头话里管她叫"咬人精"。他似乎挺喜欢这个称呼，不过她不再这么干了，因为卡丽很快就要回来了，一定不能让她发现丈夫明显被啃过咬过，像被老鼠集体攻击了一样。）在沉默的性爱之舞之后，她必须得开门，往楼梯拐角瞧瞧，以确保他可以安全地溜回他自己的卧室，因为总是有可能一个孩子起来上厕所时看到他从客房出来。

一天下午，他们在蹄铁的床上，一辆车开过来停在外面，有人按响了门铃。麦信哲光着身子爬到窗前，透过窗帘的缝隙窥探。"是副校长！"他低声说，"是希伯德爵士两口子。他们他妈跑到这儿来干什么？"海伦觉得这不合时宜的拜访非常刺激，咯咯地笑了出来，但是麦信哲害怕被发现，朝她做"嘘"的手势，让她不要出声。他的车停在车道上,所以访客们知道他在房子里,或没离开太远。海伦和麦信哲躲在拉着窗帘的卧室里,大气不敢出,一直等到希伯德爵士夫妇按门铃按累了,从花园围墙外面喊也喊累了,开车离去。麦信哲下楼,回来时手里拿着在门垫上发现的一张字迹潦草的便笺:"我们正好路过,看到你的车停在外面,但显然你出去了。希望下次有机会吧。斯坦。"他模糊地记起,卡丽曾邀请他们随时找个方便的机会来这座小屋做客。"他们很有兴趣看看热水浴缸。"他说。"他们肯定会更有兴趣的,要是发现我们两个人在屋里,一丝不挂。"海伦说。"而且正在做爱。"他坏笑着补充说,因为之前有一天她纵容他将这种狂野的想法付诸实施了。并不是特别成功,至少对她自己来说,但他很高兴。他喜欢在不同寻常的地方做爱,甚至在公共场所。被发现的风险似乎会增强他的愉悦。

一个星期天,海伦跟他和孩子们一起去蹄铁,他们两人在下午得以单独出外散步。男孩们想看电视上的橄榄球比赛,埃米莉懒得动弹,不愿意走麦信哲提议的远足路线:带海伦去看一处叫贝拉斯奈普的史前古墓。埃米莉已经去过了,知道那座山很陡,比较难爬。不用说,麦信哲没有很努力说服她。

这趟远足确实相当艰苦,尤其是最后一段,要走下公路,在田野里走一英里多,然后再爬上一座青草覆盖的陡峭小山。啃着草的绵羊停下嘴来,盯着他们,仿佛从来没有见过爬到这么高的人类。麦信哲说这些羊是科茨沃尔德的长毛品种,其羊毛很适合制作地毯和耐磨的布料。他似乎对绵羊懂得很多,令人惊奇。她说出自己的这个观察,他解释说自己十几岁时曾和一名约克郡的牧羊人一块儿干了几个月的活。山顶有一片小树丛,一条狭窄的步道从其间穿过,成了小林荫道,尽头便是那个古墓,一个长约四十码的鲸鱼形土墩,上面覆盖着草皮。有一部分被掘开,露出几段石头垒成的墙,一个类似门廊的结构被一块巨大的石板挡住。附近立着一块英格兰遗产委员会的信息牌,上面的讲解词说在此处发现了属于旧石器时代晚期的大约三十个人的遗骨,还有动物遗骸和陶器碎片。他们在大约四千年前被埋葬在这里。

处于那种原始状态的人类居然会大费周章,将死者埋到如此不方便的地方,这给了海伦很深的印象。是不是因为这是山顶,地表离天空最近的地方?她想知道他们是否有天堂的概念———一个在头顶上的地方,人死后灵魂会到那里去。麦信哲的吻让她没能把这些问题说出口。这个地方与世隔绝,除了远古祖先的遗物没有人类文明的迹象,这似乎刺激起了他的性欲。他把长雨衣铺在古墓有坡度的一侧,想跟她性交,打算像一个石器时代的男人那样短促而激烈地上她,除此之外什么都不能让他满意。"不,不,"他笨拙地剥她衣服时,她抗议道,半是觉得好笑半是真生气,"不,别,麦信哲,我不是查太莱夫人,你别觉得我是。"但对他展示文学智慧就是对牛弹琴。他把她推倒时,她用拳头打他的头和肩膀。"住手,麦信哲,可能会有人过来。"但是他毫不理睬她的抗议和微不足道的击打,所以最后她让自己放松下来,抛弃羞耻感,张开双腿让他享受愉悦,心怀耐心,睁着眼睛,像被公羊骑的母羊(不过这儿不像山坡那边,一只羊也没有,而且现在已经到了绵羊繁殖季的末尾,拿这个来打比方显然不是正确的时候)。在他冲刺、低吼时仰面看着蓬松的云层缓缓飘过蔚蓝的天空,感觉完全脱离了现实,心里古怪地生出快乐。我们肯定不是第一对在这里做爱的人,她在事后拉起内裤、放下裙子时想——这儿一定是长久以来情人们特别喜欢的地方,如此偏僻,如此隐蔽,如此秘密。回去的路上穿过小树丛时,他们遇到一群在信步闲逛的中年人,他们带着地图和手杖,笑着对他们说"下午好"。"幸亏他们五分钟前没有走到这儿。"海伦小声对麦信哲嘀咕道。"我们会听见他们来的。"他咧嘴笑着说。但她心里一点底都没有。

她自己则更喜欢在室内做爱,在床上,窗帘拉上——并在之后睡几个小时——不过最后这项奢侈他们只有机会享受了一次,当时麦信哲要上一个早餐时段的电视节目,所以前一晚必须在伦敦过夜。他要就国际象棋世界冠军加里·卡斯帕罗夫输给电脑这件事发表评论。海伦跟他同一天到伦敦,不过她坐的是较早的一班火车。有几个人打听她回去干什么,她轻松随意地跟他们说自己必须跟房客见面,研究一下有毛病的洗碗机是该修还是该换。这在某种程度上是个真实的理由,不过本来通过电话就足以解决。

其实这是她开始在大学工作以来第一次回伦敦。最初几周的沮丧和孤僻让她一直害怕回去,哪怕回去一天也不敢。她怕自己无法忍受还要再回到校园,从而就此做了逃兵。然后,在格洛斯特郡的生活变得越来越有趣,社交活动越来越多,她也就越来越少想起伦敦。从帕丁顿下火车,进入这座巨大车站的忙碌和喧嚣,然后下到地狱迷宫般的地铁里，挤进车厢里的人群，这一系列体验令人深感震撼。机械的轰鸣几乎令她耳聋，污浊的空气差点让她窒息，紧贴着这么多默不作声、无动于衷的陌生人使她紧张。之前她从未如此强烈地意识到，地铁上的人们在竭力避免目光接触，下定决心试图用看书来逃避这种极度不舒适的旅行方式——如果有必要的话单手翻书，另一只手抓住拉环——或者听随身听，要不就干瞪着对面一张张面孔上方的地铁线路图。只有游客没完没了地互相说个不停。经验丰富的旅客会像她读过的那位不幸的强奸受害者，尽可能地将思想同身体分离，缩进前者里。

时隔将近三个月再回到她自己的房子，也是一种奇怪的感觉。她的第一印象是房子从外面看起来非常破旧，木建部分必须得重新刷漆了。内部既熟悉又有一些轻微而令人不安的改变：家具被重新摆放，衣帽架上挂着陌生的外套，客厅的书架和咖啡桌上摆着别人的书和杂志，厨房的空气里蕴含的食物气味跟她做的饭菜不同。维斯穆勒夫妇作为租户一直很负责任，但他们充分利用这次她回来的机会，带她在房子里转了一圈，用绵里藏针的语气指出各种缺陷和弱点。海伦安抚他们，同意更换不能正常使用的洗碗机，然后立即到附近的折扣店买了一个新的，安排好送货和安装事宜。

然后她去 BBC 为麦信哲预订的酒店也给自己开了一个房间。他曾建议她假装成麦信哲夫人，跟他住一间房，但海伦认为这样太过分了。所以他们就像偶遇的老朋友一样，在酒店的餐厅吃饭，在酒吧里互道晚安，然后单独回各自的房间，稍后在麦信哲的房间里碰面（以防孩子打电话给他），度过了一个纵情放荡的夜晚。BBC

派了一辆车,第二天早上六点半开到酒店门口等他。过了一会儿,她在自己的房间里看电视,听他清晰地解释"深蓝"的程序是如何工作的——在几秒钟内计算数百万步可能着法的后续结果——阐述这与人类棋手使用的直觉方法有什么不同。他充满活力又镇静自若,丝毫没有前一夜纵欲过度的痕迹,她大为惊异。

他做情人的风格和马丁截然不同。马丁的前戏倾向于高度精细化,持续较久,行为本身则相当快。麦信哲则恰恰相反。他喜欢迅速进入她,变换不同体位,然后达到高潮,而在此期间让海伦高潮好几次。他的手臂和肩膀非常强壮,能毫不费力地将她翻来翻去,到他上面和下面,就像一个练习"固定技"的摔跤手。有时她觉得他实在是过于用力,想把她折腾到身体无助地微微颤动,只剩微弱的知觉,强迫她的喉咙发出不成词语的惊声呻吟,让她求饶、拍打床垫,就像一个被击败的摔跤手。

不过,在昨天,他成了那个不得不承认失败的人。他回家时顺路在小二楼停一下,随身带着一些有关意识会议的文献,以防万一碰到什么人好有个借口。他不能待太久,因为晚上埃米莉做饭,他不敢迟到。于是前门刚在身后关上,他就开始脱海伦的衣服。他们上楼去卧室,躺在床上,但这一次他阳痿了。他看起来非常沮丧。"别担心了,"她说,"这是心理上的。赶着时间做不是什么好主意。""我们之前也有过必须要快的时候。"他说。"那,也许你最近做得太多了,"她开玩笑说,"对于一个五十岁的男人来说。"他有点生气。"这是胡扯,"他说,"很可能是我中午在教工俱乐部吃的咖喱鸡弄的。我整个下午都消化不良。""你总是抱怨消化不良,"她说,"应该采取点措施。"她突然听到自己在像一个妻子一样讲话,意识到这一点带来的震惊让她突然沉默。但他似乎没有注意到。"我只需要几片胃药就行。"他说。他快速穿好衣服,吻她,然后走了。

海伦泡了个澡。她懒洋洋地躺在水里,思忖自己是否爱上了麦信哲,偶尔用脚趾拧热水龙头,往浴缸放点水。自从他们在里士满家的客厅第一次相遇,她就被他吸引了,但她不会向自己或其他任何人把这种情感描述成传统的"爱",那种浪漫的"我不能没有你,今生只有你"的形式。他形容自己在给她装调制解调器并吃了她做的午饭那天"与她坠入了爱河",而她从来也没有去想过他表达的会是这种情感。她第一次和他上床完全是机缘所致,只是尝试而已。在莱德伯里撞见卡丽和尼古拉斯·贝克以及卡丽在伯顿河畔的坦白带给了她强烈的震撼,余波在她心里尚未平息。有了这些新发展,之前几周她出于种种原则对麦信哲的拒绝突然显得完全没有必要。如果卡丽和尼古拉斯·贝克有染,那么她自己似乎就没有理由不去跟麦信哲搞一腿。卡丽偏偏在那时飞去加州,于是将这个结论付诸实施就更容易了。卡丽离家的时间从几天逐渐延长到几周(因为她父亲恢复得很慢),让"搞一腿"发展成了一段肉欲横流的真正的婚外情。三个星期以来,除了找机会做爱,他们几乎别的什么都不想——至少她别的什么都不想。他们的熟人圈子里似乎没人怀疑他俩有什么事,这让海伦很惊讶。难道她的学生们没有从她脸上看出欲望得到满足的特征吗?午餐幽会后麦信哲匆忙赶回去开会,他的同事们不会从他身上闻出性事的气味吗？没有人注意到他们频繁在分秒不差的同一时间从大家的视野里消失吗？显然还真没有。她认为，只有桑德拉·皮克林可能会觉察出她的举止有些微妙的变化。有时海伦在上课中间陷入色情的遐想，回过神来时会发现这个年轻女子在用古怪的眼神盯着她，仿佛在试图弄清她怎么就像换了一个人似的。除此之外，每个人似乎都忙于自己私人的和工作上的事，分不出心来注意海伦和麦信哲的行为，也不会从中推断出什么来。

这段时间里大选选情激动人心，吸引了大量的关注，肯定也有帮助。她和麦信哲在选举之夜参加了格罗弗家的派对，不过互相没说几句话。在首批开票结果预示工党将取得大胜后不久，他们不惹人注意地分头溜走，在海伦家里碰头。随后几天，有几个人问她"你等到波蒂略的结果了吗？"——他们指的是保守党当夜最惨重的失败[1]——她不得不胆怯地回答"没，我上床了"，并希望自己没有脸红。

麦信哲那天凌晨从她家离开回自己家，海伦披上睡衣，沏上一壶茶，在电视前坐了一个小时左右。她看着工党支持者在泰晤士河南岸疯狂庆祝，新首相和妻子在胜选集会上亮相，对自己没有参与这一重大历史事件感到一阵遗憾。她没去拉票，没去投票，甚至没怎么看电视，因为她沉浸在自己的色情冒险里。手挽手的布莱尔夫

---

[1] 英国记者、新闻主持人迈克尔·波蒂略（Michael Portillo，1953— ）自1984年竞选下院议员成功以来一直保有该议席，直到1997年大选被工党对手击败。"波蒂略时刻"（Portillo moment）和"你等到波蒂略的结果了吗？"成为流行语，风靡一时。

妇周身散发出高尚的夫妻之爱的光芒,这或许加重了她的内疚感。麦信哲至少还去投了票(策略性地投给切尔滕纳姆的自由民主党候选人),不过对他而言,大选结果只是最不坏的那个选项。他深深鄙视政治和政客。他坚持认为,政治是现代的诅咒,就像宗教是过去的诅咒一样。想想看,本世纪里政治造成了那么多人间的深重苦难——在中欧、俄国、中国、非洲——他雄辩滔滔。那么你是无政府主义者吗,她问。但他当然不是。他似乎怀有一种相当老套的启蒙信念,认为社会的完美性可以用科学来实现。他认为追求知识(即科学)和追求权力(即政治)形成了鲜明的对比。他坚信,从神学到解构的所有形式的伪知识,要想将其虚假的世界观强加给他人,都必须变得政治化。在性交后的幸福感中(因为他们通常在这种情境下谈话),这一套听起来很合理。

但是现在卡丽归期临近(她父亲快出院了,但回家后还需要全天候护理),海伦再也不能满脑子塞满色情念头,只想着下一次的幽会,神色恍惚地四处乱晃。就算不考虑在卡丽眼皮底下继续秘密见面的实际困难——而且的确很困难——卡丽的存在将赋予这件事一个全新的道德和心理背景。卡丽不在的时候海伦还可以不拿她当竞争对手,甚至可以不把她作为障碍。但随着卡丽回到生活情境之中,她拥有的妻子、母亲、经理、管家的身份让海伦的地位立即变得边缘化,而且整件事的正当性也成了问题。虽然卡丽自己也有一个情人,但这其实没有任何区别。因此,海伦在泡澡时问自己的问题就异常沉重:她是否爱上了麦信哲?如果是爱上了,那这对未来意味着什么呢——不只是近期,长期会怎么发展?学期结束时她在格洛斯特的工作也就结束了,到时她会满足于让这段感情结束,回伦敦去吗?她的心立刻回答:不会。她会不会满足于时不时地当情妇,抓住麦信哲来伦敦开会和在媒体上露面的机会,让他挤出几个小时,一起共度激情时光?或者秘密约好,在他某次出国旅行时加入他?她在脑海中想象自己坐在豪华的酒店房间里,梳妆台上放着水果篮和装着香槟的冰桶,里面的冰块正在融化;她在不耐烦地等着麦信哲从某个会议讲座或官方招待会中脱身。她并不喜欢这幅图景。然后她又想——她忍不住——如果麦信哲和卡丽离婚,跟我结婚了呢?这个念头很诱人,但她只想了想小霍普沮丧的样子,就抛弃了它。几周来第一次,忧郁笼罩了她。她想,突然冷却麦信哲的情欲、让他阳痿的,会不会不是卡丽即将回来这件事。

28

拉尔夫到家时,埃米莉和她的男朋友格雷格在厨房里。格雷格是个十八岁的男孩,身材高大,笨手笨脚。他对拉尔夫心怀敬畏,拉尔夫在场时他会尽量少说话。他们正蹲在烤箱前,透过玻璃门观察埃米莉给晚餐准备的肉饼烤得怎么样了。

"我觉得已经烤好了,"埃米莉说,"可是我忘了定时。我不想把它给烤焦了。"

"在我看来已经可以了,"拉尔夫在他们身边蹲下说,"但这肉饼用的不是牛肉?"

"我用的羊肉。"埃米莉说。

"豪华版肉饼。好。我们来吃吧。"

肉饼很棒。拉尔夫吃了两盘,称赞了埃米莉。饭后,其他人在收拾桌子刷碗的时候,她趁着晚餐做得不错的势头,向拉尔夫提出一个请求。

"格雷格今晚可以在这里过夜吗,麦信哲?"

拉尔夫压下去一个嗝:"你的意思是在你的房间里?我觉得不行,鳍肢。"

埃米莉皱起眉头:"为什么不行?妈妈就允许。"

"我可担不起这个责任。"

埃米莉恼怒地翻了个白眼。

"这件事本身我不赞成,但这不是重点。重点在于这是卡丽说了算的,而她不在。"

"你不赞成?"埃米莉的语气表示她简直不敢相信麦信哲会持这种态度。

"是的,我认为这会让男孩不安。他们处在一个敏感的年龄。"

"海伦在这里过夜的时候你不觉得不安吗?"埃米莉说。

拉尔夫的态度强硬起来:"那完全不一样。她是客人,在客房里睡觉。"

"是——啊。"埃米莉略显无礼地拖长调子说道。她看着拉尔夫,仿佛如果他敢还击,她就会抖出更多事情来。

电话响了。是卡丽,她确认自己和霍普明天晚上离开洛杉矶,周五一早到希思罗。拉尔夫提出去机场接她们。卡丽说不,不用麻烦了。她已经预订了专车从切尔滕纳姆去接她们,上午晚些时候会到家。

"太好了,"拉尔夫说,"我们很想你。"

"想我还是想我做的饭?"卡丽说。

"都想,"拉尔夫说,"不过埃米莉今晚给我们做了一个特别好吃的肉饼……"说这句话时拉尔夫注意到埃米莉在朝他使眼色,"顺便说一句,格雷格在这里,帮她做饭了。他在这里过夜行吗?"

"如果你同意,那就没问题。"卡丽说。

"好吧。明天见。我们都爱你。"拉尔夫放下电话,对埃米莉说:"你妈妈说没问题。"

"谢谢,麦信哲。"埃米莉微笑着走出房间。

拉尔夫一只手叉腰,又打了一个嗝。他去洗手间,在药箱里找到一盒胃药,吞下两片。

周五早上,在卡丽和霍普到家之前,拉尔夫去看他的家庭医生——一个名叫奥基夫的爱尔兰人。他的诊所离麦信哲家不远,是一排又高又窄的乔治亚式排房中的一座,在底层,所以他喜欢说"我就住在我的店上面"。他跟拉尔夫差不多岁数,更粗壮一点,脸色赭红,手掌宽大。他喜欢穿毛织粗花呢运动夹克,看上去不像是医生而更像农民,不过对麦信哲一家来说他一直值得信赖。拉尔夫很少有需要来他这里问诊。

"教授,我能为你做点什么?"简短的例行问候结束后他说。奥基夫似乎喜欢这么称呼拉尔夫。

"就是有点消化不良,"拉尔夫说,"一阵一阵的,但好像总好不了。胃药好像不管用了。"

"还有其他症状吗?"

"在这里,有饱胀的感觉。"拉尔夫将一只手放在胸廓右侧下方,紧贴着肋骨的地方。

"那我们来看看。脱掉衣服。可以穿着内裤。"奥基夫指着房间一角的屏风后面的沙发。拉尔夫脱衣服时,奥基夫仔细地在水槽里洗手,跟他聊天气。

奥基夫给拉尔夫的腹部做了彻底的触诊,同时还轻轻吹着口哨。

"不好意思,人到中年,有点肚子了。"拉尔夫小声说。

奥基夫点点头。"预料之中的。"他的大手的手指有如刮刀一般,推动、按压、轻戳。"好了,"他说,"你可以去穿衣服了。"他回到自己的办公桌前,用金尖钢笔在拉尔夫的病历里写下一些记录。

"怎么样?"拉尔夫坐在病人的椅子上说。

"你肝脏上有个肿块。"奥基夫说着,没停笔。

"什么样的肿块?"

"我不知道。你需要看专科医生。"奥基夫抬头看着拉尔夫,"你用的是私人医保吧,教授?"

"是的。"

"巴斯有一个不错的胃肠科大夫,叫迪克·亨德森。我跟他打过高尔夫球。如果你愿意,我可以打电话给他。也许他能把你安排在周一。"

"是什么紧急的情况吗,这么说?"拉尔夫说。

"浪费时间没有意义。"奥基夫说。

"你是说可能很严重吗?"

奥基夫严肃地看了拉尔夫一眼:"肝脏是一个要害器官,教授。"

"是的,当然是,我的问题很蠢。可能是癌症吗?"

奥基夫在回答之前停顿了一下:"如果我说不会是,那就是在骗你。"他最后说道。

"还有什么其他可能?"

"我不知道,"奥基夫说,"这就是为什么要给你找个专家看,越早越好。他会减轻你精神上的这种压力。"

"或者不会减轻——看情况而定。"拉尔夫说。奥基夫没有回答。

拉尔夫回到家后不久奥基夫的接待员就打来电话,说亨德森先生可以在周一上午十一点三十分在巴斯的修道院医院见他。拉尔夫接受了。

埃米莉和两个男孩在学校,所以房子里很安静。拉尔夫在厨房里给自己做了一大杯咖啡,坐在桌边喝着,凝视着窗外空荡荡的院子。然后他上楼到书房里,在电脑上工作了一会儿。有时他会停止移动手指,盯着屏幕看一两分钟,但眼睛并没有专注在文字上。他把工作用的文件都关掉,登录到网上,打开一个搜索引擎的网页,在搜索框中输入"+肝+癌症"。大约半小时后,他听到打开的窗户外面传来声音:一辆汽车开进下面的车道,车门打开又关上,还有霍普激动的喊叫。他断开网络连接,快步下楼。

拉尔夫在大厅里抱起霍普,让她两脚腾空,在黑白格子的地板上旋转。孩子高兴地大笑。然后他吻了卡丽,看着她。

"怎么了?"她说。

拉尔夫等到霍普蹦蹦跳跳地跑进她自己的房间,跟她最喜欢的娃娃和玩具重聚之后,才告诉卡丽他去见奥基夫的情况。

"这个亨德森是谁?"卡丽首先问。

"我不知道。奥基夫对他评价很高。"

"我想你应该去看哈里街[1]的专家。最好的。"

"我现在没有时间在伦敦和这里之间来回跑。"拉尔夫说,"肯定会有各种检查化验之类的。还有三周就是Con-Con了。有一大堆事情要做。"

"交给别人。"

"说得容易。我的副手是道格斯。社交和组织不是他的强项。别管怎么说,咱们用不着大惊小怪。很可能没什么事。"

"天啊,"卡丽说,"我以为能有一段时间不用再跟医院和医生打交道了。"

"不要让这破坏你回家来的好心情,"拉尔夫说,"在星期一到来之前,我们就把它忘掉。好不好?"

"你这么说的话就这么办吧,麦信哲。"卡丽挤出一个微笑说。

后来,他们在吃午饭时讨论周末怎么过,卡丽问周日要不要邀请海伦去蹄铁。

"不用,我想不用了。"拉尔夫说。

"只是因为你说我不在的这段时间她帮了忙——"

"咱们自己过这个周末吧。就这个家。"拉尔夫说。

"好的。"卡丽说。

下午,卡丽小睡一会儿,拉尔夫到学校里去处理一些行政上的

---

[1] 哈里街(Harley Street)是伦敦市中心的一条街道,各种医疗机构云集,很多是英国乃至世界最好的医生在这里开业。

事情。他从办公室打电话给海伦,告诉她肿块的事。

"哦,天啊,"她说,"很令人担心。"

"嗯,是有一点震惊,我必须得承认。"他说,"我因为消化不良去看医生,出来的时候已经可能会得癌症了。"

"肯定不会是那样的,"海伦说,"过去几周你表现得一直不像个病人。"

"上周三除外。"

"那没什么,"她说,"不会有什么事的。"

"嗯,我应该很快就会知道了,"他说,"我得谢谢你催我去看医生。你说的,我应该治治消化不良——记得吗?"

"记得。"她说。

"你当时是不是怀疑……"

"一点都没有。那只是随口一说。很傻,很不理性。现在我觉得要是当时没说就好了。"

"不用,我很感谢你。真的。"

"我知道。"

"我最后还是得去看医生,而且越快越好。"

"是的。"

谈话停顿了一会儿,似乎他们都不确定接下来该说什么。

"我什么时候能再见到你?"海伦最后说。

"我不知道,"他说,"这个周末不行,如果你不介意的话。"

"当然不介意了。"她很快就说。

"我想请你来蹄铁,但卡丽心情有点不好。我想她可能更愿意只有我们自己。"

"当然,我完全理解。"

"你自己要做什么?"

"我有很多事情要干。学生评估。这个学期突然好像很快就要结束了。"

"我知道。对我来说,这个事情来得简直不能再不是时候了,Con-Con 马上就要开了。"

"星期一检查完之后告诉我怎么样。"

"我会的。我可能到周二才能打电话。"

"好的。"

"那再见了。"

"再见麦信哲。"

尽管睡了一小觉,卡丽仍然没有从旅途劳顿中恢复过来。晚饭后只有她和拉尔夫两个人在客厅里,看报纸,喝花草茶,然后她跟他说自己要去睡觉了。

"我也去。"拉尔夫说完把报纸扔到一边。卡丽看起来很惊讶。"我很想你。"他说。

"真的?"

"当然了。"

卡丽沉重地站起来:"我很累,麦信哲。还是留到明天晚上吧。"

"好吧,"他说,"那我做点工作上的事。"

在他们的卧室门外,他吻她,跟她说晚安,然后上楼进书房。他又登录上网。

接下来的周一,拉尔夫自己开车去巴斯看专科医生亨德森先生。修道院私营医院是一座新建的建筑,位于城郊的一片绿地上,外墙是光滑的釉面砖,窗户是茶色玻璃。接待区和候诊室安静舒适,里面摆着松软的长沙发,地上是尺寸定制的地毯,像机场的商务舱休息室。拉尔夫等了一小会儿,被领进一间诊室,亨德森微笑着问候他,跟他握手,说在电视上见过拉尔夫。他看起来比奥基夫年轻,穿着深蓝色细条纹西装,胸前的口袋里插着一排钢笔和铅笔,打的领带看起来像是某家高尔夫俱乐部的。他闪闪发光的白牙略微向外突出,特别是微笑的时候——而他经常微笑。

拉尔夫又脱到只剩内裤,进行检查。他的腹部又被按压、捏挤,被专业的、知识渊博的手指探查。亨德森确认了肿块的存在。

"可能是癌症吗?"拉尔夫问。

"不能排除,"亨德森微笑着说道,就仿佛这是个好消息,"我得再研究研究。我尽快给你预约超声扫描和内窥镜——就是用光纤对胃和小肠进行直视检查。"

"微创手术?"拉尔夫问。

亨德森豪爽地大笑:"喔,那可不是,是通过口腔和喉咙。听起来挺不舒服,但你不会有任何感觉,因为我们会给你用局部麻醉。不过检查完以后你最好不要自己开车回家。"

"那我当天可以回家吗?"

"当然可以。检查前一天你需要禁食过夜,还要服用一种泻药,这样肠道的阴影才不会干扰超声波。"

"我会让我太太一块儿来。"

"好极了,"亨德森说,"你星期三有空吗?"

"我可以安排,"拉尔夫说,"你什么时候能得到结果?"

"当天就能出来。"亨德森说。

星期二早晨晚些时候,海伦打电话到拉尔夫的办公室。

"海伦!对不起——我打算给你打电话的,但还没有腾出空来——"

"没关系。我不想惹人烦,但是——"

"你当然不是——"

"只是我今天剩下的时间就都没空了,"海伦说,"我得教课。我想知道你看病的结果怎么样。"

"嗯,他确认是有一个肿块。"

"哦。"海伦听起来很沮丧。

"这也不算是意外。"

"嗯,我想不算是。我曾经忍不住很盼望是你的家庭医生弄错了。"

"那他可真是个相当糟糕的家庭医生,"拉尔夫说,"其他的没什么可值得一提的。周三我得再回去做一些检查。"

"我知道了。有什么我可以做的吗?"

"其实也没有。卡丽跟我一块儿去医院。"

"噢,好。"

"我这周晚些时候打电话给你。"

"好的。我会想着你的。"

"谢谢。那再见了,海伦。"

"再见麦信哲。"

他又说:"谢谢你打过来。"但她这时挂了电话。

周三一早,拉尔夫开车带卡丽一块儿去医院。他出发的时候有点晚,而切尔滕纳姆的交通在高峰时段很拥堵,所以他绕了远路,走弯弯曲曲的双车道对开公路去巴斯。路上他开得很快,好赶回一点时间。"咱俩别死在去医院的路上。"卡丽说。因为他刚超过一辆很长的半挂集装箱卡车,山顶上就出现一辆跑车,朝他们开过来。

"不过这倒是结束悬念的一种方式。"拉尔夫说。

"别拿这开玩笑,麦信哲。"卡丽说。

在内窥镜检查前,拉尔夫被通过静脉注射了一种药效温和的镇静剂,还用了一种口腔局部麻醉的喷雾,所以当他和卡丽去亨德森的诊室听检查结果时,他还有点晕晕乎乎的。亨德森大声朗读报告:"肝脏右叶出现不寻常的囊性病变,中心回声低。外观提示可能是继发性坏死。建议进行 CT 扫描以评估……"亨德森放下报告,看着他们说:"我觉得这个建议不错。你肯定知道 CT 是什么吧?"

"我知道。"拉尔夫说。

"我不知道。"卡丽说。

亨德森微笑着给她解释。"噢,你说的是麦信哲的电视节目里的那些东西,"她说,"可以展示大脑的横截面。"

"没错,"亨德森说,"不过现在我们要看的是腹部的横截面。"

"继发性是怎么回事?"拉尔夫问。

"你的肿块可能是从肠道转移来的继发性癌症。不久前我就有一个这样的病人。CT 也许还不能给我们提供足够的信息来排除这种可能性,所以如果你同意的话,我想给你安排同时做个结肠镜。"

"那得花多久?"

"加上准备时间,三四天。"

"在医院里?"

"嗯,饮食准备的阶段倒是可以在家里……但在医院会更容易。除非你擅长禁食。"

"他可不行。"卡丽说。

"接下来的三周里我没有连续三四天的空闲时间。"拉尔夫说。

"你有。"卡丽说,"你多快能给他做上?"她问亨德森。

"我可以给你安排在下周初。"他说,用询问的眼神看着拉尔夫,"如果你星期六入院,那我们可以在周末做准备工作。"

"好吧,那就这么安排吧。"拉尔夫说。

回切尔滕纳姆的路上是卡丽开车。"你觉得这个亨德森怎么样?"过了一会儿她说。

"他看起来非常专业,"拉尔夫说,"方方面面都要检查到。不留死角。"

"他为什么那么频繁地微笑?"

"我认为这是一种无意识的习惯。一种神经性面部肌肉抽搐。可能是因为不得不经常把坏消息带给别人。"

"我不相信他。"

"为什么?"

"我不知道。过去几周我见了这么多医生……能感觉出来什么人是真的聪明,什么人只是一般般。亨德森百分之百是那种一般般的。"

"亨德森还凑合的。而且重要的毕竟还是那些检查。"

"我想你应该去哈里街。"

"现阶段我还是接着用亨德森吧。希望检查结果是正面的。我是说阴性的。[1] 如果不是,我们总是可以再去问别的医生的意见。"

卡丽把左手放在拉尔夫的大腿上。"我不想失去你,麦信哲。"她说,没有把视线从路面上移开。

拉尔夫快速地瞥了她一眼:"嘿!现在还用不着说什么失去。"

"对不起。只是……"

"我知道。"拉尔夫把自己的手放在她的手上,轻轻捏了几下。卡丽把手放回方向盘,默默开了一会儿。

"不管花什么代价都要给你做最好的治疗,"卡丽说,"不管花什么代价。"

---

1 拉尔夫说"正面"用的词是 positive,和"阳性"一样。

他们回到家时,电话答录机上有一条给拉尔夫的留言,是他的秘书打来的,说副校长办公室一整天都在找他。"我认为是跟那个学生报纸有关的什么事。"留言以这样一句神秘的话结束。

拉尔夫去书房给副校长办公室打电话,马上就被转接给了希伯德爵士。

"噢,你好啊拉尔夫,他们告诉我你整天都在医院。没什么事吧?"

"没事。只是几项检查。"

"好。我想你还没看今天的《校园》吧?"

"没有。"

"嗯,上面登了一篇文章,关于唐纳森的荣誉学位的事。"

"他们到底是为了什么?"

"学生会里有一个什么和平团体在捣乱。我给你念几段。'本校将为国防部的官僚颁发荣誉……与霍尔特·贝林中心有关……政府资助格洛斯特大学研究洗脑技术和制导武器……'这里面有真的吗?"

"嗯,你知道我们有一些工作是国防部出的钱,斯坦。"

"研究洗脑?"

"我想他们指的是一个互动虚拟现实的项目——"

"打住,拉尔夫,别说这么多术语。"

"不好意思,斯坦,"拉尔夫说,"比如说,有一个很有名的程序,叫'伊丽莎',它就像个精神科医生。你登录进去,然后它问你,你今天好吗?你打字,我觉得糟透了。伊丽莎问,为什么你觉得糟透了?等等,你在不知不觉中就告诉了她你的生平经历,然后你感觉好多了。"希伯德爵士在电话另一头笑了起来。"国防部想让我们开发出一套类似审讯者的程序,用来培训军人在被俘虏和讯问的情况下应该如何应对。我想这就是他们说的'洗脑技术'的意思。"

"那制导武器又是什么?"

"国防部支持我们的机器人研究,可能用在布雷和扫雷作业上。"拉尔夫说。

"布雷?那这可不行啊,拉尔夫。扫雷是没事。"

"没事?"

"政治正确。这个和平团体威胁要示威,打算阻挠下周的理事会会议,设一条纠察线,不让人过去。"

"什么?我以为那种事情跟牛仔喇叭裤和耶稣式的胡子一样,都已经过时了。"

"显然还没有。只是一小撮人,但可能会把我们搞得很尴尬。唐纳森如果听到风声,可能会退出。这可能影响到你将来的资金支持。"

"我会跟那个小报的编辑谈一谈。"拉尔夫说。

"嗯,小心点。也许你能给他们写点东西,把事实说得对我们更有利一点……"

"我看看能怎么弄吧。"拉尔夫说。

"好的。"希伯德爵士说,"顺便说,几天前真是不凑巧,薇薇和我在你的乡下小屋那里也没见到你。"

"是的,很可惜,我正好出去散步了。我回来后发现了你留的条。"

"下午休息不上班了,是吧?我们都应该多歇歇。"

"我发现我在乡下时思路会更清晰。"

"肯定是的。卡丽怎么样?"

"挺好的。她刚从美国回来。她父亲病了。"

"真是太不幸了……那你是自己一个人了?"

"什么?"

"在小屋里。"

"啊,是的。我自己一个人。"

"我得走了,拉尔夫。去参加新来的冶金系系主任的就职演讲。"

拉尔夫挂掉电话,大声说了句"他妈的",下楼给卡丽讲副校长这个电话的主要内容。

"真是祸不单行。"她说。

"我想知道是谁把那件事捅给了学生报纸。"拉尔夫说。

周四早上,海伦给拉尔夫的办公室打电话。

"海伦!我正要打电话给你——"

"是吗?"

"只是我这边的事情变得有点让人心烦。"

"检查怎么样?"

"没有定论。周一我还得再做更多检查。"

"这可真是烦人。"

"确实。还有会议的事,现在唐纳森的荣誉学位那点破事又给闹大了,真要命。你这周看了《校园》吗?那个学生报纸?"

"没有。里面写了什么?"

"太复杂了,现在解释不清楚。我跟编辑约好了,马上去跟他见面。"

"我什么时候能见到你?"

"周日来蹄铁吧。不行,见鬼,我周六就要去住院——"

"我的意思是,我什么时候可以单独见你,麦信哲。"

"噢。"拉尔夫停顿了一会儿,"啊……我觉得我现在没有那个心情,海伦。"

"我不是说性,麦信哲,"海伦说,"我只是想和你谈谈。"

"对不起……那让我想想。我跟卡丽讲了今天晚上我要工作到很晚。我回家的路上过去找你吧。大概七点,好不好?"

当拉尔夫沿着校园里的小路开到海伦家所在的那一排房子时,她的隔壁邻居正好刚走出房门,穿着网球衫,挥着球拍。他待在车里,假装研究一份文件,直到他们在视野里消失为止。然后他按响了她的门铃。她立即开门让他进屋并迅速关上了门。他们拥抱,倚靠在门上。

"哦,麦信哲,"她说,"我这个星期过得太惨了。"

"我过得也不怎么样。"他说。

"嗯，可怜啊。跟我说说检查怎么样。"她带他走进起居室，"你想喝点什么吗？"

"来点果汁吧，如果你有的话。亨德森说不能喝酒。"

"亨德森？"

"我的医生。"

"哦，我把他和另一个人弄混了，报纸上的那个人。我今天下午拿了一份。"

"那是唐纳森。"拉尔夫跟着海伦进入小客厅，躺进扶手椅里。她从冰箱里拿出一盒橙汁，打开，倒进两个玻璃杯。"我今天早上见了编辑，"拉尔夫说，"学文化研究的，挺自以为是，还打算进一家小报，干出一番事业来。我问他这个消息从哪儿得来的。他竟然还有脸说这是众所周知的。"

"难道不是吗？"

"唐纳森在国防部里是个大人物，这当然是众所周知的。评议会的报告也确实提到了他们资助我们的一些研究，如果你知道去读什么地方——不过能看到那报告的人可不太多……但，是谁建立起的这个联系？谁给学生报纸指点了正确的方向？那自以为是的家伙不说。也许他真的不知道——可能是一个不喜欢中心的人匿名给他爆料。或者不喜欢我的人。谢谢。"拉尔夫从海伦手里接过一杯果汁。她在沙发上坐下。

"跟我再说点去医院的经过。"她说。

拉尔夫讲述了他前天做的检查和之后与亨德森的商讨。

"什么是结肠镜？"她问。

"把一个小电视摄像头从直肠里捅进去,看肠道内部,"他说,"可以说是医学上的第五频道[1]。"

海伦做了个鬼脸:"可怜啊。"

"是啊,我可不会说我很期待这个检查。"他看看手表,放下玻璃杯,"我该走了。"

"这么快?"

"恐怕该走了。卡丽可能已经往办公室打了电话,正在琢磨我在哪里。"

"麦信哲……"

"什么?"海伦没回答,但眼圈红了,看起来好像要哭。"怎么了?"他用更温柔的语气说道。他起身走到沙发边,坐下,伸出胳膊搂住她的肩膀。

"我很困惑,"她说,"我不知道你想从我这里要什么。"

"从你那里要什么?"他重复着,皱着眉头。

"我们这段狂野、热烈的关系有三个星期了。我们几乎每天都见面。我们基本上每天都做爱。然后突然,砰一声,百叶窗落下。我连续几天都没有见到你。我坐在那里等着电话但电话从来没响过,我——"

"亲爱的,对不起。我脑子里在想着那个该死的东西——"

"我知道,我知道。"

"我爱你,海伦,那三个星期真的是太好了,但是……我现在

---

[1] 第五频道(Channel 5)是英国的一家电视网,以娱乐节目和电视剧为主。

并不想做爱。"

"我也不想,麦信哲,我也不想。"

他茫然地看着她。

"那你只想从我这里要这个?"她说,"现在你病了,是不是就想让我退出你的生活?走开?"

"当然不是。"

"那就别把我拒之门外了。让我进入你的头脑。告诉我你的感受。让我帮你。"

拉尔夫沉默地看了她一会儿。"你真的想帮我?"

"当然了。如果有什么我可以做的……"

"什么都可以?你真的是这个意思吗?"他目不转睛地盯着她。

"你为什么这么说?"海伦有点害怕地说。

"我要跟你讲一些不会跟任何其他人讲的事情,"他说,"你必须保证不跟别人说。"

"好的。"她说。

"如果最后发现这个肿块是恶性的,我不会等着它渐渐发展。我知道你要说什么。我知道医生会说什么。现在有各种各样的治疗方法,效果越来越好,等等。但是肝癌一般不怎么乐观。我上网查了。化疗可能会缓解,但是没有治愈方法。移植风险很大,而且可能还会复发。我不想进行勇敢的战斗。我不想病上一两年然后再死,无助、消瘦、失禁、秃头。不用了,谢谢。我亲眼看见父亲死于癌症的全过程,我不想经历那一切。一旦我确定我的情况到了不可逆转的终末期,我就会马上趁着自己还能动,独立走向那个出口。嗯,也许并不是完全独立。"他暂停说话,意味深长地看了海伦一眼。

"你想让我……"海伦看起来很震惊。她摇了摇头:"不行。"

"卡丽不会帮我的,我知道。"拉尔夫说,"不幸发生时,她的反应是往里面砸钱。我已经能看出来她脑子里在计划什么了。给哈里街挨家挨户打电话。带我飞越大洋去梅奥诊所[1]。在黑市上给我买肝脏做移植……只要能让我活着,哪怕在轮椅上,什么事她都能做出来。"

"麦信哲,这太可怕了。我不想再听了。"

"我以为你想帮我。"

"那么你想让我做什么?"她说,声音高了起来,"把塑料袋套到你头上?把凳子从你脚下踢开?"

"冷静,海伦。我还没有想过具体的方法。可能永远不会到那一步。我无比希望不会。我这一生过得非常好。要是得结束,我会非常、非常遗憾。但如果必须,我会把它结束的。我当然想把给家庭造成的痛苦控制到最小。这就是为什么找一个外人来帮忙可能比较好。"

"我明白了,"海伦轻快地说,"可以这么安排,在大学大道上,我开车从你身上轧过去。让它看起来像一场意外事故。你可以在约定的时刻从树后走出来。我们必须提前对好手表。"

"我不是在开玩笑,海伦。"拉尔夫说。

---

[1] 梅奥诊所(Mayo Clinic)位于美国明尼苏达州罗彻斯特,被认为是世界最佳医疗机构之一。

"嗯,我真希望你是,"她说,"给我造成的痛苦又怎么办?"

"我知道我对你的要求太多了。但那将是一种出于……爱情的行为。"

"爱情?"海伦有点歇斯底里地笑着。

"假设你爱的人——你母亲或父亲,甚至你的一个孩子,正处于无法忍受的痛苦中,慢慢死去。如果你有办法,难道不会帮他们结束吗?"

"有可能。但那不一样。"

"我觉得这不合逻辑。为什么你在帮别人之前让他们先在地狱里走一遭?如果他们想避免地狱之旅,为什么不直接帮他们实现呢?"

"我觉得难受,"海伦说,"我不想再谈这件事了。"

"你不会帮我?"

"不会。"

"但你不会阻止吧?你什么都不会对别人说的吧?"

"我说过我不会。"

"好。"他又看了看表,"我必须得走了。"

"麦信哲,"海伦说,"这是因为我爱你。"

"我知道,"他轻轻地吻了下她的脸颊,"我自己出去就好,不用送了。"

"你回来晚了,"麦信哲进入厨房时卡丽说道,"你说的是七点半。晚餐都煮过火了。"

"对不起,"拉尔夫说,吻了她的脸颊,"我在回家的路上去了海伦·里德家。"

"哦?"卡丽看起来有些惊讶。

"我必须把一些关于会议的东西交给她。你知道她同意去讲最后的话了吗?"

"她真是太好了。"

"我借这个机会解释了为什么我们过去这周没有联系她。"

"很好,"卡丽说,"也许我会给她打电话,邀请她周日去蹄铁。还是你想让我去医院看你?"

"不,不用了。我的意思是不用去医院看我。今天干了什么有意思的事吗?"

"我去买了点东西。我在蒙彼利埃街碰到了尼古拉斯,所以就一起在'微白'餐厅吃了午饭。"

"他真幸运,有这么多闲工夫,"拉尔夫说,"我希望你没跟他讨论我的病情。"

"我提了你正在做一些检查。别人迟早都会知道的,麦信哲。"

"我知道。我只是讨厌被人们同情,成为病态的好奇心的对象。咱们的朋友们对这件事了解得越少越好。"

"你告诉了海伦·里德多少?"

"不多。再说我告诉她切勿外传了。"

发件人:ludmila.lisk@carolinum.psy.cz
收件人:R.H.Messenger@glosu.ac.uk

主题：会议
发送时间：1997年5月22日（星期四）20:35:28

嗨，麦信哲教授：

  我是你的捷克朋友卢德米拉。你还记得我吗？但愿如此。三个星期前我给你发了一封信，但我想你没收受到，因为我没有接到回复。所以我在网上查找格洛斯特大学，找到了你的电子邮件地址。我真应该早就想到。

  我写这个信是为了确认我被邀请在五月底你的会议上发表一张墙报。英国文化教育协会会给我旅行奖学金，但他们需要你的确认。时间很紧，如果你能尽快行动，我将很感谢。请原谅我糟糕的英语。

此致

       卢德米拉·利斯克

又及：我的墙报题为《对自主代理的学习行为的建模》你记得我在布拉格那个美好的夜晚跟你详细地讲过。

发件人：R.H.Messenger@glosu.ac.uk
收件人：ludmila.lisk@carolinum.psy.cz
主题：第六届意识会议
发送时间：1997年5月23日（星期五）9:25:15

亲爱的卢德米拉，

  谢谢你的邮件。我当然记得你，怎么会忘呢？我非常抱歉，会议已经排得满满当当的了。我们可以容纳的人数有严格的限制。也许你可以参加明年的会议。我相信应该是在佛罗里达举行——可能很有趣。得知这方面的信息后我会给你发电子邮件,以便你及时申请。

祝好

拉尔夫·麦信哲

发件人:ludmila.lisk@carolinum.psy.cz
收件人:R.H.Messenger@glosu.ac.uk
主题:会议
发送时间:1997 年 5 月 23 日(星期五)11:14:02

亲爱的拉尔夫:

　　希望你不会觉得我这么开头不礼貌,不过在布拉格的美好时光里,你让我叫你拉尔夫。会议名额已满,我非常难过。我读你的电子邮件时真的哭了。在捷克获得旅行补助并不容易。我觉得英国文化教育协会不会给钱让我去弗洛里达。请让我到格洛斯特去参加你的会议。我不介意睡在地板上。我带睡袋。我不奢求有我们在布拉格的那么舒服的床。

你的朋友,卢德米拉

发件人:R.H.Messenger@glosu.ac.uk
收件人:ludmila.lisk@carolinum.psy.cz
主题:第六届意识会议
发送时间:1997 年 5 月 23 日(星期五)12:15:10

亲爱的卢德米拉，

唉，睡在哪里不是问题的关键。我们最大的礼堂只能容纳两百人，有各种规则和条例禁止我们请更多的人参会。我很抱歉让你失望但这次很不幸，我无能为力。

祝好。

拉尔夫·麦信哲

又及：我是在温尼伯出版的《人工智能通讯》顾问委员会的成员。如果你愿意就你的研究项目写一段话，我可以跟他们讲，看看能不能把它放在他们的"布告"栏目里。

发件人：ludmila.lisk@carolinum.psy.cz
收件人：R.H.Messenger@glosu.ac.uk
主题：会议
发送时间：1997年5月23日（星期五）13:14:02

亲爱的拉尔夫：

谢谢你的邮件。你建议在《人工智能通讯》上登一段话真是太好了，可对我来说更重要的是去参加你的会议，向这个领域里所有最顶尖的人物讲我的研究。我觉得如果你真的想，你还是可以在你的会议中给我找到位置的。我觉得也许你不希望我来格洛斯特。你是害怕我会告诉你的同事，也许还有你的妻子，我们在布拉格一起度过了多么美好的时光吗？我向你保证我什么都不会说。但如果我不能参加会议，失去我的旅行奖学金，我会非常伤心而愤怒。也许我会写下我们在布拉格做的一切，然后贴到网上去。

你的恶魔[1]，

卢德米拉

发件人：R.H.Messenger@glosu.ac.uk
收件人：ludmila.lisk@carolinum.psy.cz
主题：第六届意识会议
发送时间：1997年5月23日（星期五）15:35:18
抄送：scirep@britcoun.cz

亲爱的利斯克小姐：

　　感谢你发来邮件。你发来的第一封邮件可能出了点问题，没有到达我的邮箱，很不好意思。

　　我很高兴地确认，我们能够接受你参加会议，来讲一张关于《对自主代理的学习行为的建模》的墙报。我们会尽快用航空邮件寄给你会议资料。这封邮件也抄送给布拉格的英国文化教育协会。

　　期待在月底见到你。
此致。

R. H. 麦信哲

会议召集人

---

[1] "恶魔"原文是 fiend，和朋友（friend）只差一个字母。也许卢德米拉并不是有意拼错，但造成的效果很巧妙。

"婊子。"拉尔夫嘀咕了一声,点击"发送"键,把这封邮件发了出去。他桌上的电话响了。是副校长。

"噢,你好啊斯坦,"拉尔夫说,"昨天我见了《校园》的编辑。他承诺会在下周的报纸上刊登一封我署名的信。这应该能解决问题。"

"这太好了,拉尔夫,"希伯德爵士说,"但这不是我打来电话的目的。"

"噢。"

"格洛斯特郡警察局的警长布莱恩·阿格纽跟我在一起。什么单位来着?"最后一个问题并不是对拉尔夫提出的。拉尔夫听到希伯德爵士跟他的访客低声交流了一会儿,然后回到电话里。"恋童癖和色情制品单位的。他想跟你谈谈。"

"关于什么?"

"我想最好还是他自己向你解释,"希伯德爵士说,"你今天下午能见他吗?现在,比如说?"

"好吧,我想可以,如果很紧急的话。"

"太好了。我让他过去。先别挂。"副校长和阿格纽警长又低声交流了一会儿,"对——你还在吗,拉尔夫?是这样,出于安全原因,他到的时候不会说自己是警察。他只会说他是布莱恩·阿格纽,你在等着他。好吧?"

"好的。"拉尔夫说。他放下电话。"天啊,"他嘀咕道,"现在怎么办?"

"我们有理由认为,"阿格纽警长说,"你的部门里有人在用学校的计算机网络,从网上下载儿童色情制品。"

"谁啊?"拉尔夫说。

"我们还不知道,先生。"

"那么证据是什么?"

"还不便透露,先生。"阿格纽警长说。他三十多岁,身材高大魁梧,唇上留着小胡子,两端向下弯曲,让他的表情看上去永远很阴郁,身上是深蓝色西装外套和蓝色衬衫,打着一条纯色领带。他说话带有本地口音。"我们正在调查一群交换和分发非法制品的人,这件事属于这个更大的案子。"他说,"我们认为其中一个人在这里工作。可能是谁,你有什么想法吗?"

"没有。一点都没有。"

"你手下这些人里,没有谁在任何时候对那种东西表现出过兴趣?"

"我想不出来。当然,我觉得这个国家里不会有人能上网却从来没上过色情网站。这是自然的人类好奇心。"

"我们关注的东西一点都不自然,先生。"阿格纽警长说。

"我想说的正是这一点。我们这里的一个研究生去年组织了一次比赛,看谁能在网上找到不花钱就能看的最粗俗的照片……"拉尔夫回忆着,笑了,但阿格纽警长丝毫不为所动,"那只是个男人之间的恶作剧。但是中心的一些女性向我投诉了这件事,于是我理所当然地把它叫停了。"

"那是谁,先生?"

"吉姆·贝洛斯，但我认为他肯定不会参与儿童色情活动。我看到的照片都是成年人的。发育得非常好的成年人，可以说。"拉尔夫的第二次尝试也未能让警察露出笑容。

阿格纽警长在他的笔记本上写下了这个名字。"我们会调查他的。"他说。

"我认为他肯定不是你要找的人。"

"很可能不是，但我们必须追踪每一条线索。我们没办法检查这幢楼里的每一块硬盘。"

"天啊，不要。那会让中心停止运转的。"

"不过你可以——如果你愿意的话——把自己从我们的调查范围中排除，先生。"阿格纽警长说。

"你什么意思？"

"如果你允许我检查你自己的硬盘的话。"

"呃，我不知道……你有搜查令或者什么别的文件吗？"

"我的这个建议完全建立在你自愿的基础上，先生。"

"我懂了……"拉尔夫皱起眉头，想了一会儿。"我现在的处境似乎左右为难。我找不到不让你查的理由，可从另一方面来讲，如果我不让你查，你会认为我在隐藏一些东西。"

"这取决于你，先生。"

"我的电脑上有很多机密信息。"

"当然会为你保密。"

拉尔夫想了一会儿。"嗯，好吧。你查吧。"

"谢谢你，先生。但我现在还不用打扰你。"

"噢。我以为……"

"你的系统主管是谁，先生？"

"斯图尔特·菲利普斯。"

"他值得信赖吗？"

"完全可信，我认为。"

"性格好吗？"

"绝对好。娶的是老师，生了两个孩子。他是他们教会的敲钟人，我想。为慈善事业跑马拉松。带一支童子军。"一直在赞许地点头的阿格纽警长突然停了下来。"也许我不应该提到这一点。"拉尔夫说。

"为什么不应该呢，先生？"

"嗯，我觉得这让他成了嫌疑人，是吧？实话说，我想这年头应该不是随便谁都能当童军服务员。斯图尔特真可以说是社会中坚。"

"你提出来是对的，先生。关于这个案子，我们知道的信息越多越好。我想见见菲利普斯先生。你觉得现在可以找到他吗？"

拉尔夫打通斯图尔特·菲利普斯的分机，被告知他刚下班回家去了。阿格纽警长说自己下周会回来检查中心的系统，到时候需要斯图尔特·菲利普斯的协助。

"你打算跟他讲案件的具体情况吗？"拉尔夫问。

"看具体情况吧，"阿格纽说，"我得先和他见面。"

由于拉尔夫周一和周二得住院，因此他们暂定下周三再见面。

"如果你发现了什么情况，立刻告诉我，好吗？"

"当然,先生。"阿格纽说。

"这可能会给我们的公众形象带来非常沉重的打击。"

"当然,如果有人犯了罪,我们逮捕了他,公众就会知道。"

"这样的话,希望能尽量往后推,时间越长越好。"拉尔夫说,"我们下周末要在这里召开一次大型国际会议。"

"我觉得在那之前不太可能有什么重大进展,先生。"阿格纽警长说。

"你今天过得怎么样?"拉尔夫到家时卡丽问。

"别问了,"他说,"我现在需要喝一杯,不管亨德森说什么。"

"最好不要了吧,麦信哲。"卡丽担忧地说。

"就一杯,不会杀了我的。"他说。

"好吧好吧,就一杯。"她充满疑虑地说,"我去给你调。你想要什么?"

拉尔夫想了一下:"以前你调干马天尼挺不错的。"

"你知道,我很多年没喝过干马天尼了,"卡丽说,"我跟你喝。"

29

点,点,点牛眼……测试,测试……现在是周日下午,嗯,5月25号,我在巴斯的修道院医院。我昨天住进这里,其实还挺高兴的,远离中心,远离家里,远离电子邮件、传真、电话……我床边有一部电话,但没几个人知道号码……在更多烦心的意外来临之前躲开。这医院就像是风暴中的港口,宁静的避风港……这是个理想的地方,我可以在这里躲几天,缓一缓,等回过神来再做点事情。我带来了很多书和我的 IBM Thinkpad。这可真是个好名字……很不幸,我在这里住院,恰恰是因为最让人烦心的那个意外,我一直很难注意其他事。

住的条件真没什么可挑剔的。我自己一间屋,有空调,有个大窗户能俯瞰景色还不错的停车场……地上是尺寸定制的地毯……墙上挂着印象派的复制品……一把高背扶手椅,我现在正坐着……两把能摞在一起的直椅子给访客用,还有一张咖啡桌。墙上架着一台电视。一张最先进的病床,如果需要的话可以上升、下降、倾斜、从中间折起来。卫生间在房间里,带淋浴……跟四星酒店的房间一样好,除了不能在门把手上挂上"请勿打扰"的牌子。护士和辅助人员总是出来进去，记录一些细节或测一下脉搏或体温或血压或拿来食物，要不就只是来问问一切是不是都挺好。一切总是挺好的。除了你自己。

刚才，这一切活动暂停了一会儿。到了探视时间……于是我拿出来旧 Pearlcorder。我其实不知道为什么……不过不会有人来看我，所以我觉得跟自己说说话也不错，而且我可以相当肯定在一小时之内不会有护士闯进来打断我……护士们都很漂亮，绝对的，就跟春梦里一样，穿着蓝白色的紧身府绸制服……黑色宽腰带，透明黑长筒袜。不知怎么回事你能看出来那是长袜而不是紧身衣。这些都是四星级服务的一部分……波默罗伊护士尤其有吸引力。金色长发，白里透红的肤色，完美的微笑，浆硬的制服上衣下面的乳房一定棒极了……如果裙子底下的部位跟能看见的下摆下面的部位一样形状优美，那……波默罗伊护士对我很友好，很关心我。她在电视上见过我，把我看作明星般的人物……要是我心情不像现在这样，我可能会想象自己能跟波默罗伊护士发生点什么，有时候她会向我使个挑逗引诱的眼色……不过现实是我的性欲暂时搁置了。自从奥基夫说出那八个字"你肝脏上有个肿块"之后，我就失去了对性的兴趣……做爱，我的意思是，我很怀疑人是不是真的能不去想……我思考性，故我在……在卡丽从加州回来的第二天晚上，我尝试强迫自己跟她做爱，但没有奏效。她非常理解……自从这场医疗历险开始以来，我甚至都没有和海伦做过任何尝试。如果肿块最后证明是恶性的，我可能永远不会再做爱了。这么想可真令人沮丧……不过至少我可以说我是站着死的，在我们那三周非凡的恋情中我金枪不倒……除了最后一次，那次我没硬起来。真遗憾。

现在让我心烦的不是性上的胃口，是一般意义上的胃口……我现在吃的是一种特殊的低残留饮食，无味的半流质。他们逐渐把我的肠子清空，这样周二就可以好好看看，而我总是觉得饿。午餐时间我可以闻到烤牛肉，在送餐车上沿着走廊送给这栋楼里的其他病人，那香味真是令人流口水……从门底下透进来，被我饥饿的感官觉察到。我多么渴望来一大份，烤成棕金色的土豆，一大堆肉汁浇在约克郡布丁上。当然原则上我现在不吃牛肉，但是肝脏上可能有个恶性肿块的话，百万分之一的疯牛病得病概率似乎并不是非常严重的问题……如果我被允许吃正常的午餐，我就不会选水煮三文鱼或素食烤意大利宽面，而是直接去吃牛肉。碰巧我还知道完整的菜单，因为有个不仔细的勤杂工今天早上给了我。不能再想吃的了。

我自己试过去摸那个肿块，但是没有成功……我不敢太用力戳，怕戳出什么事来。觉不出来疼……这不一定是个好兆头……肝癌在早期阶段通常都不疼。不过，身处可能致命的危险之中，但除了有点消化不良之外，其他什么感觉都没有，这可真奇怪……就连消化不良都因为吃低残留饮食而消失了。"一个要害器官"，奥基夫说的……我从什么地方读到过，古亚述人认为肝脏是灵魂所在地。有意思。埃及人认为是心脏，古希腊人认为是在肺，我想……笛卡儿认为他自己的灵魂在松果腺中……不过亚述人挑选了肝脏，虽然他们不可能知道肝的真正作用是什么，从代谢的角度来说。

外面阳光明媚，从探视者的汽车挡风玻璃上反射……这些女人看起来好像是来参加婚礼的，穿着夏天的衣服走出汽车，手里抓着花束……我现在有点后悔今天没让卡丽来。没人来看我,我似乎有些觉得自己被抛弃了。她和孩子们会在蹄铁,吃过午餐后在花园里晒太阳。不要再想午餐了。不过海伦没有这么悠闲,她告诉卡丽她得做繁重的评分工作。不是真正的原因,当然……她对再跟卡丽见面感到紧张,内疚与对抗的混合,我想。我不觉得这是对不起她。谁知道如果这个周末她们俩单独在一块儿说我的事,会发生什么?如果海伦突然一冲动,把一切都坦白了呢?天啊。

过去这一周虽然没什么好事,不过我明白了一件事——我想保持跟卡丽的婚姻,无论检查结果如何……这类事情让夫妻更亲密,虽然是很老套的话,不过还真是真的……回想起来,我一直很蠢,跟玛丽安娜玩,然后跟海伦认真了……我打破了跟卡丽的默契,就是在她的地盘不招惹是非。如果她发现了,天知道她会做出什么来……好在海伦很快就要离开格洛斯特了。不过与此同时,我必须非常小心,别弄出什么岔子。

麻烦的是,我担心她可能真的会爱上我……那天晚上她处于高度情绪化的状态。事后来看,我跟她说如果最糟的情况发生,让她帮我了断,是犯了个错误。这是我一直在想的事情,但就这么随口说了出来,没有准备。我几乎是在出声思考。对我来说,重要的是要考虑到所有的可能性,准备好应对计划,这让我有一种能掌控自己的生命的感觉……但这都是假设……太抽象……她作为一名作家,有生动的想象力,立即把自己置身于一些骇人听闻的场景中,随之感到不安……

另一方面,如果检查结果出来之后不错,我担心她会继续跟我搞下去……确实也许会，她搬回伦敦以后，我们可能会时不时地见见面，不过最好还是让它自然死亡吧……这个比方可不吉利……这段关系存在的时候很好，我这辈子最爽的几次做爱……但是我不想给卡丽任何理由怀疑，她不在的这段时间里我们之间发生了什么……她完全可能从其他地方发现。我认为埃米莉起了疑心……那天晚上我说格雷格不能留下来过夜时，她看我的眼神……也许她听到了点什么，在海伦留下过夜的那些晚上，虽然我们没怎么出声……或许只是女性的直觉……当我们在蹄铁的楼上卧室里时，希伯德爵士和夫人突然来了……后来那天他给我打电话，听他的语气，他似乎不相信我说的去散步了。我怀疑当时是不是有什么线索能表明海伦和我在一起……她有什么东西落在我的车的副驾驶上……外套，围巾？我记不起那天她穿什么了，该死……当然了，就算斯坦有什么怀疑，他也不会告诉卡丽的……但是薇薇可能会，出于女性的团结，或者仅仅是个恶作剧……无论如何，恐怕我不再是副校长眼中的红人了，在蹄铁的事，关于唐纳森的荣誉学位的风波……现在又加上这个色情材料事件。

周五下午阿格纽问能不能检查我的硬盘，那时候可真是够悬的……是个严峻的考验，我得快速做出决定……我的硬盘上没有儿童色情材料，任何类型的色情材料也没有……我偶尔会上黄网，不过只是在家里……所以那方面没有什么可担心的……但是，我办公室的电脑上确实有所有这些实验性独白的文字转写稿，还有日记……关于我和海伦和玛丽安娜的关系的惊人细节，还有很多不堪入目的个人材料……看到埃米莉在洗澡，比如说……我可不敢想象阿格纽警长在那些文件中翻来翻去……但后来我心想，他要找的是图片，不是文字……而且如果我拒绝合作，他可能会起疑心……跟我现在就同意让他查硬盘比起来，如果他拿到搜查令再来查，那就会彻底得多……所以我同意了——然后他放过了我……也许他只是吓唬吓唬我，也许他不想就在那时、在那里查……也许我同意这个事实足以让我从调查对象中排除……狡猾的混蛋……他离开后，我想过要删除敏感文件，但那又有什么用呢？数据是永远不能从硬盘中完全删除的，除非把硬盘砸了……

关于唐纳森的荣誉学位那摊破事……谁给那学生小报喂的料，告诉他们我们跟国防部的联系？肯定是能接触到评议会的文件的人……还需要有动机……贾斯珀·里士满，比如……如果奥利弗一直在传他在塞恩斯伯里停车场看到的事，贾斯珀可能会尝试实施报复……会不会也许是中心本身里面的人？道格斯，有这个可能性吗？他从来就对我们和国防部的合同不感冒——一直叨叨，说《官方保密法》破坏学术自由之类的话，等等，尽管他其实只是嫉妒我设法筹来的钱，这笔钱我一个子儿都不会给他的那些博士后……但他会连自己上班的地方都敢弄？不过要真是他我也不意外……如果真闹大了，我被炒掉，比如说……或者更可能是在一片骂声中辞职……那么他就会坐上我的位子，至少他会这么想……相比繁荣兴旺的中心的二把手，他宁可当一个穷困潦倒的中心的头……我希望他不会发现我做这些检查的原因……我能想得到，这会让他有一点欣喜地心怀期盼……

我有点偏执了……不过过去的一周很困难，一个又一个该死的危机……正在我很需要一些清静安宁好为会议做好准备的时候……这让我想起另一个小小的潜在问题还在天边飘着，等待降落……卢德米拉·利斯克……我现在最不需要的就是一个捷克骨肉皮，在会上跟在我屁股后面……抓住每一个机会往我身上蹭，想跟我叙旧，回忆我们在布拉格度过的那个浪漫之夜……激怒卡丽……而且可以想见也会激怒海伦……如果在下一周，每个可能出问题的岔子都出了问题，我就会被诊断患有晚期癌症……三个女人因为我，公开打起来……其中一个威胁离婚……中心陷入色情丑闻……研究经费被削减……我的地位垮掉……我的敌人胜利……当然，如果这些可能性中的第一种成真，那么其他的都无关紧要了……或者就算要紧也不会有多长时间。也许这就是为什么我反而感到很平静，这倒挺出乎意料……该做的是，如果可能的话就尽力采取防御行动，如果不能就坚忍地等待结果。

30

5月27日　星期二

麦信哲今天做检查。我昨天晚上给他打电话，祝他好运。我早些时候跟卡丽通了话，所以知道她不会和他在一起。他显然告诉她，在检查的准备期间他不想让任何人到医院去看他。我猜，这可以让他觉得自己不那么像病人。不过卡丽今天还是要去巴斯，在测试结果出来时陪着他，然后开车把他带回家。妻子的责任。他说会看看能不能今天晚上就打电话告诉我结果怎么样，但更可能是明天从他办公室打过来。他不喜欢在家里给我打电话，因为要是卡丽拾起另一部分机的听筒听到我们说话，那就麻烦了。他没有手机——他说要是有了手机他就永无宁日了——所以我们只能在他在办公室时通话。

昨天晚上他听起来有点暴躁，这并不意外。他无聊、饥饿、忧心忡忡。而我能做的只有祝他好运。因为我们现在只能相信这个：运气。机会。随机。混沌。我们知道我们无法控制它，所以"祝某人好运"是一种古怪、空洞的姿态。以前我会说"我会为你祷告"。以前——很久以前——我会走进一座教堂,在圣母小堂[1]点燃一支蜡烛,祈祷圣母玛利亚与她的圣子出手调解,让麦信哲的肿块消失。这种想法现在在我看来变得很怪异——部分是因为麦信哲自己。他让我无法为他祈祷。如果我提出,他肯定会无情地嘲笑我。我可以想象他说,"给我讲讲,祷告这个事起作用的原理究竟是什么?假设——就是为了论证用——有一个上帝,那么他如何决定应该应允哪些祷告呢?为什么他会治愈我的癌症,而让其他有相同病情的可怜家伙死去,更不用说在儿童病房区的那些得白血病的孩子?一旦他开始介入自然过程,那又怎么决定何时停止呢?"

我自己对这种请愿式祈祷接受起来也有点困难,在我还是一个虔诚的修女院学校学生时就如此。初中时我常常纠缠给我们上宗教教育课的那位老修女丽塔,问她一些诡辩式的问题,比如"在我们为学校体育日祈祷晴朗天气时,如果同时有个农民为庄稼祈雨,上帝会怎么办?"或者更大胆的,"祈祷第二次世界大战获胜的德国天主教徒是不是在浪费时间?""这些事情都是奥秘,海伦·德里斯科尔[2],"丽塔修女会脸有点红地说,"在未来的生活中会透露给我们。"这类祈祷现在在我看来是最纯粹的迷信,但我却很怀念。它让人在面临严重威胁时能够做一些积极的事情,它让人解脱。我讨厌这种束手无策地等待审判结果的状态。

还有一个方面是,我不能完全抑制住内疚感,因为我觉得是我们的行为给我们自己带来了灾祸。屈服于欲望。背叛卡丽(虽说她

---

[1] 圣母小堂(Lady Chapel)在这里指教堂中专门用来向圣母祈祷的小房间。
[2] 德里斯科尔(Driscoll)是海伦结婚前的本姓。

自己也在一直背叛麦信哲)。那么直说了吧——我觉得好像我们犯了罪,应该受到惩罚。麦信哲说"我肝脏上有个肿块"的那一刻,我心头掠过一丝恐惧的凉意,但并不感到意外——就好像我一直在无意识地期待着这样的打击,而现在它降临了。你看你还是迷信。麦信哲的肿块很可能在我们第一次见面之前就有了,但跟自己说这话并没有什么用。是罪让它显现,滋养它,使它长得更快。这就是迷信的那个我说的。就算我堵住耳朵,也还能听到她愚蠢、歇斯底里的声音。我不喜欢这样。我处在最糟糕的困境中,仍然相信罪,但不再可能被赦免。

冷静下来,海伦·里德。自己稳住。仔细地审视事实。麦信哲有个肿块。很可能是良性的。不,刚才说的不算,要准确,它大概会是良性的。还不确定。如果是良性的,那可以治疗、痊愈。生活会继续,像以前一样。关于爱情和欲望、忠诚和背叛的道德问题仍然存在,等待解决,需要处理,但就和麦信哲的肝脏状况没有任何关系了。到那时候,你再看现在的恐慌发作,就会觉得自己太傻了。不过话说回来,如果肿块是肿瘤……对啊?然后怎么样呢?那么这和爱、欲望、忠诚等还是没有关系。这是一种由身体原因引起的身体问题,可能发生在任何人身上——也可能发生在你身上,但碰巧发生在了他身上。没有理由从中强行解读出什么道德信息。

嗯,这一切都很好,但是如果他患上了无法治愈的癌症,他就打算在被病魔夺去生命之前自杀。他希望我准备好帮助他。他问我,我拒绝了。因为我对这个想法感到震惊、害怕、恐惧。说到底,我是个胆小鬼。我不再有放弃信仰时的那种勇气。因此,我为麦信哲也做不了什么别的事,只能祝他好运并密切关注事情的发展。关注,不要祈祷。

我十五岁时看了格雷厄姆·格林的《恋情的终结》[1],是偷偷看的,因为我相当肯定爸爸认为这书不适合我看。其实,对于一个刚开始意识到自己的性欲望的虔诚天主教少女来说,这是一本完美的书。书中的各种暗示令我兴奋、着迷——私通男女激情四射的做爱,特别是萨拉的高潮能力,她的"怪异的堕落的尖叫";而她随后的心灵发现之旅激励了我。有好几个月,我幻想着自己是萨拉,与本德里克斯享受疯狂的鱼水之欢(细节很模糊),然后向上帝发誓如果他没有死在轰炸中就放弃他,然后以自己在俗世的幸福为代价履行了这个承诺,死于重感冒,升入永恒极乐,身后留下一小串奇迹,令我那没有信仰的情人心潮难平。天哪,我当年为那书哭得一塌糊涂!我多么渴望长大后能像莎拉一样,体验一切,并以英雄般壮烈的自我牺牲姿态为自己赎罪。现在我发现自己的处境跟她很像,但没有她的信仰。

现在是晚上十一点,麦信哲还没打来电话。我去睡觉了。

5月28日　星期三

麦信哲早晨一到办公室就立即打电话给我。我正在等着这个电

---

[1] 格雷厄姆·格林(Graham Greene, 1904—1991),英国小说家、剧作家、评论家。他在1951年发表的小说《恋情的终结》(*The End of the Affair*)被认为是其代表作之一。后文对小说情节的描述中,萨拉和本德里克斯是一对私通的婚外情人。

话,但是铃声一响,我还是跳了起来,而且接起时过于紧张,把话筒掉到了地上。检查结果是没有确切结论。结肠镜显示没有任何异常,这挺好,但扫描显示肝脏右叶有一个直径约十厘米的"囊肿样肿块"。我刚刚找出卷尺,十厘米看起来非常大,很可怕。它没有造成梗阻,这显然解释了为什么他没有感到任何疼痛,但是麦信哲说亨德森似乎对这个肿块感到有点困惑:"他看上去几乎可以说比较失望,因为不是结肠癌的继发性肿瘤,他原来怀疑是这个。"亨德森想让他做个肝脏活检,好确定是原发性癌症还是别的原因。他建议麦信哲去看布里斯托尔的一个肝脏外科医生,但显然卡丽已经全盘接管过来了。她似乎对亨德森没有任何信心,所以此时此刻在给能想起来的所有人、每个人打电话,想知道谁是这个国家最好的肝脏专家。麦信哲似乎很愿意放手让她去干。

挂掉电话后我有一种反高潮的感觉——我以为昨天的检查结果会很明确。今天凌晨我就醒了,躺在床上想着这事的方方面面,最后决定如果不是好消息,那么我会跟麦信哲说,我想好了,他无论想让我做什么,都可以得到我的帮助。在我看来,如果那个承诺是他想要我做的,那么我应该满足他的愿望。而且我对可能的后果的恐惧反而会以有悖常理的特殊方式使这一承诺成为体现慷慨和爱的行为,一种类似萨拉的姿态。我试着把自己放在他的位置,想象我是他,知道自己得了晚期癌症,然后我觉得我明白了他为什么想要让不可避免的结局提前到来。对于基督徒来说,忍受痛苦有一定的意义和目的——它可以用来"献祭",它可以成为一种"高尚地死去"的方式,就像修女们常说的那样。有人在最凶险的形势下也坚持要活着，因为他们不相信还有来世。对他们来说，每一个日出和日落、与所爱的人一起度过的每一刻都是宝贵的，无论他们的身体状况如何。但麦信哲不是这样。我无法想象他会慢慢衰弱、枯萎、消瘦，先用手杖，然后坐轮椅，然后最终卧床不起，满身插着管子和导管以及天知道还有什么别的东西。麦信哲的性格和形象颇有些罗马风范：他是一个斗士，但如果失败不可避免，他宁可伏剑自杀，也不愿被锁链拴着游街。我看出了这一点，所以决定无论付出什么代价，我都会做他想让我做的事。

至此我已下定决心，就在惧怕中等他的电话。当他告诉我结果不确定时，我放心了一些，因为并不是更糟的消息；但同时也比较失望，因为也不是更好的消息。悬念仍在继续。当然，我没有说自己的痛苦挣扎和得出的结论，只是就病情迟迟无法确定跟他说了些同情的话。他说，好在手头还有很多其他事可以做。他问我看没看今天发刊的《校园》，说报上登了他写的一封信。他似乎没有想过，在接到他的电话之前我不会出门。他还告诉我，BBC要派一个摄制组来拍摄会议，会用在一部关于人工智能的纪录片里。这让他很高兴，因为会提高中心的知名度，但对我来说这只能让我更加担心在会议结束时要发表的演讲。现在，我真希望自己没有同意。

晚上七点半。我今天下午试图用工作分散注意力，给选我这门文学硕士课程的学生写评估，供下周的监审员会议用。这已经是这学期最后一周上课了，真不敢相信。今天我收到了校外监审员的报告。监审员是诗人、短篇小说家奥斯汀·奥斯古德，在林肯大学开一门类似的课。我在海伊[1]遇到过他一次，觉得这个人不怎么样。他笑起来时声音很大，让人觉得心烦，与此似乎矛盾的是他两眼之间的距离很近，看上去倒像很有心机。但他非常赞赏学生们的作品，给他们都打了高分，不低于B+。当我把手稿寄给他时，我让他特别留心桑德拉·皮克林，当然没有解释原因。令我意外的是他给了她A-，最高分之一。好吧，至少她不会有理由抗议我对她有个人偏见了。不过她的东西确实还不错，我想她已经努力让《炙烤》不那么令我尴尬了。过去几个星期里她写了两章，故事发生了新的变化，阿拉斯泰尔的角色被女主角新的恋爱对象取代。明天是我跟学生们最后一次见面。我不能告诉他们成绩，不过我会暗示每个人都高分通过了，而下课后我会为他们举办一个小派对。我希望自己能多有一些做这些事的心情。

今天下午我买了一份《校园》，读了麦信哲发表的说明他的中心与国防部关系的信。不出所料，写得很聪明，不过并未占据报纸的显著位置。头版新闻是学生宿舍的房租很可能上涨。学校好像打算在假期宣布涨价，那时候校园里不会有人，但是报纸得知了这个计划。学生会强烈反对，号召在学期结束前举行示威。这很像以前。

5月30日　星期五

麦信哲正在去伦敦的路上，他要去看国内最好的肝脏专家，而

---

[1] 海伊（Hay-on-Wye）是一座威尔士集市小镇，英国最知名的文学节之一海伊节（Hay Festival）每年在这里举行。

今天早上我自己的肝状态也不好，宿醉很严重。

　　昨天忙了一整天。上午一直在为派对准备食物，然后与麦信哲一块吃午饭。我打电话给他，抱怨说我已经有近一个星期没见过他了。他有点犹豫，说他非常忙，但最后还是同意了。我们在教工俱乐部表演了一下偶遇，然后去有点餐服务的食堂吃饭。我们坐的恰巧是几个月前第一次共进午餐时那张窗边的桌子。我跟他讲那天的情景：我看到他走近，于是在大厅里那些糟糕的风景画旁走来走去，希望他会注意到我，等他过来与我搭话时我假装感到惊讶。他听了这个忏悔之后笑了，不过似乎有点不高兴。我想，这是因为他觉得在这种事里自己总是主动进攻的一方，现在得知一个女人对他巧施诡计而他自己却没有察觉，不由得心生不快。他看起来比平时瘦了一些，我觉得肯定是因为医院的饮食。他午餐点了炸鱼配西兰花，没要薯条，而且仔细地把鱼上挂的面糊切出来推到盘子一边，没有吃。

　　他告诉我，卡丽打了几个小时电话，一个医疗界的朋友的朋友叫她打给另一个，转来转去形成一条链条，一直延伸到加州然后又回来，最后确定英格兰最好的肝脏外科医生是一个叫哈利卜的男人。卡丽不知施展了什么手段，威胁、贿赂、诱惑还是怎样，总之哈利卜先生同意明天早上在他哈里街的诊所给麦信哲诊病。他们打算坐早班火车过去，在会议开幕前及时赶回来。我说这个时间安排听起来太赶了，他说这样比呆坐在医院里要好。"不过我觉得过一段时间我很可能会重复做很多遍这件事。"他做了个鬼脸补充道。

　　这顿饭没有吃很久，因为我们两个人下午都有事要做。这顿饭也吃得让人丧气，因为一切都是在公开场合下。我们不得不演得让它看起来像一次不期而遇的普通社交，对生死的问题只是简单谈谈，要不就找些其他话题。麦信哲问露西怎么样了，我告诉他我刚收到她的电子邮件，她说六月底要飞回来。保罗在回家之前要先去趟墨西哥。他也发现我连上网了，已经开始给我写信了。麦信哲问我用没用过互联网，我说用得不多，似乎永远无法找到我想找的东西。我告诉他我的一个学生吉尔·巴弗斯托克跟我说，怀俄明州的一个文理学院专门给我的作品建了一个网站，但是当我在AltaVista[1]的搜索框里输入"海伦·里德"时，它给出了一百三十万个网页结果。我随意点了一个，结果是个年轻女士办的网站，上面都是她自己不穿内裤的"裙底"照片。麦信哲笑了，说有方法更精确地搜索，他会教我。他问我下没下载那些照片，我说没有。他问我在没在网上看过毛片，我说当然没有了。他说没有多少人知道，从网上下载的所有东西都会永远存储在硬盘上。我说："就像记录天使[2]写下你的罪？"他说："太对了。记录天使就是一块硬盘。"

我们喝咖啡时外面响起喧哗，声音起初微弱，然后越来越大，最后一大群学生出现，高喊口号，挥舞旗帜。他们围着教工俱乐部游行。在顶层，副校长正在请大学顾问委员会的成员吃午餐，他们是郡上的贤达人物、本地商人等，这个机构在大学的管理体系中基本上只有象征性作用。学生们抓住这个机会，抗议可能的房租上涨。我评论道，现在出了这件事应该算麦信哲走运，因为明显分散

1　AltaVista 是始创于 1995 年的搜索网站，一度极为流行。
2　在亚伯拉罕诸教中，记录天使（recording angel）的职责为记录每一个人的行为。

了对授予国防部的人荣誉学位那件事的关注。"不是运气的原因,"他说,"是我把新的租金方案捅给了学生小报。"我愣愣地瞪着他。"你怎么知道的?"我说。"小声点,"他说,"我是评议会筹款委员会成员。"我觉得自己看起来一定有点震惊,因为他又说:"有人泄露了中心与国防部的联系。要是你的敌人来阴的,那你只能以其人之道还治其人之身。""他们是谁?"我说。"我不知道,"他说,"不过他们确实很不接地气。相比原则,这年头的学生更关心的是他们的钱包。"

我们在教工俱乐部的台阶上告别——当然没有亲吻,甚至没有接触。我以为他会低声说句"我爱你"之类的话,因为没人离我们近到能听得见,但他没说,所以我也没说。不过我害怕自己爱上这个男人——说害怕,是因为我看不到多少幸福的前景。我走向人文楼,去给文学硕士学生上最后一次工作坊课,努力在今天剩下的时间里不再想起麦信哲。

为了庆祝课程结束,我让每个学生朗读自己的作品,时间不超过十分钟,之后不再讨论,只有掌声。进行得很顺利。桑德拉·皮克林很给面子,读的是第一章中的一段。然后我们都去小二楼区域,我准备了蘸酱、沙拉和咸派,还有足量的葡萄酒和啤酒。夜晚很美好,我打开客厅的推拉门,外面是铺了地砖的庭院,院子里摆了一张花园桌、几把椅子及从隔壁邻居借来的遮阳伞,气氛显得很惬意。我邀请过罗斯和杰姬过来和我们一起喝酒,不过他们谢绝了,说要去湖上划皮划艇。这个派对就像学生们走进人生新阶段的仪式。他们非常有心,合资给我买了一件礼物,是一本初版的弗吉尼亚·伍尔夫的《普通读者》第二辑,霍格思出版社1932年版[1],还有瓦妮莎·贝尔设计的书衣,品相很好,仅仅稍微撕破了一点。他们不仅很慷慨,而且考虑十分周到。我肯定跟某个学生提起过我有一张瓦妮莎·贝尔的石版画。西蒙·贝拉米交给我礼物时发表了一段非常风趣的演讲,他戏仿我喜欢给他们布置的无比困难的模仿写作练习,用从亚历山大·蒲柏[2]到 J. D. 塞林格等十位作家的风格称赞作为教师的我。我热泪盈眶地答谢,说他们非常优秀、才华横溢,说我期待着读到他们的第一本作品的书评,然后一路关注他们辉煌的职业生涯。那时我们都已经喝了不少,讲完话以后又喝了更多。这是一个温暖的夏夜,在英格兰很少见,夜幕降临后可以坐在外面而不会感到潮湿、阴冷。学生们又搬出一些椅子和靠垫,坐成一圈。鲍勃·德雷顿带来了他的民谣吉他,在黑暗中安静地拨弄,偶尔以他悦耳的男高音唱几句民歌。有人点了一两支大麻烟,传来传去。派对非常成功,但我有点害怕他们一直不走,所以开始收拾脏盘子,把它们堆在小厨房,以此发出暗示。桑德拉·皮克林过来帮忙,让我有点惊讶。她说她要走了。"谢谢你开这个派对,"她说,"谢谢你的课。""你觉得学到了什么吗?"我说。"哦是的。"她没有进一步解释。"对不起,让你从我这里发现了马丁的事,"她又说,"但这是注定的。""对,我想是这样。"我说。我们很正式地握手。"祝《炙烤》好运。"我虚伪地说。"谢谢,"她说,"你呢?

---

[1] 《普通读者》(*The Common Reader*)是伍尔夫的文学评论随笔集,分两辑,分别于1925和1932年出版。霍格思出版社(Hogarth Press)是伍尔夫夫妇于1917年创办的出版社。
[2] 亚历山大·蒲柏(Alexander Pope, 1688—1744),十八世纪英国著名诗人。

你在写什么东西吗?""没有,没有正式在写什么。"我说,"我一直在忙你们这摊事,分不出时间来。""别搁笔太久。"她说。我觉得她说这话有点放肆,可能我的表情体现出来了。她说:"这就是我从这门课里学到的最重要的事。无论如何都必须坚持写作。"说完,她离开了。

我回到花园里,跟剩下的人说很不好意思,不过我再不去睡觉就要站着睡着了,等到跟我一样困的时候请他们自己安静地离开。他们都愉快地向我道晚安,然后又待了几个小时。不过今天早上他们都消失了,碟子和玻璃杯在水槽旁边摞着,已经洗净擦干,仿佛仙女到家里来过。

夜里十一点二十五。终于有了一些好消息!好吧,无论如何很令人鼓舞。我觉得必须克制自己的喜悦,以防万一是个虚假的希望。(又是迷信)今晚麦信哲主持会议开幕式,他状态非常好——那主要是个社交场合:提供酒水的招待会,然后是晚餐,然后可以自己花钱买酒喝。会议在埃冯楼举行,这个地方在校园北边,很像机场酒店,是专门为举办此类活动和目的是赚钱的"在职教育"课程而建的。我走进举行招待会的大厅,看到麦信哲在参会者之中走动、微笑、握手、拍肩、大笑、开玩笑,就知道哈里街之行一定很顺利。卡丽也在,穿着她的一件中东式宽松丝绸长袍,看上去很疲惫,兴致不那么高,不过也在平静地微笑着。我穿过人群朝他们走,中途看到了道格拉斯教授——他一身深色西装,黑皮鞋锃亮,很难不引人注意。大多数参会者都随随便便甚至可以说是邋遢地穿着领扣解开的运动衬衫或T恤衫,配肥大的棉质长裤——至少就男人而言是这样,而且没有多少女人来开这个会。有些人甚至穿着运动鞋。我已经习惯了麦信哲的学生们和他大部分同事喜欢的这种破破烂烂的穿衣风格,不过这似乎还是认知科学界和相关学科的国际流行时尚。

"恭喜。"我对道格拉斯说。他看起来很吃惊,脸红了。"恭喜什么?"他说。"当然是赢得鸭子比赛了。""哦,那件事。"他毫不在乎地说,"奖品是一箱香槟,可我不喝酒。""这个开幕活动似乎挺不错。"我环顾四周说道,"你做了许多组织工作吗?""比我期望的可多,"他说,"我们头儿这星期大部分时间都不在。有人告诉我他在医院里做检查。他病了吗?"他的语气里透着殷切的打探,我不喜欢。"我真的不能说。"说完我穿过嘈杂混乱的人群走向麦信哲。

他找到机会在我耳边低语:"好消息,哈利卜认为可能是包虫囊肿。"但我刚说完"那是什么",一个留着络腮胡、穿柠檬绿色运动夹克和红色马球衫的美国人就过来跟他搭话。"过会儿再跟你讲。"麦信哲说。然后他向我介绍科罗拉多大学的史蒂夫·罗森鲍姆,他要在会上讲一篇关于《建造一个能够运转的意识》的论文。"你真的在建造这个东西吗?"我问。"当然。"他自信地说。"那它都想些什么呢?"我问。"目前只会去想汽车零件,"他说,"这个意识我们是给通用汽车做的。""海伦对意识的兴趣点不一样,"麦信哲说,"她是小说家。""真的啊?犯罪小说?"罗森鲍姆教授说。我说不是,我恐怕甚至都没读过犯罪小说。"我最喜欢埃尔莫尔·伦纳德,"他说,"你应该看看他的书。"我答应会去看,然后离开他们去找卡丽。

我们互吻双颊。这是自从她飞去加州以来我们第一次当面交谈。从某种程度上讲,在一个大型社交场合跟她见面让我很放心。自那时起发生了很多她不知道的事,那些事一定不能让她知道,而且我没有十足的把握自己还能令人信服地扮演朋友和知己的角色。在公共场合先练练容易一些。"我从拉尔夫那里知道,去伦敦看医生的结果不错。"我说。(我在过分亲切地用"麦信哲"称呼他之前及时刹住了车。)"对,"她说,"我们现在高兴还是太早,不过看起来确实很有希望。那个人让我们有了信心。"她没有再主动透露更多信息,我也基本上没法再用各种问题反复套她的话,心里满是挫败感,吊着的心放不下来。晚餐时给我安排的座位跟麦信哲和卡丽在一桌,但离他们并不近。我在两个神经生物学家中间,他们在汤还没喝完时就放弃了跟我谈话的尝试,隔着我讨论起各自用猴子做的实验。似乎是要切掉猴子大脑的某些部分,看看这会导致它们的行为有何不同。我说这听起来非常残忍,他们向我保证大脑不会感觉到疼痛。这真是个奇怪的悖论,告诉我们自己处在疼痛中的器官,本身却感觉不到疼痛。

麦信哲发表了一个演讲,充满内行人才懂的笑话,我听得云里雾里,但似乎其他大多数与会者听得都很开心。晚餐后不久,卡丽回家了。我们告别时,我说我想再待一会儿,省得"晕会"。这个晦涩的修辞似乎让她很困惑,不过也确实应该如此。"就像不晕船一样。"我解释道。"噢,对。没错。好吧,我很累了。今天是漫长的一天。海伦,帮我个忙,好吗?别让麦信哲在这待太长时间。"我欣然应允,这是我抽身去酒吧里找他的完美借口。

他跟一群与会者在一张桌子旁边,挥手示意让我加入他们。都是男人,除了坐在他旁边的一个深色皮肤的苗条女孩,她的外衣翻领上别着的标牌上写着她叫卢德米拉·利斯克,来自布拉格查理大学。她不说话,但一直充满渴望地听别人说,深色的眼睛盯着说话者,当又有人开口时视线马上转过去。桌子四周的人来来走走,但她一直坐在这里,小口小口地啜着一杯拉格啤酒。麦信哲开着玩笑介绍她,说她是他在布拉格的导游。我问她是不是要在会议上讲一篇论文。她摇摇头说:"不,是一张墙报。"我知道,在会议的某个时段,年轻或者不是特别出色的与会者会用各种图解来展示他们的研究,这叫"墙报"。过了一会儿,自己一直在喝纯汤力水的麦信哲问还有没有人想再喝一杯。我说:"我要走了,拉尔夫,我答应了卡丽要先把你送回家。""嗯,也许今天晚上应该到此为止了。"他说。我们跟其他人道晚安,离开酒吧。卢德米拉看着我,毫不掩饰眼里的敌意。

"你跟那个女孩在布拉格睡了吗?"我们离开大楼时我说。"没有,当然没有,"他说,"你怎么这么问?""她就像蚂蟥一样把自己紧贴在你身上。"我说。"她希望我能在这里给她一份博士后工作。"他说。"你会吗?"我说。"可能吧,"他说,"如果我还在的话。"我马上感到惭愧:我们终于能够单独相处时,我问出口的第一个问题居然不是自己等了整晚想问他的那个,而是稍微发泄了一下嫉妒。"你说咨询结果是好消息。"我说。"嗯,是挺让人高兴的,"他说,"但直到下周我才会知道应该多高兴。""全都跟我讲讲,"我说,"我跟你一起走到你的车那里。"

我们穿过校园走去中心,他的车停在那儿。这是一个晴朗干爽的夜晚,一轮明月挂在空中。从学生活动中心传来贝斯的梆梆声,是正在开的期末舞会。稍远处,湖边有些年轻男女,穿着无尾晚礼服和无肩带长连衣裙,在亲热、嬉闹。一个只穿着衬衫的男人仰起脖子直接对着瓶子喝葡萄酒,然后把瓶子扔进湖中,打碎了月亮的倒影。"哈利卜是个亚洲人,矮胖,秃头,"麦信哲说,"一眼看上去并不令人印象十分深刻。他太矮了,我觉得他必须站在凳子上才能做手术。但是他一旦开始工作,你就会信任他。我把在巴斯做的 X 光、CT 和超声片子给他,他仔细看了很长时间,然后给我做检查。我经历过那么多检查,这次是最彻底的。他的手指似乎深入进我的腹腔,我好像能感到它们在我身体里移动。我穿好衣服后,卡丽和我——她这次一直陪着我——等着他开口。你可以想象得到气氛有多紧张。他的第一个问题是:'你是否跟狗或绵羊有过密切接触,麦信哲教授?'卡丽后来说,她做梦也没想到他居然会问这个。答案当然是肯定的。前几天我告诉过你,我念大学预科时在约克郡的一个绵羊牧场干过活。我告诉了他,他看起来很满意。'我认为可能是一种包虫囊肿,'他说,'这是由摄入一种犬类寄生虫——细粒棘球绦虫——的卵引起的。如果你恰好喝下过有虫卵的水……''我跟狗一块儿游过泳。'我说。'那就对了,'他说,'这增加了概率。做个简单的血液检查应该就知道了。'他取了我的血样,然后我们就告辞了。下周初我们就应该知道结果了。"麦信哲最后说。

"如果确实是那个什么虫的囊肿呢?"我说,"然后怎么样呢?"

"可以手术切除。不过他们会先让我吃药,让它缩小。哈利卜还说最近他们用了一种新药,效果很好。有时候囊肿能完全消失。"

"也就是说这些年来这个囊肿一直长在你身体里,这可能吗?"我说。

"看起来就是这样。"他说。

"嗯,那这可真是奇妙。"我说。

"如果是真的,那确实。"他说。

"另外那个人,亨德森,难道不应该想到这种可能吗?"

"对,他应该想到的。"麦信哲说,"卡丽对他的看法完全正确。"

我们走近中心的停车场。三楼,在中间有一道沟的拱顶下,有一扇窗户在孤零零地亮着,屋里的灯光透过半开的百叶窗射出来。"道格斯在研究他的算法。"麦信哲说。

"吻我,麦信哲。"我说。他没有回答,盯着窗户。在月光下,他的脸像是用大理石雕刻成的。"麦信哲。"我说。"什么?"他心不在焉地说。"吻我。"他环顾四周,确认不会有人看见我们,把我拉进一堵墙的阴影里,然后我们接吻。但他似乎在想别的事情。他的囊肿,很可能是。

6月1日 星期日

已经很晚了——晚上十点半。我刚回来,精疲力竭,惴惴不安。被整整两天一刻不停地关于意识的讨论弄得精疲力竭,因为必须得在明天下午的最后一场会上讲点什么而惴惴不安。

会议的日程每天都排得很满,从早上九点半一直到晚上六点,在主礼堂的大型全体讲座和关于不同主题领域的小研讨会轮番登场,而小研讨会是几个主题同时举行的,这时你就必须选择去听什么方面的报告:人工智能还是认知心理学还是神经生物学还是一个大杂烩式的叫"其他方法"的种类。选择是困难的,尤其是在对演讲人和他们的话题知之甚少或根本不了解的情况下。结果,我有几次被困在完全听不懂的无聊会议里。不过我认为不是只有我一个人在受这种煎熬,因为偶尔会有个胆大的家伙在讲话中间站起身来离开会议室,大概是希望能在楼里别的地方找到个更有意思的研讨会去听,但我没有勇气效仿他们。

有几个休息时段:早咖啡、午餐和下午茶,但在这些时候谈话也不会停止。电视台工作人员的出现使激烈辩论的气氛更加浓重。他们在前厅和走廊里穿梭,采访演讲人,偷听对话。可以看出来人们渐渐意识到自己正在被拍摄,因为有一根长长的收音杆吊着像动物尸体似的降噪麦克风,在他们头上晃来晃去,然后他们开始为了镜头而表演。拍摄全体会议需要另加照明灯光,于是礼堂变得异常闷热,人们更加疲惫。有时我很想找个阴凉地躺下,不过还是选择恪尽职守,在埃冯楼的走廊里和楼梯上来回跋涉(很不幸,有两部电梯出了故障),聆听各种启蒙教导——《额前皮质作为自我的基本成分》《认知和现象两种处理意识的方法的统一》《机器人中出现的情绪表达》《相对论和认知约束问题》,不一而足。我错过了一篇论文的演讲,题为《大脑像一桶子弹还是更像一碗果冻?》[1],要是去听了就好了。到第一天结束时,我的大脑绝对更像果冻。我记了笔记,但是会后回头再看却几乎完全不能理解,也记不起来所指的是什么。"传入,传出,外传入,自传入……模式=可重现的神经元共激活……对大脑的协同式观点,跟笛卡儿主义相反……动态过程,互动,自我驱动……在40Hz测量佛教徒冥想时的神经元放电……"这些鬼画符是什么意思?偶尔会有清楚的句子,一般是奇闻趣事的记录。"与在意外事故中失去肢体相比,麻醉截肢手术后幻肢的疼痛没有那么剧烈……听众中有个人发言,声称她从美国搬到挪威并学习挪威语时形成了一个不同的关于她的'自我'的概念……"最好的一句是"跟刘易斯·卡罗尔有关,描述读《蛟龙杰伯沃基就诛记》[2]的感觉:'它好像在我脑袋里塞满了想法,但我不知道是些什么想法。'"在第一天结束时,我的感觉就是如此。

今天有更多的讲座和研讨会,晚上是墙报展示,又有三四十项意识研究的总结和图示张贴在落地海报牌上,作者站在墙报旁边,随时准备回答问题。这里像一个信息集市,而作者是急于向信步而过的顾客出售自己的货品的摊主。《量子神经动力学的一种相—态方法及其与神经编码机制的时—空域的关系》《主观时间流:术前药物和全身麻醉的影响》《从量子到感受质》《克利亚瑜伽对大脑电

---

[1] 这里引用的是英国著名哲学家伯特兰·罗素的名言:世界上有两类哲学家,一类认为世界是一碗果冻,另一类认为世界是一桶子弹。这句话指的是将世界看成不可划分的整体还是分离的原子。

[2] 《蛟龙杰伯沃基就诛记》(*Jabberwocky*)是刘易斯·卡罗尔于1871年出版的《爱丽丝镜中奇遇》里的一首胡闹诗,其中有很多卡罗尔自造的词。

活动的影响》《对自主代理的学习行为的建模》。最后一张是卢德米拉·利斯克的，她身体瘦削，穿着紧身黑色连衣裙和高跟鞋，看上去像一把锋利的小刀。她做的东西好像是用到了模拟的儿童游戏。她正在向罗森鲍姆教授热情地讲解，我从他身后走过时她向我挤出一丝敷衍的礼仪性微笑。罗森鲍姆今天讲了他的论文——《建造一个能够运转的意识》。它似乎是一个计算机程序，将会实现人类管理者的一些功能，最终能全盘接管。在被提问时，他承认它永远不会有视觉和听觉，也不能移动，而且只能通过电子邮件沟通。"不过，想想看，我好多朋友就那样。"他打趣道。我在这次会议上听的越多，就越坚信认知科学距离重复思想真正的本质还有好几光年的距离，不过我没有能力在公开场合说出来，也不太敢。

我找到麦信哲，想推掉在最后一场会上的演讲。"放过我吧，"我恳求道，"我不知道该说些什么。我听了这么多，连一半都理解不了。我会大出洋相，而一切都会被电视台的人录下来。""别担心，"他说，"就讲讲你对意识问题的看法就行。""这就行了？"我挖苦地说。"跟我们说说从文学角度怎么看，"他说，"他们会感兴趣的。他们以前从来没有听过这个角度，不会朝你扔砖头的。""不过他们会问我问题，"我说，"然后我就回答不上来了。""他们不会的，"他说，"没有安排提问时间。"嗯，无论如何，知道这种安排是一种解脱。而且我只讲十五分钟就够了。

我需要的是一个文本，以此锚定自己的想法，这样才不会陷入漫无边际的胡扯。比如说，我拿出点亨利·詹姆斯的东西，把它当作用文学表现意识的一个例子来分析。河边的斯特瑞塞……不，已经有人做过了。那就是《鸽翼》开头的凯特·克罗伊。不，太容易了，能展开的程度很有限。三天的高层次科学讨论，最后就是个老套的实用批评，多么反高潮。这个文本应该是关于意识的，而不仅仅是意识的表现。

一个人居然能对这种事如此上心，如此不惜一切地想给人留下好印象，如此害怕失败，这真有意思。当然这纯粹是虚荣心在作怪。或者是——对自己宽容一点——专业上的自豪感。生活中还有许多其他更重要的事情值得我去担心，但现在对我来说最重要的是想到一些足够智慧的话，去明天的闭幕会上讲。麦信哲还是那样——完全投入进会议中，关注每一位演讲人，确保一切顺利，跟他的明星演讲人扯闲篇，让电视台的人高兴。没有人会猜到他正在等待一个能决定生死的血检结果。我真觉得这是福佑——我们都有一些东西可以分散注意力。

我决定明天午餐时间回家，不去下午早些时候的研讨会了，利用这段时间准备我的演讲。但是，如果我要围绕一个文本编织演讲，那就必须明天早上把这文本复印出来。或者转印到透明胶片上，这样更好。会议上每个演讲人都用投影仪。这显然是科学家们的标准做法，但对我来说还是新鲜事物。我在牛津那些年上过那么多堂英语文学课，没有一个老师用投影仪来展示说明性图表、日期列表或者正在讨论的作品的片段——其实任何视觉辅助手段都没有。如果走运的话，会有一套满是污渍的油印讲义。然而，本次会议的所有演讲者都准备了印着讲话摘要的透明胶片，他们轻松熟练地把它们从背衬纸上剥下来，放到投影仪上，借着这些视觉展示以半即兴、非正式的方式演讲，讲到哪里，就换上印有这个内容的胶片。透明胶片的样子各不相同。有时印刷完美无瑕，排版精美，就像一本书里的纸页一样，有时是演讲者用不同颜色的毡头笔潦草地涂画而成，基本猜不出写的是什么，但令人兴奋，给人留下是前一晚创造力迸发一挥而就的印象。我不打算没有精心准备好讲稿就上台去讲，尤其是面对电视摄像机时。不过如果能让听众的注意力时不时从我身上转移开，有幻灯片也很好。

31

"有人可能不理解我站到这个讲台上来干什么,他们在想:她居然敢就这个会议的主题对我们发表演讲。我向你们保证,我比你们都更惊讶自己竟能这么大胆。但请不要责怪我,去责怪麦信哲教授,因为是他想让我来讲的。

"在我还没来到格洛斯特大学,还没见过他,还没参观过他的中心的时候,我甚至都没有意识到科学家也关注意识。现在至少我理解了他们对这个领域的兴趣。从某个角度看,这是所有科学领域中最迷人的,因为对意识的研究,其实是在研究是什么让我们成为人类,以及我们为什么会懂得我们的知识——或者认为自己懂。我们是动物,还是机器,还是两者的组合,还是两者都不是?这个周末让我认识到,理解意识对现代科学来说就像贤者之石[1]对炼金术一样,是追寻知识之路的终极奖赏。

"寻找能把普通金属转化成金子的物质当然会是徒劳,因为这种化合物并不存在,也不能制造出来,但是在实验过程中人们做出

---

[1] 贤者之石(Philosopher's stone)是传说或神话中能将普通金属变成黄金的物质。

了许多真正的发现——从瓷器到火药。也许我们永远不会完全理解意识——我知道有一些专家持有这种观点，而且我得说我觉得它从直觉上很吸引我——但为了理解意识而做出的努力已经产生了许多关于大脑和思想的有趣发现，在过去的三天里，其中的一些已经被解释给我们。

"然而，文学在这次会议的论文集里很少被提到。这一点让我觉得惊讶，因为文学是人类意识的一种书面记录，而且可以说是我们拥有的记录里最丰富的。我打算用一小段文学文本来阐述我的观察，它是一首诗——准确地说，是一首诗中的三节。这首诗名叫《花园》，是十七世纪的英格兰诗人安德鲁·马维尔的作品[1]。它是一首疯狂的赞美诗，文雅地表达了体验大自然时的狂喜。这三节中的第一节描述了身处一座理想的花园时的感官享受。如果一切顺利，它现在应该出现在屏幕上……噢。不好意思。我还不习惯用这些科技设备。好了。

> 我在园中的生活真是奇观！[2]
> 成熟的苹果在我头顶垂悬；
> 一串串香气四溢的葡萄，
> 向我嘴里挤入佳酿醇醪；
> 颗颗仙桃饱含玉液琼浆，

---

[1] 安德鲁·马维尔（Andrew Marvell, 1621—1678），英国玄学派诗人、讽刺作家、政治家。哲理诗《花园》（*The Garden*）是其代表作之一。

[2] 此诗译文出自北京师范大学出版社1991年版《外国抒情诗赏析辞典》，曹明伦译。

> 竟自觉自愿掉到我的手上；
> 漫步时被瓜果花藤绊倒，
> 我也只是轻轻地扑卧芳草。

"过去三天我们听到了很多关于感受质的谈论。我了解到，对它们的看法存在着一系列分歧：它们是心灵事件还是大脑事件；是不是第三人称的科学话语永远无法触及的第一人称现象；以及是不是神经活动的规律模式，只有在我们将它们翻译成口头语言时才有问题。我没有能力对此做出裁决。但是，请允许我指出一个在马维尔的诗中存在的悖论，它通常对抒情诗也都适用。虽然马维尔以第一人称叙述，但他不只是在讲自己的体验。在阅读本节时，我们自己对水果和水果性的感受质的体验也得到了增强。我们看到了那些水果，我们品尝、嗅闻它们，并用所谓的'认可的喜悦'来品味它们。但它们并不存在，它们是水果的虚拟现实，由诗本身的感受质——也就是其微妙而独特的声音、节奏和意义的组合——在我们的脑海里唤起。我可以试着分析一下这些东西——如果空间时间都够，用马维尔在另一首诗里的话来说[1]——但是都不够。

"在下一节中，马维尔转向意识的私人性和主观性。希望这次能顺利地投出来。哦，天哪。好了。

> 这时心灵摒弃了感官的满足，

---

[1] 这个短语原文是"world enough and time"，出自马维尔的《致腼腆的情人》(*To His Coy Mistress*)。

> 深深地浸沉于它自身的幸福；
> 对宇宙万物，海洋般的心灵
> 即刻能映现出它的同类对应；
> 但心灵还能超越物质现实，
> 创造出另外的海洋和陆地，
> 心灵的创造终使现实消隐，
> 化为绿色的遐想溶进绿荫。

"第四行涉及当时一个古怪而又广为流行的理念，就是所有陆地生物在海洋中都能找到对应，这把这首诗放进了前科学时代。但这只是一个比喻，在我看来并不影响该节的基本论点的正确性：只有人类的意识能够凭空想象感官的感觉，能够想象实际上并不存在的东西，能够创造想象的世界（比如小说），能够进行抽象思维——比如区分颜色的概念（'绿色的遐想'）和颜色的感觉（'绿荫'）。

"这是二元论吗？如果在心和身之间做出任何区分都是二元论，那么我想这就是了，不过在我看来，它深深植根于我们的语言和思想习惯中，很难避免。我认为，即使是'机器里的幽灵'的最激烈的反对者，也会勉强允许我们使用这两个术语——心灵和身体，只要我们同意前者是后者的一种功能而且与后者不可分割就可以。

"然而，马维尔与所有同时代的人一样，是一个比这更为坚定的二元论者，这在下一节里变得很明显。终于成功了。

> 在轻轻滑动的源泉之边,
> 或在树根生苔的果树跟前,
> 把肉体之外壳抛弃在地,
> 我的灵魂渐渐溶进树枝;
> 像小鸟在枝头放声歌唱,
> 再用喙疏理其银色的翅膀,
> 直到羽毛泛出变幻彩光,
> 准备好朝更远的地方飞翔。

"有人告诉我,笛卡儿相信灵魂不朽,因为他可以想象他自己的思想脱离身体而存在。马维尔用非常漂亮的小鸟这个形象表达了这种观念。他想象自己的灵魂暂时离开身体,栖息在一棵树的树枝上,在那里精心梳理羽毛,打扮自己,准备飞向天堂的终极之旅。不过我不想把你们跟他一起带到那里去。今天,这种观念即使是对虔诚的基督徒来讲也显得很古怪。但是,人文主义者对自我的观念与基督徒对灵魂的观念是一脉相承的,也就是认为每个人都是独特的,认为一个人的精神和情感生活有整体性,在时间上可以延续,还负有道德上的责任,这有时也叫良心。

"这种对自我的观念如今被群起围攻,不仅在大量对意识的科学讨论中,而且在人文学科里也是如此。他们告诉我们它是虚构的,是一种架构、幻觉、神话。他们说我们每个人都'只是一群神经元',或者只是各种话语聚集交汇的地方,或者只是一部没有人操作、自行运行的并行处理计算机。作为一个人、一个作家,我觉得对意识的这类看法令人憎恶——而且直觉上难以令人信服。我想坚持传统观念——个体自我是自主的。我们在文明中所看重的很多东西似乎都依赖于它——比如说法律，还有人权——包括版权。马维尔写《花园》是在版权概念存在之前，但事实仍然是没有其他人能够写出来，也没有其他人会把它再写出来——除非逐字复制也算再写，那未免也太肤浅了。

"这首诗是一首庆祝的诗，所以它聚焦的意识是作为一种幸福状态存在的。它写的是极乐。但是，意识存在一个悲剧性的维度，这次会议基本没有触及。其中有疯狂、沮丧、内疚和恐惧。有对死亡的恐惧——而最奇怪的是，还有对生命的恐惧。如果人类是唯一真正知道自己将会死去的生物，那么他们也是唯一会故意自杀的生物。对于某些人来说，在某些情况下，意识变得极度难以忍受，以至于他们用自杀的方式来结束意识。'生存还是毁灭？'是只对人类适用的问题。文学也可以帮助我们理解意识的黑暗面。谢谢。"

海伦的演讲结束时响起了赞许性的掌声，甚至可以说有点热烈。拉尔夫一边拍手一边登上讲台，走到海伦身边。"非常感谢，海伦，"掌声渐渐平息下去后他说，"真的很有意思，发人深省。"他转向观众："正如我之前讲过的，没有提问环节。设置'最后的话'的用意是为今年的会议拉上帷幕，也许还能留下一些松散的线索，让明年的会接上。我认为在这一点上海伦做得很好，令人佩服。所以，用《猫和老鼠》里那句不朽的话来说，就这样了伙计们!¹ 不过今晚还有庆典晚宴,七点半开始入场,八点正式开始,请记好。到时我会再讲几句话,对让这次会议取得如此成功的人表达感谢,不过我保证不会长。"

又响起一轮微弱一些的掌声,然后是一阵谈话的嗡嗡声,与会者纷纷站起来伸懒腰,打哈欠,收拾起自己的东西,走出礼堂。电视台的工作人员关掉照明灯,收音师戴着耳机回放带子,检查声音质量。海伦走下讲台,一些听众上来搭话,感谢她的演讲。一个戴着头巾、穿棉质长裙的女人问她是否会把这篇讲话出版。

"哦,我觉得可能性不大。"海伦说。

"如果出版的话,可否寄给我一份,非常感谢,"女人说,"我认为这个讲话非常鼓舞人心。"她给海伦名片,上面印着"扎拉·曼科维茨,整体治疗师",地址在加州索萨利托。

海伦和拉尔夫两人最后离开礼堂。"谢谢,"他说,"讲得很棒。"

"真是挺好的吗?"

"我就是希望你讲成这样。"

"但你一个字都不同意。"海伦说。

"对,我完全不同意,"他微笑着说,"但你讲得这么漂亮,听你讲话是一种享受。"

"我不敢看观众的脸,"海伦说,"我真怕他们看起来很愤怒,

---

[1] "就这样了伙计们"原文为that's all folks,最初为华纳兄弟旗下著名动画片《乐一通》(*Looney Tunes*)每集结束时屏幕上打出的一句话,《猫和老鼠》由华纳兄弟制作后也用这句话做片尾。

要不就是很无聊或者干脆睡着了。"

"他们被你迷得神魂颠倒。"他说。

"你就说瞎话吧。"

"好吧,至少是很有兴趣。那些讲完后过来跟你说话的人就是证据。"

"不过,我觉得我可能没有感化任何一个科学家。我最大的粉丝是一个来自加州的新时代[1]治疗师。"海伦说着给他看那张名片。

"是的,嗯,这个会议吸引各种各样的人来。正如你所讲的那样,它是主题中的主题。我请你喝一杯好吗?"

"不,我要回家洗个澡,换上参加晚宴的衣服。"

"别把期望设得太高。吃的还是那些,只是另加了一道菜,还有免费的葡萄酒。"

在埃冯楼大厅里,一个高个子男人双脚分开背着手站着,像是在等什么人。他穿着深蓝色西装外套和皱得熨不平的灰色长裤,跟与会者的彩色运动衫、T恤和牛仔裤相比显得特别突出。他的胡子修剪得很整齐,两端朝下。他似乎认出了在大厅另一头的拉尔夫,朝他发出了无声的消息。

"那边有个人,我得去跟他说话,"拉尔夫对海伦说,"一会儿见。"他走到那个男人那里,他们简单地说了几句,一起走出大楼。

---

1 这里的"新时代"指新时代运动(New Age Movement),是一种去中心化的宗教及灵性的社会现象,起源于二十世纪七八十年代西方的社会与宗教运动及灵性运动。新纪元运动所涉及的层面极广,涵盖了神秘学、替代疗法,并吸收世界各个宗教的元素以及环境保护主义。

拉尔夫和阿格纽警长并肩穿过校园,朝霍尔特·贝林中心走。这是一个温暖的夜晚。太阳还没落山,学生们在草地上休闲,他们读书、聊天、喝易拉罐啤酒、踢球、玩飞盘。湖上有些人在划独木舟,还有人在微风中驾着帆板慢慢行驶。

"这儿看起来更像是个度假营,不太像大学,是吧?"阿格纽警长发表评论。

"学期最后一周了,"拉尔夫说,"课程和考试都结束了。学生们除了等成绩出来别的什么事都没有。"

"让我想起林间世界,去年夏天我们去那里度假了。"阿格纽警长说,"你去过吗,先生?"

"没有。"拉尔夫说。他环顾四周,确认没人能听到他们说的话:"那么你有什么要告诉我的?"

"有个名字告诉你。"

"是谁?"

"道格拉斯教授。"

"你确定?"

"大约百分之七十确定。"

"我知道了。"拉尔夫说。

"你看上去并不太意外。"阿格纽警长说。

"是的,嗯这当然很奇怪,不过有一天我突然想到了可能是他。那是在我们谈话之后,可不管怎么说我也没有证据……只是一种预感。他是个怪人。你现在打算怎么办?"

"嗯,我想检查他的硬盘。"

"那肯定不止一个,"拉尔夫说,"他办公室里有很多设备。你有搜查令吗?"

"没有。拿到是很可能能拿到,但在这个阶段我宁可不用。"

"那你接下来怎样继续呢?"

"我想请他跟我们合作。我觉得他的反应会给我答案。你什么时候可以安排我去见他?"

"他现在可能在办公室里,"拉尔夫说,"大会的最后一场会上我没见到他。"

中心已经关门了,基本上空无一人,拉尔夫必须刷自己的门卡才能让自动玻璃门打开。秘书们都回家了,而工作人员和研究生都去参加大会了。拉尔夫拨打道格拉斯的分机,他出人意料地接起了电话。"我想请你到我办公室来一下,道格斯,谢谢。"他说。敲门声一分钟后响起,道格拉斯没有等拉尔夫答话就推门走了进来。"我希望不会花很长时间,麦信哲,"他烦躁地说,"我很忙。"他用探询的目光朝阿格纽警长瞥了一眼,在一张扶手椅上坐下,斜对着拉尔夫的办公桌。

"这是格洛斯特郡警察局的阿格纽警长,"拉尔夫说,"负责恋童癖和色情制品的。"

道格拉斯的脸色变得惨白。"什么?"过了一会儿,他说。

"警方认为这幢楼里有人从网上下载儿童色情制品。"拉尔夫说。

"那跟我有什么关系?"道格拉斯说。

"我想,你作为中心的副主任,应该知道这事。"

"是的,当然应该。"道格拉斯脸红了。他转向阿格纽警长:"你怀疑谁?"

"我们还没确定具体的人,先生。"阿格纽警长说。

"这个事情很敏感,道格斯,"拉尔夫说,"阿格纽警长需要我们的合作,所以他得首先把我们两个人从调查对象中排除。他已经检查了我的硬盘,现在他需要检查你的。"

"如果你不介意的话,先生。"阿格纽警长说。

"我当然介意了,"道格拉斯说,"这个建议太离谱了。"

"噢,没什么的,道格斯,"拉尔夫说,"只是走个流程。他已经检查了我的。"

"你当然想怎样就怎样,麦信哲。我的硬盘上可有很多机密数据。"

"什么样的数据,先生?如果我可以问的话。"阿格纽警长说。

"研究数据。"

"我觉得阿格纽警长不会窃取你的研究,道格斯。"拉尔夫带着一点微笑说。

"别叫我道格斯了!"道格拉斯尖叫道。他身体僵硬,满脸通红,眼睛在厚厚的眼镜片后面鼓凸着。

拉尔夫办公桌上的电话响起,打破了房间里紧张的沉默。他拾起听筒。

"麦信哲教授?"一个女声说。

"是我。你能晚点再打过来吗?"

"我是哈利卜先生的秘书,教授。他非常希望在回家之前和你讲几句话。"

"哦,那好吧。"拉尔夫用手盖住话筒,"对不起,我得接这个电话。"他对那两个人说。道格拉斯在看着自己的脚。阿格纽在看着道格拉斯。拉尔夫在转椅上转过身去,背朝他们。他听到了哈利卜圆润而略有嘶哑的声音。

"麦信哲教授?我是哈利卜。你好吗?"

"我现在很忙,哈利卜先生,不过如果你有什么消息——"

"我确实有消息要告诉你。好消息。血检结果是正面的。"

"是包虫囊肿?"

"是的。"

"真是谢天谢地。现在怎么办?"

"我已经给你寄去了处方。按照上面的指示吃药。这是一个为期二十八天的疗程。跟秘书预约一下,争取下周末来见我,我们来看看囊肿缩小了多少。就像我跟你讲的那样,很可能不用做手术。不过如果还是需要做,也没什么好担心的。"

"那太棒了。真不知道怎么感谢你。"

"不用谢。如果对处方有什么问题就给我打电话。"

拉尔夫放下电话,转回身来面对那两个男人。他们一直没动过。

"请带我去你的办公室好吗,道格拉斯教授?"阿格纽警长轻轻地说。

道格拉斯一言不发,转身走出办公室,阿格纽跟着他。警长走到门口时转向拉尔夫:"你会在这里再待一会儿吗,先生?"他说。

"我可以待到七点半。"拉尔夫说。

阿格纽点点头,走出房间。拉尔夫拿起电话,按下一串数字。"卡丽?"他说,"哈利卜刚刚打来电话。检查结果是正面的。不,不,那是很好的意思!太棒了!"他们兴高采烈地聊了几分钟。然后拉尔夫说:"再见。晚饭时见。我也爱你。"他放下电话,起身,在房间里不停地走来走去。他一手攥拳,砸向另一只手的手掌。他看向窗外,但似乎没有在特意盯着什么东西。他回到自己的办公桌前,再次拿起电话。他拨了一个号码,在等待对方接起时手指在桌上敲着。"海伦?好消息。"

拉尔夫和海伦聊了几分钟,阿格纽警长突然冲进房间。他站在门口,张嘴刚要说话,看到拉尔夫在打电话,又合上了嘴。拉尔夫用手盖住话筒:"怎么了?"

"你最好过来看看,先生,"阿格纽警长说,"是道格拉斯教授。"

"他怎么了?"

"恐怕他死了,先生。"

拉尔夫对着话筒说了句"我得走了",挂掉了电话。

32

一，二，三，测试……现在是周二，6月3号，下午五点三十五。我今天第一次能自己待一会儿了。会是一场接着一场……副校长、警方、公共关系部门负责人、中心的职员……每个人都处在震惊状态之中……除了我。我不知道为什么。不是因为我不喜欢他……他死了我并不高兴。其实我挺为他难过的，可能是我有生以来的第一次。但我并不处在震惊状态之中，当然我说我是，跟其他人一样……"很令人震惊。"我说。如果我不这样，人们会认为我是个冷酷无情的怪物。

可怜的阿格纽真的很震惊。他很自责，不过我不明白他为什么要这样。谁能够预料到道格斯会那样自我了断——那么快，那么毫不犹豫，就在他发觉自己被发现的那一刻？他在我的房间里爆发后，似乎又控制住了自己。他带阿格纽去他的办公室，打开门，指明各种各样的计算设备，冷淡而礼貌地回答了一些关于他的软件的问题，然后表示不好意思，去上洗手间。阿格纽没觉出有任何异常……被他问讯的人经常会拉肚子，据他说。他自己坐下，开始检查桌子上的电脑里的互联网文件，直到十到十五分钟后，他才意识到道格斯很久没回来，警觉起来，去找三楼的男厕所。他从隔间门底下朝里看，看到一双穿着黑鞋的脚离地一英尺高，就踹开门，发现了道格拉斯——死了。他上吊自杀了，用一根电脑的线挂在通风口的格栅上，把它缠在自己脖子上，站上马桶盖上，然后往前一迈。迈入空中。

他一定有个计划。他一定提前考虑好了如果意外发生怎么办……和我对我的肿块的计划一样……他一定对自己说，如果他们一旦发现，如果他们来抓我，我不会干等着暴露、束手就擒、受审……也许他真的试过要怎么做，想得很清楚……确定用通风口格栅，测试它的强度……他也许甚至还计算了下落距离，在抽屉里放着一根导线以备不测……我不禁钦佩他的决断力。这让我对他刮目相看。理论上讲，我自己也是做了这个准备的，但好在我没有被考验。某种程度上我甚至觉得他好像是替我死的……不，这太傻了，删掉……不过话说回来，如果我迷信……如果我相信命运、天意、星星……昨天晚上的事情存在一种诡异的对称，就是说，哈利卜宣布我的缓刑判决的那一刻，恰好也是灾祸和道格斯面对面的时候。好像我们在一架天平两端而天平正好平衡，然后哈利卜的电话就是在秤上作弊的手指，往下一按，让我安全下到地上，让道格斯飞向空中，线缆吊着脖子……

他们给我看了在他的文件柜里找到的东西。好几百张照片。没有什么特别不堪的，阿格纽说，而且他应该知道……大多是还没到青春期的女孩，裸体或几乎裸体，有时与同龄男孩在一起，但没有只有男孩的照片。撒尿，露着屁股，暴露着阴部……幼稚的东西……有的有点艺术风格,像刘易斯·卡罗尔曾经拍过的那些照片[1]那样……你会觉得这没什么问题,不过你得去想想这些照片是怎么取得的……没有证据显示其中任何一张照片是道格斯亲自拍的,也没有证据表明他与这些孩子有任何身体接触……他属于这样一群人,他们在网上使用某种加密软件彼此传递图片,这就像租书店或合作社……据推测,这一切他都是在办公室而不是在家干的,以防母亲或妹妹意外发现……我给她们发了一封慰问信。写起来并不容易……当然会有审问……我想还会有葬礼,应该会是私人葬礼吧。没有追悼会,这是肯定的……

上周五晚上,我从停车场抬头朝他办公室的窗户看,百叶窗后还亮着灯,楼里唯一一个仍然亮着灯的房间,而那时我突然觉得他就是阿格纽在找的人。不知道为什么我之前没有想到他。我猜是因为我觉得他是个苦行僧,只对他的研究对象感兴趣,性无能……自以为知道别人的头脑里想什么,总归是错的。但抬头看着窗户,跟海伦开玩笑说道格斯鼓捣他的算法到很晚的时候,我想起来有个周日早上,我走出中心时正好碰见他进来,他透过玻璃门盯着我的那种惊讶和愤怒的眼神,我恍然大悟……昨天晚上他躺在男厕所的地上,脸上的表情也类似,类似但更加夸张……眼睛鼓起,满脸都是血,嘴唇卷曲,像是在咆哮……他脖子上有一条深红色的印痕,阿格纽从那里取下了塑料线……

我离开阿格纽去给医生打电话,叫救护车,通知本地的警察局

---

[1] 刘易斯·卡罗尔从 1856 年起开始摄影创作,主要题材是女孩。

和校警。我去招待会迟到了,不过正式的晚宴还没开始。我给卡丽打了个很短的电话,告诉了她,并且让她发誓保密。我不想让这消息在晚宴上传开。这会破坏气氛,而且我知道如果电视台的人得到了消息,他们会在关于会议的报道中把它当成头条。这正是他们喜欢的那种事。但没人知道发生了不幸的事件,也没有人有所怀疑。道格斯在晚宴上的座位空着,并没有引起太多注意——他对社交场合的厌恶是众所周知的。我讲话的时候最棘手的问题来了,因为我得感谢所有帮助组织会议的人。我能说什么呢?"我要感谢道格拉斯教授,很不巧他今晚不能与我们在一起……出于个人原因……由于没有预计到的情况……"不论说什么,在我自己听来都像是个恶心的笑话,对卡丽也是,最终真相大白时对其他所有人也会是。我想不出说什么,所以在演讲中根本就没提他。之后海伦来找我,用轻微的责怪语气说:"难道你不应该感谢道格拉斯教授吗?他跟我发过牢骚,为了这个招待会他得多干好多活。""我忘了。"我说。后来,我把她拉到一边,告诉她发生了什么……她当然非常震惊。

海伦,对……我该拿海伦怎么办?我现在站在办公室窗边,望着科学各系占据的那半边校园,对着 Pearlcorder 说话,就像那个下雨的周日早上一样,在……什么时候?二月……那时我看到她走过生物系楼的拐角,一个孤单的身影,穿着中筒靴和一件干练时尚的雨衣,我一开始看不到她的脸,因为她打着伞……从那以后发生了很多事情。

现在这一刻我感觉很好。首先是我觉得身体状况很好,虽然我还没有开始哈利卜的疗程。可能是心理上的缓解作用,或者就像卡丽半开玩笑地说的那样,是过去两周戒酒戒红肉的结果。我们昨晚做爱了,几周以来的第一次。不是我主动开始的,也不是她,已经没有必要了,这是我们在回家的汽车里无声地达成的默契。我轻轻地锁住卧室的门,她抬起胳膊往后伸,取下项链,看着我。这一切都暗示着……也许我们都不想说出来,以免对方觉得道格斯尸骨未寒的时候就做爱有些不得体。但这正是我们需要温存一把的原因……把这件事抛到脑后……庆祝我的缓刑……确认我们活着而不是死了。之后我们睡得像婴儿一样沉。

这个傍晚我觉得有一种成就感,满足而平静。我觉得我的生活已经回到了我的掌控之中。我没有得上会危及生命的病。会议取得了成功,我的功劳簿上又记了一笔,我还想办法没让道格斯的自杀给最后一晚上蒙上阴影。即使到了今天早上,大多数与会者走的时候都不知道发生了什么。媒体会闹腾一阵子,这不可避免……不过下周开始放长假,在这儿的人会少很多,没了人气,热度也就会慢慢消失……对唐纳森的学位的抗议已经失败了……而且最后其实不是道格斯把评议会的文件捅给《校园》的——几乎可以肯定是雷金纳德·格洛弗……小报的编辑没跟我指名道姓,不过也差不多。他今天下午过来要一份关于道格拉斯的声明,我逼他说的。格洛弗是出于原则还是怀念六十年代还是为了报复我在里士满家的晚宴上羞辱他老婆,我不知道,也不关心……唐纳森会拿到他的博士学位,中心会拿到国防部的研究合同……噢对,我给卢德米拉·利斯克找了个在博尔德[1]的博士后工作……我告诉史蒂夫·罗森鲍姆一定要看她的海报，她在他身上花了很大力气。所以她不会再让我头疼了……不过你不得不佩服这宝贝儿的决心……

于是海伦成了唯一还没解决的问题。她星期五就要回伦敦了，在我们说再见之前，她会希望我谈谈未来的打算……我该说什么呢？我可以说道格斯的死让我深感震惊，我还没法好好想一下……但她不会相信我……我知道她对我昨晚的自控力感到惊讶，整个晚宴期间我的表现就好像什么事都没发生一样……我可以说，我觉得身体上的事情还没解决，可能还得做手术……咱们先把事情放一放，等我好利索了再说……那时候咱们再商量怎么办……是的，这样更合理……不过我必须找到合适的时机。不能通过电话，也不能坐在教工俱乐部的餐厅里说……找个我们可以单独在一起的时候……最后一个爱之吻……也许不仅仅是一个吻，谁知道呢？我们最后一次上床的记忆仍然在困扰着我，我没硬起来……我不希望她记住的是那样的我。[录音结束]

1　指美国科罗拉多大学博尔德分校（University of Colorado Boulder）。

33

6月4日　星期三

麦信哲刚刚打来电话,问他明天下午能不能过来"说再见"。他迅速补充道:"我的意思是,你周五就要走了,对吧,而且我们可能有一段时间不能见面了。"我告诉他我明天下午必须去英语学院参加监审员会议,不知道要开多长时间,然后他说我可以把钥匙放在前门旁边那块松动的砖头底下,他会四点左右到,如果我还没回来他就自己开门进去。这种事我们在那段疯狂的日子里曾经有过一两次。他说他明天早上一直都要开会,而卡丽晚上回来。我说:"从哪里回来?"他说她带埃米莉去斯特拉特福的一场午后戏剧演出看《皆大欢喜》[1],这是她大学预科课程的必读课文。于是我明白了为什么他这么想在明天下午见我,因为那时卡丽不会是个妨碍。他想继续这段婚外情。这真讽刺,因为我觉得他想要结束,而且我经过多次深深的自省得出的结论是,我们最好还是结束。

我昨天一天都没出门,打扫房间,准备离开。这是住进来时

---

[1] "斯特拉特福"在这里指莎士比亚故乡埃文河畔斯特拉特福(Stratford-upon-Avon)。《皆大欢喜》(*As You Like It*)是莎士比亚的著名喜剧作品。

签的协议里包含的内容——离开时要把这里收拾得干净整洁，但我做的程度远远超出了合同里规定的义务。我疯狂地擦刷、吸尘、冲洗、抛光，让体力活动占据自己的身体，而同时在脑子里反复琢磨那件事。在我看来，我们冒了惊人的风险，从惊人的危险中幸存下来，就不应该再接着尝试自己的运气了。道格拉斯自杀虽然跟我们俩的事完全无关，但却深深影响了我的决定。它让我陷入恐惧和颤抖。它张开了一个压抑和恶行和痛苦的深渊，一旦你停止倾听自己的良心，就很容易坠入其中。詹姆斯在什么地方就不轨之恋写过一句非常好的话，大概是在某篇序言里。他将其比作一个奖章，由某种光亮的硬质合金制成，一面是某个人的幸福和正义，另一面是某个人的苦痛和罪错。大概是这样。我不能否认我们的这段感情有一段时间是非常幸福的，但是持续得越久就越可能造成伤害。现在是结束的时候了。卡丽如果稍微用点心思，也会得出同样的结论，因为过去几星期里已经出现了那么多的预警信号和危机。

我知道他明天下午会做什么。他会尝试把我搞上床，说服我改变主意。我希望自己能有足够的精神力量抵抗。我必须承认，他打来电话时我内心的第一反应是本能地涌起一阵愉悦，知道他仍然渴望着我。

34

在这件事里,海伦不需要与诱惑做斗争——这不论怎样都远远没有她想过的那样重要,因为拉尔夫无意继续这段感情,只是想跟她最后一次发生关系。

星期四下午大约三点四十,拉尔夫离开办公室,穿过校园,走到海伦称为小二楼区域的一排小房子那边。他第一次想到,这个地方在校园的偏僻一隅,对自己来讲是多么幸运,因为在这里他不太可能被任何认识他的人看到。校园里的道路像往常一样空空荡荡的。他按了一下门铃,没有回应,就从一块松动的砖头底下取出海伦放在那里的备用钥匙,自己开门进去了。不宽的走廊里弥漫着上光剂和消毒水的味道,令人愉快。客厅看起来格外干净整洁,他觉得是为了迎接自己而特意收拾的,认为这是一个好兆头。他在一面闪闪发光的壁挂镜子中看到了自己,于是走过去仔细观察自己的倒影,左右摇头找白头发。在他看来白发又多了几根——考虑到自己最近经历的事,这毫不奇怪,他想。

午后的阳光透过庭院的窗户照进来,屋子里很暖和。拉尔夫把窗户拉开一英尺左右,把窗帘拉上了一点。他脱下外套,搭在一把靠背椅上，然后在沙发上坐下，跷起二郎腿，懒洋洋地扫视房间。他的目光停留在海伦的桌子上，桌面上摆着：几本书、一本杂志、一些放在金属网文件架上的信件和钞票、一个插着铅笔和圆珠笔的瓷马克杯、一台小型喷墨打印机、海伦的东芝笔记本电脑。拉尔夫回忆起他在这台电脑上给海伦安装软件、设置电子邮件的情景。它现在合着盖子，处在关机状态，不过接着电源线，另一端的插头插在墙上的插座里。

这个扁平、单调的灰色塑料盒子在桌上躺着，大小和形状都像一本精装书。拉尔夫突然想到，里面一定有海伦的日记，那是她的私人思考的详细记录，因此也是她喜欢说的她自我或灵魂的一种踪迹或印记。他曾经试过劝说她让自己看看她的日记，并提出用自己的忏悔录音的文字转写稿来交换。她拒绝了。但后来他们成了情人，于是她的日记的内容现在对他的吸引力空前强烈。如果他去做那不可想象的事……如果他走到房间那边，在桌前坐下，打开电脑盖子，开机，打开海伦的日记文件，他就能发现为什么她在反复申明不会跟他有染之后改变了主意，他就能知道是什么触发了这个180度的大转变，他们第一次做爱时她的感受，后来几次她的感受，她对他和他们的关系的真实感受，以及她怎么看这段关系的未来。

他想到这些，开始兴奋起来，心跳加速。他敢吗？他有多少时间？他看了看表。现在是四点十五。没法知道她什么时候回来。那些会可以开几个小时，但她可能不等到开完就走。她随时可能回来。不过，他会听到她在门上转动钥匙的声音。他从沙发上站起来，像小偷一样慢慢地、轻轻地走近桌子，在没有扶手的靠背转椅上坐下，小心翼翼地不碰到桌上的任何东西，也不挪动电脑。他拨动卡子，打开盖子，电脑屏幕露了出来。他按下机器侧面的电源按钮。Windows 95 加载时他听到硬盘旋转的微弱声响，然后随着微软桌面出现在屏幕上，电脑喇叭发出一阵叮叮当当的电子合成乐声，像竖琴扫弦，各个程序的图标像风筝一样漂浮在蓝天白云的壁纸上。他点击 Word 95 图标，一个空白文档的页面立即就出现了，Word 的工具栏位于顶部。

现在他犹豫了。这是错的——他在做的事——大错特错。他现在应该收手，关闭电脑，合上盖子，回到房间另一边的沙发上，等着海伦。但他无法抗拒诱惑。他告诉自己，这不仅是个人的好奇心，更是科学的好奇心。这是打破另一个人的意识封印的独一无二的机会。你可以辩解说，这是研究。有那么一瞬间，他真的想了要不要把海伦硬盘上的全部内容都拷到软盘上带走，回去分析，但这是严重侵犯隐私的行为，拉尔夫没过多久就放弃了这个念头，再说也有操作上的障碍——她似乎没有 zip 驱动器[1]，桌子的抽屉里也找不到格式化过的空白磁盘……时间不多了……她很快就会回来……他瞅了一眼手表：四点十七。时间只够随便看看日记，快速了解一下里面的内容。现在不干就没机会了。

拉尔夫点击"文件"菜单，查看最近保存的九个文件的文件名。在列表顶部的是"C:\My Documents\JOURNAL\4th June"。他

---

[1] zip 驱动器是在光驱普及之前的一种很流行的高容量软盘机，其所使用的特制软盘最高容量为 750MB。

在这一条上摁下鼠标。一篇文字立刻出现。开头是："6月4日星期三　麦信哲刚刚打来电话，问他明天下午能不能过来'说再见'。"拉尔夫迅速浏览这篇日记，脸上带着一缕微笑，直到看到："现在是结束的时候了。卡丽如果稍微用点心思，也会得出同样的结论，因为过去几星期里已经出现了那么多预警信号和危机。"卡丽？他的笑容消失了。肾上腺素激增，一个战斗或逃跑反应[1]开始了。拉尔夫瞬间恐慌起来，觉得海伦这么写肯定意味着卡丽知道他与海伦的婚外情，海伦已经告诉了她。如果是的话，那是什么时候？她知道多久了，她的沉默意味着什么？不过等一下，他对自己说，把前臂放在额头上（尽管只穿着衬衫，他却浑身冒汗，他能感觉到汗水顺着自己躯干两侧淌下），等一下，这不合理。"卡丽如果稍微用点心思，也会得出同样的结论……"但从逻辑上讲，卡丽无法就结束海伦的感情得出结论。这句话只可能是指结束她自己的感情——也就是婚外情。

拉尔夫关掉这个文件，查看海伦的子目录。他打开名为"日记"的文件夹，鼠标滚动过一长串文件名，创建日期最早可以追溯到2月17日。他打开最早的那个文件，点击"编辑"菜单中的"查找"，然后在对话框中输入"卡丽"。他一下接着一下点鼠标，飞快地读她的名字出现的段落。然后他关闭这个文件，打开按时间顺序排列的下一篇日记，重复这个流程。

---

[1] 战斗或逃跑（fight-or-flight）是心理学和生理学名词，指在紧急事件下，机体经一系列的神经和腺体反应被引发应激，使躯体做好防御、挣扎或者逃跑的准备。

与此同时，海伦走过校园，从人文楼到小二楼区域。监审员会议持续的时间比她预期的要长，但她并不着急。她不知道遇到拉尔夫时会发生什么，更令她不安的是，她不知道自己想要发生什么。昨天她决定告诉他这段感情必须结束。但如果那样的话，为什么她早上洗了头发，穿上最有魅力的一套内衣和一件拉尔夫特别喜欢的连衣裙呢？仿佛她的身体按它自己的意愿做完了这些事，而她的头脑在一边看着，不赞同但也无力干预。所以她并不着急，在下午晚些时候的阳光里悠闲地走着。她甚至有点希望拉尔夫的时间不够用，在有机会尝试哄她上床之前就必须回到他的妻子和家人身边。

海伦开门进屋时，拉尔夫刚刚读完她4月11日星期五的日记。听到她在门锁上转动钥匙的声音，他连文件都没保存，急忙关掉电脑，合上盖子。"麦信哲？"海伦在身后关上前门，喊道，"你还在吗？"拉尔夫迅速离开桌子。当海伦从狭窄的小走廊走进客厅时，他站在沙发旁边，好像刚刚站起来一样。但海伦马上看出来，他处于奇怪的不安之中。"怎么了？"她说。

他在开口之前盯着她看了几分钟，反复思考是应该顺从本能，掩盖自己的所作所为，还是应该去寻求在大脑中燃烧的问题的答案。最后他的嫉妒心胜过了自我保护意识。"你为什么不告诉我卡丽和尼古拉斯·贝克的事？"他说。

这个问题完全出乎海伦的意料，她等了好一会儿才回答。她感到宽慰，因为自己不必再背负着这个秘密了，但同时也对现在可能随之而来的各种复杂情况隐隐担心。

"因为我认为这不关我的事，"她最后开口说，"而且我向卡丽保证不说出去了。"

"那么她和你谈过这件事了?"拉尔夫迫不及待地说。

"是的,曾经说过。"

"所以这不仅仅是你的怀疑——你的幻想,给小说准备的场景?"

海伦皱起眉头,对这个问题和他审讯般的语气感到困惑:"我不明白你的意思。"她说,"不管怎么说,你是怎么发现的?"

他没有回答她,但目光轻轻扫了一下笔记本电脑,又马上移开。海伦追着他的眼神看去。"你一直在看我的日记!"她用难以置信的语气说。

"是的。"他说。

"我简直不敢相信。这太卑鄙了。"

"我知道,"他说,"这是卑鄙的,无可辩解,不能原谅。"

"你,为什么?"

他耸耸肩:"我忍不住。"

"你读了多少?"

"看到你去莱德伯里的旅行了,"他说,"她真的看上那个弱不禁风的家伙吗?她看上他什么了?"

"你最好去问她自己,"海伦说,"现在如果你能滚开,让我一个人待着,那我真是太谢谢你了。"

拉尔夫从椅背上拿起外套,搭在手臂上:"对不起,海伦……"

"走吧。"她说。

"那么,再见。"他说,然后离开了房子。

在开车回切尔滕纳姆的路上,拉尔夫起初满脑子想的都跟海伦说的一样——他想当面质问卡丽,逼着她说出实真相,然后冲到尼古拉斯·贝克在兰斯当街的精致房子,把他狠揍一顿。但是过了一会儿,他开始意识到形势对自己的不利之处。如果他指责卡丽不忠,那其实是在主动让她反击,而且即使她不知道他跟海伦的事,被她发现的风险也总是存在,那可能会来自海伦本人——海伦现在已经完全不会被影响到了。他也非常确定,卡丽有很多充分的理由怀疑他曾经对她不忠,只是为了婚姻和谐而选择不跟他挑明;但如果被逼急了,她会毫不犹豫地用那些事情来自卫。她会说,跟尼古拉斯的事不是没有理由的,是在以牙还牙。她出轨是因为知道他出轨了。为什么非得把这些见不得光的烂事都抖出来,挑起一场很容易就毁掉整个婚姻的大吵呢?这又有什么好处呢?他不想离婚。离婚带来的情感上的消耗和物质上的损失他都不想要。老岳父瑟洛精明打理,把卡丽的个人财富保护得严严实实。拉尔夫清楚地意识到,在离婚协议里,除了房子的一半所有权和对孩子有限的探视权之外,他基本上什么都拿不到。

拉尔夫并没有这么明确地表述这些论点,但它们存在于他脑海深处,令他内心怒火中烧,因为卡丽的出轨,因为她竟然选择了这种恋人,因为这件事对他的骄傲和自尊的侮辱。它们慢慢让他报复、复仇的念头冷却了下来。他平静了一些,陷入更深的思绪中;他刚从海伦家出来时把车开得飞快,非常危险,而到切尔滕纳姆郊区时车速已经克制地慢下来了。他迈进皮特维尔草地的房子时已经不太生气,用"乖戾"来形容他的情绪更恰当一些。卡丽和埃米莉刚从斯特拉特福回来。她们兴高采烈,就刚看的戏剧演出说个不停,而拉尔夫无法回应,一言不发。不过卡丽认为他的沉默是由于道格拉斯的死到现在还令他震惊,没觉得有什么不妥。晚饭后,他上楼进书房,启动电脑,做"正在做的工作"一直到深夜。

与此同时,海伦收拾好所有自己的东西,准备离开格洛斯特大学。她迫不及待地想离开这个地方。她睡得很差,天没亮就醒了。她没有等闹钟响,很快就起床、洗澡、穿好衣服、喝杯咖啡、把行李搬上车。她悄无声息地装车,几乎是偷偷摸摸地,以免打扰邻居——他们的卧室窗帘还是拉上的。她突然想到,自己正在实现在这里不开心的最初那几个星期常有的幻想——在凌晨时分逃掉。那时她想象在冬日昏暗天色的掩护下逃掉;现在,她开车离开房子时已经天光大亮,但校园很安静,她除了一个独自慢跑的人和出口栏杆处的警卫就没碰到别的人。她把房子的钥匙放在一个棕色信封里,交给警卫。然后沿着林荫道开到主干道上,上 M5、M42、M40、伦敦……她遇上了早高峰的尾巴,被堵了一阵子,不过还是在差一刻十点回到了家。

她开门进屋,从一个房间走到另一个房间,重新认识这个地方,就像重新熟悉一位老朋友一样。维斯穆勒夫妇已经回美国去了,带走了他们所有的东西。海伦常用的清洁工薇拉非常了解这座房子,她按照海伦的安排在维斯穆勒离开后把里里外外都重新打扫了一遍,还主动把大部分家具和小摆设都放回了原来的位置。海伦用 CD 机播放一支维瓦尔第的协奏曲，这个有高高的天花板的房间里洋溢着甜美的弦乐，那如瀑布般潺潺流下的清晰和共鸣让她的呼吸几乎都停止了。她意识到自己有多么怀念这种乐趣。她穿过房子走上楼梯，旋律减弱，但仍然跟着她。音乐系统是马丁以爱心和精湛的专业技术打造的。其实房子里几乎每一件东西都让海伦想起他。他们一起买的这座房子，一起修葺、装饰：拆掉丑陋的现代式固定玻璃窗换成提拉窗，打磨、抛光木地板，铲掉栏杆上年头久远的棕色油漆，从利宝百货[1]买窗帘布，从希尔斯[2]买地毯。她最后来到主卧室。梳妆台上的相框里放着一张马丁的照片，是他们在希腊度假时她给他照的。房子租出去时她把它收起来了，但薇拉在一个抽屉里找到了它，又放回原来的地方。海伦拿起照片。马丁看上去年轻、健康、快乐，坐在一张咖啡桌旁边，衬衫领口敞开，微笑着在阳光下眯着眼。这张照片带回了大量的记忆，他们共度的那些快乐时光。她开始无声地哭泣。她原谅了马丁，她为他哭泣。

拉尔夫·麦信哲最后还是得做手术摘除囊肿。手术完全成功，但认识他的人说这件事似乎让他有所退缩，此后明显能看出来他不再像从前那样自信，情绪也更加克制，更像中年人了。他不再有在会议和类似的短途旅行上追逐女性的名声了。尼古拉斯·贝克的事他从来没有直接质问过卡丽，但她从种种蛛丝马迹中感觉到了他

---

[1] 利宝百货（Liberty）是一家位于英国伦敦市中心西区的百货公司，始创于 1875 年，以唯美主义商品闻名。
[2] 希尔斯（Heal's）是一家英国家居装饰店，始创于 1810 年，以提倡现代设计和支持年轻设计师著称。

的怀疑，明智地终止了这段婚外情，反正她也从来没有投入过很深的情感。卡丽没有完成关于旧金山大地震的小说，但她开始学习雕塑，主要做黏土泥塑，还在蒙彼利埃街开了一个小艺廊，展览她和朋友们的作品。拉尔夫出版了他的书《机器生活》，广受媒体关注，销量喜人。1999年，斯坦利·希伯德爵士在学校提交的建议授勋名单中将他列在首位，拉尔夫也顺利地名列千禧授勋榜，因科学和教育服务而荣获大英帝国司令勋章。

海伦·里德回到伦敦一年后，在大英图书馆新馆的咖啡厅遇到了一位文学传记作家，他们开始在外约会。他离婚了，有三个十几岁的孩子。他们经常见面，一起度假，不过没有同居。新千年的第一年，海伦出版了一本小说，有位评论家称其"形式老派得几乎是实验性的"。这本书是用第三人称、过去时写的，有一个全知的、有时插入的叙述者。情节设定在一所不太新的绿地大学，名为《哭泣是个难题》。

作者声明

格洛斯特大学完全是虚构的。
至少在写这本书的时候是如此。

戴维·洛奇

致　谢

我第一次意识到（已经有点迟钝了）目前在科学界和哲学界正在进行的对意识的讨论是通过1994年6月号的《石板》[1]。约翰·康韦尔[2]在该期杂志上发表了一篇题为《从灵魂到软件》的文章，讨论了两本重要的著作：丹尼尔·丹尼特的《意识的解释》(1991) 和弗朗西斯·克里克的《惊人的假说》(1994)。这篇文章是这本小说的原动力，我很感激；我阅读了约翰·康韦尔随后在这个领域的文章和著作，并参加了他于1995年9月在剑桥大学耶稣学院组织的"意识与人类认同"跨学科会议，从中获益良多。（这个会议的论文集也是约翰·康韦尔编辑的，1998年由牛津大学出版社以会议的名称为书名出版。）

在我为写这本小说而阅读的书籍和文章中，除了以上引用的篇目之外，我觉得以下所列这些特别有启发性或发人深省：大卫·查默斯《有意识的心灵》(1996)；罗德尼·科特里尔《机器中没有

1　《石板》(*The Tablet*) 是英国的一份天主教周刊杂志。
2　约翰·康韦尔（1940— ）是英国记者、作家、学者，写有多部讨论科学、伦理和意识的著作。

幽灵》(1989)；理查德·道金斯《自私的基因》(1989年修订版)和《盲眼钟表匠》(1986)；安东尼奥·达马西奥《感受发生的一切：意识产生中的身体和情绪》(2000)；丹尼尔·丹尼特《达尔文的危险思想》(1995)和《心灵种种》(1996)；阿德里安·戴斯蒙德和詹姆斯·穆尔《达尔文》(1991)；罗宾·邓巴《科学的烦恼》(1995)和《仪容、八卦与语言的进化》(1997)；杰拉尔德·埃德尔曼《明亮的空气，鲜艳的火》(1992)；苏珊·格林菲尔德《人脑之谜》(1997)；约翰·霍根《科学的终结》(1996)；史蒂芬·平克《心智探奇》(1997)；麦特·里德雷《美德的起源》(1996)；V. S. 拉马钱德兰和桑德拉·布莱克斯利《脑中魅影》(1998)；约翰·塞尔《心灵的再发现》(1996)；盖伦·斯特罗森《自我意识》，1996年4月18日《伦敦书评》；汤姆·沃尔夫《不好意思，不过你的灵魂刚刚死亡》，1997年2月2日《星期日独立报》；刘易斯·沃尔珀特和艾莉森·理查兹《激情澎湃：科学家的内心世界》(1997)。1996年在第四频道播出的系列片《管窥大脑》由肯·坎贝尔叙述，生动活泼、内容丰富，也值得一提。

对我帮助最大的一个人是伯明翰大学计算机科学学院的人工智能与认知科学教授亚伦·斯洛曼。亚伦耐心地回答了我的简单问题，给我他发表的东西，向我介绍他的同事，欢迎我参加他们系的研讨会，陪我参加一个令人大开眼界的国际意识会议（在赫尔辛格[1]举行，真是非常合适），并在一般的意识研究尤其是人工智能方面为我提供不可或缺的指导。虽然他在这些问题上与我的虚构人物拉尔夫·麦信哲的一些观点相同，但任何认识他的人都可以证明，他们没有别的共同之处。他的一些同事用电子邮件或在跟我一起喝咖啡时耐心解答我的疑问，我对此非常感激，特别是拉塞尔·比尔为我提供了有关语音识别软件的实用建议。维杰·赖楚拉在百忙之中抽空为我的小说提供医疗方面的建议，对此我深表感谢。这部小说献给我的女儿和大儿子，他们在本书写作过程中也给了我一些专业的建议和帮助。

戴维·洛奇
伯明翰，2000 年 8 月

---

[1] 赫尔辛格（丹麦文 Helsingør，英文有时作 Elsinore）是丹麦西兰岛东岸的一个城市，莎士比亚将《哈姆雷特》的故事设定在这里。

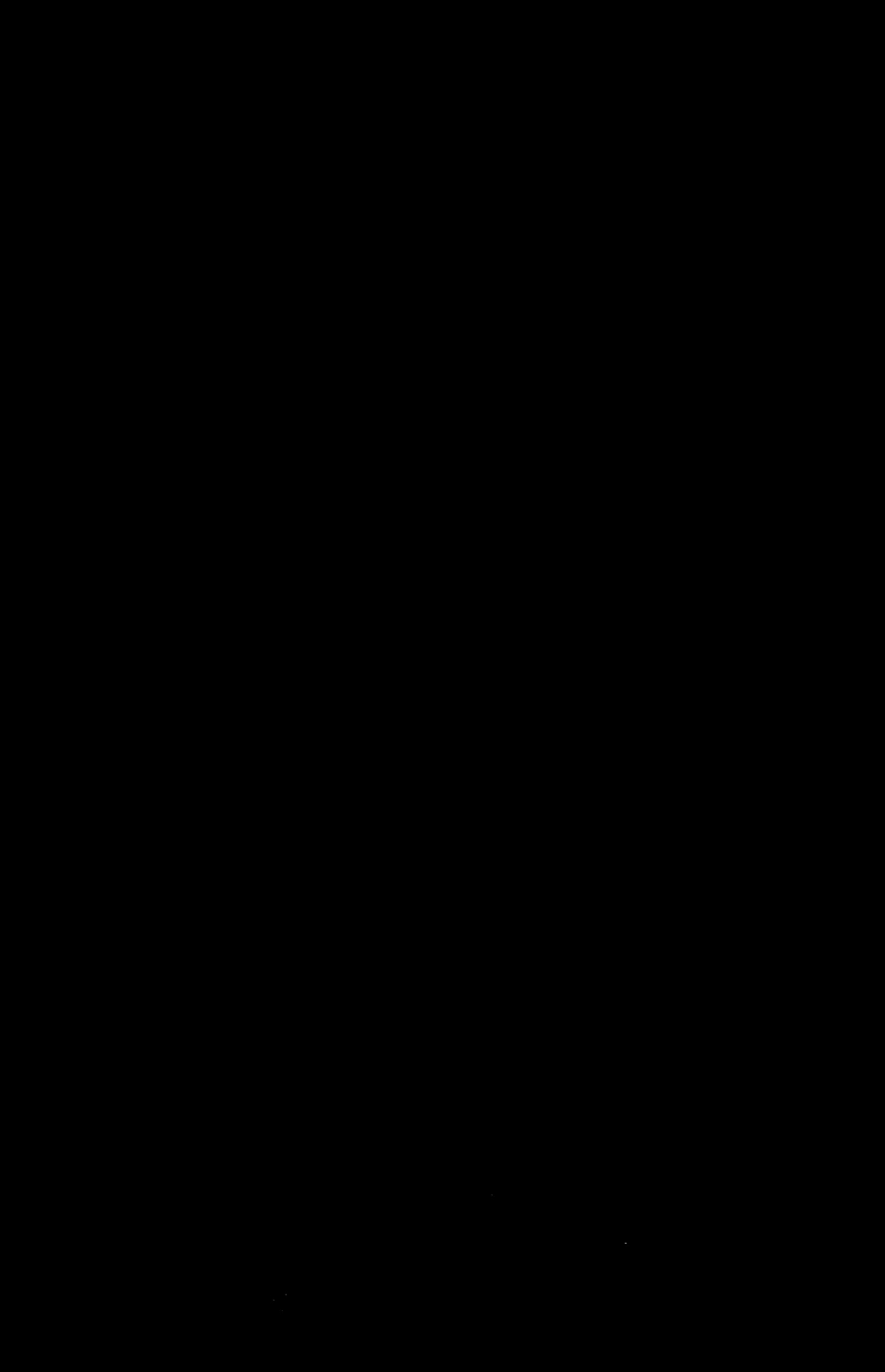